门朝天开

MENCHAO
TIANKAI

曾宪国 / 著

重庆出版集团 重庆出版社

图书在版编目(CIP)数据

门朝天开 / 曾宪国著. — 重庆：重庆出版社，2014.4
ISBN 978-7-229-07761-7

Ⅰ. ①门… Ⅱ. ①曾… Ⅲ. ①长篇小说—中国—
当代 Ⅳ. ①I247.5

中国版本图书馆 CIP 数据核字(2014)第 065151 号

门朝天开

MEN CHAO TIAN KAI

曾宪国　著

出 版 人：罗小卫
书名题写：李　钢
封面绘图：李　钢
责任编辑：张立武
责任校对：刘　艳
装帧设计：重庆出版集团艺术设计有限公司·王芳甜

重庆出版集团
重庆出版社　出版

重庆长江二路 205 号　邮政编码：400016　http://www.cqph.com

重庆出版集团艺术设计有限公司制版
重庆东升印务有限公司印刷
重庆出版集团图书发行有限公司发行
E-MAIL:fxchu@cqph.com　邮购电话：023-68809452
全国新华书店经销

开本：880mm×1230mm　1/32　印张：9.75　字数：252 千
2014 年 9 月第 1 版　2014 年 9 月第 1 次印刷
ISBN 978-7-229-07761-7

定价：29.00 元

如有印装质量问题，请向本集团图书发行有限公司调换：023-68706683

书写与差异
——《门朝天开》序

◎波佩（诗人、评论家）

一部小说的完成意味着作者从一个创作阶段的退场，因为应该获取读者的，是其作品中的文学形象，而非作者本身。对于这样一个貌似玩票（有意或无意间淡化"作家"身份），却有着最真实的专业精神和存在感的小说家曾宪国来讲，更是基于作品之主要——社会生活及文学人物的变迁，在他创作一部作品和创作另一部作品的时候，其实并非同一个人。由此，这样一类作家的写作，区别于常规写作世界的规定和归属感，是没有结局的，而永远在路上。

书写与差异自此诞生，差异性写作展现的是动态的过程，正如曾宪国在书写当下，比如，在《门朝天开》这样一部极尽现实的作品中，要去塑造毛狗狗这样一个文学人物之时，注定了这是一个没有结局的过程。这样的一些个——经由小人物族类所激荡而起的涡流，自然而然地与曾经的文学大流，比如，与"宏大叙事"那种规定的结局与潮流相去甚远。

差异的生成依托书写，而最初的书写结束之后，比如，我们从毛狗狗那"不合法"的归属中，强烈地感受到——另一个差异从隐蔽状态显现——客体面临"差异的差异"的书写，由此激活多种可能性之书写——或许这才是曾宪国小说的性质跟"结局"。所以无论是作者写作的结束，还是读者阅读的结束，那都只是另一个开端。而小说家曾宪国要在这一部作品中去实现的，是某一个时期和阶段中，社会生活逻辑与文学艺术之逻辑达成的妥协或制衡，虽然小说的结局——因为主人公重返乡村的同样不堪，而被无期限悬置。

毛狗狗，作为一个现实题材长篇小说中真实可触碰的主人公，在他的身上却发生了几多"戏剧性"的遭遇，这样的遭遇诸如中国文化里的"南柯一梦"，或如《石头记》中主人公幻灭的、悲剧的文学性，其中"梦"和"离去"是所有文学性之焦点，而曾宪国又将这种文学意义注入了如此当代性，在社会进程中有独立的呈现与思考。他的悲剧气质不仅不具典型意义，且没有普遍性——如今却成为来自方方面面读者饶有兴趣去谈论的一个小说人物——对毛狗狗这个远去的背影产生浮想联翩，让人不得不掩卷玩味跟沉思。这其中当然能看出作者的匠心独运，和他貌似想要通过这样一个长篇小说，向阅读世界昭示——一个独立小说家眼中的——城市特定人群的生活形态，关乎于对当下某个族类命运的文学感召，和合情合理的思想意识。而这，也正是这部小说的高级所在，生命力所在。同时它还展现了写作与阅读达成的一种完美的、意欲共同去完成一部作品而形成的——双重创作之状态。

有着"二代农民工"身份的毛狗狗来到城市，并不像他的其他同类那样，自开始就有对这个身份的自觉，也不像所有怀揣一个淘金梦、向往城市生活，并把城市身份——即便是一个边缘的、底层的城市人身份，作为奋斗的动力那样——毛狗狗的原初心态，或者说他与城市邂逅的基本构成，却来自于熟悉又陌生的父辈——重刑犯毛铁提供的一个极其偶然的、也是极为尴尬的机遇（富有意味的是，作为第一代的毛铁，在城市这样一个命运发生地，也并没有和第二代的毛狗狗有一个直接的交接）。因此，或许父亲毛铁尤能代表"第一代农民工"进城后的所有遭遇和尘埃落定，"农二代"诸如毛狗狗们的命运则尚未普遍形成，抑或正在进行时。而在"农二代"诸如毛狗狗这样一个人物命运的自觉意识中，城市并不是他自己真实的属地，或者说"农二代"并不是他想要的配角身份，那么他的经历和经验告诉自己，当代农村或许更为符合他们的心性和他们的目的。这是人物命运的真实归位，尤具文学的合理性。

因此，毛狗狗这个人物形象的发展便有了第二个差异性，那就是，他短暂的城市生活，区别于大多数小说或影视作品中，农民工进城发展乃至于飞黄腾达的故事情节。在这里，依托于作者对"书写与差异"的理解和运用。有生活、有经验、有良知诸如曾宪国这样的作家，则洞悉到这个命运的形成之初，而非形成的结果，于是具备了诸多文学的想像空间，使得长篇小说这种艺术形式，在曾宪国的放纵和控制下，得到收缩之后显然的无限张力。由此才是真正的现实主义，去掉某些粉饰，基于现实底色，完成纯粹的凝视，和建设丰富的、真实的、合理的艺术想像空间。

多年来，现实主义作品当中的"高大上""假大空"，一直是我们批判和反思的一个现象，尤其在小说书写中，被狭隘的艺术观念所束缚的写作比比皆是，作家无力捕获瞬息万变的精神流变，在对飞速变化的社会进程的书写中，出现虚妄的自大，不尊重小说人物的发展，其实就是不遵循现实的基本规律与艺术的基本法则，诸多作家自以为能掌控甚或制作结局，有此心态先入为主，而忽略或藐视读者的智商和艺术审美水准，作品显得苍白、平面，艺术感染力一再降级，读写之间出现隔阂。一个典型人物的诞生，是不会出现在作家的空想和力所不逮的现实洞察力当中的，哲人西塞罗曾说，"命运女神不仅自己盲目，而且还使自己所偏爱的人也变得盲目。"这正是事物行进过程中的真实，经历了盲目进入城市的毛狗狗，于结局（也是开始）中已建立强烈的自我意识，因此，作者真实地将他还原到他自身的属地，这个属地不仅是现实的属地，而且也是一个文学意义上的属地，城市际遇，则仅仅是他人生的一次体验跟认知，以此完成人物形象的升华。

显然，《门朝天开》的思想意识也是具备差异性的。长篇小说这种文学式样有一个共同的特性，那就是有被我们称为思想意识（或思想性）的存在。《门朝天开》的思想性基于它的"悲剧意识"，人物命运的过程和结局，所有的叙述的血肉，皆围绕这个意识而凝聚成主题骨架。城市生活对于主人公来说，诚如一扇方向朝天开着的大门，毛狗狗暂时无法摸寻到进入其中的通道。因此，曾宪国所具备的思想意识，在《门朝天开》中绝不是精确无误的、预先构架的、可以归纳论点的东西——正如骨架绝不是人成年时（诸如"农一代"）强行安装进躯体

里，而是同人的躯体的所有其他部位一起成长的那样，《门朝天开》的思想意识也在发展中，并未成为一种普遍的所谓长篇小说的思想性。因为，思想意识是不确定的、矛盾的——它反映生活本身存在的一切矛盾。小说家曾宪国不是哲学家，而是见证人。但决定《门朝天开》之所以成其为一部不乏优秀品质的长篇小说的各种要素——显而易见，依然溯源于他的思想意识。

在这样一个娱乐化时代，《门朝天开》区别于在制作而不是创作状态下的长篇书写，具备显而易见的差异性书写特质，于阅读世界中，同样也有着良好的艺术审美生长空间。如此这般紧贴当下正在发生的现实，而产生的差异性写作和超前的文学书写意识，遵循现实逻辑规律及艺术逻辑之法则，作品由此彰显出多种文学可能性。从各方面来讲，基于《门朝天开》所呈现出来的文学视界、境界和文学成就，这部作品都不啻为近年来中国文学的一大收获。

重版自序

在我工作的报社附近，有一处通向长江储奇门码头的公路尽头，当地人叫它羊子坝。这里并没有一只羊，而是一块很大的石砾空地。那是上世纪70年代末到80年代初，汽车还不多，难得有在码头上装卸货的车辆在此短暂停留，造出一阵子忙碌的声响，平时一派空寂，只有江声和过往的轮船在天际间躁动。我爱从冗繁的编辑工作中溜出来，来这里面对滚滚长江，遥望对岸的南山，胡思乱想，清醒头脑。

只要我去到那里，就会发现一些从外地来的乡下人，三五成群，或蹲或站，互相叽叽喳喳打听着什么。听附近的住家户说，那里成了人市。人市是当地人的说法，就是现今的劳务市场。那时，城市与农村之间耸立的墙还没有被政策推倒，农民进城是犯大忌的，凡是无证流动的人统统被称为流民。我在那里听见一个生疏的字眼——"丘二"。何为"丘二"？在能找到的资料上都无从核查。一些更有阅历的人告诉我，以前称当兵的叫"丘八"，是将兵字拆开念，意脚走四方、口吃八方。将人市上找活儿当帮工的人称"丘二"，大概也有此意。解放后，觉得这称谓是一种歧视，便在人们口中消失了。社会上有了做生意的个体户，就是被媒体宣传的万元户，生意做大了要请帮工，因此"丘二"又回到了人们口中，与此同回来的还有人市。个体户请帮工，政策还未明确允许，更何况人市。对改革，一切都在摸着石头过河，人市对与不对，谁也拿不准，当地有关部门也拿不准，又不好取缔，城管人员便以有碍市容观瞻和交通为由，驱散想当"丘二"的人，阻止市场形成。那时，社会以及人们的思想意识，乃至政策都还没有准备好接纳他们的空

间，生存的艰难，被政策的滞后刻写在他们四处逃窜而惊慌失措的脸上。我多次遇见这种让人心惊的场面，同情和怜悯随我的目光追送给四下逃散的背影。但他们没有屈服，他们用周旋的韧劲存活了下来。直到改革开放形势更加明朗，人市才在那里站稳了地盘。

当时的人市格局很简单，雇工的个体户和想当"丘二"的农村人，成为一对共生共荣的矛盾体。劳资纠纷不仅从人市得以窥见，媒体也开始从现实生活中寻找并报道。我也热衷于四处采访，头脑里装了不少有关个体户和"丘二"的原始素材，经过糅合加工，加以想象，写了中篇小说《嘉陵江边一条街》《人市》，分别发表在《当代》和《中国作家》上。这是写第一代进城农民工的遭遇，是我用小说形式关注市井小人物的开始，是我写进城农民工的发轫之作。

时间进入本世纪初，政府专门在储奇门花街子划出一块地，建起了劳务市场，占了一幢大楼整整一层。这市场仅与我们报社一墙之隔，站在办公室过道上，透过窗户都就听见市场里的喧闹。从此，人市更近地进入我的视线。每天编辑闲暇之时，我爱站在窗前听人市的嘈杂之声，任思绪腾飞，想象里面的各色人等，以及正发生和将要发生的事情。这给我很大的乐趣。花街子是条很有意思的小街，饭店、杂货铺、理发店、麻将馆、录像厅、菜市场应有尽有，是我们每天生活要光顾的地方。有了劳务市场，小街更闹热了。想当帮工的农民脸上再没有以前的惧色，公开拿着介绍自己特长的纸片，在市场外的空地，四下找雇主。有时他们要遭到市场管理人员的吆喝，要他们一律进市场交易。他们不愿进去，因为要缴管理费，他们流露出困惑和无奈。

这时期，改革开放愈加深入，市里不少企业改制，下岗人员增多，就业竞争更激烈，再就业成为社会一大难题。我想，他们会到人市里来吗？他们的到来会对进城的农民有着怎样的冲击？于是我把人市当成大社会的缩影，开始了有意思的想象。

时间，修定着政策的不完善。随着政策的开放，农民进城务工得到有力支持，隔离城乡的墙被政策巨大的力量推倒了，他们以前的梦想变成为现实。这时的人市与我作品《人市》的时间已跨过了近三十年，第一代在人市活动的进城农民此时该在何处，我不得而知。现今多是70后、80后，甚至90后的第二代农民工。他们离乡背井进城跟父辈的目的已有了本质的不同。他们有文化，头脑比父辈更灵活。他们进城来所要寻求的不仅是金钱，还有与城里人一样的身份，能够自信而有尊严地活着。但是，他们跟父辈们一样，身份被残酷的城乡二元对立传统观念阻止在了城外，人进了城，灵魂却在城乡结合部游走。我发现他们所处的矛盾比父辈们更复杂了，劳资纠纷外又多了与城里多余劳动力的竞争，还要面对社会上的各种关系。城里人是否用平等的目光看待他们？他们自己的心理为身体的进城作好准备没有？政策对他们的进城是否还有疏漏的地方？他们是怀着美好的愿望拥进城市的，他们动用种庄稼的头脑，使出了并不比种庄稼少的力气来实现自己的梦想，但他们能实现吗？困难又在哪里？如此等等，更增加我想象的兴趣。

举两个真实的事例，一个是人市搬到了我们隔壁，报社的保卫部门专门挨个办公室打招呼，一是要锁好门窗、抽屉，二是看见陌生人进办公大楼要盘查。我想，招呼不外是打给隔壁的。但这些年过去了，报社平安无事。另一个是报社这时来了几个农民工，他们做各办公室的清洁、送报纸书信，或帮各办公室跑跑腿。他们都带有家属，租住在报社家属区偏窄的房子里。尽管没发现有人明显歧视他们，但他们很少主动和我们说话，从不跟人争执，即使每月到办公室来领取工钱，也显得畏畏缩缩。算来他们到报社也有二十来年了，现在已有了小孩，缴了赞助费，小孩在附近小学读书，可是他们仍没有真正融入报社大院里的大众，依然静悄悄地过自己的日子。逢年过节，他们都要回自己的老家，那时段，许多他们帮我们做的事就得靠我们自己了。

他们生活在城市中，生活给了他们许多不顺心，他们仍顽强地在这里拼搏，想拼出一块属于自己的天地，一个可以像城

里人一样生活的家。但这一切十分艰难，无论是在城里人还是在他们自己的意识中，城市只给他们提供了一个暂且栖身之所，他们的家还在农村。因为祖祖辈辈延续下来的根已深深扎入了那块土地，即使他们像风筝飞得再远，魂的线都萦系着那里，那里是他们身心的宅基地。当然回去的人之中有极个别因某种机缘发了财的，但绝大多数被城市消费掉了体力和心力，只有疲惫的身躯和空空的行囊。发了财的衣锦还乡，受到乡邻的羡慕，不得意甚至失意的，回到家乡抚慰身心的创伤。

这就是现实生活的残酷，这就是城乡二元对立的严峻，这就是人们传统观念的冷漠。于是我多年酝酿，三年写出了这部长篇《门朝天开》，目的就是要揭示这些残酷、严峻和冷漠，让人们能清醒地认识这些对社会和谐造成的损害，激发人们从自己的观念意识着眼，跟社会一起，找出合理而妥善的解决办法。

令人欣慰的是，随着社会的发展，进城农民工所遭遇的问题正在逐步得到解决。多年以来，中央在每年岁首都以"一号红头文件"聚焦"三农"，农民工融入城市的问题，已进入了中央文件的表述，有关进城农民工的各种政策文件相继出台，就业、子女入学、住房、社保等等，以前件件艰难，现在一项一项得到改善。

我作品中的毛狗狗们，在我所熟悉的环境中，在花街子，在人市，无处没有他们的身影，但现实生活中却不存在这个人。作品中的那些残酷、严峻和冷漠给毛狗狗心灵造成了重创，迫使他离开了以为能一显身手、干一番事业的城市，惨然地回到大山围困的老家。这种凄风苦雨的遭遇，是我的艺术虚构。但愿现实中的进城农民工过得比他好。回到家乡的毛狗狗，是否能被先辈们用血汗滋养的地气治好心灵的创伤，积蓄力气，回到城市，那就要看他会遇到什么机缘了。也有可能，毛狗狗再也不会回到城市，因为新农村的发展更需要他这样有文化、见过世面、经过风雨的人。

再版时，得到朋友们的关爱：诗人李钢欣然题写书名画插图；《红岩》文学杂志首发本书的编辑、评论家波佩写评文；著名作家阿来、《人民文学》副主编宁小龄、《长篇小说选刊》主编顾建平、《红岩》主编刘阳撰写推荐辞。为他们的辛劳和大力支持，一并表示诚挚谢意！

感谢重庆出版社重新出版这部作品，也给了我这些文字面世的机会。

曾宪国
2014 年春

目　录

上篇

下篇

上 篇

半 个 老 乡

　　太阳快下山的时候，小客轮缓缓驶进长江与嘉陵江的汇合处——朝天门，慢慢靠了趸船，喇叭箱子放出话来，"重庆到了，船停嘉陵江千斯门码头"。

　　枯坐了大半天沉闷的乘客立刻兴奋起来，船舱里一片忙乱，有取行李的，有提醒不要掉东西的，性急的干脆提起东西站在了过道上。

　　我一下子莫名地慌乱了，心里咚咚跳，望着忙乱的人却坐在位子上不动，不知该怎么办。

　　重庆，这座建在高坡上的城市，自我懂事最早听说"北京"后就是它了。现在一见面就给我一个下马威，它气势汹汹地从舱外向我挤压下来，要我对它服服帖帖。我从没有出过远门，最远就到过县城，那还是和李黑娃一起，跟他父亲去县城讨要修公路的工钱。县城对我来说，大得已叫我惊讶，更没有想到它比县城还大得多。眼前是高入天际的楼房，许多石梯坎从江里伸出来，梯子一样架在这些楼房之间。的确，这座城市的高大和气派，顿时叫我恐慌。

我最后一个走出船舱。有个穿救生衣的水手，眼里透出诧异，一直盯着我，就像我要逃票似的。走在前面的人，踩得金属跳板咣当咣当响，跳板一闪一闪的，闪得我脚步发软，迈不大开。

走到跳板中央我停了下来，回头看小客轮，小客轮在江水里轻轻摇晃，似乎在向我道别，害得我鼻子突然一酸，眼睛圈发烫了。这一别，又不知哪天坐它回龚滩，再坐县上班车回镇上，再走几个小时山路，回到没有一个亲人的家？

太阳躲到了对面楼房后面，从楼房空隙间透过来一条条光带，洒在江上，江面像浮起一层油在熊熊燃烧，蹿起高高的火苗子，我再不走开，就会被火苗子吞噬。两天紧赶慢赶的路程，小客轮吃力地逆流而上，这些难道会跟我来这里后的命运相同吗？我掂掂肩上的挎包，挎包里就两件换洗衣服，然后摸贴胸口袋，里面是身份证和母亲给的八百元钱。现在只有七百元了。这点钱能供我生活多久？心子像悬在半空中，落不到实处。

江水在跳板下闪射着光芒，晃得我眼睛也阵阵发花。我又着腿，走过金属跳板，登上石梯坎，战战兢兢地投进重庆城的怀抱。

爬上码头，是个叫朝天门的广场，广场大得让我目瞪口呆。

我们山区难得见一块巴掌大的坝子，坝子属于山下，是风调雨顺、富庶的象征，是生长香喷喷稻谷的地方。这广场比我们那些坝子看来还富有，四周栏杆都是大理石砌的，喷泉向空中喷水珠，哗哗地又洒落在池子里。广场外是个圆花坛，几条马路在这里交汇，车辆川流不息，人来人往，弥漫起杂乱而又迷人的气息。我站在广场上看四周的人，四周却没有谁看我，在这里，我感到了自己的微不足道，甚至还不如那喷洒向空中

的水珠，水珠还反射出落日的光彩，引得无数人观看。

打量通向不知何处的四方路口，何去何从？惶悚再次抓住了我，比下船时更紧更揪心。

母亲说我生下来就鼻子灵，是狗鼻子。那天我从娘胎一出来，三亲六戚来看我，我还没睁眼，在他们手中传递，哭声能揭开房盖，但一回到母亲怀里就乖乖地安静下来。亲戚们都说，怪耶，怪耶，这娃娃会用鼻子认人。我对这陌生的城市的恐慌还没有消失，是我的狗鼻子，帮我找到个叫我心安的人。

在一张石椅上坐着个四方脸的中年人，伸直两条腿，抱着双臂，下巴垂在胸口上打瞌睡。尽管他摆放得很悠闲，一副无视世人的倨傲样子但，离他几步远，我就晓得他是个农村人，不是凭他衣着，是他身上那股烂红苕味。离家的时候，乡亲们见我孤苦伶仃，怕我受外人欺负，多有忠告。李黑娃的父亲再三叮嘱，到了城里，一定要多长个心眼，不要轻信陌生人，特别是城里人。正是这股烂红苕味，才叫我敢坐在他的旁边。

我刚坐下来，那人就开腔了，声音像破锣在我耳边敲响，忽然吓我一跳。他闭起眼睛在问："新来的？"

我知道他是问我，出于对陌生人的提防，我没理睬。他说："格老子问你。"

我没好气地说："看出我是新来的？"

他说："格老子还用看，就你那样子！"

他又说："就不怕它吃你，敢来？"

我有些不明白，问道："你说谁会吃我？"

"还有哪个，格老子重庆城！"

重庆城真像他说的那样会吃人？把我吃了，又会怎么个吃法？我简直无法搞清楚。不过，他这一说，的确使我一怔，难怪下船时，这座城市叫我恐慌。我沉默了。

他笑着说："吓你的，它倒不吃人，是我会把你吃了。"

他打起一串沙哑的"哈哈"。他这一说，反倒让我放松了，也陪他一阵笑。

他又问："是哪来的？"

我说："酉阳。"

他嘴一瘪，说："那地方穷山恶水，鬼都不生蛋。"

对他的说法我很不认同——再穷，也是我家乡。我说："才不是哩，是山清水秀。"

他眼睛猛地睁开，扭头看我，一对鼓眼，让人觉得有点凶，说："我还不晓得，格老子在那里当过几年兵的。"

他样子虽说凶，但鼓眼透出的光却是和善的，特别是他话语中透出的酉阳乡音，在我听来特别亲切，像一股风吹开了我心中提防的大门，阳光和着雨露一下子漫进来，温暖着我，滋润着我。在这人生地不熟的重庆城，我悬起的心，似乎一下找到了落处，他乡遇故人的亲近使我有了依靠。我说："既然这样，那靠大哥关照哟。"

他伸手拍我肩，说："好说，格老子半个老乡嘛！你有烟没？"

我赶忙拿出烟递给他一支，他接过来夹在耳朵上，毫不客气又从我烟盒里取出支才点燃。他抽着我的烟，舒服地吐出一长串烟雾，夸我是老实人。他的夸奖使我轻飘飘起来，跟他刚认识，就觉得遇上了老熟人。一阵东拉西扯后，他竟主动邀请我吃饭。他的大方让我受宠若惊，正想该不该答应，就被他一把拉起，来到广场通往江边码头的地下通道，通道有几十米长，两边摆起小百货和饮料香烟摊子，还有几家小饭馆。他带我进了一家饭馆，把我按在凳子上坐定，不由分说，就点了一份卤豆干、一份凉三丝、两瓶啤酒。

他说话喜欢"格老子"，好像当然就成了我的长辈似的，我就得事事听他的，虽说这有点不伦不类，让我感到压迫，但他的耿直还是给了我好印象。我们互报了姓名。他叫胡光明，让我叫他胡哥。他听我姓毛，叫狗狗，笑得气都喘不过来了，说我好名字。他要我为我们的认识把一瓶酒干了，于是我们抓起酒瓶当地碰一下，一仰颈子，咕嘟咕嘟灌了下去。第一次这样喝，我不适应，心里却痛快。一瓶酒灌下去，肚子立马觉得变成了气球，膨胀起来，非常难受，我揉了揉肚子，打出个响亮的嗝，叫我轻松又尴尬。胡哥哈哈大笑，说："咋样，舒服吧？"

我真正笑起来，连说两遍"舒服"。气氛更融洽了，我觉得

该谈正事了，说："胡哥，想跟你打听个地方。"

"你说，在重庆城，格老子没哪点不晓得的。"

"九板坡监狱。"

"为啥打听那鬼地方？"

"去看个人。"

他鼓眼睛落在我脸上，停留好一阵，探究我说的真不真。他目光的确叫我难堪，脸忽地发烫了。别的不打听，开口打听关人的地方，脸上怎么挂得住。我借搛菜吃躲过他目光，还好他也随即收了回去，哦了一声，说："就在城里，离这里不很远，格老子明天陪你去。"

他要我们一人还来两瓶啤酒，我不行，要了一瓶，他要了两瓶。他喝到最后一瓶，说的话开始神起来，他说他在重庆城日子过得自在，结识不少城里人，甚至还讲起玩过的城里女人。说起城里人，就吊我胃口，特别是城里女人，更让我怦然心动。这是他最为得意的话题，说起来口水四溅，嘴皮子咂得吧吧响，仿佛在碰见我之前才刚跟城里某个女人幽会过，正在回味。我完全相信他说的是真的，如果是假的，他会这样说城里的女人吗？他说："城里女人就是不一样，周身白净，身上没得太阳味。"

只有我们乡下人才晓得太阳有的那种味道。你想，一个能用太阳味道来形容女人的人，一个敢于在人来人往的广场上旁若无人打瞌睡的人，对这样的人所说的，我能不信吗？不过，也有些疑问，既然他城里有熟人，又为什么整天闲得没事做，青天白日在广场上打瞌睡？但我没问他，因为我觉得这不值得深究。

结账时，胡光明说尿胀了，忙慌慌去了厕所。服务员拿着账单，笑嘻嘻站在我面前。这还能怎么办，我只得咬牙摸出三十二元，给了。钱给了，胡哥回来了，说哎呀，你就给了哇。我向他苦笑一下，也不好说什么。

出了饭店，跟着胡哥走进一条小街。从街边铺面招牌看出，这条街叫千厮门河街。吃饭时，胡哥叫我今晚去他住处将就一夜。他诚意邀请，我当然接受。

啤酒使胡哥走路有些飘了，他甩着双手，哼着曲子在前面飘，声调忽高忽低。我听出他哼的是我们土家民歌《木叶情歌》。这首民歌在武陵山区广为流传，连三岁小孩都会唱。在我不熟悉的地方能听见我熟悉的民歌，心里抑制不住激动，眼眶也发热了，便应和起来：

> 大山木叶烂成堆，
> 只因小郎不会吹，
> 几时吹得木叶叫，
> 只有木叶不用媒。

> 大山木叶青翠翠，
> 妹要小郎展劲吹，
> 几时吹得凤凰调，
> 木叶就是大红媒。

胡哥听见了，走下来，笑眯眯望我，伸出手臂围住我的脖子。

这时，嘉陵江上飘来轮船汽笛声，低沉而闷响，一阵阵震得我心子欢乐得发颤。

我相信了缘分，尽管它让人见不着，但此时我却实实在在摸着了它，它原来是个好东西，使人能在黑暗中看见亮光，在寒冷中感到温暖。我突然觉得这座城市早已跟我有了某种联系，早在这里等待我来熟悉它。虽说心里的惶恐还没有完全消失，但我觉得有点喜欢这座城市了。

我们进了一间房子，一家私人客栈，比街面低半层的地下室。一盏低瓦数灯泡吊在水泥横梁上，发出昏黄的光，照得屋里影影绰绰。三十来平米屋子，紧挨密靠七八张床，床是各式各样的，有收折铁床，有木架床，还有砖头垫起的木板床。屋子里混合着汗烟味，不时还从门外飘进来一股阴沟发出的恶臭。

胡哥把我引到里边靠墙一张床，说是他的，让我睡。又向一边在打扑克牌的喊了声小三，一个小伙子答应了，胡哥叫他

去跟人合铺，要睡他床。胡哥对我说，这些都是他弟兄，叫我放心睡。他向我交代了洗漱屙尿的地方，蹬掉鞋子，和衣就倒在小三的床上。倒床的胡哥，嘴里先还在咕哝，不一会儿便响起了鼾声。

离家两天了，还没睡过安稳觉，我感到极度疲倦，上眼皮涩重得往下掉。我把脱下的上衣大致折一下，和挎包一起放在头与墙壁之间的枕边。脸一贴上枕头感到湿滑，用手一摸原来是油腻，还有一股烂红苕味，把它翻个面，更脏，想将上衣垫上面又怕弄脏。最后顾不了那么多，总比没处睡好，头一靠上去，合上眼皮，不一会那味道就渐渐淡去……

一觉醒来，天已经大亮。一身还是疲惫，疲惫是从身体内生出来的，有恐惧包裹着，把人缠得很紧，勒得一身酸痛，使人心里发慌，连撑起身来看看的力气也没有。我望着顶上的水泥横梁，横梁挂着阳尘，一吊一吊在空气中摇晃。我不知自己身置何地，睡在何处，半晌才搞清楚。我好不容易鼓起劲才坐起来，见昨晚满屋的人都出门了，只有对面一张床上还蜷缩着一个人，在呻吟。

我拿衣服穿，忽然觉得衣服被人动过。我一下子紧张起来，抓过衣服，里面掉下一张纸，一张从水泥袋上撕下的包装纸，还有一股水泥味。上面写道：

毛狗狗：

实在对不起，我急需用钱，从你这里拿了三百元，算跟你借，以后一定还，放心。见你睡得香，没有叫醒你，就自己动手拿了。请原谅！这作为我开的借条。我不能陪你去监狱了，给你画了路线图，照着走，最多半小时。要是你愿意，还可以来住。

胡光明

下面是去监狱的路线图，画得歪歪扭扭，倒也一目了然。

我气得大声骂狗日的，扔了纸条，翻口袋一清，果然少了三百元。除去昨晚的花费，只剩不到一半了。我被不要脸的骗子行径气得浑身发抖，穿好衣服，去到对面床前，厉声问那呻吟的人："晓不晓得姓胡的在哪里？"

那人睁开眼，望我一下又合上了，呻吟一声摇摇头。大概他病了。

社会上行骗的法子很多，令人防不胜防。从跟我主动套近乎搭白到喝酒吃饭，再热情邀我留宿，这一切难道都是胡光明给我设的局吗？我又恶狠狠骂一声，把床前一双皱巴巴的皮鞋踢得飞起来，一只挂在对面墙上钉子上，一只击中电灯线，灯泡被弹得老高，灰尘纷纷坠下，鞋子砰地又落进一个盛满脏水的盆子里，水溅湿一地，鞋子像只脱毛的鸭子在盆里荡。我随便倒在一张床上难过得流出眼泪，好一阵过去，心头怒气也难消。

我拿起纸，又看一遍，这次竟从上面有了新的感受，觉得胡光明说得很清楚，没半点欺我，还相当客气，跟爱充格老子的他判若两人。叫我不痛快的是，为什么他自己动手，动得还理直气壮？不过又一想，他真要开口借，我会借吗？会借那么多吗？我恨自己昨晚喝多了，不仅没管住讨厌的嘴巴，还少了记性，忘了母亲给钱时的话，放好，财不要露白。我佩服胡光明，干这事不露声色，醉酒醉得说话啰唆，找我借钱的嘴巴却闭得那么紧。他什么时候写下这张纸条的，居然还写得头头是道？最后不得不承认，姓胡的精明，采用了最成功的借钱方式。

在屋外，我伸头在水龙头下一阵猛冲，冷水激得我禁不住号叫，心里也舒坦多了。回到屋里，我将路线图撕下，放进口袋，把半张借条塞进胡光明枕头下，抓过挎包，出门了。

出　走

一个人的命，总是让人看不透，尽管它隔你只薄薄一层，

山坡上的城市

9

不到那一刻，一切对你都是未知数。

来重庆城，是为了跟父亲见面。不是我想见，是判刑后他向政府的请求。

父亲要我去见他，是镇上得到电话，派人走二十几里山路来告诉我母亲的。

当时，我在村委会主任吴麻子家打麻将，放炮一块钱，自摸两块。我手气从来没这么顺过，像有神仙附体在保佑，自摸一个接一个，巴掌厚的门板也挡不住，一上午就赢了二十多块。气得吴麻子的铜钱大麻子个个又红又亮，把麻将砸得叭叭响，骂道："毛狗狗，你龟儿狗爪子抓过屎么！"

同院子的李黑娃这时找来，对我说："毛狗狗，还打麻将，不快点回去，你家出事了！"

父亲在重庆城把人打死了，被判了无期。

消息像风一样传遍了全寨子，一些时常互相走动的乡亲简直不相信自己的耳朵，一拨又一拨上门来打听真假。镇上的口信已够厉害了，乡亲们的上门更让母亲脸面无处搁，这无疑对重病在身的她如同雪上加霜。可以说，是父亲不光彩的刑讯，加快了母亲的过世。

我可怜的母亲，在生命最后时刻这样对我说："欠账还钱，杀人抵命，这规矩他不晓得么？是背时的，活得不耐烦了，想丢下我们母子俩不管。"

母亲不懂啥子做人的高深道理，但为人的基本原则却懂，所以对自己男人打死人被判刑才认准这解释，而且认为这解释最合乎情理，要不，好好的为啥子去打死人，难道他不晓得，一开始跟人拼命，自己的命也搭在那人身上了？不过我想，父亲敢这样对自己的命，把命不当一回事地抛撒，肯定是他觉得还有更重要的值得去换。这或许我母亲不清楚，我也不清楚，目前也只能这样来猜想。

母亲躺在床上说："他在监狱等你，要见一面……说晚了就要被押到远地方去了……"

母亲连睁眼的力气也没得了，但抓住我手臂，指甲却陷进了肉里，好像唯有这样掐痛我才能使我照她说的去办。她已经上气不接下气了，还不忘对我说："在城里，他有个女人……那女人使他把我们忘了……那个烂货……"

这是真的么？母亲从哪里晓得的？是有什么风声吹进她耳朵，还是凭她女人敏锐的感觉在猜度？她把"烂货"两个字骂得这么恳切，那么咬牙切齿，这就不能不叫我信了。母亲说话从来干净，干净得像她身上每天的衣服，连一点儿泥浆也不沾。没想到她在生命弥留之际却骂出了"烂货"，可见，她对那个是否存在的女人，怀有多深重的仇恨。

听母亲讲后，我说不出的懊恼。父亲与我隔得远山远水，就像隔着一个世界，一向对我不闻不问，心里哪有我这个当儿子的？现在，他被无期了就想起了我。他这是感到刑期的重量了，背不起，想移一些到我身上。我很委屈，这一点不公道。我脑袋轰地一声变重了，麻将赢来的好心情也泄了个精光。我对母亲说："我不去，我不想见他，你也离不得人。"

母亲五十不到，正该是精神的时候，可是这些年的病痛，折磨得她老了许多，瘦得皮包骨，蜷缩在床上简直像个小人。母亲以前是寨子里公认的一枝花，说话柔柔的，对人和气，特别是一双眼睛，话未出口就先笑了。乡亲们没哪个不说母亲好。现在，母亲变样了，美貌被岁月和病魔抢走了，连眼里的笑，也被一层死气遮得严严实实的。

母亲嘤嘤呜呜地哭起来，把我抓得更紧了。她向我说了监狱名字，然后用尽最后一点儿力气，对我说："狗狗……赶紧去……晚了……警察就不等了……就当代我去……对他说我好，让他安心去坐牢……"

母亲说得有气无力，却句句像钢针穿过我耳朵，直通通扎在心上。

我心里喊，可怜的母亲啊！

说母亲可怜，是因为这些年来，明明晓得丈夫已经将她遗忘了，根本再也不会回到身边，却还对他一往情深，一门心思挂念。以她先前的话，她已经明知丈夫不像她一样忠心，而她却还对他忠心耿耿。还有，她丈夫不像寨子里别的男人，守着自家田土和老婆耕种，收获庄稼的同时也收获后代，而是一个人跑到山外边大城市过日子，致使我们家就我一个娃儿，不像李黑娃家，除了他，还有个弟弟和个妹妹。我想，这是父亲最对不住母亲的地方。

我难以将母亲的挂念化为对父亲的渴盼，也难以在心中塑起父亲形象来。我跟他唯一的联系，就是墙上那张发黄的照片。照片上有这样的落款：黄金乡基干民兵集训留影，一九七六年五月。我曾无数次为照片上那张英俊的笑脸气愤过，要不是母亲也站在上面，那张笑脸早被我撕烂无数次了。

听说他在重庆城一个啥子市场里做事，赚了不少钱，吃香的喝辣的。这些都是在乡亲们嘴上风传的。在我记忆中，他除从邮局寄回几次钱外，二十年来，对他家里的女人和我这个儿子，就像是忘记的烂衣破鞋。听母亲多次说，父亲离家时我才满月。难怪脑子里至今也无法印出他的样子来，连照片上他的笑脸也觉得是虚假的，不能给我真实。我甚至觉得，他那时的笑脸也是强装的，别有用心的，是为骗取我母亲爱情的。我没对任何人说过，但在心里，早已将他骂成混账王八蛋了。为啥子这样？可能是某次一起玩耍的李黑娃被他父亲牵着手带回家吃饭，李黑娃一边跳一边仰起脸跟他父亲说话；也可能是某次过年，一些大人肩上驮着穿新衣服的娃儿去镇上看热闹路过我们院坝；也可能那些都不是，是某一天早晨我醒来就开始这样了。

我永远不会忘记这一天，陪母亲，整天坐在她床前。深夜，母亲说冷，冷得周身打战。我坐上床，把母亲紧紧抱在怀里。天要亮的时候，母亲努力睁开了眼，望着我笑了，这一笑和睁开的眼就再也没从脸上收回去……

去年，我们村小的高老师死了，办丧事的时候，请了端公做法事，打起铙钹，绕着棺材跳。在绕第三周的时候，高老师竟一下坐了起来，说在阴间口渴，回来找水喝，家人被吓得埋头不敢看，法师胆大，真端了一大碗水给他喝，他一口气喝得精光，竟奇迹般活过来了。在给母亲办丧事时，我把给高老师跳端公的法师和他师傅都请了来，两师徒轮换不歇气，又打铙钹又唱又跳三天三夜。我多么希望母亲也像高老师那样从棺材里坐起来，像他一样感到口渴回来找水喝。可是，奇迹没有发生，母亲终归没有回来。

跪在母亲坟前，我把那张发黄的照片与纸钱一起烧掉。按说我该珍藏照片，但我还是把它烧了，用父亲来祭奠母亲，并将父亲彻底从我脑子中驱除。对母亲，我不需要照片，母亲分分秒秒都能活灵活现在我心上。

在坟前，我痛哭流涕，哭得昏天黑地，哀号声在寨子上空久久不散，搞得一个寨子愁云密布，乡亲们都站在通往坟坡的路口朝这边望，也在跟着哀伤。李黑娃一直在坟坡陪我，在旁边不歇气地说，伯母去都去了，去享福去了，还伤心干啥子嘛！几次上来劝，都被我拳打脚踢撵开了。每到吃饭时间，李黑娃都给我端饭来，我一点都吃不下，摆在母亲坟前当供品。

三天三夜，我昏昏沉沉，悲痛欲绝地守在母亲坟前。

半个月后，一把铁锁，我锁了家里那扇木门。

这天，乌云翻滚，空中不时洒下些雨点子。同院子的乡亲都站在院坝上，一脸愁容，都说不出句轻松一点的话来为我送行。李黑娃递给我一支烟，替我点燃，跟我一起站在院坝边黄葛树下抽。他心头捂着一句话，是从我决定要走的那天就想问我，几次话到嘴边又缩回去了，直到这时他终于忍不住问了："狗狗，还回来吗？"

对他这句生怕重了一直不敢问的话，我无法回答，沉默着把一支烟抽完。最后，我把烟屁股弹下院坝边的陡坡，又掏出钥匙扔了下去……

探　监

太阳在长江、嘉陵江升起的雾气里进进出出，搞得天也变了脸，一会儿亮，一会儿阴。

此时，我心情很难说清，不高兴也不痛苦，就是什么也没有。

我在路边小食摊吃了一大碗热辣辣的面条，头上冒汗，打着饱嗝。别的食客都斜起眼睛看我。我不在乎。三百元从姓胡的身上买来昨天都还不曾有的德行。三百元当学费，我觉得值。

在吃食摊众目睽睽之下，我又拿出路线图辨认，确定位置，盯准方位，默记一遍。胡光明跟我一样是农村人，他能在重庆城活得有滋有味，我为啥子就不行？我决定不向人打听，凭默记找到关押父亲的监狱。我觉得这是向这座城市的应战。

我恨父亲，但我还是得去，因为要了却母亲的遗愿，同时这也是我跟这座城市唯一的一点关系了。

不到一个小时我就找到了九板坡监狱。监狱居然在闹市区的一条小街上，黑灰色高墙和一道铁门就把世界隔成了两半，真不可思议。

我徘徊在门前，不晓得怎么能进去。

挎枪的武警注意我了，盯得我浑身不自在。里面的世界，我一无所知，只听李黑娃父亲讲过，他了解里面。因为别家的山羊跑进他家菜地吃了菜，他一把火烧了那家的羊圈，结果被公安抓去关在像这样的里面。回来后，他人老了好大一头，跟人说起这种地方就摇头，说那是扳着指头数日子、指头数不过来就用指甲在墙上划印子度过的半年。每次说完还赌咒发誓，说二辈子投胎再要进那里面，他宁肯变猪挨刀都不愿再变人。当时只当听龙门阵，很刺激，庆幸那地方跟我家无关，万没料到，高墙铁门想拦我父亲也没拦住，他自己就跨进去了，而且待的时间比李黑娃老汉要长很多。

太阳钻出了雾气，暖和地照在我身上，但想到李黑娃父亲的龙门阵，高墙铁门却叫我胆寒。我鼓起勇气，才上前问了武警如何探监。

我来到偏门，门还没开，看门框，窄小低矮，只容个人弯腰进出。我靠着门框抽烟，这时又来了几个，轻车熟路地自动排在我后面。他们有的提得鼓鼓囊囊。其中有认识的，互相询问带的东西，又讲起社会见闻来，这些话听与不听都不进我心，他们排队跟我毫无关系，我依然抽自己的烟。挨在我后面时是一个打空手的中年妇人，她用手碰我打招呼，并开口跟我搭白，问我探啥子人，我不想理睬，但她亲近的样子似乎在告诉我有缘分的人才在这儿排队，互相摆谈是对缘分的珍惜，既然我在这儿排队，就不该糟蹋缘分。于是我答应她问话，却不是实话，说是探朋友。她一听了就感慨，说现在这社会居然还有我这样的人，我朋友在里面也值了。我苦笑。她叹息她那男人，犯盗窃进去了，讲义气个人担了，自己成了重角，朋友却一个都不见了。那妇人向我靠拢来，用眼色示意我看后面提东西的，轻声说，你没给朋友带点啥子，这好，那些是哈儿（傻子），带得再多只会喂那些穿黑皮皮的。我明白她是在骂狱警，就更不好接话了，我也不是哈儿，我学过隔墙有耳这成语。妇人还在给我续缘分的时候，高墙里传来电铃响。排队的人中有人说上班了。又有人大声嚷，要开门了，快把队排好。

小门咣当一声从里打开，一个穿警服的半斜出身子，伸头对我们喊，大家守秩序，不准喧哗，一次进来一个。

我是第一个。我弯腰钻进去。一条长长的通道，旁边有间小屋，开着窗。警察要我去窗前办手续。屋里两个警察，一老一青。老的要过我身份证登记，年轻的接过我拎包存放。老警察埋头登记，问我探哪个？

我对父亲的名字的确陌生，即使迫不得已要说起，也会迷茫片刻，像丢失的东西，还待回身去寻找。这的确让我心里和感情都十分难堪。我迟疑片刻，报出名字，老警察正要下笔，想起什么，取过另一个本子翻开查找。

最终，他合上本子，抬头问我是他啥子人。我回答是他儿子。

他跟年轻警察交换个眼色，年轻的正要把我拎包放进存物柜，又还给我。

老警察说："来晚了，犯人死了。"

我呆若木鸡，胸口紧得一时无法呼吸。

这消息，对我意味什么？重要吗？为什么会给我这么大震动？在这之前，我不曾理会，一个人给你生命的同时，他的魂也跟着融入了，无论叫不叫他父亲，魂都在支配你，想丢弃也不行，即使他离你很远很远，魂的线都握在他手里。现在，父亲走了，我非但没有轻松，那根线还被他抓得很紧，勒得我阵阵发痛。

老警察将身份证还给我，对我说："他进来时就有伤，伤得还不轻，我们一直在给他医治，在押他去外地监狱的头天，他得了脑溢血，没抢救过来。我们给你们镇政府去过电话，要他们通知家属，不晓得他们通知到没有。这里有他的东西。"

通知不通知已经不重要了，跟这时我知道不知道也没有什么不同。老警察取出个胀鼓鼓的大信封，将里面东西哗哗倒在桌上，一部手机、一串钥匙、一只打火机、一块手表，还有纸币和几枚硬币，一共是七十五元六角；又从里面掏出封信，一起摊在桌上，要我清点。将一个本子推在我面前，指着一个地方，说："如果东西不差，在这里签个字。"

签字时，我很想写得好点，手就是抖个不停，控也控制不住，结果把毛狗狗三个字写得像一摊稀狗屎。

我把信对折，放进衣袋，将手机和钱等东西收进挎包。手表居然还在走，和登记室墙上的挂钟一分不差。我没有收进挎包，干脆戴上手腕。一瞬间，心里一热，鼻腔发起酸来，难受得很想大哭，不知是为可怜的母亲和我自己，还是为死去的父亲。

忍住没有掉下来的泪水，终于在我弯腰出小门时掉下来了。我赶紧背过排队的人，贴着高墙快快离去。拐个弯，在无人的地方，我靠着高墙坐在地上，让泪水流了个痛快。

进出监狱，不过二十来分钟，比我二十年受的累还重，口干舌燥，身子骨像要散架似的，浑身的肉不晓得该往哪里挂，就想倒在地上死过去。

我从口袋摸出信，是监狱提供的便笺，一共是三页：

狗狗，我被宣判这天，向法院提出要见你一面，面不见，我坐牢也坐不安心。我现在叫的名字是满月那天给你取的，不知你现在是否还这样叫？但我就这样叫你。你满月后，我就离开家，除寄过几次钱，再没回过家来看你和你妈，连一封信也没写过。算来有二十年了，你也长成大人了。在你妈未生你之前，我就打好主意要来闯重庆城，不闯出个人样不回去见你们。在你快满月的那些天里，你白天黑夜都没离开过我的臂弯，我知道一离开你们，那会是个望不到头的日子。那个月里，我眼睛没有离开过你，我把你长相印在了脑子里，无论到哪里都不会忘记。你长得像我，你妈又说长得像她，为这事我曾和她争论不休，因为你那时简直就是个肉团团，看谁像谁，但我还是认定你像我。我在外，时常想起你的模样，只是你肉团团的模样，我不知道你现在长大成啥样子了。

我晓得，你和你妈怨恨我，把我当成世上最坏的人。你们要这样，我没有权利反对，甚至觉得你们是对的。我现在已经是被判了无期的人了，下半辈子怕只有在监狱过了，想弥补也不可能了，给你们再说些对不起的话也毫无意义。但是我要让你们晓得，在这个世界上，我是唯一最思念你们的人。狗儿，你一定要告诉你妈，我下辈子变牛做马再来报答她。她一直都是病恹恹的，所以我不想让她和你一道来，怕她身体吃不消，我更担心的是你们不原谅我，不会在我服刑之前来见我。

狗儿，自从我提出要见你的要求后，就特别想等到你来。听管理人员说，打电话通知区里了，叫你尽早起程。我算了时间，从家里动身拢重庆城大约三天，我们还有见面机会，这些天来，为这机会我特别兴奋，感到亲情比生命还重要。直到昨天晚上，管理员来告诉我，已过了一个星期了家里没见有人来。他说，明天我就要押往外地。我听了，当时痛哭不已，要他们再宽容我等几天，政府没有同意，押往外地的不是我个人，说还有别的犯人。管理员是个好人，宽慰我说，是不是家里有事分不开身，或者路途遥远，一时赶不来。我倒希望他说的是真的，如果是这样，对我的良心是个解脱。其实，我知道不是那些理由，唯一的理由只能是你们恨我，不愿来。

你看到的信，是我述说、管理员代笔的，是我心头话，但愿你能看到。如果你来了，去花子街人市找个人，他叫典小松，是我最要好的朋友，我曾交给他一万元，叫他给家里寄去，不知你们收到没有，如果没收到找他问问，叫他给你。那是我这些年的积蓄，拿回去与你妈好好过日子吧。我要管理员他们不邮寄信，三个月后没有亲人来，就连同我留下的东西一起销毁。

狗儿，好好孝敬你妈，还是那句话，我只有下辈子变牛做马来报答你们了。

你爸毛铁

×月××日晚

我读着信，泪水吧嗒吧嗒滴在信上。按信上的时间推算，正是母亲抓住我手落气的日子。他自己更没想到，他口述完后就发了脑溢血，这封信成了遗书。我痛哭出声，在父亲情感中我感到委屈，他不知道他女人临死前还抓住儿子叫儿子来看他，儿子也来了，还带话她很好，要他安心去坐牢。要说我和母亲对他有恨，的确有，他哪知道，更多的是挂念。

这个混账王八哟，莫说他打死人该受到制裁，就是对亲人欠下的情，他三条命也是不够偿还的。在他被判的那一刻，他想到了偿还吗？他还会有脸面去见自己的女人吗？我敢信，他肮脏的灵魂再也回不到家乡那片洁净的土地上了；乡亲们会侧目鄙视他；袅袅的炊烟会在进山的路口聚成一团，阻止他；翩翩的白鹤会发出怒叫驱赶他；他会被打入十八层地狱永世不得超生。这是他罪有应得，咎由自取。

我把信收好，到花子街人市场找典小松拿钱，这是凭据。怨恨父亲却不能怨恨钱，钱不像他那么坏，何况是一万元，这对我来说，是一笔足以让我舍得命去换的大钱。我现在浑身瘫软，像害大病虚脱，想站站不起来，靠着墙又合上了眼。我睡过去了。忽然我被什么惊醒，睁开眼，跟前叽叽喳喳围了一些人。有人说我是不是生了急病，叫着要叫救护车。也有人估计我是喝多了酒，说看我醉得那个晕乎乎的样子。

我有些恼怒，却也狼狈地站起来，围观的人反倒吓了一跳，听见有人咕哝说好了好了。人们渐渐散去。

我不知睡过去了多久，看表，却停了，停在出监狱后一个半小时上。我取下来摇摇，秒针也不动，贴耳也没听见响声。

人　市

老家黄金镇每逢三六九赶场，场上买卖东西都有各自的市场，卖牛的叫牛市，卖猪的叫猪市，卖羊的叫羊市，还有卖蔬菜的、农副产品的……不晓得父亲在信上说的人市是干啥子的，莫非市场上还会把人当东西进行买卖吗？我不得而知。于是，我在街边快餐摊吃盒饭时打听人市。

这是条小街，快餐摊就摆在街口，吃饭的多是"棒棒"。我想，他们被称为"棒棒"，从他们的行头看，是用竹棒当挑夫以此为生的缘故。

快餐摊老板给了我个说法，人市就是劳务市场，并说了怎么去。怎么去，我脑子还是一片空白。一旁吃饭的一个棒棒，看我迷惑，对我说，吃过饭，他要去花子街人市，叫我跟他走。

棒棒是个精瘦小个子，很难看出他的实际年龄，因为满脸的皱纹也盖不住一副娃娃相。他扛起挂有绳索的竹棒，飞快地走在前面，肥大褪色的蓝西装像蝴蝶翅膀一扇一扇，裤管绾起，露出青筋鼓暴的腿肚子，一双白旅游鞋穿成了黑灰色。这模样，有几分滑稽，像我们小时候在院坝扛起锄把学当兵的走正步。尽管他走得让我有些好笑，但他步子里透出对这城市的熟悉，也走出他的一些自信。我们互通了姓名，他姓周，说熟人都叫他"周棒棒"。他来自三峡库区石柱，在重庆城已经十几年了，每天当棒棒，一月下来，能找好几百元甚至上千元。一个月能找这么多钱的人，我不得不对他另眼相看。

周棒棒是个热情人，很爱讲话，讲得慢条斯理。他讲他来重庆当棒棒做的第一单生意，那天落暴雨，下水道流不赢，马路成了河，一个妇人在路边招手叫棒棒，她这一叫，附近几个"棒棒"一齐都扑上去，妇人说来这么多干啥子，我只要一个，问她挑啥子东西，到哪里，她说就她这人，到马路对面。她有急事，等不得水退，要"棒棒"背她过马路。听说背她，大家就笑，她打扮得花枝招展，人又丰满，穿得又暴露，那不成猪八戒背媳妇了。有两个觉得有便宜占，忙慌慌抢在面前弓起腰，一个还说，背你不要钱，我是雷锋做好人。妇人说好人不是做出来的，我要他背。妇人指着要我背。我背她过马路，你别说，手掂着她屁股，胸前那两坨肉又顶住我后背，真舒服，就想马路再宽些。到了街对面，我向她要钱，她说我没向你要，你反倒向我要。我说我不是雷锋。她说你不是雷锋学了雷锋……周棒棒一路讲来一路走，让我觉得他似乎在这座城市待得太久了，就有了很多自己的或别人的故事，总想一齐讲给人听，对我这还谈不上认识的陌生人也不忌讳，看来，尽管这么多年了，他并没有一个肯听他讲话的朋友。他又问我，是否去人市找活路。我不置可否。他说他才不愿到人市找活路，那是把自己卖了，哪像当棒棒，自己当自己的老板，活得像神仙。听他这么一说，人市真还是买卖人的地方。他的话，又让我想到了优哉游哉的胡光明。

　　走在街上，在人流中穿行，从迎面或者顺路的人身上，我时常能闻到一种我所熟悉的味道，这是少于洗澡换衣，被汗水浸泡发酵出的馊味。还有传入我耳里的话音，这些不是本地音，它让我想到了边远的山乡和城镇。我知道，在我的周围，有不少和我一样的人。这些都在向我提醒，不要惶恐，并不是只有我一个人。我跟着周棒棒走过一个三条马路交会的路口，街两边全是商店，橱窗里摆着好看的商品。商品的新奇对我充满诱惑，都是些我从未见过的。我要紧跟又禁不住好奇观望，那神情，自己也能想到肯定像个傻子。此时，我无法让自己变得机灵，因为我对这座城市一无所知，而一切又那么吸引我。

　　穿过一个老城墙门洞，走下一坡石梯坎，再经过一条长长的、两边摆满小百货摊子和蔬菜挑子的小街。这时，周棒棒指着前面一幢十几层高的楼房，对我说那就是人市。

　　这是 Z 字形路段，楼房就在第二个拐角处。

　　楼前一块平地，排起三个瓷砖花坛。我在所经过的路上也曾见过一些花坛，那些花坛里花草长得正茂，给人满眼愉悦。而这三个花坛里却无一株花草，泥土已被走捷路的脚步踩得平平实实，还丢有快餐盒和纸屑烟盒一类的脏东西，成了大垃圾箱。一楼和底层卖副食品和蔬菜，顾客进进出出，人气很旺。整个二楼是敞开式，没有装修，水泥梁柱全露在外面，临街墙面是一溜短墙，上面用铁条焊成一长排栏杆，栏杆挂着花子街劳务市场的木牌子。

原来，劳务市场被唤称人市。人市就在二楼。

我曾听说过人才交易市场，问起周棒棒，他开导我，劳务市场和人才交易市场是两码事，是荒郊的野狗和富人怀里的哈巴狗，扯不到一起。劳务市场没人才，人才不来劳务市场，劳务市场是买卖力气的地方，一技之长只能叫手艺。人才交易市场叫招聘，劳务市场叫雇佣，同是市场，两重天。

周棒棒把我送到人市前，他陪我站了一会，离开时叮嘱我，初来乍到，城市都欺生，不要轻信人。这样的话，我听过多次，确信这一定是真理。我又想到了胡光明。

武陵山区的五月，桃花还在枝头含笑，这里的五月，天气就热了，太阳到下午，简直就是一团火，烘烤着人市。

花坛四周有不少人，多是青壮年男人，也有年轻女子，有的背着背包，有的行李卷放在地上，人蹲在一旁，眼巴巴望着过往的人。在这里多待一会儿，我看出一些门道。不少男人坐在花坛沿上或街沿边，举起推销自己的纸片：会红案、白案，会蒸炒，会墩子，会调火锅作料；或者会水电、石木泥、家装。举纸片的，个个头高昂，脸露得意，因为他们有手艺，在这里，他们高人一等，生计，似乎绝对在掌控之中。不举纸片的，多半是女人，她们三五成群站在一起，相互壮胆子。不举纸片，是她们没得可举的手艺，卖纯力气，只会当保姆做家务，或者给馆子洗碗、端盘子。众人恰恰不认为这些是手艺，就像吃喝拉撒，人生来就会。手艺，不与生俱来，得跟人学，要付钱和精力。也有另一种不举纸片的，却在人群中穿梭，一双眼睛贼亮，跟人说话，目光也像机关枪，四处扫。有个这样的人被人叫住："烂龙，你娃眼睛有毒，飞过的麻雀也认得出公母，哪个是雇主，硬是不会看走眼，是不是给我们找一个？"

看到这些，才觉得这里更是我认为的人市，比用铁栏杆围住好一百倍。

突然，一个喊声响起："不准场外雇佣交易，进场！进场！"

三个穿制服的保安，出现在人群中，用半导体喇叭在喊叫。人群霎时炸了窝，收起纸片，犹如耗子见到猫，四下逃窜。一个妇人，跑出几步，发现忘了地上的行李，返身回去拿，结果被保安抢先抓在手里。妇人上去讨要，保安不给，硬要她进了二楼才还。妇人说没钱进场，只好哀求。

原来，进人市，每人要交一元钱。

我必须得花那一元钱，因为我想典小松一定在里面。

二楼有半个足球场大，四周一圈水泥凳，很脏，不少人蹲在上面，要坐，得垫上纸。里面，人声嘈杂，乌烟瘴气，热烘烘汗臭。不过，我不讨厌这场面，也习惯这气味，一进来就感到亲切，如鱼得水。我想，难道父亲就是在这里做事，但怎么做，却又想象不出来。

跟人打听典小松，问了两个都摇头。恁大个人市，无数人进进出出，怎样找个叫典小松的，父亲不是骗我吧？又问了几个，仍然是摇头。我有些失望。我开始相信这是骗人把戏了。父亲走到人生尽头，还编出骗人话，真是个混账王八蛋。我不顾水泥凳脏，一屁股坐下，很沮丧，气呼呼抽烟。

有个人来借火，还烟时问我："你找典小松？"

这一问，像在梦里，可面前确实站着个人。我点头。

他又问："你找他干啥子？"

看来父亲没说谎，是有个叫典小松的人。来人三十多岁，中等个，平头，眯眯眼，一口焦黑牙齿，说话带笑，眼睛成了一条缝，缝里射出探究我内心实情的光。

"你是典小松？"

"不是。你找他做啥子？"

"有人给他一封信。"

他嘴里吐出一口烟，眯眯眼在我脸上游弋半天，然后说："跟我来。"

老 茶 馆

如果不是在重庆城，如果不是我亲眼所见，硬还以为是进了乡场的一家老茶馆。

茶馆在花子街的街尾。街尾就紧靠长江边，从房屋与房屋的空隙间望出去，可见到流淌的江水，时不时能听见轮船开动的响声。街两边尽是些饮食店、烧腊店、小食品店、杂货店、音像制品出租店、美容美发店……这里，既不像大街那么时髦，又不同于乡场的寒酸，街面上有种奇异气氛，觉得时光到这里也得打个旋，然后才往前流去。

一从亮处进茶馆，眼前一片晕暗，过好一阵才看清。里面白天也亮灯，仅有的一扇窗户，也被摊子的塑料棚遮去半边。

十来张茶桌，坐得满满当当。店堂喧起一片嗡嗡声，像满屋蜂子在飞舞。烟味、人体味，合成说不出的怪味，刺得睁不大眼睛。我想，不管哪个人一进去，鼻孔都会发痒，想打喷嚏。我就这样，只是没打出来。

我被引到里边正对门的一桌，有个人独占上方，趴着手臂睡觉。带我的人过去碰他说，大哥，睡得真香。被叫大哥的抬起头，睁开睡眼说，是你猴儿。又说手臂睡麻了，要猴儿帮忙活动。我知道了带路的叫猴儿。猴儿去抓住叫大哥的臂膀像推磨一样摇动，大哥难受得皱眉歪嘴。猴儿附在他耳边说话，一边拿眼看我，那人也看我。然后，猴儿对我说，这就是典小松典大哥。

典小松三十多岁，一脸忧郁，仿佛人间的苦都落在了他肩上。他问我，哪个托我带的信，信呢？他的话音听起往下掉，让我感到沉重，也像在一起往下掉。我只好报出父亲名字。我不想现在把信交给他，这里闹喳喳的，不好说事，因为那是件对我至关重要的事。我说信不在身上，先来找到你。

典小松眼睛倏地睁大了，问："你是他啥子人？"

我低声说："他儿子。"

他一听，激动得站起来，按住我肩头，说："那你是毛狗狗哟，快坐快坐。"

他居然能一口叫出我名字，让我十分惊异。

猴儿也激动了，掉头喊茶房泡茶，又摸出香烟敬我。

典小松还在不停声地念："你就是毛狗狗嗦！你就是毛狗狗嗦！毛大哥时常给我们讲起你，说狗儿怕在屋里又长一截啰，大哥说的次数多了，就像我们天天在看到你长。"

猴儿说："毛大哥说过好多次，要把你接到重庆城来耍。"

典小松说："想不到你长这么大了，就像才是昨天的事。"

他们的语气和举动，都叫我莫名其妙，什么值得他们这样激动？我寻思，难道就为我是毛铁的儿子吗？父亲对我来说，并不是荣耀，他们偏拿他来说，搞得我浑身不自在，甚至反感。

茶房一手提长嘴壶，一手拿两副茶具，笑吟吟过来。他将茶具一撒，恰好摆放在我们面前，然后用小手指和无名指、食指和中指分别夹起盖子，正要掺水，猴儿忙制止，说你今天露一手，欢迎贵客到来。

茶房说好，把盖子放桌上，提起长嘴壶运气，然后说声"茶倌拜客"，把抹帕垫头上，丁字步站定，将长嘴壶顶在头上，双手扶住壶把子，身子一斜，头一点，冒热气的开水直端端冲向茶碗，又一点，冲向另一碗。每碗点到为止。收起身子，说声"苏秦背剑"，他退后一步，亮开架势，右手腕一抖，将壶高举过头，弓箭步站定，长嘴正好斜搁左肩上，左肩一沉，开水冲向茶碗，又一沉，冲向另一碗，仍是点到为止。他收起身，说声"隔山取水"，又是丁字步站定，一抖手腕子，手臂一晃，长嘴壶抄到身后，身子一偏，开水冲向茶碗，又一偏，冲向另一碗。随后是"白龙过江"、"天降甘露"、"蜻蜓点水"、"岩鹰展翅"等七套本事，一一表演，两碗茶才掺得满满。众茶客一片叫好、鼓掌，我也和着叫好、鼓掌。茶房一脸得意。猴儿烟盒里还有两支，干脆都给了他，说是奖励。茶房连声道谢，又应酬别的茶客去了。

典小松一直在叨念你来了，好！你来了，好！像说给我听，又像自言自语。叨念一阵后，对我说："你老汉每天都到这里来喝茶，坐这位子。这个茶杯就是他的。"

他指着面前的瓷茶杯，这杯子很大，足可装进半壶水，茶杯画有山水，有两行字：袖里乾坤大，杯中日月长。

典小松问我："你妈还好吧？"

我说："死了……"

他俩互看一眼，垂下眼皮。典小松缓了一阵问我："去看了你老汉？"

我不想再跟他继续纠缠那个混账王八蛋，就直截了当地说："去看了，他已经得脑溢血死了。"

正要端起大杯子喝水的典小松，顿时忘了喝水，杯子在手里抖动起来，眼里慢慢溢满了泪水，好一阵才将杯子递到嘴边，咕咚咕咚不歇气猛灌。他和猴儿半天再没说话，各自悲伤着一张脸抽烟、喝水。

很长一会儿后，典小松说："你来了就不要走了，留在重庆

城，我们有福同享、有难同当，有吃的我让你先吃，有穿的我让你先穿，你就是我亲兄弟。"

跟我父亲称兄道弟的人，对我说起这种话，我有些狐疑。他看出我心思，就说："大哥归大哥，我两个归我两个。"

这时，猴儿说：　"毛大哥进去后，典大哥就是我们的大……"

典小松打断他："不要在我和毛狗狗面前说这话，毛狗狗是我的亲弟兄，他说的就是我说的。"

猴儿应承了。随后他们说起人市里的事，我接不上嘴，进不了他们的世界，傻子样坐一旁听，听也听不出个名堂。他们谈够了，典小松对猴儿说："去豆花西施订一桌，把几个弟兄叫来，邵钢铁也喊来，今天晚上为毛狗狗接风，痛痛快快喝几杯。"

猴儿问："要喊他？"

典小松说："叫你喊就喊。"

猴儿起身要去，典小松又对他说："毛狗狗来了，凡是不愉快的话，今天就不说，给大家打个招呼，有啥子要说的以后再说，有的是时间。"

猴儿说："要得，要得，今天哪个提那些事，就打哪个嘴巴子。"

弄不明白，典小松是给我打招呼，还是给他们自己定规矩？我才没想过要去打听父亲的那些烂事，现在除跟他有姓氏牵连，啥子关系也不沾了，当然典小松手上的那一万块钱除外。他们一说我是毛铁的儿子就怎样怎样，好像我有这个父亲该自豪？其实，我跟父亲怎样，他们并不清楚。说是我父亲，他像过一天吗？我喊过他一声吗？这样的父子，连名义也算不上。他信上说的那些话，谁信？反正我是一刻未享受过，记忆里也根本没这些事。我来找典小松就是为拿钱，不是来受恭维的。他们所说的，统统与我无关，与我相关的是典小松手里的那一万元，拿过那一万，我就离开。去哪里？我不知道，也可能去很远的沿海，也可能就在这座城市，反正是离开这个什么典大哥不典大哥的，去闯属于我的世界。

这时，一个人来找典小松，说要十个懂泥水活儿的民工，后天就去他工地上班。典小松满口答应。那人说要身强力壮的，四十岁以上的不要，介绍费照旧。

典小松说，我介绍过来的，你保管放心用。那人端起大茶杯喝茶水，两人又开了几句玩笑。那人走后，典小松指着他对我说，是个包工头。

过不会儿，又一个中年人胆怯怯找来，说来人市个把月了，花光了钱还没找到活儿，要典大哥帮忙。典小松二话没说，摸出十元钱给他，要他明天去人市找猴儿，这钱以后还。

照在窗外塑料棚上的阳光不知什么时候阴了，太阳已经落下楼房后面。手表虽说停了，我没摘下来，戴在手腕上亮晃晃的让我喜欢。典小松几次把眼睛落在我手腕上，大概他认出了这块表。

典小松对我说，过一会儿，先认识一下朋友，除邵钢铁外，其余的都不是外人，跟我一样是你父亲的弟兄。他们见了你肯定高兴，你也不要生分。

他所说的，我不愿听，也不想听。要说想，是天色近晚，今夜睡哪里？典小松看出我的心事，揭开盖子喝口茶，说来了就安心住下来，毛大哥和我们合租了房子，他那间还空着，屋里的东西我们也没动。

典小松的口气像长辈，说出的话，不容我更改。我思忖，既然他跟我父亲最要好，德行也不会差多少。他像大爷似的随意安排我，我有些反感，好像我在他眼里还嫩，甚至还有点傻。只要从他手里拿过钱，哪个龟儿子才在他跟前再多待一分钟。

豆 花 西 施

豆花西施是花子街一家饭馆的招牌，堂面有七八十平米。

左边是冷菜柜，摆有各式各样凉菜卤菜。往里是一排窗子，窗下是几张小条桌。店堂中央是五张大圆桌。店堂装修风格，像我们土家吊脚楼。七八个服务员，穿着绿色对襟制服，一招一式，显得训练有素。大堂经理是个中年妇女，大方地应酬于各桌之间。

典小松和邵钢铁同坐上席。邵钢铁一上桌，摆出一副臭架子，斜起眼睛看人，开口就是"我们城里人"。这个人，见面就令我生厌，跟谁说话，句句都带"我晓得"，好像谁肚子里的五脏六腑都被他看得一清二楚。此刻，他像条在水面换气的鱼，一口一口吐烟圈。我就纳闷，典小松怎么跟这种人往来？典小松向他介绍我是谁，姓邵的眼睛一下子变正视了，刚吐出嘴的烟圈也没变圆。看着他起身向我伸出手，有一刻，我坐起不动——为啥子要同这个自以为了不起的城里人握手呢？他是跟我握，还是跟我父亲握？

对我这举动，那些弟兄都向我投来赞许的目光，特别是猴儿，竟然抓过筷子欢快地敲起面前的盘子，敲击出一阵欢快的节律。典小松还是碰我一下，说："邵老弟也很敬重你父亲。"

见邵钢铁收不回去的手，我感到一阵痛快，要不是典小松，我还会让那只手永远停在空中难堪。我勉强跟他握了握。他对我说："我晓得，原来是毛大哥的公子，难怪面熟。"

典小松也打起哈哈，说："看他的第一眼，我还不是懵了，以为是毛大哥哩。"

猴儿和其他人跟着打哈哈。这些哈哈又使我不自在起来，一听说起父亲，我心里总是疙疙瘩瘩的。

典小松叫豆花西施过来。豆花西施是老板，是个女子，正在柜台里忙。

猴儿在我耳边说："你看她漂不漂亮？"

我还没细看，来不及回答，他又对我说："她叫西安，我们用饭馆的名字叫她，她也喜欢。"

老家黄金镇上也有三家馆子，一家叫红玫瑰，一家叫好味道，另一家叫黄金，一家比一家把招牌做得大，每逢赶场天，招牌上还亮起彩色电灯，一闪一闪的。现在才觉得要多俗有多俗，哪像这餐馆，将豆花与古代大美人联系在一起，富有诗意，又让人充满想象，还增添食欲。我看那女老板，果然好姿色，二十六七岁，大波浪披肩发，身材窈窕，胸脯丰满，白净脸，尤其那对眼睛，目光一闪一闪的。我想，那就是常人说的秋波闪动。她回应典小松的叫喊，一开口，笑先到了，一对酒窝能淹死人。于是我回答猴儿："漂亮。"

猴儿说，西安结婚不到两年，男人跟个洗发妹好了，染上毒瘾，一次吸毒过量死了。她现在还一个人在过，想讨她欢心的多得很。说到这里，猴儿叹息一声，唉，年轻守寡，又那么漂亮，还是老板。我为猴儿那声叹息笑了。猴儿有种恨自己不成钢的意味，一张尖嘴猴腮的脸，真有点让人同情。他接着又吹嘘起来，说他其实玩过像西安这样漂亮的女人，漂亮女人，肉都是香的。猴儿是个叫我讨厌又喜欢的人，讨厌他猥琐的长相，喜欢他不跟我见外，相认不久，就给我有滋有味讲女人。要是换个时间，我倒愿意听，可是现在，心不在那上面。于是，我扭过头去找典小松借火点烟，避开猴儿在耳边像蚊虫似的声音。

这时，西安放下活儿，眼波一闪，绽开酒窝，扭动腰肢，像在水上漂一样向我们走来。

典小松把手搭我肩上，要西安猜我是哪个。西安的目光在我脸上毫无顾忌地扫视，我脸上一阵发热。不是我畏惧她目光，是我对漂亮女人有着天生的敏感。另外，典小松在把我当广告，逢人便宣传我是毛铁的儿子，这一宣传，他顺带沾光，神气起来。可我恶心，不是滋味。

西安走近我，说："哎哟，好帅的小伙子，这不就是年轻一号的毛大哥吗！"

邵钢铁说："我晓得，她会这么说的。"

典小松说："这叫念念不忘。"

西安就问："你们装啥子怪，到底是哪个？"

典小松说："你不说了吗，年轻一号的毛大哥，是毛大哥的公子。"

西安惊呼起来，说："真是呀！还以为说起好玩，没想到真是毛家的人，一点明就更像了，没得哪点不像。叫啥子名字？"

我说："狗狗。"

西安大笑不止，笑得弯腰。她用手指抹去眼角笑出的眼泪水，说："没想到，毛大哥真会取名字，笑死我了！"

我纠正她，说："是我妈取的，我属狗。"

大家又一阵大笑。典小松他们就大谈起我父亲如何喜欢这里，喜欢吃哪些菜，如何把这里当成伙食团。他们说这话，无外乎表示跟我父亲多亲密，另一层意思是说我父亲跟这里有多亲密。这一点，叫我特别生厌，会使我想起和母亲度过的一言难尽的凄苦生活。

西安对服务员说："今天为狗狗洗尘，喂，去把门关了，不营业啦！"

邵钢铁说："我晓得，豆花西施要耍大方。"

西安说："为狗狗弟兄，为啥不大方！"

她叫退服务员，堂上不用人伺候，只留下掌勺的厨师做菜。

在座的人如此看重我，我清楚是看在我父亲分上。如果不说我是谁，这张脸长得也不像毛铁，他们还会这样看重我吗？他们这么服我父亲，我父亲究竟是个什么样的人？这问号，不得不在我心间闪过。

酒菜摆上桌，西安为我斟酒。她让我提防又亲近。提防她是跟我父亲的关系，亲近她是照顾我这个新进城的乡下人。我怀着矛盾心情坐在她身边，还闻到从她身上散出的气味。大概这就是猴儿说的漂亮女人的肉香。这气味叫我心慌。

典小松端起酒杯，要大家为我的到来干杯。于是，大家凑上来与我碰杯。西安没有碰，微笑着望我，端起杯子在唇边一举，等我开喝了，她只浅浅抿一口。我干了，见她还那样望我，我再不敢跟她对视，心更慌了。

在座的人，又轮流跟我碰杯。他们敬酒，都要说句我父亲的好话，好像不是敬我，是敬我父亲。这一阵的灌输，倒让我想从他们口中听出点关于父亲出事的原因，可是，谁都是点到为止，不愿深说。

西安见我一杯接一杯喝就替我担忧，时不时用胳膊肘轻轻碰我，提醒我适可而止。在这新奇环境里，有这些热情的人，有个漂亮的女人细致入微关心，真叫我兴奋不已，对敬酒，来者不拒，先还有的一点提防不知丢哪儿去了。

典小松当众宣称我是他亲弟兄，要我留下来跟他一起干，说我就是他，他就是我，谁也不许对我有半点怠慢。众人一片称是，表态似的又伸过酒杯来给我敬酒，我完完全全成席上的主角了。只有邵钢铁不以为然，斜起眼睛不表态，只一次隔着典小松伸过酒杯来，表示欢迎我的到来，随后就又摆出城里人的架势，爱理不理。

晚上九十点钟，先后有两拨人敲门要进来喝酒，听一拨人说还是常客，都被西安谢绝了。那些失望的食客一转背，众人就嚷叫，七嘴八舌说我狗狗面子大，西安放弃赚钱陪我喝酒。我听得懂这些玩笑里所含有的暗示，可我不去理睬，只把这些暗示装在心里，细细咀嚼。十点刚过，邵钢铁起身告辞，说他家里有病人，先走一步，特意到我跟前，摸我肩头，说喝好。邵钢铁前脚出门，猴儿就说，走了好，坐在这里大家都冷眉冷眼的。

我看出典小松和邵钢铁两人面和心不和，还没问，猴儿就凑过来说："他是任震海的人，跟我们是死对头。"

我说："那为啥还请他？"

猴儿说："最近我们才又和好，典大哥要他来，是让他见到你，吓他一下。"

我算什么，能吓倒他？

猴儿说："要他看到，毛大哥走了，毛大哥的后人又来了，他还不吓一跳！"

我又问："谁是任震海？"

猴儿说："就是被毛大哥打死的那人……"

猴儿的话被典小松听见了，他瞪猴儿一眼。猴儿忙端起杯子，对我说："又说那些了，来，喝酒喝酒。"

说到我父亲，刚起个头就被打断了，我第一次感到了惘然。

七八个人喝了四箱啤酒，有两个跑进洗手间吐了，又回来喝。西安一直坐在我旁边，轻言细语给我摆谈，说她饭馆开张时生意

清淡，害她觉也睡不着，是我父亲给她带来财运，带来所有关系，生意才渐渐好转。她说的还不止这些，但我大多没留下印象。典小松他们在喝五吆六地划拳。我的头晕得厉害，西安说的，好多还没进我耳里就被他们的划拳声冲散了，只感到耳畔有股热乎乎的气息在吹拂，弄得我心旌摇荡。有一阵，西安离席，我还感到像失去依靠，心里也空落落的。我拿眼四下寻找，以为她去厕所了，过一会儿，她从楼上下来，拿着一包报纸包裹着的东西，回到我旁边，塞进我挎包，在我耳边说，是你父亲掉在这里的。

我从来没这样醉过，表现得非常糟糕，吐了两次，吐得一塌糊涂，一次吐在座位上，不仅弄脏自己，还溅脏了西安。她没半句责备，端来清水，用毛巾替我擦干净，自己去换了衣服，回来又坐在我旁边。

我们一直喝到深夜，典小松不行了，他几个弟兄也不行了。西安喝得少，或者她本身酒量就大，人说"女儿自带三分酒"，唯独她清醒。她始终陪着，没有喊散席，最后是大家说不行了不行了，才散了席。

猴儿和另一个人把我架出豆花西施。我双脚无力，身不由己，脑子却异常活跃，出门时还不忘向西安说一番东拉西扯的感激话。我像个下肢瘫痪者，在他们的架扶下，偶尔踮脚跟跄两步，像青蛙那样往前蹦两下，多数时候是拖行，脚上那双前帮开了口子的皮鞋犁地似的在路上划得噗噗响。街上卖夜啤酒、夜火锅的店铺也关门了，白天人来人往的街道，此时空荡荡，只有我们几个杂乱的脚步声踏碎了深夜的寂静，惊得一条无家可归的野狗掉头逃窜。我一路嚷着还要喝酒，间或又唱《木叶情歌》，难以自持。

小　屋

醒来是第二天下午，我头痛得像要炸裂，四周模糊的景象在我眼前不停调换位置。我根本无法下床，靠在床头半天才依稀忆起昨夜醉酒的事，却一下清晰地想起了西安，耳边还感到热乎乎的气息在吹拂。至于我是怎样来这小屋的，只有一些片段：小巷、上石梯坎、钥匙掉地的声音、拉亮电灯……谁帮我脱鞋，安顿我睡下，这些都记不真切了。

这是一张双人木床，床单下软软的，用手一摸，下面铺着垫絮。这不像在家里，垫的是稻草，睡在上面窸窸窣窣响。这是谁的屋子？难道就是典小松说的我父亲这间吗？

环视四周，靠壁是只枣红色柜子，墙角是张方桌，上面有台电视机和一些杂七杂八的东西。这一切都在摇晃，像地震一样。电视机上立着的一只相框吸引住我，里面跟我在母亲坟前烧掉的照片一样。

本来我就像坐在风浪中的船里晕眩，照片更震动了我，脑壳顶顿时发烫，屋子更快地旋转起来，照片竖立在面前越来越大，母亲还从里面走出来，要把我的手拉去伸向父亲。我断然拒绝，把手紧紧压在身下。母亲站在床前，流着泪，一会儿望父亲，一会儿望我，折磨得我胃里阵阵发痛。我难以忍受了，仰起头，向空中发出一声哀号，同时，一股污物从嘴里喷出来……

再次醒来，屋子没再旋转了，所有东西也显出本来面目，屋里弥漫着呕吐物的臭味。先看见的柜子和桌子，枣红色油漆四处斑驳，露出不少发亮的钉子头。电视机又小又旧。这就是父亲的小屋，这就是他在重庆城的住处？我想象不出他在这里是如何打发每天时光的，也想象不出这间破屋哪点值得他把家

第二章

边缘地带「花子街」

33

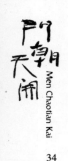

人忘记。他跟女人在这张床上滚过吗？那个叫西安的就是使他忘记母亲和我的女人吗？我伸着狗鼻子四下闻，试图从哪个角落闻出西安身上那股味。头仍然痛得厉害，害我鼻子不灵了，我只得呻唤两声。

我想起西安塞进挎包的东西。挎包被人挂在床头柱子上。我取来打开，里面果然有个报纸包，是一条蓝底红色小碎花儿领带，崭新的，质地很好。她好像说是我父亲掉她那儿的，如果是掉她那儿的为什么是新的。我反复观察领带，百思不得其解。

正对着我的是一扇木格子窗户，窗格子糊着透明塑料纸，用竹棍儿撑开，一束阳光射进来，像一面长方形的镜子放在地上，映得满屋亮堂。我下床来到窗前，双臂撑着窗台，托着脸，望外面的景色。近处是一片长着杂草的斜坡，有人锄去了一些杂草，辟成一块菜地，栽种着蔬菜。连着的是乱石滩，再外面是长江。在来重庆城的船上，听人说三峡筑起了大坝，江水再没有以前汹涌了，还没到洪水季节，江面就变得像往年发大水时那么宽了。我无法进行比较，长江和这座城和这间小屋对我都是陌生的。这时江边的码头迎来艘客船，从趸船上走下肩挑背扛的人，正走在连接到岸边的跳板上。

猴儿推门进来了，小眼睛布满红丝，用手在鼻前不停地扇着说，吐得一地，好费力才打扫干净，现在还臭得要命。我说头痛得很。他熟悉地从桌上一个纸盒里翻出一包药来，说这是头痛粉，吃了包你见效。他返身出门去了，过一会儿端来一杯水，见我拿着药犯疑，就说放心，我们都这样，毛大哥以前也这样。

我吃了药。问他："这是谁的屋？"

"你父亲，毛大哥的。"

"他买的？"

"不，是租的。房东老板是川江上的一位退休船长。我和典小松一间，你父亲个人一间，他出事后，这间屋就空着。按说这房子该退给房东了，典小松和我又觉得不好，这太不近人情了，所以没人住也空着，有时来个朋友住一两晚上，不想就等来了你。"

阳光不知何时移到了那张相框上，我更清楚看到了母亲青春的笑脸，和她身后的父亲，心里又涌起一阵抑不住的难受。我问典小松呢。

"在老茶馆里。"

"他不干活？"

"那就是干活的地方，人市他一般不去，有我们在，就像以前你父亲那样，好多事在老茶馆就办了。"

"人市要你们干啥子？又没见你们做具体事？"

他委屈似的叫一声哎呀，说："我们做的事多得很。来重庆城找活路的有好多哟，他们天远地远跑来，人生地不熟，魂都摸不到，怎么能找到活路？只有到人市来，到人市也未必能找到，人多得很。怎么办？我们认识不少老板，他们要请民工就来找我们，我们收介绍费。所有的收入，我们根据每人出力大小分。由我们介绍出去的民工，每月交一点儿手续费给我们，他们一旦跟老板发生纠纷，由我们出面调停，只要民工好好做活路，老板不敢随随便便炒鱿鱼。"

"那些老板信你们？"

"你父亲八几年初就来了，人市是他兴起的，他讲信用又义气，老板都信他。刚开始，是不信的，城里的老板哪把我们看在眼里，雇去的民工被他们叫作'丘二'。为啥叫'丘二'？说是解放前喊当兵的叫'丘八'，是把一个兵字拆开喊，有鄙视的意味，喊'丘二'也是鄙视，具体我就说不清楚了。当时有个做服装生意的老板从人市雇了个年轻女子去当'丘二'，帮他照看摊子。那时服装市场还在一条叫青年路的街上，摊子就沿街摆。老板是个有家室的人，他看女子年轻漂亮，强迫把她睡了，又欺骗说要离婚娶她，搞得女子有了身孕，都露怀了才去引产，结果大出血死了，老板丢手不管。你父亲认识那女子，就出面找老板要赔偿。那时老板叫万元户，在社会上很吃得开，很不得了哦，哪里会买你父亲的账，还纠集起一些人要打他。你父亲就组织了人市罢市，罢了一个星期，影响很大，惊动了好多新闻单位来报道，一些雇不到人开不了业的老板个个都急得团

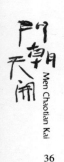

团转，都帮到我们骂那老板，结果个体户协会出面调停才解决了。后来，你父亲还是被派出所以莫名其妙的罪名，弄去关了半个月。出来那天，人市的人都去接他，还为他放了鞭炮。从那以后，你父亲在人市确立了威信，名气也大了。"

这番充满传奇的话倒合我脾性，尽管猴儿没有详细描述当时罢市的情景，但我想象得出父亲承受的压力和担受的惊怕。有一刻，父亲似乎在心里轻轻撞了我一下。我问："他为啥子要打死姓任的？"

猴儿喉结滑动了一下，犹豫片刻说："那时我们是跟个体户打交道，现在不同了，是跟城里的下岗工人了……哎呀，算了，两句话说不清楚，时间长了，你自己会晓得。"

他是来接我的，又去豆花西施吃晚饭。我说吃饭馆，又要花钱。他说昨天是豆花西施请客，今天自己掏荷包，吃简单点，花不了多少钱。

吃过药，又一阵说话，头果然不痛了。我们从屋里出来，见堂屋有位老人对着棋谱下象棋。猴儿上前喊老船长，并把我拉到他前面，说："老船长，这是毛大哥的儿子，昨天才来。"

老人站起来和我握手，久久注视着我，嘴里说："跟你老汉一模一样，一模一样呵。怎么喊你？"

我说："毛狗狗。"

老船长笑起来，说："有意思，有意思。"

老船长长得慈眉善目，是个让人亲和的老人。我被他看得腼腆了，猴儿就上前跟老船长搭讪，我便退到一旁。堂屋有二十来平米，摆着简单几样家具，四壁挂有不少相框。有个相框可能是他全家福，那时他还很年轻，和一位漂亮女士坐着，他怀里抱个女孩，女士跟前站个男孩。这个相框被别的相框包围着，显不出重要性来。显眼的是墙正中的大相框，全是老船长与国家领导人的合影照片。这些照片，是他穿白色海员服，戴着白手套，托着望远镜，站在驾驶舱前，所不同的却是身边的领导人。从一些照片上的题款看出，老船长叫俞大川。这个大相框显然是老船长的骄傲。可以想见那时的他，驾船穿激流过险滩的英武姿态曾给多少领导人留下难忘的记忆。

老船长一头白发，脸色红润，皱纹并不明显，叫人难以判断年龄。

猴儿又对我说："毛大哥时常跟老船长下棋，是孔老二搬家——尽是输（书）。"

老船长听了呵呵笑着说："你不清楚哟。"

出了门，我问猴儿："老船长的家人呢？"

猴儿说："老伴早死了，女儿也死了，还有个儿子，说在上海工作，从没见回来过。"

讨　债

昨晚走过这条街，简直没一点儿印象，现在才知道是长江边一条叫顺城街的小街。街面很窄，不足三米，外面是石栏杆，栏杆下就是我在屋里望见的斜坡和乱石滩。房屋都靠里面石壁修建，在房与房空隙处，露出青条石砌的老城墙，城墙顶已成了水泥马路，高楼大厦正雄踞在顺城街头上。

在花子街老茶馆找到典小松，离吃饭还有一阵时间，便坐下来喝茶。我正想跟典小松说信的事，一个人来找他了，是家火锅馆的老板，要典小松介绍三个女工和一个会熬火锅卤水的厨师，女工要年轻的，相貌不能得罪客人。两人谈了一会儿条件，典小松答应下来。

昨天和今天所见都这样，原来我父亲就是这样找钱，而且找得这么容易。

典小松向猴儿交代介绍民工的事，过后他们又开始谈一些别的事，我坐在一旁不好开口。关于信，典小松好像忘记了，也不问我。我决定今天不喝酒，回到住地再说。

真是无酒不成席。坐上席，经不住他们劝，离开豆花西施时，我又是酩酊大醉。

　　江上轮船的笛声将我从睡梦里唤醒。这次醉得没上次厉害，虽说头有些重，但并不很难受。天还没大亮，灰白的天光从窗外透进来，小屋里的一切还看不很真切，但相框玻璃的反光却格外显眼。我不由想到死去的母亲和死去的父亲，便有些悔恨自己，恍兮惚兮就过了两天，今后怎么办，心里漫起一阵恐慌，随即眼泪也流下来。

　　我躺在床上容自己哭了一会儿，然后擦干泪水，去敲典小松他们的房门。猴儿开门后，大惑不解，说才啥子时候，就来敲门？我冲进去，把典小松从床上拉起来，对他说，到我那儿去，有事找你。他说再急的事，等起床再说。他俩还想在床上贪恋天亮前的最后一点时间。我不理睬他，要他马上下床，把挂在床头的衣服丢给他。他穿好衣跟我来到房间。我拿出信，给他。他接过信，一边打开一边说，我倒把这件事忘了。

　　他挪到床边坐下，一双眼睛落在信上，还不时念出声来。他看完后，把信交还给我，红起眼圈说："毛大哥说的都是真话，没得半句假，我可以为他做证。狗狗，你不能冤枉他哟……"

　　典小松说到此，声音有些哽咽了。他只说感情的事，而且这感情事还是我们家里的私事，对钱，却半句不提。我说："我要那一万块钱。"

　　他支吾起来："是有那一万块钱……该给你。"

　　两天来一直叫我不大敢信却又巴望是真的事，典小松当面承认了它的真实，我心里有说不出的踏实和激动。我说："该给现在就给。"

　　"现在你要它干啥子？"

　　"今天我要走。"

　　他感到吃惊："走哪儿去？"

　　"不晓得。我要那一万块钱。"

　　他很为难了，说："钱……我现在手上没有呀，哪天我们再说。你在这里不是好好的嘛，还要到哪儿去？"

　　我说："我自有打算，不要你管，把钱给我！"

　　他说："狗狗，留在这里，跟我们一起干，天底下哪里不是一样找钱。"

我理直气壮地说："我不找你们这种钱。"

他惊愕地说："我们找哪种钱？人市是你老汉兴起的，我们一起干，哪点不好？"

我脱口而出，说："他是个混账王八蛋！"

此话刚出口，我右脸就挨了一耳光，打得我歪倒在床上，两眼冒金光。

这一耳光把我打醒悟过来，把两天来的不顺心也打出来了。我撑起身就向他猛扑过去。他没防备，一踉跄，掀翻电视机上的相框，相框掉地上把玻璃摔得稀巴烂。他回过神来，跨到我跟前，左手抓住我胸口，扬起右手又一耳光打在我左脸上，我还未挣脱，另一边又挨一记。打得我两耳嗡嗡发响。我自恃年轻力壮，扭住他，想将他摔倒在地，然后骑在他身上痛击，但被他化解了，反弄得我脚跟不稳，摔倒地上，他顺势还踢我一脚。在典小松面前，我像个不会打架的小孩，招招被他制住，毫无还手之力。而且他下手之狠、之重，像对待不共戴天的仇人。

猴儿赶过来时，我还不服气地扭住典小松不放。猴儿赶紧把我们拉开，站在我和典小松中间，说："哎呀，有话好好说嘛，都是自家人。"

典小松脸涨得通红，胸膛发出拉风箱的呼哧呼哧声。他说："我替毛大哥教训这个不孝的人。"

我说："我骂他，关你屁事？"

典小松恶狠狠吼："你才是个混账王八蛋，还有脸来要钱！"

说着，他伸手又来抓我。我也横了，要冲上去，猴儿赶紧拦开，随即把典小松推出小屋，说："大哥你不要跟他一般见识，歇歇气。"

典小松气呼呼回房去了。猴儿留在屋里劝我，要我有话好好说。我气不过地说："他凭啥子打我，骂他先人了？"

猴儿说："他最恨哪个说毛大哥坏话，你就是毛大哥的亲儿子，他也听不得。"

我想到了猴儿给我讲过的罢市，他在典小松他们心目中是大哥，但在我心目中就是混账王八蛋。我气得七窍生烟，一脚踢飞一张小方凳。小方凳像一枚出膛的炮弹，滴溜溜在空中翻着滚，砰地砸在墙上，又弹回来，掉在墙角里，墙上砸出个洞，纷纷坠下白色墙灰。同方凳飞出的还有我脚上的塑料拖鞋。一股钻心的疼痛霎时从脚背生起。我弯腰抚脚，龇牙咧嘴，痛得在原地打转。猴儿忙把我扶到床边坐下，说："何必跟自己过不去！"

我脚背顿时青肿起来，他将我脚抬上床，去把倒在墙角的方凳放好，捡起相框，拂去上面的碎玻璃渣子，将它又架在电视机上。他为我消气，坐在床边陪我。我要他走，想个人待一阵。他只好起身，还劝我消消气，不要再闹，让老船长听见笑话我们。

两边脸，火辣辣的，瘸起脚下床找来镜子看，脸上有鲜红的手指印。我叫骂一声，心头又蹿起怒火来，很想再去找典小松拼命，我眼光忽然触到照片上的母亲。她像在哀望着我，不住地摇头。我的眼泪流下来，退回床边坐下，抽泣得难以克制。

这时，典小松又跨进屋来，后面跟着紧张的猴儿。他们见我泪水长流，便站在屋中央愣住了。我很狼狈，丢尽了男人的脸。我用衣袖揩干泪水，赌气背过脸去，不理他们。

屋里沉静片刻，典小松对我说："狗狗，那笔钱，我用了，半个月内还你。"

我心痛得叫起来："钱你用啦？那是我的钱！"

典小松咬牙说："我说了，半个月内还你。"

我也咬牙说："一分不能少。"

典小松说："要是不放心，你住在这里等，伙食我负责解决。你要是放心，就滚回去，半个月后给你寄去。"

典小松说完，便与猴儿走了。我捧起没玻璃的相框，站在小窗前伤心得流眼泪，泪水滴在相片上，把母亲也弄模糊了。我感到对不起母亲，想把照片揭下来，留下母亲，将她身后的那个人烧毁，照片却紧紧粘在背板上，揭开一个角就撕破了。我无法将母亲跟那个人分开，心里又一阵难过。父亲到底用什么魔法迷住了典小松这些人，他们就那么维护他的声誉？我解不开这谜团，像被困在黑暗中，寻觅不到出路。

在屋里枯坐了半天，我感到透不过气来，想出去走走，脚背肿得无法穿鞋，就趿着拖鞋出了房。

老船长开始新的一天翻着棋谱对弈了。先一阵的打斗他不会没听见，我怕他见笑，经过时尽量放轻脚步，不去惊动他。他还是叫住我，问我会不会下棋。我摇头。他失望，说那陪我坐一会儿。我坐下后，他说："象棋是我晚年的朋友，要是没得它，我不晓得如何打发日子。"

我说："可惜我不会。"

他说："像你们年轻人，对哪样都不该说可惜，学哪样没有时间？像我人老了，再想学个啥也学不动了，只得把命吊在会的事情上，度过风烛残年。"

我望了一眼墙上那些相框，说："你是老船长，风光过了，该享清福了。"

他说："你是在说那些照片吧？人最好不要风光，一风光就累。人都到这把年纪了，还能有啥个清福享？要说享福，只有这棋盘中的乐趣了。"

老船长有节奏地敲着棋子，像一台老式座钟嘀嗒嘀嗒走动，在棋子里延长属于他的时间。由此，我想起母亲在病床上度过的那些孤独年月。

老船长说："猴儿说你父亲跟我下棋尽是输，事实上不是这样，毛老弟的棋比我高，我心里非常清楚。每次下棋，是毛老弟让我多赢两盘。你晓得他为啥要这样做，他是不愿让我输去最后的一点乐趣。唉，那种日子一去不复返啰！"

他一声叹息，让我心里打个寒噤，照片上父亲的影像，倏地像一只风筝从云雾里飘出来在我眼前晃动。

顺城街有不少通往江边的路径，有的是杂草掩埋的土路，有的是棱角已被磨得圆滑的石梯坎。我一瘸一拐地顺着一条石梯坎去到江边。有几个小孩在放风筝，忽远忽近地跑来跑去嚷叫。我走上一道伸向江里的石梁，黑黝黝的石梁像水牛泡在水里露出的脊背。我坐在最前沿，抱起双膝，下巴放在膝盖上，望着江水从面前流过。

现在想起来，从一开始，典小松就在愚弄我，被他灌醉，不给他信看，他就不主动提起钱，这一切都是预先设计好的陷阱，让我自己往里跳。他应承半个月后还钱，能兑现吗？话信得吗？这些天来，我浑浑噩噩，醉生梦死，沉湎于酒中。我才真他妈的不是人，是个混账王八蛋。我嘭嘭嘭地像擂鼓一样捶打自己胸脯，任悔恨的狂潮将我淹没。

我放声号啕起来，任泪水在脸上横流。号啕惊起一群觅食的野鸽子，噗啦啦飞向空中，在我头上盘旋一阵又落到远处的石滩上。号啕盖过流水声，盖过放风筝的小孩叫嚷，弄得满江滩回响起哭泣声。我嗓子哭哑了，累了，像死去一样躺在石梁上，有一瞬间，愿这样沉睡过去，让江水将我淹没，将我冲走，解脱我对母亲的愧疚，解脱我现在的难堪……

我被猴儿叫醒。他说老船长说你下江边来了，你在这里睡着了。

放风筝的小孩已走了，江边现在一派空寂，只有从江底传出石块滚动的哗哗声。我昏头昏脑坐起来，茫然地望着江水，竟奇怪为什么还没被冲走。此时我不愿说话，脑子里非常混乱，许多事纠缠不清，理不出个头绪来。猴儿在我旁边坐下，一样把下巴搁在膝盖上，我俩许久都不说话，想自个的心事。一艘拖轮逆水驶来，顶推着两艘铁驳船，轰轰声打破江上宁静。拖轮从我们面前吃力地驶过，船头划开的浪涛像柔软的绸缎一起一伏向石梁铺过来，在石梁上撞击起扇面一样的浪花。

猴儿又说起典大哥什么的。我打断他，说我不认识哪个是典大哥。

猴儿说："他是大哥，我得这样喊他。你要是不愿听我这样喊，就说他典小松吧。他在到处借钱。"

"活该，不是他的钱，凭啥子乱用？我就吃住在这里，等他把钱还我。"

"不是他用的，是救人命。"

"救哪个的命？我不管那么多，拿去做好事，是他充好人，我就等他还钱。"

猴儿急了，站起身来，说："你……怎么不讲道理，你……"

我也站起来，说："不拿信给他看，他不主动说钱，给他看了，说他用了，这阵你又来说钱不是他用的，拿去救人了。你们当我是傻子？"

猴儿说："你不要这么大的气，他没说他不还，是我跟你讲，他在四处借。他也没钱，这一借，够他背的。"

我说："我是不会做好事的，要他一分不少把钱还我。"

猴儿气得脸真成猴子屁股了，说："不通人性，不跟你说，你自己去找个人打听。"

"找哪个？"

"秦灿灿。"

"谁是秦灿灿？"

"去问就晓得了，在体育场中路十二号九单元十六楼三号当保姆。"

行　走

　　脚痛得很厉害，脚背肿成了半个茄子。几天哪儿也不能去，像个乌龟缩在屋里。猴儿找来红花油，我每天擦几次。一天三顿饭，他给我买盒饭，有时扶我去豆花西施吃。

　　自从跟典小松打架后，我俩一直没说话，同桌吃饭也形同路人。跟猴儿他们搭腔，我也是爱理不理的，他们说三句，我应一句。我得有骨气，在典小松面前不能窝囊，我是毛狗狗，不是哈巴狗，要显出能跃八丈高、咬破咽喉置人于死命的大狼狗架势。

　　酒，还是照喝，不过知道控制了，每次当脑子刚晕乎就断然打住，任哪个劝也绝不再喝。只要我去豆花西施吃饭，西安再忙也会过来陪我坐一会儿，热乎乎的气息在我耳边吹拂。那时候，我成了两个毛狗狗，一只在她面前摇尾、伸舌头、流着口水、两眼发绿地乞望着她，等她拥我入怀，给我搔痒；另一只对她眼露凶光，龇牙咧嘴，发出骇人的咆哮。不过这两只狗是在心里，在心里汪汪汪打架，谁也不输给谁，搞得我痛苦不堪。于是，我就借故上厕所，有时一顿饭跑五六趟。猴儿几个笑我尿泡变小了，肾亏了。典小松不说也不笑，自个喝酒吃饭。西安却抿嘴笑。

就这样过去好几天了，我一点不急，有吃有住，他们像伺候自家的老人一样伺候我，使我暗自高兴得夜里笑醒好多回。原有的钱，尽管少得曾叫我担忧过，但到现在还一分不少躺在口袋里，不能不让我感到拣了天大的便宜。想到再过几天，又将有一万元加入，到那时，这种踏实而愉快的心情更叫我难以言表。心情一宽松，急性子也变得温和了。我何必跟典小松他们去争父亲是不是混账王八蛋而伤和气，成为他们的对立面？我可以在这里自由自在过日子，把父亲在心中布下的阴云驱散，亮出一片新天地，混出个人模狗样来，让九泉下的母亲欣慰。不过这仅是一些想法，像天上的流星，在头脑里一闪即逝，我依然是毛狗狗。

这些天来，我所听的和所见的，在悄悄改变这座城市最初给我的印象，我原有对它的恐惧在一点一点地消失，生出的是对它的迷惑。这天，能够下地行走了，我决定要走出去，用脚去丈量这座被长江、嘉陵江夹峙的山城。用看惯荒凉大山、贫瘠小镇的眼睛去熟悉车水马龙的街道、令我眼花缭乱的生活，去寻找出为啥子令我着迷的秘密。

走出顺城街，第一件事是走进街边修钟表的铺子，把手表送进柜台。一个中年人接过手表，麻利地打开后盖，看一眼就说："没电了，换块电池。"他从表里取出一枚豌豆大的电池，又放进同样一枚新的，然后盖上后盖，照自己手腕上的表，调好时间，说声好了，把表还给我。我花十元钱，就让父亲停摆的手表又嘀嗒嘀嗒转动起来，时针计时，分针计分，秒针计秒，一块名副其实的表戴在手腕上再不会令我难堪了。从这天起，

时间是我自己的了。捏在手里的时间，比荷包里的钱多，我会用殷实的时间去消费钱少的窘迫。

第二件事，找到专卖手机的商店，让他们帮我看看手机。虽说我没有亲手使用过，但并不陌生。那次吴麻子家来了位一起打麻将的朋友，手上就拿个烟盒大的机器，说是手机，能跟山外任何地方的人通话。我们都不信，说他吹牛皮。他当场表演给我们看，结果拿着手机一路喂喂地大喊，我们一群人跟着他一直喂到对面山顶上，真还跟县城的人通了话。本来我可以叫典小松看看这手机有啥子毛病，但目前，不好开口，我也不愿让他们晓得我要用被我称为混账王八蛋的东西。店里一个小伙子把手机拆下电池，从柜台里取出块同样的装上，然后在手机上按了几个键，又换回原有的电池，对我说："都是好的，没电了，另外充值卡要充值。"

知道了什么叫充电，什么叫充值，手机又是好的，我放心了。父亲有手机，肯定就有充电器，至于放在哪儿，回去找找就行。只是我犹豫，现在花钱去为手机充值值吗？谁跟我打？我又跟谁打？小伙子在柜台里等我掏钱充值，是他眼神打消我犹豫的，我看他巴不得从我荷包里取走五十或一百元。我不上他的当，等派用场时再充吧。我出了店子，在街边小百货摊，用五元钱买了只合成革手机套，把手机装进套子，像一些城里人那样别在腰间皮带上。从今起，我得事事学会像城里人那样生活。要学会城里生活，首先就得要像城里人。

我像只被尿憋急的小狗，门一开，嗖的一声就蹿了出去。不熟悉什么街道，没关系；找不到什么地方，没关系；我大起胆子只管走了出去，凭着性子，走到哪儿算哪儿。我无忧无虑行走在重庆城的大街上，头顶六月天明晃晃的阳光，沐着马路上吹来的热风，在喧嚣中牢记映入我眼帘的周围的事物。我步态缓慢，神态悠闲，像只吃饱喝足不被尿憋的小狗到处闲逛。喧闹、繁华、高楼大厦，这些都吸引我，更叫我新奇的是熙来攘往的城里人，他们是怎样生活在那些楼房里，又是靠啥子过日子？我为这些疑问，想得头都大了，仍然不得要领。有时我倒背双手，用目光玩味橱窗里陈设的商品，就像我们寨子里的老人傍晚走在田坎路上，欣赏着丰收在望的庄稼。有时步入各大商店、商场，享受里面空调的凉爽，不慌不忙游荡在琳琅满目的货柜间，要是有可能，伸手去摸摸面前的货物，摸的时候就想象这些东西是我的。走到哪里累了，就在那个地方坐下来，有时是在商场门前石梯坎上，有时是在街沿，像胡光明一样，无拘无束，悠然自得。要是感到个人枯坐无聊，就去到流浪汉们中间，跟他们天南海北闲扯，互相把知道的奇事讲出来，最爱是嘲笑城里人愚笨，专挑他们痛处讲，逗乐一阵又各自散去。其实，我们心里都清楚，这是在嫉妒城里人，嘲笑城里人的同时，也尽显出了我们自己的愚笨。但是，在这些时间里，我自由自在，并不觉得别扭，我不认识谁，谁也不认识我，无须防范谁，也不觉得丢脸面，而是宽宽心心观看从我面前走过的形形色色人等，那份好心情，真像三伏天跳进清凉的池塘里。

不过，有时另一种心情仍会悄悄潜入我心中。虽然我没有来得及遂了父亲死前的心愿，但我毕竟还是来了。尽管这样，我还是少不了一次又一次问自己，为啥子到这个城市来？这个城市到底跟我又有啥子关系？我又为啥子在它面前那么恍惚？这种心情引发的暗自盘问，折磨得我很不舒服。但也就那么一会儿，令我眼花缭乱的生活又会让我心里云开雾散。

在那些街道中，我最喜欢民权路这条大街。我喜欢这名字。它在解放碑商业区，路面全是花岗石的，把一条路铺得五彩斑斓；四季常青的行道树栽在木桶里，映得整条街道都绿苍苍的；街中央有个汩汩冒水的水池子，上面搭有木拱桥，走在上面像走在有钱人的花园里。我坐在民权路行道树下的木条椅上，好奇地打量四周。太阳顺着高楼形成的巷道照下来，透过树枝叶洒在我身上，令我浑身懒洋洋的舒服。民权路这里全是繁华的商店、酒店、餐馆，整条街上充满强烈的欲望气息，刺激得我悠闲的心情时时激动。这种激动叫我兴奋。这才是人生活的地方。我终于找到了它。我会大方地花上半天时间，坐在木条椅上，用饥饿的目光去捕捉眼前过往的漂亮女郎，入迷时，我会追着她们的背影进入奇妙幻想。人说重庆城出美女，以我的观察，话倒是不假，只是这些美女没一个是我的，她们只存在于我的观赏中。从那些酒店、餐馆飘出的食物香，又是我狗鼻子喜欢捕捉的。我从那些妙不可言的混合香味中，选择喜欢的味道，然后在头脑中将它加工成食物，填进张着大嘴的肚肠。这些味道无论怎样加工，最后都成了一道菜，这就是我最喜欢吃的蒜苗炒回锅肉。虽然我饱获了一顿精神大餐，但肚肠却愈发难受。

一些在当地人看来并不起眼的鸡毛蒜皮小事，也能唤起我的极大兴趣。这天走到一个叫花园路的地方，上百个男女老人轧断了马路，在他们脚跟前，用石块压着标语——强烈要求落实房屋拆迁政策！听说他们那片住地改造，对房屋拆迁补助不满意，于是推出一帮子老人来向有关部门施加压力。他们或坐或站，脸色严峻而忧郁。一些穿警服的人在对其进行说服，希望他们撤除。但这些老人还是坚定不移地固守阵地。还有不少看稀奇的人，不言不语，一脸麻木、冷漠。两边的汽车无法通过，司机见势不对，调头开走。那正是吃午饭的时候，有的老人拿出准备好的干粮和水，旁若无人地吃喝起来。有的家人送来热腾腾的饭菜，甚至送来炖鸡汤和啤酒，就像犒劳前方奋战的将士。这情形，让我匪夷所思。看见他们吃，我也有了饥饿感，于是就离开了。

我最爱去面摊吃酸辣小面，既经济又实惠。这样的面摊，在不少条大街连接背街小巷的口子都能寻到。案板上摆着装酱油、醋、味精、油辣椒、花椒粉、姜水、蒜末、葱花、花生米、麻油、榨菜、芝麻酱的瓶瓶罐罐，液化气灶烧得大铁锅的水翻翻涨。大碗装着被佐料染得发红的面条，吃得人直冒汗，浑身舒服。

一天中午，我在一家面摊吃小面，巧遇带我去人市的周棒棒。我俩相见，不约而同打招呼，亲热得像多年不见的老朋友。他问我在人市找到活儿干没有，我说没有。他劝我不如跟他一起当"棒棒"，自由自在，快活赛神仙。他又说，你去问任何一个"棒棒"，看谁愿丢下棒棒去当民工，都会说那才不是人做的。我们正谈着，忽听街上有人喊"棒棒"，周棒棒倏地丢下我循声冲了过去，同时闻声而动的还有几个，但周棒棒捷足先登，拿到了活儿。周棒棒用绳子把东西捆好，挂在棒棒两头，他向我一扬手，投来滑稽的一笑，挑着东西跟在主人后面走了。我为他抢到生意而高兴。

几天下来，我游遍了重庆主城区。我曾乘空中索道横跨长江，在空中看渝中区像沙盘中的积木，楼宇密集得插不下脚，而马路上却奔驰着无数车辆。我曾在隔江相望的三个区之间奔走，逗留在鹅公岩大桥上，用目光追随江中的轮船远去。我曾流连在南岸一棵树观景台，看市区夜晚迷人灯光。我曾徜徉在嘉陵江畔古镇磁器口的青石板路上，听餐饮店老板吆喝毛血旺、活水豆花。凡是留下我脚印的地方，我都带走那地方的历史和现在。我惊异地发现，这座城市喜欢跟数字发生关系，脚下的这块土地被分为九门八码头，什么开九门、闭八门，什么一字街、二府衙、三升店、四方街、五里店、六楞碑、七星岗、八蜡庙、九尺坎、十（石）板坡。为什么？我想，这可能是个喜欢财富的城市，数字总是跟金钱有关，再深的奥妙我就不得而知了。这座城市，还被分为上半城和下半城，上半城高楼大厦多、豪华商店多，下半城破旧低矮的房屋多、美容美发厅多。这上下半城是怎样划分的？这样划分在现实生活中存在什么意义？我几次奔波在上下半城的结合部，试图从某个地方或者某个方位上找出分界线，尽管我充满好奇，经过努力，还是以失败而告终。结果发现，分界线并不存在于地理地位上，而是形成于人们的头脑中和鄙视人的话语中。难怪，人市就在下半城。

在下半城，我从那些美容美发厅洗脚城经过，从大开的、半开的、用帘子遮掩的门里见到不少年轻姑娘的身影。有的并不避人，站在门前，眼神有的快乐，有的忧愁，有的迷幻，但她们从骨子里透出的神情告诉我，她们是同我一样来自农村，或者县份小城镇。猴儿他们称这些姑娘叫"妹儿"。他给我说过，这些"妹儿"干正当活儿以外还干另一种事。他说，城里的人本来就多，她们闯进来怎么办嘛？又能去干啥子来养活自己？有两次，猴儿邀约人去那种地方，我脚痛不能同往，心里还似有些遗憾。他们回来后，想听他们说各自的感受，个个却闭口不谈。原来，他们从不把那些"妹儿"当谈笑料，只用行动去同情她们。我不好探问，在心中留下了不少悬念。我也曾

第三章

城市里「家」的坐标

49

动过去那些地方的念头，但当我目光与那里"妹儿"的目光相遇时，心里便一阵发慌，不得不赶快逃离。

这天，我突然想起了猴儿说的那个叫秦灿灿的人，趁着闲逛，找到了体育场中路十二号九单元。我进了单元楼道，里面坐着个女人，胸前别着红色执勤证。我问她十六楼三号是不是有个叫秦灿灿的。她问我是她啥子人，我一时不知如何回答好，就说是老乡，找她有点事。她要我交五角钱的电梯费，我舍不得。她说，不坐就从那边楼梯上去。爬就爬，十六楼有多高，比得过家乡的大山吗？我正向楼梯间走去，她突然又叫住我，说小秦出去买菜去了，要我在外面等。

外面有一块不大的草地，边上栽着一行柳树，柳枝垂下来，在微风中扫拂着下面的石椅。我坐在柳荫下的石椅上抽烟，等素昧平生的秦灿灿，证实一万元的去处。其实，大可不必这样，钱该典小松还我，她与此无关，我只是闲来无事，为了好奇。

今天是星期六，再过两天，典小松承诺还钱的期限就到了。几天里，我曾碰见典小松，他一副焦头烂额的样子，估计像猴儿说的是为筹钱急的。我对他没半点同情，反认为他是在装猪吃象。我不相信他把一万元拿去做了好事，不属于他的钱，他没有这种权利，何况那不是一个小数目，是百个一百元、十个一千元。这笔钱，说穿了，是混账王八蛋欠我的，是他对生前过错的弥补。我拿这一万元无须过意不去，就该像顺手拿身边自己的东西那样自然。它原本就是我的。我估计猴儿叫我来问秦灿灿，是个骗人的借口。反正我没事干，有的是时间，就来问问，从中探个究竟，看他们还会演出啥子把戏来。

这时，一个手里提着蔬菜的女子来到我跟前，问我是不是找秦灿灿。

女子二十二三岁，离我还有点远就闻到她身上散发出一股竹子的清香味。她身材偏瘦弱，白净脸上显倦容，一双忧郁的大眼看人也显得无力。不过，楞鼻梁和线条分明的嘴唇，却让她还活泛出几分灵性。我觉得她是个漂亮女人，此时的神态更像个托儿所或者幼儿园的阿姨。

我说："是的。你是秦灿灿？"

她向我点点头，目不转睛地看我。我熟悉这种眼光，所有认识父亲的人第一次看我都这样。我不喜欢这种眼光，这种眼光叫我躲不开父亲的阴影。我站起身，将脸移开，她先给我的一点好感又被她自己糟蹋干净。

我想给她来个开门见山，就说："我姓毛。"

好像她有思想准备，不因为我报出姓氏就显得慌乱，只是垂下了眼帘。

"你认识典小松？"

"认识。"

我不说是猴儿叫我来的，说典小松更直截了当，没必要中间再插进个人来，把询问的分量削弱。我死死盯住她眼睛，说："他拿出一万元去救一条命，是不是有这回事？"

她眼皮抖动了一下，像一股狂风嗖地刮来一片乌云将她笼罩。她显得有点痛苦地问："为啥你要来问这事？"

我生硬地说："那钱是我的。"

她惊讶得叫出了声，随着叫声，脸形也变得扭曲了，随即喃喃地说："我早该晓得是这样……"

我急了，问她："是不是有这回事？"

"有这回事……"

她泪水像六月间的暴雨，突然夺眶而下，提着的蔬菜一下子掉到了地上。她蒙住脸，好似要捂住倾泻的泪水，泪水却在她指缝间肆意流出来。她抑制不住，悲恸得大哭。

我想，一万元救人，根本是假的。这个叫秦灿灿的女子是在演戏。像她这样廉价的泪水，一万元想买多少就能买多少。她实在演得太逼真了，几乎感动得我也要掉下几滴同情泪来。此时我感到愤怒，仿佛每一根头发都变成狂风中的柳枝，上面栖落着上千只知了，聒噪声把我变成一枚要爆炸的炸弹。我倒真愿自己在此刻爆炸，飞溅的弹片首先把她和典小松崩死。

不过，我想继续追问，看她如何再演下去，再吐出些让人洒一掬同情泪的啥子唱词来。我不会被骗，她演得再好也无济于事，那一万元我还是要典小松还的。值勤的女人不知何时来到跟前，恶狠狠对我，说我欺侮她！我没来得及回答，有人又

在楼上一扇窗口里大声喊："小秦，你在干啥子，还不把菜拿回来！"

鸟 枪 换 炮

出顺城街，跨过一条马路，穿过农贸市场，再向左拐，有处被围墙围住的地方，围墙的青砖污浊发黑，墙面到处渗出潮湿迹印和白色绒毛。最先，围墙没引起我注意，隔它一二十米远只听见里面喧声大作，又有不少人进进出出，当我进去后，眼前的情景让我兴奋不已。

原来，是旧货市场。大到像皇帝睡的龙床，一人多高的铁菩萨、铜罗汉、玉观音，小到螺丝钉、纽扣，什么收音机、DVD、VCD、电视机、留声机、洗衣机、冰箱，什么毛泽东像章、邮票、旧书报、衣物、鞋子、打火机、钢笔，甚至20世纪六七十年代各地的粮票、布票、油票、副食品票等等，市场上简直无奇不有，叫人眼花缭乱。前几天我逛遍了重庆城的大商店、大商场，琳琅满目的物品叫我赞叹，但不想买它们，因为我买不起。而在这里，无论是我现在所需要还是不需要的，都叫我欣喜，因为它们的成色更接近我。从它们面前走过，就像听见老朋友在招呼，无比亲切。我属于它们，它们也属于我。这还让我想到父亲的小屋，里面的每一件东西，都该来自这里。

在市场里逛，我看，我问，我听，一点不窘迫。在衣物摊上，我被一套西服留住了脚步，咖啡色带暗条纹，八成新。我现在只有两件衣衫，一件灰涤卡茄克，一件蓝涤卡中山服，都灰不溜秋、脏兮兮，前襟有大小不一的渍印，有深有浅，有油的，也有其他东西浸染的，一股洗不掉的柴烟和汗酸味，自己也能闻到。茄克的拉链坏了，每次穿它都敞开。其实，城里人穿茄克都不关拉链，这样更随便更潇洒。但是我一敞开，却露出里面黑不黑灰不灰的衬衫，或者补了疤的 T 恤。中山装洗得发白了，扣沿都掉线发毛，有两颗扣子还是杂色。刚来重庆城，穿起来并不觉得怎么样，要说有怎么样也是刺别人的眼。在街上和商店看多了，眼睛渐渐也起了变化，低头再看自己就感到发涩了，有了刺目的感觉。走在街上，我不得不时常抄衣襟，捂着像肚子痛。我试图在父亲的柜子里找出合身的衣服，衣服倒有几套，没一件合我身，都比我瘦小一个号，衬衫 T 恤穿里边还将就，外衣一穿上身就成了马戏团小丑。他床下的皮鞋，也没适合我的。真怪，他身子小，脚却比我大。

老板见我想买，从里面绕出来，帮我脱下那件没有拉链的茄克，又帮我穿上西装。我不敢脱裤子，内裤实在又脏又烂，就把西裤套在外面。老板忽左忽右忽前忽后为我拉衣袖，拍前胸，抚后背，非常殷勤。我感受到了购物的愉快。没想到，在世上这个角落里，竟然有一套早缝制好的衣裤在等我，就像神话里的龙驹等伏了几千年，终于等来了骑它的主人。衣裤一上身，我立马感到一股精气神"嗤"的一声从体内蹿出来，把自己充实得鲜亮和精神。

老板开价一百二十元。我不是傻子。俗话说，裁衣半价，旧衣更是半价的半价。我按这个贬值规律还价三十，而且态度坚决，多一分钱都不要。老板一脸苦相，只好"蚀本"给了我。

三十元买套西装，真是天值地值，想到将脱去柴烟味带汗酸臭的旧衣服，换上让人刮目相看的新装，心里一阵舒坦。俗话说"穿西装，打领带，脚蹬囊囊鞋"才精神，可是我不会打领带。那天在屋里把豆花西施给我的领带拿出来，对着镜子往脖子上捆，左捆右捆，总不像人家脖子上的那个结。我采用少先队员打红领巾的打法，打出的结蔫瘪瘪的，不是上大下小、匀称饱满，憋得我满头汗，领带打了拆拆了打，都快成了皱巴巴的绳子。

我见老板领带的结好看，又向他讨教如何打领带。老板笑了，说我太精灵了，买了便宜货，还要教打领带。他顺手从摊子上像抓蛇一样，抓起条五颜六色的小方格花领带，举在我眼前，说我占了便宜，他也占我点好处，三块钱卖给我，然后包

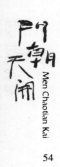

教我学会。我盘算，那套西装就权当少砍三元，花钱学艺。我说好，不教会，我不买。

老板确有耐心，人比我矮，踮起脚尖教了我两种打法，一种是小结，一种是大结。我解下领带，对着镜子重复两遍，学会了。那天在屋里就没有把打结的头子这么抄过来，又那么抄过去，其实对了大半，就少往后一抄这程序，经老板一教，像纸糊的窗子一点就破，太简单了。在市上，我还花十五元买了双棕色的懒人皮鞋，是全新的牛皮面、塑胶底，鞋口脚背处钉有个金灿灿的菱形装饰物。我想，配咖啡色西服肯定好看。

回到小屋，我武装起来，四十八元就叫我焕然一新。照镜子，里面显出个叫我都吃惊的陌生人。是毛狗狗吗？我一连问了好几遍，才确定里面是毛狗狗。

吃晚饭时，我一脚跨进豆花西施，仿佛整个店堂都被我照得雪亮。猴儿他们一见，都发出惊呼。典小松没有叫，眼睛却像知了一下撞我身上被粘住了，愣了半天也没飞走。叫得最凶的是猴儿，说我是鸟枪换炮，又说我是土狗狗变成了洋狗狗。里面我穿的白衬衫，是父亲的，虽说瘦小紧身，但比我的好，配上新买的领带，感觉自己成了城里人。我站在他们跟前，自转一圈，得意地说："洋装虽在身，依然是农民心。"

猴儿几个拍手叫好。我更得意了。唯独典小松板起脸。我知道，是他看我不顺眼，因为我要他还钱，他会顺眼吗？最近，他为借钱，心子都焦烂了。这叫自作自受。他不顺心，我最开心。

西安过来，牵起我衣服，把我拨了一转，上下打量，说："哪来的城头小伙子哟，这么帅？"

我不赞成她这说法。城头的小伙子才有资格帅，农村的只有资格丑？我说："城头的丑人并不少。"

她笑了，用指头点我额头说："说你是城头人还不高兴？傻子，你这一身也不嫌热，还不把外面的脱了。"

西安这一说，我才意识到这身与季节不相适。满街人都穿夏装了，哪像我穿西服套装、打领带的？我顿觉失格，汗水一下就渗出来，叫我有些尴尬，手脚无措。猴儿他们对我哄笑，流露出嘲弄。

见我难堪，西安为我打圆场："狗狗这身比你们时髦。"

她说着，提起我西服衣领，宛如技工扒兔皮一样，嗖地剥下我外衣。我没来得及遮掩，一下把我像小品演员推到观众面前。白衬衫，袖子短一截，胸围像紧身衣，颗颗扣子几乎被涨开。见我这副尊容，西安也有些傻眼，随即，那几个又爆发笑了起来。

西安瞪了他们，说道："笑啥笑，几个进城这么多年了，一身红苕味还没有洗干净，有资格笑别人！该笑的是你们自己。"

她说着，伸手为我卷起衣袖，解下领带，把勒得我几乎憋死过去的衣领解开，又说："别理他们，进了城，就得像城里人样子，土包子又不光荣。这衬衫是小了点，明天我陪你去商店买一件。"

在西安面前，我真变成狗狗了，她把我弄得服服帖帖，连姓啥子都忘了。往天典小松离我远，今天过来坐在我旁边，他不像猴儿他们笑我，有一种忧虑在他眉宇间游荡。我察觉他几次想跟我开口，因大家说笑，加上西安一番为我辩解，终没开腔，一直喝闷酒。后来，他把我叫出去，说要跟我单独谈谈。我清楚，还账的限期到了，根本还没有筹到钱，要找的借口现在找到了。

站在豆花西施店门外街沿边，典小松狠狠地抽烟，不说话。我想，尽管他找到了借口，但还是不好开口吧？我不会去打破这沉默，这沉默跟我无关，只能叫典小松不自在。夜色一降临，花子街的夜生活就像地里的草籽，经夜露一滋润便繁茂地长出来，腾起满街撩拨人的喧哗。对面波斯猫美容厅的霓虹灯跟眨眼一样，一眨是绿色，又一眨是红色，映在典小松身上，他成了个川剧角色在展示绝活——变脸。我有些好笑，但强压住没笑出来。他将烟蒂丢在地上，然后用脚踩，踩得小心翼翼，好似从里面能踩出个办法来。

典小松终于吐出口长气，对我说："放心，不会赖你账，到时会还你。叫你出来是要跟你打招呼，不要在大庭广众面前献丑了，无论你怎样打扮，你跟我还是农村人。你以为你是城里的公子哥儿，可以成天游手好闲？不要以为，这些日子白吃白住就可以心安理得。你要明白，天下没有不要钱的饭吃，不要钱的床睡，别把自己当富翁。你得做事了，不能光花钱不找钱，再多的钱也会坐吃山空的，何况你才几个吊命钱。要是你老汉在，早把你揍扁了。"

我说："不关你的事，等拿到钱，我会走自己的路。"

他说："不关我的事？要是你老汉还在，就不关我的事，要是你不来，就不关我的事，就当我不认识你，你不认识我。你找上门来了，我就要对得起毛大哥，帮毛大哥执掌家教，教你这个不争气的逆子。"

我红起眼，将硬话给他砸过去："你没得资格！你姓啥子？我姓啥子？我们八辈子合不拢。现在明讲，还钱的时间再给你三天，我等。吃住的费用，跟你算清，分文不少你的。"

典小松也跟我瞪眼，说："我把话也讲明，那钱是毛大哥要我寄给你妈的，我还没来得及寄，就作了别的用场。现在你妈过世了，我不能将那钱白白交给你拿去糟蹋，这会对不起毛大哥。放心，钱还是你的，哪阵学会办正事，晓得钱金贵了，我一分不少地还你。"

他说完转身进去了。没想到他会以这个借口赖账，赖得冠冕堂皇、堂堂正正，发表一番侃侃言辞，还顺便将我一脚踢下阴沟，糊一身让人恶心的臭气。

波斯猫美容厅的霓虹灯光扑向我的身上了，我接替了典小松刚才的变脸角色，像个被人戏弄的小傻瓜，愤怒而茫然地站在街沿边。

我回身进店，一口气灌下两瓶啤酒，一副六亲不认的架势，谁跟我讲话，就跟谁红眉毛绿眼睛，弄得席间杀气腾腾。没有谁站出来问个为什么。西安知趣，低眉垂眼回柜台里忙事去了，只不时投来担心的一瞥。我又灌下好几瓶啤酒，醉了，又成了一摊稀狗屎，张嘴像打开的水龙头，脏物喷得到处都是，惊得众人掀翻凳子，掩鼻逃散。我反而开心狂笑，留在记忆里的最后一瞬，是双腿难以支撑自己，像地下有双大手将我往下拽，餐桌迎面向我扑来，碗筷杯盘、汤汤菜菜下雨一样劈头盖脸浇下来……

醒过来，可能是下半夜了，口干舌燥，脑壳像个马蜂窝，无数马蜂嗡嗡地飞进飞出，撞得头异常疼痛。我哼哼唧唧爬起来，又无力地瘫倒在床上。我发现自己只穿了紧身衬衫和短裤，衬衫上面一半扣子没扣上，露出肉墩墩的胸脯。屋里一切都不是我熟悉的，不是小屋里熟悉的简陋和生硬，而是陌生的柔和和温馨。我看见一大幅乳白色窗帘在微微波动，像微风吹过平静的水面。壁挂空调凉悠悠的微风对我吹来。落地式台灯的橘黄色亮光使屋里充满梦幻的色彩。身下是席梦思，软软的，还闻到枕头上那股使我恐慌的味道。

传来西安的声音："要喝水吗？"

惊得我坐起来，晕晕乎乎看见西安像只小猫蜷缩在沙发上。她穿的是橱窗里假人身上的那种粉红色真丝吊带睡衣，露出手臂和前胸大块白得耀眼的肌肤，乳房和乳沟也看得见大半。我惊出一身虚汗，酒也醒了。来不及思考是怎么回事，就移到床边，脚还没套进皮鞋就慌乱站起来。

西安伸个懒腰，胸脯挺得更高了，埋怨我："你个酒鬼，哪阵才醒事哟！"

我浑身乏力，又坐在床边，不断哈出自己也能闻到的酒臭。西安把我扶到沙发坐下，手不停扇动，拂去我哈出的臭气。她打开小冰箱，拿出大瓶鲜橙汁，满满倒一杯给我。她拿着鲜橙汁站在我跟前，等喝完又续满。我一连喝了五杯，直到喝空瓶子才歇口。我那身洋装，挂在沙发边的衣架上，想去取，试了两下都懒动。

西安说："几个人都拖不动你，只好把你撂这里了。以后少喝酒，喝酒会坏事。"

"我不要哪个管。"

"鸭子死了嘴硬，掀翻我餐桌，砸烂我餐具，还说不要哪个管。"

"东西我赔。"

她忍不住发脾气了，说："好大的口气，你怎么赔？你一说这话我就来气，你有几个钱？难怪典小松几个看不起你，进城十几天了，没见你干正事。不要以为我在他们面前说你好话，

你就是能人了，那是顾你的面子，不要顺着杆子就爬上去，把罚酒当敬酒喝。"

我犟着脖子跟她顶回去，说："我赔就是，你没有资格训我！"

我硬撑起身，去衣架取衣服。她忽地从床边站起来，对我吼道："给我坐好。"

我被镇住了，坐回沙发上。她一手叉腰一手指点我："不要把我当猪头打整，要不是你姓毛，进城来当条野狗都不如。从第一次见面，我就看出你对我有戒心，好像我欠你毛家啥子，跟我较心劲。以前不说了，就说今晚，你借醉酒发泄，一半对典小松，一半对我，搞得我一个店堂乌七八糟，生意都无法做。晓得你是存心那样干，故意跟我过不去。我几次想喊人把你掀出去，可能你想到你老汉，对我们有怨气，于是我忍了。你老汉进监是为人市的事，这阵我不想在这里说，说来也话多，你自己以后可以慢慢打听。我要告诉你的是，我跟你老汉没得半点见不得人的瓜葛，不要见我像见仇人。我敬重他，把他当自己亲哥哥对待，是因为他为人耿直、豪气，不像有的人一副势利眼，特别是见了我这类女人，以为好欺侮。你要晓得，你不可能凭你老汉吃一辈子！"

她数落得我酒意全醒，心潮翻滚，脸白一阵红一阵，坐在沙发上如坐针毡。她坐回床边，猛地吸了一口气就嘤嘤呜呜哭起来，泪水滴在雪白的胸脯上。有一瞬，我竟萌动上去替她揩的念头。我又不敢动弹，哭泣将她笼罩在一片庄重中。此时，我穿着紧身衬衫、短裤，双手放在膝盖上，没穿袜子的脚插在带金属饰物的皮鞋里，傻乎乎看她抽泣哭诉。这情景，自己想来，怪诞滑稽，叫我无地自容。

西安等缓过气来，拿起手帕擦泪水，又开始诉说："我男人刚死去的那些日子，他的毒友三天两头找上门，不是白吃就是厚着脸皮要钱，有的还打我主意……那时候，找来派出所民警，民警前脚走，他们后脚又来，害得我有时不得不关门。毛大哥他们爱来馆子吃东西，晓得了，就跟猴儿守在馆子里。那天，有个粉哥又来了，找我借钱；说是借钱，就是白要。我不借，他从厨房里拿出把菜刀，说不借就把自己砍死在馆子里。吓得我六神无主，愿意拿钱免灾。毛大哥制止住我，对那粉哥说，要砍就快砍，让我们看个稀奇。粉哥却傻了眼，几次举刀就是不敢砍自己。这时，毛大哥从厨房里也拿出把菜刀来，对那粉哥说，你不敢砍看我砍，给你那些个烂友带个信，这馆子有我毛某人的份，今后不要再来找麻烦。毛大哥说完，撕开衣服，亮出左边胸膛，一刀砍下去，血一下就冒出来了，还笑着对粉哥说，下次砍的就不是自己了哟……那些社会上的烂人再也不敢来了。我给你说这些，是要叫你明白，我亲近你，是看在你老汉分上，典小松他们宽待你，也是因为这。"

　　这是我又一次听父亲的事，这些给我一次比一次大的震撼。虽然我从中找到典小松他们对父亲敬重的一些原因，但还远远不够抵消他给我和母亲造成的伤害。另使我震撼的是西安不承认跟父亲有染，谈吐中没得狡辩的意味，每句话都能让我感到她真诚。我应该相信她所说的一切。无端猜疑她，把她当成"烂货"，确实冤枉了她。

　　西安冷冰冰对我说："你走吧，我一夜没睡，天亮还要做生意。"

　　她说完，不再理睬我了。我有种大病初愈的虚脱，恍恍惚惚，又像在梦里。这一夜，典小松和西安只轻轻把我一掣，我就滑向一个陌生的地界，那里一片沙漠，四处荆棘，叫我心生恐惧，举步维艰。我取下衣裤穿好，袜子不知在何处。西安说在床边小凳上。我慌乱地将袜子笼上，穿起皮鞋就蹿出房间。

石　梁　上

　　这发生的一切，太突然，突然得让我措手不及。还以为"烂货"已被发现，倏地又在我面前消失得无踪影。另外，典小松根本不会还钱给我了。现在我得好好思量，安排以后生活。

我焦急但又惶惑，无奈地打发着日子。这天，我趴在窗台上，望窗外情景想出路，想了半天也想不清楚，就回到床边靠着床头伤心。这时猴儿送盒饭来，见我发懵，伸手在我眼前晃，说人可以生任何的气，唯独不能跟饭生气。

盒饭是一荤一素，回锅肉、烩炒白菜。心情烦躁得让我没有食欲，想到吃东西就恶心。我推开递在面前的盒饭，菜撒出，弄在床上。猴儿赶快找来抹帕擦干净，然后站一旁摇头。猴儿是个好人，虽然他长相让人不敢恭维，特别是一口黑牙齿，总要使我想到深不见底的恐怖山洞，还有他那看不见眼白和眼仁的眯眯眼，令我有给他撕开的冲动，但这都没有影响我这些日子来对他渐生的好感，甚至觉得在今后，他会成为我知己。猴儿默默陪我一阵就走了，说去人市，今天新来了不少找活儿的。

猴儿走后，我下了床。屋子里飘散着饭菜气味，我闻着头闷，胃里像有只手在搅动。我把饭盒关上，又趴在窗台上想心事，什么事都想，什么都想不进去，脑子里一片混乱。

窗外的景物，有移动的有不移动的，移动的是江滩上偶尔的人影、江中的水、江上的船只、天空的云团；不移动的是江滩上的乱石、远处的山峦、灰色的建筑物。我又算是啥子呢？在这里是移动的还是不移动的？

落寞的心情揪住我，使我又想流泪。流泪的念头是以前我从未有过的，是进城后染上的一种病。流泪的念头时常来得特别强烈，好似只有用它来消解现实让我产生的困惑。我也知道流泪不会改变一切，但就是要流，流了好过一些。眼泪在我眼眶里打转，这次未流出来，因为我不想它真成为养起的病。现在我需要做点什么，或者跟人说说话。于是我走出小屋。

老船长又在客厅里下象棋，右手拈起枚子儿停留在棋盘上，简直就是一架轰炸机盘旋在空中，准备将炸弹尽情倾下，把对方炸个稀巴烂。我站一旁观看，不懂棋，不知其中奥妙，纯粹无聊。我弄不明白，自己跟自己下棋，有啥子乐趣可言，更让我难以理解的是，一个人能使出两种心思而自己事先并不知道。我站好一会儿了，轰炸机的炸弹还没舍得丢下去。

我觉得，老船长是个干任何事都不会急躁的人，哪怕是船滑向了旋涡里也面不改色心不跳，他有的是时间。其实，时间对他显得有情又无情。说有情，时间对他毫不吝惜，把富足的光阴给他下棋，每一步他可以精雕细刻，想下多少盘下多少盘；说无情，时间对他又相当吝惜，整个生命将走向尽头，下棋的时日已不富足了，他得把每一分每一秒都放在手里细细把玩。看来，棋盘上的输赢他没放在心上，玩味的是棋子儿在他手中的拿起和放下。最终他还是把轰炸机召回了基地，示意对面的椅子，对我说："为啥子不坐？"

我说："就站一阵。"

他极其随便地说："还未找到事做？这些天，见你无所事事的样子。"

我说："自己也不晓得该做啥子。"

他很理解似的："哦，是这样。那你有哪样特长？"

我说："哪有特长，只有一身力气。"

他说："那就好，那就好，居然你明白这点，就好找事做了。"

我喜欢和老船长说话，他不倚老卖老，不训人，除年龄差距外，我和他是站在同一水平线上的。我突然对他生出一种希望，说："老船长，你是名人，跟好多当官的驾过船，能不能给我介绍个工作？"

他往后一靠，嘿嘿笑起来，说："狗狗有了进步，晓得托人拉关系了，好，好。不过，你面前的老船长已是明日黄花了哟，要是早些年，给你介绍个工作也就是一句话而已，嘿嘿嘿……"

老人仍很高兴，可能我的请求，勾起他想到过去风光的日子。我说："俗话说，虎死虎威在。"

"那晓不晓得还有句，人在人情在，人走两分开？"

"你的人情都不在啦？"

"不在了啊！我问你，为啥不跟典小松他们干呢？"

我在他对面的椅子上坐下来，说："不喜欢，他们找的短命钱。"

他来了兴趣，说："噢，我倒想听听你的高见。"

"高见说不上，只是个想法。他们的主要经济来源是收介绍费，收找活儿的和雇主的，两头收，另外还收介绍出去的管理费，保障农民工的正当权益，一旦农民工跟老板发生矛盾，他们出面调解。这不就像电影和录像里的黑社会吗？你说靠收这种钱过日子，不短命吗？"

"这叫有求方就有供方，他们是在供求双方中间搭起座中介桥梁，还是做了一些事的。如果叫你来，你会怎样办？"

居然会得到老船长的看重，我喜形于色，便说："在人市里面办个职介公司，合理合法收取介绍费。"

"既然那样简单，他们为啥不干呢？看来也有不简单的地方。你没有把想法给他们说？"

"没有，不关我的事，不需我插言。"

"你不是在找事做吗？可以跟他们一起去实现你的想法嘛。"

我敬重老船长，乐于跟他摆谈，但我觉得那是干系我今后的前途，还是有所保留为好，不必说透了。于是我摇摇头，没回声。他也摇摇头，好像不太理解我为什么会这样。

就是在这时候，有人敲门，我起身去开门，是秦灿灿站在外边。

秦灿灿穿件短袖红色 T 恤，头发用咖啡色发带挽个马尾巴，比那天见她时精神多了。她有点腼腆，说是来找我，想跟我谈谈。

有些出乎意外，她主动来找我谈谈。我不知如何办。老船长在客厅，不可能把她带进小屋，即使是开着门，也怕老船长见怪。她看出我为难，就说我们到外面找个地方。

我不假思索，顺手关了大门，带她走下那坡石梯坎，朝江边走去。

走在前面，她在后面，叫我后颈窝阵阵发热。越走越感到不自在，整个身子都有点僵硬了，搞不懂，我还会有这种心态？想回头看又不好意思。江风吹过来，竖起我头发，像荒地上茂盛的野草簌簌摇曳。我解开衬衫上面两个扣子，把胸膛坦露得更多一些，好让江风吹散郁结在胸中的燥热。

三峡大坝蓄水了，回水到下游的丰都县，浑黄的江水失去了狂野气势，变得犹似哼着小曲的老人在悠闲散步。江边那道伸进水中的石梁变短了。又见一对野鸽子在石梁水边觅食，江水漫上来，它们闪翅腾跳一下，江水退下去，它们又迈动爪子快速追过去，如此往返，不知疲倦。我们走上石梁，惊扰了它们，它们傲慢地扭过脖子瞪我们，然后咕咕埋怨两声，拍翅飞走了。我们在石梁上坐下来，我坐外边，她坐里边，听哗哗流水声，不知如何开头说话。

最终还是我先开口，问她："你晓得我住这里？"

她说："你父亲出事前，我也住这里。"

我心里咯噔一响，突然停止了跳动，赓即又快速跳动起来，感到了血液在汩汩流淌，但周身不是发热，反而发冷。我问："你是说，你也住这里？"

她红起脸，点头，承认了。

我又问："你个人住？"

她摇头，说："不，和你父亲。"

难怪那天去找她，她用那种眼光看我，原来她才是那个"烂货"，就是她害得我父亲忘记妻儿的那个"烂货"。我问："住了多久？"

"半年多。"

我两眼要喷出火来，逼视她，说："你晓得他是有老婆娃儿的人？"

"晓得。"

我说："晓得又为啥要这样？"

"在这城里，我一个举目无亲的女人又该怎么办？毛大哥是个好人……"

我骂她不知廉耻。

她垂头不语。

她面对流淌的江水流泪了，嘤嘤呜呜哭泣起来。我坐不住了，忽地站起来，心跳骤然加快，脑子里反复出现个声音：把她踢下江去！把她踢下江去！我感到母亲正从江底一点一点升起来，向我招手，等我把跟前这个"烂货"踢下去，她接住把她撕成八大块，喂王八乌龟。我下意识巡视了一下附近江滩，

江滩此时一片空寂，往天都有放风筝的小孩，今天没有。上游远处有艘挖泥船在操作，把江底的泥沙挖上来倒进旁边驳船，看不见上面工人，只有嗡嗡声在江滩震荡。我被这顿生的念头烧得热血沸腾，兴奋不已。我移步她身后，正要提起脚来，她转过身，泪流满面向着我，痛苦使她不能自持，她弯着腰，扭曲成一团，蜷缩在地上。她爬过来抱住我脚，哭诉道："你打死我吧……我活起也难过哟……"

她哭昏死过去，像一堆烂肉摊在我脚跟前。这时候，只要一抬脚，她就会像一块挡路的石子，跌进浑黄江水中，沉入江底。那时江滩上还是那么空旷，挖泥船的声音还是那么在空中震动，但我和母亲的心愿却了结了。可是，地上这摊烂肉就没有哭声了，在一下一下抽搐。我发现，原来她是安心想死才来找我的，我一脚岂不成全了她，却把她从深重的自责中解脱出来。我犹豫了。不能让她痛快地死，要叫她用自责的刀子，一刀一刀把灵魂剥得难受。

她苏醒过来，一边哭叫一边噗噗拍打身下石梁，好像石梁不同意她死才拍打它。她说："活起也难过哟……打死我吧，求你了……"

我先是从心理上退缩下来的，然后才是行动退后两步。她手脚跪趴在地上，追到我跟前，一副寻死觅活的无赖相。在她后来的语无伦次的呢喃中，在这空旷的江滩，在浑黄江水哗哗流过的石梁上，一种前所未有的恐惧感，反而像黏腻腻的蚂蟥恶心地攫住了我，叫我浑身冒鸡皮疙瘩。

我气得打抖，大声吼道："我没找你算账，你倒找我寻死！"

我忍无可忍，一脚向她踢去，踢在她腿上，她尖叫一声，收住哭泣。而后，她慢慢平静下来，只是断断续续呜咽，嘴里发出些不甚明了的话语。我说："你说，究竟是怎么回事？"

她依然跪坐在石梁上，止住了哭，但眼泪还像屋檐水滴下来。她无言地摇头。我死死盯住她，要用内心的狠劲去敲开她封闭的嘴，但是我失败了，她不肯吐露任何蛛丝马迹。猛然，我发觉她的狡猾用心，用死不开口来激怒我对她下毒手，她好得到永生安宁。我得赶快离开这里，再待下去真会中她奸计。

这么走开又不甘心，觉得对不起死去的母亲，便宜了这个"烂货"。我心绪乱糟了，不知怎么办才好，气得直跺脚，向她一阵乱骂。最后，我大声对她说："'烂货'，你会不得好死的!"

我走下石梁，扬长而去。在我身后，又爆发起呜呜哀号声，声音无遮无拦漫向江滩，像只落进陷阱、被竹钉锥穿的野猫子在凄叫。

夜 啤 酒

我喜欢上了喝夜啤酒。

不要以为这是件微不足道的小事，更不要以为是我近来贪杯养成的陋习，对我来说，这是对重庆城的一种认同，因为我太想融入它飞旋的生活圈子，学城里人过日子。重庆城看重过夜生活的人有两个去处，一是夜总会、洗脚城，另就是喝夜啤酒。夜总会、洗脚城是我这样进城的农民可望而不可即的，这些地方门槛高，进出的不是款爷，就是花公款不软手的，至少是不为吃穿发愁、可以大手大脚用票子的人。喝夜啤酒则不同了，不分贫富贵贱，都可以从那马尿水中得到乐趣。只不过，富贵者出入于高档的地方，例如长江边的南滨路上那些装修豪华、门前停满小车，一到晚上便彩灯闪烁、店堂里灯火通明、座无虚席的餐馆。贫困者就坐于低档摊区，例如小街陋巷的街边夜啤酒摊。这些啤酒摊三两张小方桌，几把矮座椅，一块木板作菜案，像办展览一样大盘小碗装着各式卤菜、凉菜。更多的啤酒摊是小火锅，所谓小火锅并不是指规模，是指小生意、蝇头小利而言。在这些夜啤酒摊，一边喝酒一边看街景，一人花几元钱就能酒醉饭饱。我喜欢这些啤酒摊，但也不是天天去，没有钱，隔三五天去一回。有时我一人，心情不愉快去喝闷酒，借酒浇愁。有时是跟猴儿几个"打平伙",时髦的说法叫 AA 制。喝夜啤酒,醉翁之意不在酒,而是排遣内心孤寂的同时,玩味都市夜生活。

这天下午六点多钟,典小松和猴儿都回到了住处,动手做晚饭。这种情况很多,去豆花西施吃是偶尔为之,谁的钱都不多,除自己花销,还得寄回家养老小。别看典小松有时请客、抽好烟,那是有人求他办事,开销是别人,平时自己用钱,恨不得将一分钱掰两半。正常情况下,一天在家吃早晚两顿饭,中午自己在外解决。做饭买菜的事由猴儿承担,一月的伙食、水电气费两人平摊。厨房与老船长共用,等老船长用完后,猴儿才进厨房。这天猴儿做好饭,来房间里叫我,我身不由己跟他去了。尽管我跟典小松闹过架,吃饭时只要我在,不管愿吃不愿吃,猴儿都会过来叫我。先前,他一叫,我大大咧咧过去,上桌抓过筷子端起碗就吃;近段时间来,心理发生了微妙变化,我少了以前的大大咧咧,即使过去吃,也有点做贼似的看典小松脸色了。其实,他脸色很正常,只是少了言语,闷头扒饭撮菜,吧嗒吧嗒咀嚼。猴儿还是狗狗长狗狗短地跟我有说有笑,没把我当外人,但我自觉吃进嘴里的饭菜不同以前香了。

饭桌在老船长堂屋,占用那张摆棋盘的茶几。

茶几是老船长摆战场的地方,他把自己变成了两个人,杀得昏天黑地。我们在茶几上摆饭菜,狼吞虎咽,风扫残云。早吃过的老船长很爱在一旁看我们吃饭,瞧我们吃得那个香,时常感叹不已,不停吞口水。他把吞口水当成对食欲的锻炼,说人一老,食欲也会跟着老,需要锻炼才能让它旺健。要是兴致来了,他会真锻炼一回,抓过筷子,撮一夹菜,仰脖子送进嘴里,边嚼边说好吃好吃。这是大家最惬意的时候,和睦得像一家人吃团年饭。

今天这顿饭,吃得很沉闷,典小松不说话,猴儿也没心思跟我谈点什么,连老船长都不出来凑个热闹,关在房间里看新闻联播。这样的饭吃起难受,不一会儿大家就下席了。猴儿收碗进厨房,典小松用牙签剔牙齿。我突然生出想跟典小松对话的欲望,眼前云遮雾罩,一片茫然,想通过他的指点,拨开乌云见青天。但我又不好开口求他，就倒背起手在堂屋走动，借故看老船长的照片。一阵过去了，他还坐在椅子上，我就对他说，想请他喝夜啤酒。

怎么说出这话来的，自己也不太醒豁，只觉得此时最适合出口的就是这话。他说："就晓得有事要找我，答应你，把猴儿也喊上，今晚不吃喝你一顿，你是不会痛快的。"

从他话里听来，并不记恨我，担心是多余的，我心情一下轻松了许多。我和典小松在堂屋等猴儿洗完碗，一同出门上了街。我带他们往旧货市场走去。白天的市场散了，夜晚就摆出好几家夜啤酒摊。天色已经黑尽，白天的闷热丝毫未退，阵阵江风吹来也不凉爽，到处热烘烘的，走不多远，身上汗濡濡了。典小松说，看把我们带到啥子鬼地方去。

我们去了家叫顺风夜啤酒的摊子，摊子在一块空地上，可眺望长江和对岸景色。老板搭了顶棚，一块木板写的招牌就挂在顶棚边，菜案厨具都在里面，外面用竹竿撑起电线，亮着两盏大瓦数灯泡，雪亮的光照着一方小天地。光亮下是五张小方桌，桌旁是几把塑料圈椅，摆在一棵黄葛树下，巨大的树冠像一柄绿色大伞，遮住下降的暑气，繁茂的枝叶在江风中拂动，搅得四周有丝丝凉意。我曾在这里喝过，老板是一对夫妻，都是下岗工人，都三十多岁，自己经营生意，既卖凉菜又有小火锅，小火锅是"三拖一"，即荤菜三元一份、素菜一元一份，经济实惠。已经有几个在这里吃小火锅，香味飘多远。猴儿说我们也吃小火锅，闻到那牛油麻辣香，喉咙就伸出了爪爪。我和典小松都赞同。女老板笑嘻嘻过来了，一脸殷勤，送来茶水、瓜子，问我们吃啥子。我做出很在行的样子要小火锅，点了牛毛肚、鸭肠、鳝鱼片、泥鳅四样荤菜，又点了鸭血、豆腐干、豆皮、白菜四样素菜，六瓶老山城冰镇啤酒。像在这种夜啤酒摊子上吃小火锅，重庆人都爱打赤膊，既爽意又粗犷。我也脱去衣服，光着上身。典小松和猴儿两个也跟着脱去，露出被太阳晒得黢黑的上身。他俩的肤色不像我，虽说我是山区长大的，但身上的肉却很白净。猴儿望着我，说毛狗狗成半个重庆城的小伙子了。典小松说岂止半个哟。

第三章

城市里「家」的坐标

67

我们都笑起来。我们剥瓜子、喝茶，等老板上菜。我现在不想说话，喝酒才说要说的事。典小松和猴儿又说起人市的事，好像遇到点不愉快，几次提到了邵钢铁，还有杜渝生。杜渝生是劳务市场管委会主任，此人我从未见过，但名字时常出现在他们嘴上，听也听熟了。他们谈话，我没插嘴，也无法参言。

女老板把小方桌中央的盖板揭开，露出个圆洞，把装有火锅卤水的铁锅放在圆洞上，点燃下面的液化气灶，把火调大，不一会儿卤水就开了，散发出浓郁的牛油麻辣香。点的菜，陆续上桌。我们抓起瓶子，砰地碰了一下，咕嘟咕嘟灌下一大口。我心里浮起一阵痛快。我想，尽管典小松和我闹过打过，但他却跟没事一样，一脸平静。话语不多，是他德行。他是个心里能开轮船的人，跟他吵了、打了，时间一过，并不记仇，和他打交道，不累。

典小松用筷子搛着牛毛肚在卤水里烫，对我说："这顿不是白吃吧？"

我说："我去找过秦灿灿，她也来找过我。"

典小松楞了一眼猴儿，知道他跟我说出了秦灿灿。猴儿装没看见，不吭声，自个低头烫牛毛肚。典小松就问我："那又怎样？"

我说："我想晓得……他们……究竟是怎么回事。"

我始终叫不出父亲或者爸爸，有了上次教训，当然不能再说混账王八蛋了，只好含混用了他们这个词。

典小松没有计较，他知道我所指，嚼着牛毛肚说："真想晓得？"

我说："真想。"

典小松说："大概你是安心要打听的了，也好，满足你，免得你一天疑神疑鬼的。"

典小松又灌下去一大口啤酒，用手掌抹去嘴角边的白沫，说："秦灿灿是你老汉在重庆城的相好，他俩同居半年多，就住你现在的小屋。你老汉打死任震海被抓后，她怀孕两个月了，那一惊骇，使她小产了，结果大出血，差点丢命。我和猴儿得到消息赶到医院，把你老汉叫我寄的一万块钱给她作了医药费。"

我问："任震海是个啥子人？"

典小松说："任震海是城里人，是城里一个厂里的下岗工人，他有一帮弟兄，都是厂里的下岗工人。他带起那一帮人跟我们争市场，时常欺负我们，我们无法在人市立足，跟他们谈判过几次都不见效，毛大哥在忍无可忍的情况下又去找他，双方言语不对，就动起手来。那场大架是在人市外的空坝子上打起来的。那是个雷雨交加的下午天，双方的人都淋着雨站在各自一边，毛大哥和任震海在中间打得不可开交，谁都不能上去劝，平时在外巡游的保安也不晓得躲到哪里去了。毛大哥比任震海矮小一些，几次被打倒在地，还是要跟任震海拼命，找准机会用拳重打。牛高马大的任震海有一拳打在毛大哥的胸口上，毛大哥被打飞起来了，摔在地上半天爬不起。我们心里着急死了，又不能上去帮忙，就看见毛大哥蜷起身倒在雨水中，嘴里的血不断地流出来，顺着雨水染红了半个坝子。任震海得意了，那狠毒的眼光，我是一辈子也不会搞忘的。一道闪电掣起，响起一声炸雷，毛大哥一下子又从地上爬起来了，手里不知怎么的有了一根一拃长的铁钉子。事后想，可能是毛大哥倒在地上捡得的，因为每天来这里摆吃食摊子的很多，也许是他们不经意掉的；也可能就是毛大哥事前就准备的。毛大哥抓着铁钉子就向任震海冲过去。任震海以为毛大哥再也爬不起来了，还在望着我们冷笑。毛大哥那动作之快，像飞过去的，对准任震海的心窝子就把一拃长的铁钉子刺了进去。任震海那狠毒的眼光一下子就变了，变成了一双死鱼的眼光。毛大哥跟着发出了一阵大笑，笑的声音大得很，盖过了天上的雷声……唉，这故事，哪时想起哪时都叫人为毛大哥自豪，那任震海平时多凶哟，怎么就这么不经整，真叫人想不通。任震海死了，毛大哥也去了，人市里的事，现在还没有个完，天天都在重复。我总担心，我们中的哪一个也会有毛大哥的那一天的。"

我从猴儿的神情中看出，他被典小松说激动了，心里肯定荡起一股豪情。我此时就是这样。我为自己骂父亲是混账王八蛋有点感到惭愧了。但典小松最后说出的担心，又搞得大家沉默好一阵。过后，我说："他不该在外面又跟一个女人好。"

典小松问："你是说你老汉？"

我点头。

典小松叹息一声，摇着头说："你进城才多久？不了解进城后的艰难，都想互相有个依靠和安慰呀。"

我说："他也不能把我们忘了。"

典小松说："他没有忘记你们。"

我们沉默着吃喝一阵后，我禁不住又问："他们是怎样认识的？"

典小松说："你不是跟她见过面吗？"

我说："问她，她不说。"

典小松撵着鸭肠在卤水里烫，长长的鸭肠被烫成像鸡肠带缠绕在筷子上，他正忙着在香油碟里解开，眼皮子也不抬地对猴儿说："这件事，你讲给他听。"

猴儿激动起来，终于有机会来谈他崇拜的偶像了。他加紧了咀嚼，两口咽下食物，清理喉咙，放下手里筷子，然后将圈椅挪了挪，好使身子正对我，目光里透出回忆往事的神色。他说："那是前年的事了，刚过了春节，是节后开市的第一天。长假期间，市场上窝了很多人，都急着想快点找到活儿，要我们介绍的也不少。毛大哥在市上转了几圈，有人把他喊到老茶馆去了，说有两个搞家装的老板在等他。走的时候，他说市上很乱，很多人不愿进场，几个保安忙得团团转，叫我们协助维持。吃午饭时候，我和典哥在摊子上吃盒饭，得到消息有人趁保安吃饭，大肆在场外私下招雇，说是珠海一家大酒店来的人，全部要年轻姑娘，没结婚的，招去当服务员。我和典哥丢下盒饭就赶到人市，果然有三个操广东口音的人在场外向一群姑娘宣传，个个说得口水四溅，把那大酒店说成是天堂，待遇高，工作环境是在花园里。站在人群外，我们越听越不对头，好像招去不是当服务员，是去那里当太太，在花园里摇着扇子、闻花香、扑蝴蝶，过舒服生活。当时已经有七八个姑娘表示愿意跟他们去，到他们住的宾馆去签合同。我们觉得其中有诈。你想，真是珠海大酒店招人，会来这人市招吗？就凭他们红口白牙齿一阵神吹，不拿出任何证明手续让人看，这不是骗子是啥子？我站在圈子外，继续当听众，监视他们的动向，典哥跑去老茶馆找毛大哥。在他们口吐莲花的游说下，现场又有三个姑娘口头报了名。这些个个都是青春年华，人市上的花朵，其中有几个，我们互相见面多了，嘴上还开点玩笑，见她们都像咪咪叫的波斯猫一样向那三个獐目鼠眼的人献媚，我心里阵阵发酸。其实那三个并不是长得獐目鼠眼的，只是我当时看他们就是不顺眼。那三个人要带报名的去宾馆签合同，有的姑娘就多了个心眼，不愿去，但有四个跟去了。毛大哥还没有来，我非常着急。他们走了，我望了望他们去的方向，又望毛大哥来的方向，心像打鼓一样咚咚跳，想跟踪他们，看他们在哪家宾馆落脚，又怕毛大哥来了找不到我。经过一番激烈的思想斗争，最后我还是跟踪他们而去。隔一年多的时间了，现在我回想那天跟踪的情景还是很刺激，硬像是公安人员跟踪特务。我像他们长的尾巴，紧紧跟在他们后面，离得不近也掉得不远，他们根本没想到后面有人跟踪。有时我跟快了，就停下来，假装看商店橱窗，或者转身往回走两步再跟上去。我主要怕姑娘中认识的发现，惊动那三个人……"

典小松不耐烦了，打断猴儿说："啰唆干啥子，就不会简单点！"

猴儿说："好好好，我长话短说。"

他还没忘面前的火锅，撩起煮好的泥鳅，沾上香油，送进嘴里。我巴望他有声有色摆谈下去，好寻找出父亲进城后的痕迹。现在，我对父亲是既怨恨又带有几分神往，真像一道悬有重奖的谜语题，等我去破译。

我说："反正有时间，边喝边慢慢摆，我倒想听仔细点。"

猴儿说："其实后面的，典哥也晓得了。那几个住的不是宾馆，是家小旅馆，在七星岩，叫宏生旅馆。他们说是住宾馆，怎么进了这小旅馆，我就觉得更有问题，那几个姑娘还糊里糊涂跟着进去了。我跑回人市跟毛大哥碰上头，带他和典哥几个人赶到宏生旅馆。毛大哥叫一些人留在外面，我和他进去。毛大哥到柜台问服务员，我们有三个朋友住在这里，请问是哪个房间。服务员问是哪里来的，毛大哥说是珠海的一家酒店。服务员翻遍登记册，没有从珠海来的人，只有三个从海南岛一个什么县的农村来的人。毛大哥又问了这三个人的房号，要我把外面的弟兄都喊进来，一起上了楼。我们拥进那房间，那三个人正装模作样在跟四个姑娘签合同，见了我们先还理直气壮的，毛大哥就说我们是劳务市场管委会的，招雇人必须在市场内进行，你们这样做是违反规定的。他们其中有一个，把毛大哥叫到外面，说酒店开业正急着等人用，要毛大哥通融，网开一面，愿交管理费。毛大哥当面拒绝了，要他们一切按规定办。那人就威胁说酒店是有后台的，要是耽误开业，谁也担当不起。毛大哥不听那套，坚持要他们到市场管委会，他们急了想动粗，但见我们人多势众，他们又不敢动手。就在我们一群人急匆匆上楼的同时，服务员觉得有点蹊跷，拨通了当地派出所的电话。正当我们跟那三个人僵持的时候，派出所民警来了，那三个人立马慌了神，对民警的问话前言不搭后语。我们协助民警把那三个人带到派出所，经过调查，那三个人都有前科，专门拐骗妇女卖淫。秦灿灿就在其中。"

典小松插话，说："还啰唆，两句话能说清的，说这么多。那天毛大哥认识了秦灿灿，从派出所出来，和秦灿灿就失踪了。后来听说毛大哥把她带到南山，住进农家乐，两天后才回到人市。从那后，她就跟毛大哥住在一起了。"

我问："就这样？"

典小松说："还要怎样？"

这就是父亲和秦灿灿相识相好的故事，过程说离奇也不离奇，电视剧情节一样，可这又是猴儿他们亲口讲出来的，不得不叫我相信，因为他们不会编个故事来骗我，他们没那个必要，也没那份心情。我这样一想，起码帮我解开了心中一个结，对父亲和秦灿灿相好有了一些谅解。我对典小松说："那一万块钱，你不用还了。"

典小松说："我原本就没打主意还你，也没钱还你。"

杜　渝　生

　　典小松他们说杜渝生，通常不说杜渝生，说杜主任，那味道就像农民在说乡长、县长，甚至官位更高的人。但是，能具体说出杜主任怎样怎样的，只有典小松个人。具有这一点，就非比寻常，就高出一般人一大截。至于邵钢铁是不是也这样的，我不得而知，因为跟他打交道就上次在豆花西施吃饭。比如，典小松可以说，今天他跟杜主任吃了一顿饭，或者在人市碰见杜主任，他点头招呼杜主任，杜主任给了他一支烟，等等。因为这些话，对来人市找活儿的任何个人都具有极大威慑力。虽说这威慑力并非来自典小松，但至少是从他身上折射出来的。猴儿他们就只有眼露神往的份，充其量随声附和，在人市他们的确是见到了杜主任。

　　杜渝生是花子街劳务市场管委会主任，整个人市就他个人说了算。我多次向典小松提出，想见见杜渝生，典小松都感到惊奇，无异于我要去搞暗杀。他对我说："你到人市就能碰见，他隔天都要来。"

　　我说："才不去那地方，那是你的地盘。"

　　我说的，典小松当玩笑，听了一笑置之。

　　现在不少人都知道了我是毛铁的儿子，看见我就交头接耳，喊喊喳喳，眼神也变得怪异。有一次，在花子街上，竟然有人来到我跟前，是个瘦弱的中年人，一副令人同情的可怜相。他从衣袋里摸出一包龙凤呈祥牌香烟，恭顺地递给我。我不敢收他的烟，因为不晓得他为啥子给我烟，或者要求我为他办啥子事，我怕自己不能给他解决问题。烟属中档烟，我想，他即使抽烟也肯定抽比这低个档次的。他可怜兮兮地向我述说来城里一个多月了，身上的钱用光了，还没有找到活儿，要我给他介

绍。听他一讲，我不接他的烟是对的，我哪有本事给他介绍工作。他缠住我说，你不是毛大哥的公子吗？当时，听得我无地自容，扭转脸走了。

我还敢去人市吗？我再没去过人市了。我不喜欢那地方。

这天吃过晚饭，典小松对我说，你不是想见杜主任吗，晚上带你去。

我当然愿去，立马答应他。我回到房间，换上干净衬衫，把皮鞋用布条擦得能照出人影子，跟典小松出了门。他没叫猴儿，只带我个人，这让我高兴，说明他对我是有别于猴儿的。为什么今晚去见杜渝生，我没问，那是典小松的事，我就只想去看看被他们奉为天皇老子的杜主任到底是个什么样，仅此一点好奇心而已，别无他意。

典小松先带我去解放碑。这是重庆城最繁华热闹的地方，相当于北京的王府井、上海的南京路。王府井、南京路我没去过，这种比喻是我的想象，因为我向往那地方，总有一天我会将脚印印到那儿的。我跟随典小松进了百货大楼。大楼里灯火辉煌，站在楼层之间不息运转的扶梯上，透过高大的玻璃墙望出去，解放碑也变得低矮了，仿佛伸手即可触及它高耸的碑尖。俯视街上的行人，步履缓慢，少了白日的匆忙。城里人喜欢晚上逛商店，尤其在夏天，傍晚时分，暑热退去，一家人上街逛商店散心，顺便享受商店里的中央空调。商店的白天属于外地人，拥挤、喧嚣，而晚上则是本地人的，悠闲、愉悦。此时，仿佛我也有了本地人的感觉。

典小松说要买点烟酒去孝敬杜主任，我这才想起今天是古时候的大诗人屈原跳江的日子——端午节。典小松说，逢年过节，都要给杜主任送礼，这是我父亲兴起的规矩。面对烟酒柜，典小松一脸窘迫，不知买哪种烟酒好。他毫不掩饰这种窘迫，说最头疼的，就是给杜主任送礼，贵的买不起，便宜的拿不出手，把人都搞疯了。

看见货柜里酒有好酒、烟有好烟，XO 一瓶上千，中华一条好几百，我的确也为他着难，就说："那就干脆送钱。"

典小松说："哎哟，你才干脆哩，你说，送多少？"

我答不出来。他说:"要是钱多要你教?就是感到拿不出手哟,不是怕多,是怕少,我们能拿的那点,到他手里嫌薄。"

这时,货柜前只我们俩。柜台里的服务员是位漂亮姑娘,穿着白短袖制服,装出耐心在听我们对话。她胸前上岗证上的彩色照片的笑容却跟她此刻不一样,照片上的笑容大方妩媚,现实的笑容模棱两可叫人吃不透。面对她这种笑容,真有点惭愧跟典小松说了那些掉份的话。不过又想,要是买她货柜里最贵的酒、最贵的烟,她的笑容还会是这样吗?典小松最后咬牙花了九百多元买了两瓶茅台。他说:"杜主任喝酒喝茅台,抽烟抽中华,要是给他买一瓶酒一条烟当然更好,可这样一来,钱还要多。光买一瓶酒或者一条烟,东西又太少了,不像个样,干脆给他买两瓶酒,成双成对。"

即使经过精心计算,付钱的时候,典小松手还是发抖。这钱是由典小松个人出还是由他们大家平摊?我不得而知,也不想问。不过,看着近千元就只买了两瓶酒,我想,这酒大概是金子熔化酿制的,要不为啥子这么贵?我从来没喝过茅台,典小松可能也没喝过。我既佩服典小松,为套狼,把孩子都舍了,又为他痛心,动多少心思才找的钱,先在自己衣包里,眨个眼就变成两瓶水成别人的了。这种转换的速度,的确叫人转不过脑筋来。

提起有两瓶茅台的背心袋,典小松走路都变得小心多了。

我们走进一条叫天仙府的幽静小街,来到一座青砖围墙的院子前。围墙有两米多高,砖的成色不一,有修补的痕迹。两扇黑漆大门紧闭。典小松一路都走得很自信,一到院子前,自信就有些垮了,人像萎了半头。他站了半晌,定了定心,才上前打开门柱上一个小木匣子,按了里面的按钮。隐约听见院内的音乐铃声,随着也响起一阵脚步,门里传出个女人的问话。典小松凑着门缝,说他姓典,来拜望杜主任。

里面的脚步又踅回去了。典小松告诉我,杜渝生是大户人家出身,这院落是祖上传下的。杜的祖辈是川东一带有名的大盐商,商号曾开设到省外,在重庆城也算一方富人。传到杜的父亲,家道中落。原因是他父亲不理生意,沉湎于川戏票友,

养着一帮戏子四处演出，又抽大烟，没几年，祖辈的积蓄消耗殆尽。正要将这份房产变卖之时，国民党垮台，新中国成立了，随后这宅院作为资本家财产被国家没收，直到"文化大革命"结束，又回到杜家，这时杜家只剩下杜渝生了。

半晌，大门吱嘎一声打开半扇，探出个年轻女子的身子，可能是保姆，让我们进去。

院子里开了路灯，路灯是铸铁立柱形的，灯罩呈六角形。灯光下的小径是各色天然石片砌成，小径两边花草石山水池，虽说规模很小，但被主人收拾得很别致。典小松凑近我耳边，说这院子回到杜主任手里已破烂得不成样子了，是经过他十几年惨淡经营才修复成这样的。言语中，他对杜主任佩服得五体投地。

小径的尽头是座一楼一底青砖房。一楼敞开式宽阔廊道，廊道中央的顶棚吊下盏亮着无数支蜡烛样的吊灯，把廊道照得白的雪白，红的朱红；雪白的是墙壁，朱红的是栏杆。从栏杆空隙看去，椅子上坐着个人，举起手在向我们招。我猜想，大概是杜渝生了。带路的女子说主人请你们上去坐。

跟着典小松小心翼翼地登上楼道，咚咚的响声就像我的心跳。我知道，典小松此时的心情，也跟我一样诚惶诚恐，现在才理解他们平时说到杜主任会有那种语气和眼神。

杜渝生四十来岁，圆头圆脑，眉毛眼睛随时都处在微笑中。我多次在大街上见过这类人，穿着体面，把春风得意刻写在红润的脸上，连目光的盼顾，举手投足的招式，都让别人感到他有骄人的社会地位和优越的生活。杜渝生就属于这类人。就连他此刻在家里，穿着背心短裤，摇着折扇，坐在逍遥藤椅上也像个睡在摇篮里的罗汉。

典小松走上前，恭敬地站在旁边，轻轻叫一声："杜主任。"

杜渝生停住逍遥椅，目光先落到典小松的东西上，然后又落到我身上。

典小松示意我上前，对杜渝生介绍："杜主任，这是毛铁的儿子，毛狗狗，前不久才从农村来。他听说你在大家心目中有很高的威信，一直就想见见你。"

我也学典小松的恭敬样子，喊"杜主任"。

杜渝生呵呵笑起来，把脑门拍得啪啪响，说："威信，什么威信，有国家领导人高吗？呵呵呵，你看吧，还不是两个眼睛、一个鼻子、一张嘴，呵呵呵，你这个农村来的小青年哟！"

我在他笑声中也笑起来，但笑得脸上发紧，肯定带傻相。

典小松不知把东西放哪里好，可能不愿埋没这礼的分量，又不好打开让杜渝生看，就说："杜主任，今天端午节，该喝雄黄酒避邪，给你送来两瓶茅台。"

他把茅台说得特别响。杜渝生说："哦，今天是端午，想不到你们还讲究过这个节，农村来的就是不同，对节庆总是记得很牢。小朱，来把东西提下去。"

那女子上来提走了背心袋。杜渝生又摇动椅子，对我们说："哎呀，我不喜欢空调，那凉气刺骨头，还是自然凉风好，柔和。真不好意思，这里连你们坐的地儿也没有。"

典小松用手擦着额上的汗水，说："没关系，没关系，我们就站着。"

杜渝生就不再说。他突然像想起我的存在，对我说："你就是毛铁的儿，唔，跟你父亲一个模子里倒出来的。你父亲跟我打过交道，他这人呀，进城了，还是在农村的那套脾气，这怎么行呢？农村有农村的规矩，城里也有城里的规矩嘛，走到哪里就要循哪里的规矩，人就是活在规矩里。世上不光只你个人嘛，要跟无数人发生关系，就得学会处事，否则就会倒霉。你父亲不就倒霉了吗？哎，你看，第一次见面就跟你说不愉快的话，都怪我生了这张讨人嫌的婆婆嘴。我总是担心，像你们这些进城来闯社会的，特别是你这样的年轻人，社会没闯出来却翻了船。"

典小松一直在旁边点头称是，像个犯错的学生站在老师跟前。杜渝生刚说完，他马上接上嘴，说："杜主任句句都是至理名言，够我们学一辈子。毛狗狗，这些话不是随便在哪里都能听到的哟，和我都要好好记住。"

我不好意思当着杜渝生用手擦汗，点头时，两滴汗珠叭地掉在地板上，绽开成两朵晶莹的水花。

杜渝生说："算不上至理名言，人生经验而已。"

杜渝生发完感慨，像感到疲倦，歇一会儿又对典小松说："听说这一向你跟邵钢铁两个在扯皮，是不是有这回事？要不要我来当法官？"

典小松说："杜主任，那是谣传。要是我跟邵钢铁有点啥子，还逃得过你的法眼？"

这一向典小松跟邵钢铁的确在闹矛盾，闹得还很凶，但杜渝生问起却又不愿承认，这就让我搞不清他安的啥子心。杜渝生拿过茶杯喝口水，逍遥椅摇动起来，说："我也是听说，没有就好。人市不是我杜渝生的，是国家办的，也是你们找钱过日子的地方，不能乱。乱了不光我杜渝生脸上没光彩，你们的财路也断了，你说是不是？"

典小松说："是是是，杜主任说得完全对。只是邵钢铁这一向有些坏规矩……"

杜渝生瞪大眼睛，盯着典小松，嘴里发出一声长长的"唔……"

典小松有些气虚，但还是说："定好他只管城里的，农村来的不过问，现在农村来的也要抓在手里。这还得请杜主任跟他打声招呼。"

杜渝生停住逍遥椅，黑着脸，沉吟半天，说："我不愿人市又出现毛铁和任震海的样子。招呼我可以打，但我还是把丑话说在前面，你两个不好好解决，一旦市场出事，就不要怪我杜渝生办事不留情面。我说的话，你明白吧？"

典小松说："明白，明白。"

在一旁听得我背心直发冷，若是晓得来这里要遭训斥，八抬大轿抬我也不会来。我觉得典小松真冤，花钱来找气受，但典小松跟没事一般，好似早已习惯这种训斥，不遭训斥不安逸。逍遥椅又摇动起来，杜渝生微闭双目像在平息刚才的激动。这时，院子里的音乐声又响起，旋律像一只小鸟在翻飞，接着是那女子的脚步匆匆踏过石片小径……

典小松说："杜主任，我们走了。"

杜渝生未起身，只抬起手摇摇说："走好，记住我说的话。"

典小松和我刚到院子，碰见那女子引着个人，手里提着东西过来。我们站住让过，来人却是邵钢铁。邵钢铁对我们说："我晓得，原来是你们。"

出来后，我问典小松："为啥子刚才不承认跟邵钢铁闹矛盾？"

典小松说："城里人总护着城里人，我承认了，板子还是打在我身上，只好转个弯说。"

拜 菩 萨

今天是七月十五。俗话说，七月半，鬼乱串。西安要去嘉陵江边的古镇——磁器口宝轮寺——烧香拜菩萨。

昨天很热，太阳当顶，晒得行道树打蔫。我在朝天门广场游荡，想碰胡光明，不是为讨债，是想见他。树荫下，我坐在他曾坐的石椅上，伸起双腿，双臂抱在胸前，一副无所事事的样子，回味胡光明的悠闲和满不在乎。这时别在腰间的手机响了，我一看，是豆花西施的电话，这是我记熟的第一个电话号码，能一口倒念出来。肯定又是典小松他们在那里吃饭。他们对我的待遇未改，履行诺言，有他吃的就不会饿着我，有他穿的就不会冻着我。他们每天去人市，想方设法找钱，把我像一只宠爱的小狗养起来。我打过去，接电话的竟是西安。前天，我为手机买了新卡，充了值，在豆花西施吃饭时把手机号告诉了西安。她在电话里问我明天有不有空，陪她去磁器口宝轮寺。我受宠若惊，答应时，竟有些语无伦次，挂了电话后，好一阵还沉浸在激动中。

磁器口是重庆嘉陵江边的一个码头，我去过那里，曾对西安讲过那里的热闹，讲过那里有座庙子叫宝轮寺，里面的香火特别旺。她很向往那地方，说哪天也去看看。她一天忙生意，

对土生土长的重庆城，知道的还不如我多。我很乐意陪她去，单独接触是我求之不得的。那次醉卧她房间，受她一顿痛斥，知道错把她当仇人，对她就有了歉疚。近来，孤独、惶惑的日子过得我苦不堪言，那歉疚中就有了几分对她的依恋。

下半夜，下起一场雷阵雨，天亮前才歇。清早起来看天，是个阴天，凉快多了。

我出门的时候，典小松他们早去了人市，比国家公务员上班还积极。我没跟他们说今天要陪西安去磁器口，倒不是怕说，是我要保持自己的私人空间。其实，他们也从不过问我一天的去处。我跟他们没有关系。

西安早收拾停当在等我了。她叫过大堂经理，说今天有事出去，堂上的事要她多操点心。西安上身是黑色真丝无袖翻领衫，下装是黑色真丝宽脚裤，黑色高跟鞋，肩上是黑色挎包。一身黑色，衣袂飘飘，配她白净皮肤，楚楚动人。她问我怎么去，我无法回答。磁器口在沙坪坝区，隔渝中区有一二十公里，我那次去，途中有步行，有搭乘公共汽车，从渝中区出发，怎样搭车，我茫然。我说我去问问。她说："别问了，我们打的去。"

花子街两边摆满卖东西的挑子或摊子，人来人往，一条小街显得更狭窄了，出租车少于进来，打的要到大街。西安是花子街的名人，跟她一路逛街，引来无数目光。她神态自然，走得无拘无束，我却心子发紧，衣服里像生出刺来，刺得身子发僵，走得掉她几步远。她停下来说："毛狗狗，你还是没脱农民气啊。"

莫非身上也有胡光明那种气味？说我这样的，她是第一人。我耸耸鼻子，凑自己胸前嗅嗅，没有什么气味。我想，自己是闻不出自己气味的。今天我还特意洗了头，让一头黑发蓬松，显得有朝气，买的件湖蓝色短袖 T 恤一直舍不得穿，今天穿上了，皮鞋擦了又擦，能照出人影子，自我感觉比城里人还城里人。我有些不知所措。西安对我摇摇头，想说什么又没说，叹口气就径直走了。我只好呆头呆脑地跟上去。

在街边站好久，打不上车，我很着急，生怕西安改变主意不去了。终于拦下一辆车，我才松了口气。打开后车门让她坐进去，我去开前门。她叫我同她坐后排。车子发动了，她告诉司机去的目的地，然后悄悄对我说，打的不要坐前排，那是农民。

我脸霎时绯红，半天不自在。

车子顺着嘉陵江滨江路向上游驶去，不是我上次去磁器口走的路。这条路也给我带来新奇。西安一路上望窗外飞逝的景物讲个不停，一会儿用臂肘碰我，要我看外面的这样，一会儿用腿碰我叫我注意那样，像个小孩，异常兴奋。我在她这些碰撞之下乐不可支，也像个贪得无厌的小孩，全身张开大嘴盼着她下一次的施舍。

见黄绿黄绿的嘉陵江，她又用肘碰我，对我说："你看，嘉陵江变宽了，水也流慢了。"

我说："该是三峡大坝蓄水的原因。"

她说："读中学时，班上组织春游，那时候去的地方少，只有到江边搞野炊，现在想起又有趣又好笑。"

她说着又用腿碰我，问："喂，你读书是在哪里？"

我说："我们镇上的中学。"

她又碰我："高中？"

我说："高中。"

她又碰我："你们春游吗？"

对我来说，这些都不是有趣的问题，但她碰了我，我就得回答。我说："学校从不组织春游。一到春天，我们每天都在春游。"

她有些迷惑。知道她不会明白我意思，就解释说，很多同学上学都要走几里或十多里路，有的还更远。我从家到学校，要穿过一座有青冈树和杉树混合的林子，那片林子有十里路，是爬坡，再走十里石板路和田坎路，这十里全是田园风光，水田、竹林、菜地、寨子。最后我反问她，这不叫春游叫什么？

她笑起来，随即又沉默了。沉默了，她就不碰我了，可能我的话，让她想到了什么。我后悔不该这样回答她。

来烧香拜佛的人多，才到半上午，古镇街上已是人群熙攘。

宝轮寺山门外摆满香蜡纸烛、各式供品摊子。我对西安说："买点香烛吧？"

她说："不，进庙子再买，里面买的菩萨才信。"

不知她说的真不真，不过，信总比不信好。进山门是几十级陡峭的石梯坎，西安走在前面，我跟在后面，浑圆的屁股在我面前有韵律地滚动，叫我脚步也轻飘起来。一阵钟磬声在庙宇深处响起，又闻到了香火味道，就想，在佛门净地，不该有半点邪念，便强制把目光从那地方挪开。

母亲也是个信佛人，每年的七月十五，都要我跟她去离家十五里的洪恩寺赶盂兰盆会，为先祖的亡灵烧香。这天母亲会早早起床，用昨天磨好的米面蒸成酒杯大的米糕，用瓶子装满香油，拿出十元钱放身上，一切收拾停当，才叫我起床。吃过早饭，母亲对我说，你爷爷婆婆、外公外婆，还有死去的三亲六戚，在阴间受饿，得给他们送吃的去。母亲每次这样说，我都会想，她是怎么知道他们在受饿的，是不是在夜里给她托了梦？还是他们死前给她的约定？我又从来没向她问过。母亲还交代我在菩萨面前该如何做，报出一大串我熟悉和不熟悉的名字要我记牢，到时好在菩萨面前默念。我表示这些都记牢了，母亲才放心带我离家上路。母亲提米糕，我提油瓶子，与乡亲邀约向洪恩寺进发。这天是我最愉快也是最辛苦的日子。愉快，是庙里人多热闹，辛苦，是拜菩萨累。进洪恩寺山门，母亲见菩萨就拜，并要我一旁陪着，照她交代的那套默念一遍，从塑料袋里拿出两个米糕，放在菩萨面前，从油瓶里倒两滴油在菩萨跟前的油灯里。两大金刚、四大天王、弥勒菩萨、韦驮菩萨、地藏王、药王菩萨、观音菩萨、准提菩萨、文殊菩萨、十八罗汉……这样一路下来，到大雄宝殿时，往往已是中午时分。尽管对菩萨只是默念，我早已口干舌燥、饥肠辘辘、精疲力竭，但母亲却精神抖擞，干劲十足。在如来佛祖像前，还得随母亲照先前那样把祈愿重复一遍，然后她和我从跪拜的蒲团上站起来，将所剩的米糕、香油，都放在佛龛上，她从身上摸出那十元钱，叫我跟她一起双手拈着钱的上端，缓缓放进佛龛下的功德箱里。当和尚撞响了钟磬，清脆的声音在大殿梁柱间萦绕时，母亲才长长舒口气，拍拍身上，疲惫地对我说："狗狗，我们回家吃饭。"

今天，我不知道西安是否也像我母亲那样心诚。但愿她不会让我像在洪恩寺那样受累。宝轮寺里香客云集、人头攒动。西安在服务部买了二十元的香烛、红布。正殿各菩萨脚前已是善男信女成堆。我和西安还只站在外围，不得不踮起脚，从人头间才能看见里层的情况，三只蒲团根本不得空闲，前面的刚起身，后面的又跪上去。佛龛上堆满了奉献的供品。我说我们先去外面烧香烛。

专烧香烛的地方也有不少人。我们找空子钻进去，点燃香烛，插在一个黢黑的铁架子上，架子上滴满了烛油，像座燃烧的小金字塔。西安正双手合十祈祷，被后面烧香烛的人挤开了。我上去想护住她，但人太多，无法招架，结果我俩都被挤出了人群。西安被这里的气氛反倒弄得异常兴奋，手舞足蹈，手又开始不经意地碰我上半身的各部位——胳膊、胸脯、手背、肩头、后背——高兴得一脸通红。我也随之兴奋起来，不是为周遭的氛围，是西安此时在我眼里更加漂亮。

寺里有卖小吃的摊子，西安买来武隆羊角豆干，我们坐在花坛边，你一块我一块地吃。她对我说："狗狗，你该找事做啦。"

"我倒想，就是找不到。"

"你可以跟典小松他们干。"

这话，老船长曾向我说过。凡认识的人，对我这样说，都是理所当然的事。我说："我不喜欢他们干的事。"

"为啥子？你老汉以前不也干？"

"正因为这样，我才不愿干。"

西安无法进入我思想，我也不想跟她深谈，这是个复杂的事，她不会理解的。不愿谈，我就扭头去看那些为亡灵而忙碌的人，这是种逃避对方追问的最好办法。果然她没有再问下去。过了一阵，她却说："来给我做。"

我底气不足地说："我啥都不会，能给你做啥子？"

她有些不耐烦，说："难道你不是个男人，说没骨气的话，就不能学会做？我也不是生下来就会开饭馆，何况还是个女人。"

她的教训一针见血，像把我剥个精光，暴露在光天化日之下，即使让开一条路，我也无力逃遁。她根本就不容我逃遁，继续盯着问我："到底干不干，你吭一声呀！"

我只好无力地嗯了一声。

她笑了，说："好，我们回去签个合同。"

我说："卖给你了。"

她有些得意，快活地嚼起豆干来，说："你不是傻子，只要我肯出价钱，你会干的。"

我觉得西安的语言具有咒语的魔力，说出的话能变成蛛丝，结成网，将我像小虫子一样粘住。其实，我倒心甘情愿被粘住，让她钳制。我很高兴，先有的愉快没有被破坏。大殿传出肃然的钟磬声，像鸽子扇动起翅膀，把喧闹的人声糅合成一支祥和的曲子在空中飞翔。她向我畅谈今后生意的经营和开拓打算，在梵音缭绕的佛门圣地，描绘出一幅醉人的图画。在她讲的时候，我却想起她给我的领带，就趁她说话的空隙，问她："西姐，那根领带是怎么回事？"

"那是为你老汉生日买的礼，还没送出去，他就出事了，一直放着。你怎么想起问它？"

"一直想弄明白。"

"他没用上，给你用，就这样。"

"西姐，你认识个叫秦灿灿的女人不？"

"毛大哥带她来馆子吃过饭，见过一两次，我看那女子并不坏，对毛大哥挺好的。毛大哥出事后就再没有见过她了。怎么啦？"

"没什么，就问问。"

到中午的时候，庙里的人渐渐少了。大殿的磬声间隔时间长了。我们四处转了转，去到大殿。西安要拜如来佛，把买的红布献给它。有一群老外在这里参观，一位导游小姐在解说，还有几个烧了香没走的人在看老外，三个老外跪在蒲团上给如来磕头。他们走了，西安拉我跪在蒲团上。她对我悄声说："我们都许个愿，求菩萨保佑。"

她把红布放在佛龛上，在蒲团上跪下来。我也跪下。她双手合十，闭着双目，嘴唇嚅动，在默念着什么。我也在如来佛面前许了愿。我的愿，我自己清楚，西安的愿，我却不知道了，但她那副虔诚的模样，还是叫我感动。要是一个人想敷衍佛，就不是西安这样的，只有诚了心，才能感动别人。我的愿，其实就一句，它藏在心里，如来佛晓得。我很快就从蒲团站起来，西安还跪在上面，大概许的愿很多。她起来后，从挎包取出张百元大钞，庄重地丢进了功德箱，和尚给她敲响了三次磬。由此，我得出结论，西安在菩萨面前的诚心，跟我母亲旗鼓相当。母亲表现在情感上，西安表现在金钱上。

我们在一家饭馆里吃了饭，去临江边的茶楼喝茶。

开始转晴了，太阳从郁闷的云层里钻出来，把古镇和嘉陵江照射得生机勃勃。从宝轮寺出来后，西安就变沉默了，好像背上了沉重包袱。我想，心中的愿都许了，应该感到轻松才是，就问她："许的啥子愿？"

她望着我说："你猜？"

"我又不是你肚子里的蛔虫。"

"叫你猜嘛，一定要猜。"

"保佑生意兴隆。"

"还有？"

"保家里人平安。"

"还有？"

"找个好老公。"

"哪样的才是好老公？"

我拍着胸口说："像我这样的就是好老公。"

西安笑起来，说："你能养活我？"

"能。"

"凭什么？"

"年轻，一身力气。"

她笑得喘不过气来，说："狗狗你哟，年轻和力气就能养活我吗？自己都还没得着落，你拿啥子来养我……"

　　我被她的话恼怒了，抓住她放在桌上的一只手，理直气壮地说："年轻力壮就是最大的本钱。"

　　她收了笑，满怀心思地望着我，然后另一只手拍拍我手背，将手抽走，说："你先养活了自己，我就信你。"

　　接着她转移话题，问我许的是什么愿。

　　我说："你猜？"

　　"父母亲的灵魂得到安息。"

　　"我只为母亲许了愿。"

　　"为啥子不是父母两人？"

　　我说："母亲的灵魂在天堂，他的在地狱。"

　　我为母亲，对父亲还有恨，这恨难消的。晚上，我做了个梦，梦见一条黑色的河，母亲站在河岸上，父亲在黑色的河中，坐在一只木盆里怎么也划不上岸，他要母亲下河去推他。他手里捧着自己流血的头，那头的嘴巴正咧开对着我哈哈大笑。母亲下到河里，黑色的浪子打过来，淹没了她的头，只见她两只手在水面上推着木盆前进。父亲捧在手里的头还一直笑个不停。我向河里扑去，结果被河边的泥潭陷住了双脚……

大 堂 经 理

我当了豆花西施的大堂经理。

第一天上班，西安告诉我，她把原来那个大堂经理辞了，那个还七弯八拐跟她沾点儿亲。走之前，她红着眼圈找西安诉说半天，硬要打探个究竟，是不是哪点没做好。对于这点，西安不说，我也知道，那大堂经理跟西安三年多了，完全把馆子当成自己的来经营，尽心尽力，无可挑剔。西安没给她个究竟，给了她三个月工资。

当时我站在店堂里，她在为我重新打领带，认为结子没打好。她边打边说："让那些亲戚说去吧，我都是为你哟！"

西安的意思非常明白，是要我记住她给的好处。我说："西

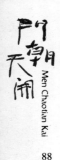

姐，我会比她好。"

她说："一切都得从头学，说这话的时候还早。"

她嘴巴吐出了那股让我沉醉的气息，使我无法自制，我偷眼四下没人，横下胆子，用双手卡住她腰。我说："西姐，我会好好干。"

她轻轻拉开我双手，正正领带结子，用指头点我鼻子说："对老板要学会规矩，谨防炒你鱿鱼。"

说完，她像鱼一样游走了，在我心海漾起层层波浪。事后，我为自己的大胆举动惊讶，要是她冒火，顺手给我一耳光，大堂经理还没干一天就被扫地出门，消息传出去，那情景多叫人难堪。好得她大量，没计较，看来，今后还是少莽撞为好。

西安是个爱讲究的人，要求任何人上班不能半点邋遢，说每个人都是馆子的脸面。每天我都要收拾得干干净净，像城里的公子哥儿去上班，给西安争脸面。西安给我印了名片，在我毛狗狗名字后面堂而皇之印上大堂经理几个字。我很得意。一旦有穿着讲究点的食客来，我就会恭敬地把名片送到他们手上，做得有教养地说请多关照。说话时，我会将山区口音掩盖住，发出较纯正的本地口音。所做的这一切，都给食客带来惊喜，说别的大堂经理是女的，这里是个男的，一个英俊小伙子，有创意。这些话给我信心，给西安的是欣慰。我工资没有前大堂经理高，月薪六百元。西安说过一段时间，等我熟练了再给我加薪。早晨，我七点出门，七点半在豆花西施和服务员一起吃早饭，工作到晚上十点或者更晚，等堂上没有食客才关门回到住处。

典小松知道我成了豆花西施的大堂经理，既不高兴也不埋怨，像没有什么事在我身上发生一样。我理解，他想我跟他们干，大展身手的舞台不是豆花西施，而是混账王八蛋——他们毛大哥开创的人市。猴儿有点冷嘲热讽，说狗狗有出息哟，一工作就当上了经理。

我不理睬他，就当没听见。我只对典小松说："典哥，房租水电我自己承当。"

典小松说："随便，有钱你就自己交吧。"

猴儿却不像典小松，我在他面前变得不顺眼了，恨不得把我顶到南墙撞死。他酸溜溜地说："老板给你多大的打折权？"

我说："是不是认为不收你的钱最好？"

猴儿说："要是那样，我就顿顿往你那儿跑。"

典小松喝住猴儿，说："好了，好了，跟她干就干吧，狗狗，要干就要好好干哟，人家一个女人经营馆子也不容易，不要辜负别个一片好心。"

几天下来，西安对我的调教没少花精力，但我就是不能进入角色，在堂上走来走去，无所适从。几个服务员对的我的行为窃笑，当我怒视她们，个个又装模作样坚守岗位。大堂经理要忙，有做不完的事，什么事都可以插手，可以把人忙得倒立起；要不忙，什么事也不用动手，可以闲得骨头发痒。我就是后者，只知道傻乎乎跟着西安转。她气得不好，把我叫到一边，一本正经，说我不喜欢你这样子。

我也不喜欢，就偏改不掉这臭毛病。上班离她最近，接触她时间最长，她身上的体味充斥我四周，我无法逃避。我说过，她的言语具有咒语般魔力，能变成黏糊糊的蛛丝网，将我像小虫子一样网住。现在她的身影也具有这样的魔力，粘住了我目光、我思维。

那天，猴儿跑来看我，看我怎样当大堂经理的。我想在他面前显一手，拿足了派头，训斥一个服务员。那服务员拿样东西仅稍慢半步而已，结果被我训得忍气吞声，眼泪花花转。我自以为得意，事后猴儿却鄙视，说狗狗，没想到你这经理是这样当的哟！

厨师和服务员，私下里也有了议论，说老板辞退原来的大堂经理是个错误，那人懂行，把馆子管得井井有条，不像我，门外汉，当个端盘子的也不合格。还有更难听的话，说老板拿钱养个小白脸。这些闲言碎语，使我难为情，知道那是他们忌妒。只要我逮住一个就把他整舒服，借题发挥，骂他个狗血喷头，叫他三天打不起精神来。

西安却不怕议论。早上上班，所有人碰头交代事，她故意把我叫到大家跟前，说："都给我看好，这是我聘的大堂经理，他懂行不懂行，会不会做事，不用你们操心，那是我的问题，是我出钱，不是你们哪个出钱。从现在起，再听见哪个咕哝，我就请他另谋高就。"

从此，那些议论烟消云散。我毛病还是改不掉，西安时常感到恼火。她就说："狗狗，你去跑采购。"

"我不会。"

"不会就学。"

"是嫌我在眼前碍事？"

"碍事不碍事，我才清楚。叫你跑采购就去跑。"

我已习惯了在她气味笼罩中生活，她那撩人心扉的目光时时将我淹没，我几乎在快乐中溺死。现在，我感到被她扫地出门一样的沮丧，眼泪都快掉下来。她又安慰我："不要想那么多，没得别的想法，是让你多学一门本事。"

她对我真好，伤痛的心，又被她柔软的手抚摩完好。

我愉快地去跑采购了。西安重新给我印了名片，在大堂经理下面多出采购经理几个字。

跑采购，无非是从外面购进馆子所需的东西。大宗的物品，如烟、酒、作料，都在固定商店进，半个月结一次账，这是西安的事，我只在需要时，督促把货提回来。我要做的是去农贸市场，买回每天用的各种肉类和蔬菜。西安给了我一个真皮提包，不是新的，我已感到很时髦了，用它装收据发票和少量的零钞。大笔的款子，我不经手，采购的物品送回馆子，货主自己上门收款。当采购，比当大堂经理起得要早，要赶早市，把采购的东西及时送回去，厨师等着下料，否则会影响开门营业。

每天天不亮，头班过江轮渡的笛声一响，我就起床，比公务员上班还积极的典小松和猴儿此时还在鼾声大作，梦周公。我草草洗漱完毕，提着皮包，向农贸市场赶去。如果头天睡晚了，脚步轻飘，头昏沉，一路呵欠不断，我就一支接一支抽烟，或者在街边赶早的小食摊上吃碗又辣又酸的面条，把精神提起来才进农贸市场。我一进农贸市场就有了天王老子的感觉。农贸市场上的那些肉贩子、菜贩子都有我的名片，他们都会向我献媚。

"狗狗经理，牛肉是刚到的。"

"狗狗经理，这块腿子肉专门留给你的。"

"狗狗经理，你看这鱼多鲜活。"

"狗狗经理……"

农贸市场在花子街中段，除三两个单位的伙食团外，大买主就要算豆花西施了，而豆花西施的体现者就是我毛狗狗。我毛狗狗有买谁不买谁买多买少的权利。于是，毛狗狗的名字在市场里也叫得最响。从此，我的烟不需买了，每天都有人送，比自己买的还好；三天两头，还有人请我吃饭喝酒，当然我把生意拉到豆花西施，肥水不流外人田嘛。我尝到了当采购经理的甜头，这谋生的本事竟然如此易学，而且还有利于形象的树立。我夹着皮包，叼起烟，神龙活现地走在农贸市场和花子街上，前面是挑起我采购的物品的"棒棒"。我敢断言，这时的我，神态俨然像个上下班的国家公务员。不少人都认识我这个豆花西施的大堂经理兼采购经理了。

这天，我又陶醉在狗狗经理喊声中，喊声在喧闹中四处响起，像交响曲中嘹亮的高音，让我听来特别清脆悦耳。我就在清脆悦耳声中跟肉贩子、菜贩子应酬，收下他们递过来的香烟，约定下次喝酒吃饭的时间，然后再根据他们的表现和我当时心情，给个双方能接受的价位，决定买谁不买谁的。得到我恩赐的，满脸堆起殷勤的笑，把世上最动听的话献给我；没得到好处的，还不敢对我有半点不恭，依然赔我笑脸、说好话，图我下次光顾。典小松和猴儿自以为他们那才是人生大舞台，才能演出辉煌的人生大剧。其实，现在在我眼里，他们那舞台很小，他们只是配角、丑角，过着并不光彩的生活。能跟我相比吗？我是主角，身上闪射出一道光环，一切在这舞台上面活动的角色都受命于我。我像鱼儿一样，畅游在水中，无比自在和欢乐。

一个外号叫刘一刀的肉贩子靠近我，用低哑的声音对我说："狗狗经理，走，到旁边抽支烟。"

这样的事经常有，贩子们想尽花招拉拢我，对我乞哀告怜，巴望从我手上获得一点好处。往往我会顺水推舟，也从他们身上剐点油，我这样对付他们，他们对我还感恩不尽。

　　刘一刀也是个进城的农民，每天从屠宰场进肉来卖，他的刀法很准，一刀下去，一般不会超出半两，我曾光顾过他几次，他请过我吃饭喝酒。我跟他去到他肉案后面，架子上挂的猪肉和内脏像布帘子，挡住了其他贩子。他给了我一包龙凤呈祥烟。这些人，收他礼他才高兴，不收他反倒痛苦。我为了他高兴，毫不客气地收下了。

　　他说："狗狗经理，求你帮个忙。"

　　我的确很大度，嘴一张："你说。"

　　他凑近我耳畔，我不由自主地挪开。我恶心他一身油腻，连吐出的气都有生肉味。他于是自觉离我远一点，说："朋友有批猪肉，想脱手，价钱可以优惠。"

　　这就是说，他说的那批猪肉有问题，不是瘟猪就是死猪，或者快变质的肉。我把香烟还给他，说："刘一刀，你这一刀就不要砍我了，我本事小，还是找别的人吧！"

　　他把烟又塞给我，说："生意不成人情在嘛，你先看一下再说，好不好？肉的成色和味道都肯定没问题。"

　　他从肉案下面拖出个编织袋，解开绳子，打开让我看。仅从表面看，肉的成色还新鲜。我对着袋口深深闻了闻，如果我这狗鼻子都闻不出异味，这肉就不会有问题。肉没有异味。我说："给我说实话，究竟是怎么回事。"

　　他说："是个同乡养的猪，昨天害瘟病，屠宰场不敢进，私自请人杀的。他家里拖累大，儿子读书又等着缴学费，实在没办法了，找到我帮忙。你不要以为是我的，我是帮人做好事。他说了，只要卖出去，愿意拿三分之一作谢。"

　　农村人怕的就是突来的灾祸，眼看到手的收获眨眼就灰飞烟灭，断了生计，更破了希望。我是从他们中间走出来的，深深体会到这痛苦的沉重。刘一刀说的，触动了我同情心，但我又怕是编造的谎言。如今的社会，复杂得很。

　　"我怎么相信你说的？"

　　刘一刀把手放在身后，说："敢摸屁眼喊三声天，说半句假话，全家死绝。"

　　我还是不敢信他发的毒誓。人心隔肚皮，心是红是黑，谁也看不见，再狠的诅咒，其实也是句空话而已，世上没见过遭诅咒报应的事。见我仍不信，刘一刀有些急了，就说："你等着，他人在外面，我去叫来。"

此刻，我可以抽身走掉，无论此事真假，对我都不重要。是假的，我没必要去戳穿；是真的，我不是救世主。但是，好奇心害了我，想看刘一刀怎样把戏演下去。就在我犹豫之时，刘一刀带个人进来了，对我说："狗狗经理，这是李万全，肉是他的。"

叫李万全的是个中年人，身上的圆领短袖汗衫被灰尘汗水浸染得失去了本色，打补丁的蓝布裤子还沾有泥印，农用胶鞋露出了脚趾拇，油黑的苦瓜脸上刻满粗糙的皱纹。这是我熟悉的形象。特别是他身上那股潲水的酸馊味是不可能复制的。

刘一刀对他说："这是毛经理，肉他要了，快感谢他。"

谁跟他说我要这肉了？刘一刀将我推上虎背，想用既成事实来套我。我鄙视他的伎俩，并不为之所动，没有接话。

李万全脸上冒出黑汗，激动得声音发颤，说："谢谢毛经理，帮我的大忙了，要不是儿子读书缴学费，我也不会这么的。"

我问："肉是你的？"

他老实巴交连声说："是我的，是我的。"

我说："这种肉是不准上市的，要是吃出了问题，你负得起责任吗？"

他惊慌起来，望刘一刀，想从他那儿得到支持。这时有人来买肉，刘一刀忙去了。他失去了依靠，眼泪都快流出来了，带着哭声说："实在是没办法，家里穷，等钱给小的交学费。要是……会出事……就不卖了……"

这绝不会是在演戏，刘一刀导不出这出戏来，我面前叫李万全的也演不真实这个角色，唯有真的才可能如此。俗话说，救急不救穷。我就帮他这忙，自己不说，别人也看不出是瘟猪肉，再说，吃的还不是城里人。我问他："有多少？"

他小心地说："百十来斤。"

馆子一般每天要进三四十斤肉，遇上有包席的就还多进，

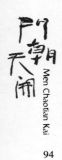
他这点肉放冰箱，两三天没问题。我大胆当一回老板，咬牙说："好吧，给你按市价，买了。"

他的眼泪流出来了，在那些横亘的褶缝间跳跃。他说："那谢你毛经理哟，价钱可以便宜点，我只收三分之二就行了。"

刘一刀过来了，见已成交，就帮着过秤，一共是一百零五斤。我要李万全把肉送去豆花西施拿钱，他满口答应。离开时，还对刘一刀说："过会儿再来给谢钱。"

刘一刀说："钱，我不要，给毛经理。"

我说："我也不要，拿回去缴学费吧。"

肉，还是出问题了。

这几天气温陡升，每天白晃晃的太阳晒得地皮都冒青烟，进馆子的食客骤然减少，剩几十斤肉在冰箱里还是变味了。这是馆子以前从没发生过的事，即使有过一两次，也是在正常耗费范围，更主要的是一查进货日期才三天，好肉不会坏得这么快。开业受到影响。西安不顾我的脸面，当着服务员训我。她气得浑身发抖，嘴唇都变白了，指着我鼻子骂："啥子东西，想搞垮我吗？"

我心知理亏，但嘴还硬，说："我赔。"

噎得她半天说不出话，直到缓过气来才说："你……拿啥子来赔？才几天，就骑到我头上屙尿啦！"

我说："一个月的工资。"

她说："好，就扣你一个月工资。"

她一掉头，气急败坏上楼进房间去了。我像丢了魂似的，在堂上站不是坐不是，胸中恰似塞进一团猪毛，红着眼看什么都觉得不顺心。服务员都噤若寒蝉，少了说笑。要是往天有空闲，厨房大师傅就像等不及的骚狗儿，蹿出来同女服务员打情骂俏。今天，他们宁愿呼吸闷人的油气也不出来。

趁开业前，我用身上仅有的钱，去市场上找刘一刀买了二十斤好肉。肉变质的事，我没向他说。西安一直没从房间里下来，好像气还没消完。营业前，我叫服务员去喊她下来吃饭，她推说不舒服，叫人把饭给她送上去。

我只好强颜作笑经营开业。

这时，我特别巴望典小松和猴儿他们来豆花西施，他们长时间没来吃过饭了。我想从他们那儿得到一些慰藉。同他们照面的机会难得了。每天深夜回到住处，他们都关门睡了；天不亮我出门，他们还在梦周公。几天前，我上街采购东西，从认识的那儿顺便问起他们，说农忙季节到了，进城的农民不少都回家收谷子去了，人市的生意冷淡，他俩到建筑工地打工去了。

今天，夜堂生意出乎意料好。太阳刚从山脊上那些高楼大厦后面落下去，天边还留下燃烧的云霞，长江和嘉陵江带水湿的凉气就漫进了城区，白天灼人的暑气不一会儿就消退不少。在家待僵身子骨的人们上街来活动了，不愿在家做饭的就进馆子来。我新进的二十斤肉在大厨师的手中变成各种菜肴，全都被食客装进肚子带走了。好生意持续到晚上十一点多钟。连续几个小时紧张忙碌工作，大家都很困乏，人像散了骨架，我叫他们大致收拾一下就回去休息。

营业款快核对完的时候，一个服务员过来告诉我，老板叫把账单和营业款都带上去。我嘱咐最后离开的人关好门，就上楼去了。上去肯定会是一场难堪的见面，西安一定还气呼呼地卧躺在床上或者斜靠在沙发上，拿冷脸对待我。我不会向她认半句错，对完账就离开，并且干完这个月，够抵肉钱就走人。天下没有不活人的地方。

西安才不是我想象的那样，而是穿着真丝睡衣，舒服地蜷缩在沙发上，像什么事都没发生过，在享受空调的凉爽看电视。我把账单和钱放茶几上，不愠不怒地站一旁。电视里正播放一部我喜欢的电视剧，但我不敢去看它，而是将目光定在啥子都没有的墙角。我等着她收钱。

她对我主动采取的弥补办法很赞赏，可能一晚上楼下食客的喧闹声早已消融了她心中的冰霜，一进门我从她的表情就看出了这种变化。她把玩着电视遥控器，对我说："坐下喝杯水，歇会儿吧。"

我说："老板，等你清钱。"

她说："从来没听你喊过我老板，喊出来真好听，再喊一次。"

我紧闭嘴，仍然傲气地站着。她笑了，问道："今天你买肉花了多少钱？"

我说了。她从茶几上拿出钱给我。我说："不要，算我赔的。"

她说："该赔的，会从工资里扣。"

她把伸出的双腿收回去，让出地方给我坐，说："难道要我给你倒水吗？去，也给我倒一杯。"

她一挪动身子，那股让我心慌的味道霎时四处弥漫，我做好的一切努力，瞬刻瓦解。我去倒了两杯果汁，在她身边坐下来。我扩大鼻孔，大肆吞吸她身上的味道。

她端起杯子要跟我碰杯，说："你又不是想要搞垮我的人，说说，为啥子要这么做？"

我只好跟她碰了杯。冰凉的果汁从口腔一直凉爽到心里，对她的怨气随之消散了。我想，在买肉的事情上，我是干净的，顺便做了一件善事而已，没有多大的错。既然是做好事就没必要为此背黑锅，向她说明，表示我的清白。于是，我把这事的来龙去脉讲给她听了，包括那包龙凤呈祥香烟。她听得很仔细，目不转睛地盯住我，双眼如平静的池水，没起半点波澜。我知道，这是她对我的述说掂量后作出的得体的反应，既不赞同也不反对。有点却可以肯定，她已经相信我所说的了。

她最后叹息一声，手却放在了我肌肉强健的脖子上，说："跟你父亲一样，是好人。狗狗，你也要晓得，我是个生意人啊！"

她的手，曾多次无意间接触过我身体，但这次在我脖子上摩挲，使我全身酥麻和战栗。我感到这次与以前不同，这是一次转折，是我与她关系的转折。同时我也感到她给予我一种默许，在等我的回应。

在此之前，我对女人的了解，还仅停留在口头上。记得老家镇上有第一家夜总会时，听去过里面的李麻子讲，里面有四个外地来的姑娘，个个长得水灵，比镇上最漂亮的女人还风骚，他讲得我禁不住咽口水，非常神往，但我没机会进去体验一回，一是没钱，二是没胆量，因此女人只存活在我丰富的想象中，真实的女人对我来说是陌生的。我敢面对女人说出比过来人还大胆的话，但我却没有一次真正接触过女人。此刻，我在西安的真枪实弹面前败下阵来了。要恰如其分地说出那一刻的感受是相当困难的，因为我脑子已经被一种说不清是甜蜜还是惊惧带来的混合物填满了。那一刻，我肯定惶恐得像只初次出门就被丢进人来车往的大街上的小狗，浑身颤抖，眼里露出绝望。

西安没有进一步行动，竟像个旁观者欣赏起我这只被突来的场面弄得不知所措的小狗来。我有些被她这神情激怒。我想到在黄金镇上的老茶馆里，听人们常提到的女人，女人是贱东西，只要两人独处，你就可以抱、可以亲，再高傲的角色被解开裤带她就束手就范了。我还未来得及想清这话若是放在现实是否可行，我的手就开始了行动，尽管它还在发抖，我就让它从她的背后抄过去，紧紧地将她圈在臂弯里。这一下，我用的力气肯定不小，她像只被提起来的猫那样叫了一声，随即便蜷缩进我怀里。

这晚，我留在了西安房里，在她热烈而熟练的引导下，我体内储存了二十年的欲念像炽热的岩浆喷涌而出。我真像只发狂的狗狗，喘息、狂叫不止，和她哭泣般有韵律的呻吟声一起从窗口飞出去，在花子街夜空上回荡，直到黎明时分才悄然歇息。

还　钱

自从那晚后，西安要我搬到她那里去住，说一个人晚上害怕。我知道，这是她的借口，实情是她喜欢我了。

我倒情愿搬过去，但理智却制止了我。

闲言絮语不断。西安能用老板的威严，管得住本餐馆人的嘴，却无力控制信息的传播。凡是认识的人，都说我成了西安的小男人，而不是说相好，也不是说情人。说我是小男人，意味着我是吃软饭的，这极大伤害了我的自尊心。

回家忙完农活的人又拥进城里，人市又兴旺起来。典小松和猴儿从建筑工地打工回来了。两个在工地上替砖工打下手，在脚手架上传递灰桶。工地上的人不少是经他们介绍去，这是有人在特别照顾他俩。但他俩这段时间还是瘦了一圈。显然，打工比在人市混不仅艰难，而且具体得多。我们一见面，别的还来不及说，猴儿就问我："为啥子还不住过去？"

看来，他们也知道我跟西安的事了。

我说："老子住不住过去，关你屁事，操屁个心！"

猴儿说："冒啥火，我还巴望好事落到我头上呢。"

典小松比猴儿含蓄，不说那些刺耳的话，只说："这也是一种生存的方式。"

这话听来却另有一番意味，让我愣了半天。

见我还没有搬的意思，西安耐不住了，她总是在每天中午生意过后，有一段短暂的空闲就把我叫上楼去。一进门，她迫不及待就把我拥入怀中，用舌头粘住我，退着往床上倒。我们什么也不说，根本也不用说什么，直接让喘息和呻吟将嘴封住。我的确喜欢在她房里干那种事，干净的床铺，有弹性的席梦思，墙上的空调缓缓吹出凉悠悠的风，把她身上撩拨情欲的气味搅得满屋里弥漫。她是我的老师，教会我如何在她那块肥沃土地上耕耘播种，让她收获快乐。在这方面，我很有悟性，没有辜负她的教导，每次都让她在丰收的快乐中飘飘欲仙，死去活来。

这天，我们干完后，等她呻吟方定，我就说："你叫起来像害了病一样。"

她说："你叫起来像在杀猪。"

我俩赤条条躺在床上愉快地笑了。

她说："我有点喜欢你了。"

我说："那跟我结婚吧。"

她一下子哑了，过半天才说："你在想些啥子哟，就这样不是很好吗！"

我说结婚的话也未必当真，她竟说出这话却让我不舒服，使我胸口像压了块石头，闷得发慌。

接着她就问我："为啥不搬过来？"

我说："那边的房子要我住。"

她说："房子不住可以空着，我不愿空着。"

可我还是住在顺城街没搬过去，宁肯忙里偷闲跟她干那事。

连晴高温半个月，今天傍晚终于下了一场雷阵雨，天气一下子凉快了。熬过长时间炎热的人们，都把自己关在了屋里，跟家人共享凉爽带来的欢乐，街上反倒人迹稀少了。

馆子也少了食客，晚上九点多钟，西安就叫早点关门，趁凉快都回去睡个舒服觉。她是个时间观念很强的人，啥时开门啥时关门，绝不会含糊。每天晚上，只要有食客，哪怕只一个吃到深夜十二点，堂上的服务员就谁也不准走。她说关门早了会败生意。她今天作出这决定是她的情欲所致，想在这凉爽的夜晚跟我睡觉。她房间里有空调，随时都凉爽，和她做爱，每次大汗淋漓并不是因为天热，而是内心的欲火在燃烧。但难得有今天的自然凉爽，她要打开窗户，看着窗外的夜空，在自然凉爽中和我做爱。

大家走了，我也走了。

西安忙用眼色叫住我。我却跟服务员们说笑着，假装没看见。离开时，偷眼见她满怀惆怅，那一刻，我得到前所未有的愉悦。其实，我也愿留下，同她度过一个销魂的夜晚。在跟她好后的这些日子里，她确实如她所说的那样喜欢我，但从那次谈话后，我发现她喜欢的只是我的身体，她跟我还是老板和打工仔的关系。于是我想不能便宜她，不能随便让她得到满足，让她心中的欲火烧得更旺才更能体现我的价值。这念头一直在怂恿着我，但就是没有机会实施，今天机会终于来了。虽然我跨出豆花西施的门槛，感到了自己的分量，心里却也升起一点失落感。原来我也需要她的身体，需要呼吸她身上的味道。

我带着一丝后悔回到顺城街住处。

具体说不清是哪天起的，我开始对顺城街的这间小屋有了眷念之情。暂且安身的地方曾让我厌恶过，厌恶父亲留下的气息，厌恶狭小的空间将我的生活挤压成一张单薄的纸片，成天飘在餐馆和小屋之间。现在却对它有了家的感觉。母亲在照片上陪伴我，她的温暖无时不充满小屋，她就在我身边，减轻孤

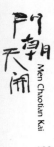

立无援带来的酸楚。这样，我会想起那个在这里住过的人，他还是照片上那个样子，但我对他却少了仇恨，少了在心里称呼他混账王八蛋，多了一点理解和同情。有时，半夜被轮船汽笛声惊醒，就再也睡不着了，趴在窗前望夜空下静静流淌的江水。长江在夜空下也进入了梦乡。梦乡里的长江在大口大口地吐出沁凉的水汽，水汽在上空回旋，聚积成团，变成灰白的雾，升腾起神秘的气息。这神秘气息使我思绪万千，我会想起山里家乡，想起李黑娃和那些牌友。想得最揪心的是安息在黄土下的可怜的母亲。那声沉重的叹息带出的"狗狗，你都二十的人啦……"，更是叫我愁肠寸断。唯有在小屋，在小屋的窗前，我才能痛快流泪到黎明。第二天，我才能像什么也没发生过一样，精神抖擞地去上班。

典小松和猴儿在客厅里却陪秦灿灿聊天。对她的到来，我感到一些惊讶。猴儿提高声音，说经理回家了。

这句玩笑话，典小松和秦灿灿都没有笑。秦灿灿竟站起来，像在对我说，下班了？她没必要站起来说话，即使现在的佣人对主人也没有这样恭顺的态度。我清楚，是她见到我时内心露出的窘迫。那次我同她在江边分手后，就再没有见过她了。典小松和猴儿很高兴，在灯光下，脸色像喝了酒一样发红。秦灿灿又坐了下去，脸色仍然惨白，并没有显得红润些。

典小松说："狗狗，小秦等你好一阵了。"

我无所谓地坐下来。秦灿灿低眉垂眼，玩手指，身上的那股竹子味今天特别浓烈地让我闻到了。我拿出香烟散给典小松和猴儿，自己也抽起来，一口一口地吐烟子不说话。不说话就是一种态度，我对秦灿灿的来访表示不欢迎。猴儿拿眼看我，然后是典小松拿眼看我，我全不理睬他们，继续沉默对待。

典小松给猴儿一个眼色，他俩就起身离开回房里去了。

我还是不说话。经过了跟豆花西施干那事，我觉得自己成熟了，懂事一些了，世间事就像银幕上的电影，有些淡化出去了，另一些却浮现于幕前。以前认为必须弄明白的事，现在看来，去搞明白是犯傻，还不如就让它稀里糊涂保持原有的模样留在那儿不去碰它。我还有啥子必要跟秦灿灿去说清楚呢？跟她交往，就是在犯傻哩。

我说："你没必要再来找我。"

她说："来还你钱。"

我的确有些惊讶了，说："还钱？你有钱还我？"

她说："不是全部，没那么多，住院剩下三千块，打工攒下两千块。我只能还你这么多了，别的，等我下辈子变牛变马再还……"

她说完，竟抽抽搭搭哭泣起来。这是我万没想到的，不知如何说好。要是我真说出点还好了，可就是把嘴巴闭得紧紧的，因为生怕从里面蹦出不要她还的话来。我的确不是个善人，没有善人具有的慈悲胸怀。不说我这种处境的人，即使是西安那样的城里人，能够一口干脆拒绝五千元的诱惑吗？唯一的办法，只有紧闭嘴，横下心，提防自己说出"不"字。

她从挎包里拿出纸包着的钱，递给我。我迟疑一下接过了。她还挂着泪水的脸上掠过一丝宽慰的笑意，但我却傻呆呆地变成了一根木头，立在地上不动了。

这时，我听见典小松在屋里一声猛喝："猴儿，你跟我回来！"

我见猴儿把跨出房门的一只脚收回去了，他却向我射来箭一样的目光。这些举动，不管是不是针对我的，我不在乎，哪个要同情秦灿灿，剩下的五千元哪个还。

内 裤 上 的 口 袋

天气渐渐转凉，马路边行道树的叶子由绿变黄，风吹过，哭泣似的簌簌往下掉。晚上，睡在床上听见这声音，心也为之一阵紧似一阵。这些日子，我也过得像丢了魂似的，六神无主，坐立不安。

在如何花钱上，我自知还没有脱去山里农村人的土气。重庆城太大了，花钱的方式据说花样百出，但我却孤陋寡闻。我很安于目前的消费现况，所过的一切已令我心满意足了。一天三顿饭，豆花西施包，旺盛的性欲在西安那里喷发，抽的香烟由农贸市场那些菜贩、肉贩争相供给。一个月六百元的工资，买一些生活必需品外，基本不动。那次肉钱，西安没有扣，依然发了整月工资。猴儿多次对我说，狗狗，你是从糠箩筐跳进了米箩筐。

言下之意，我不是农村人了，开始过城里人生活了。但是，口袋里的钱多起来，心也不能平静。尤其是秦灿灿还了五千元后，不得不让我为钱的事操心了。五千元加上当大堂经理兼采购的工资，已经有好几千元了。不说我，就是我母亲怕也没见过这么多钱。我觉得自己成了天下最富有的人。最初，成天把钱放在口袋里，有时无时用手掂掂它，厚厚的一摞，心里感到特别踏实，就同俗话说的"家中有粮，心里不慌"一个理。一个月一个月，口袋里的厚度增加了，叫我时时兴奋，时时充满成就感。我把钱都换成百元票放在内裤口袋里。每条内裤，都加了个口袋，钉上扣子，钱就放里面。大热天里，一天下来，钱都被汗濡湿了，回到住处取出来晾干。那天跟西安做爱，她为我脱裤子时发现了这秘密，我一把抢过来塞枕头下。她笑我说，狗狗你哟，一个土老财。叫我心里很不舒服，我便马虎应付她，让她像个没吃饱的小孩缠住我还要。

一个人该不该叫穷人，唯一的标准是他有没有钱，有多少钱。没有钱，举步维艰，处处都是苦恼的陷阱；钱多了，谨小慎微，处处都是陷阱的苦恼。于是，身上的钱让我享受成就感的同时，又给我了不踏实的忧虑，很是让我苦恼，这是叫花子捡到银子——没放处。我陷入了这种困境，费去我不少脑筋。把它放在家里不放心，即使是藏在最隐秘的地方都觉得像暴露在了光天化日之下，仿佛天底下缺钱的人都在盯着它。存银行？我也不愿意，那总像是把钱放在了别人手里，一到要用时反去找人讨要。我多么希望母亲还健在啊，我会分文不留地给她老人家寄去，让她分享儿子带来的喜悦，拿着有四位数的汇款单，在村人面前去炫耀。可是这不能成为现实，可怜的母亲没有这个福分了。

这天，我心血来潮，想起街边的快餐摊，觉得一下找到了解决的办法。那些快餐摊有用木板固定设摊的，也有用手推车游动设摊的，都在背街小巷，大街上不能摆设，有碍观瞻。我跑遍了所熟悉的街边快餐摊，信心十足地向老板们打听搞个快餐摊要多少钱。结果令我大失所望，我现在手里的那点钱还不够打点决定快餐摊命运的单位。我很沮丧，自以为手里有很大一笔钱了，却连街边不起眼的快餐摊都办不起来。

听说人市最近也不平静，典小松和邵钢铁的矛盾日益尖锐，已到公开的地步。原因是都想扩大各自势力范围。杜渝生把两个叫去茶楼喝过一次茶，问题还是不见好转。我清楚，他俩是水与火，水火不相容嘛，只要天下还有农民和城里人，就一天不会好转。他们的事，我只听说而已，从不会去过问。自从秦灿灿来还钱后，典小松和猴儿就没跟我说过一句话，一是人市的事已搞得他们焦头烂额；二是他们知道我收了秦灿灿还的五千元，不高兴。既然他们不高兴跟我说话，我也不会去巴结。秦灿灿还钱，我没有催她、逼她，是她自愿。再说，还有五千元她拿不出，我已打定主意不要她还了。像我这样的好人，当今世上有几个？但典小松和猴儿却不知道这些。他们不知道就算了，我不会向他们说。现在，身上的钱让我苦恼了，我也不会向他们说。

一天，趁在外采购，我抽身回到顺城街住处。老船长个人在下棋。我进小屋里假忙一阵后出来，对他说："老船长，向你请教个问题。"

"哦，狗狗居然这样客气。啥子问题，不要太深奥啊。"

"钱多了，该怎么办？"

"你钱多了？"

"我没钱，平白无故想这问题。"

他放下棋子，呵呵笑起来，说："狗狗啊狗狗，你这问题真难倒了我。我这人一辈子把啥子都看得重，唯独钱，看得比鸡毛还轻，再说，我的钱也没有多得叫我焦虑。呵呵，狗狗，这

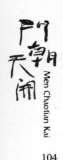

问题确实不好回答你。"

在我眼中，老船长对天底下的事没有不知道的，但他的回答，却叫我失望。

他还是问我："狗狗，你遇到这难题了？"

我不置可否。

他笑了，说："年轻人，正是用钱的时候，有钱可以办很多事，比如去投资、做生意，当然还可以做善事……呵呵呵……"

我问："又不够做这些事呢？"

他说："那就吃好点，把身体养得好好的，再去找钱，等钱真的多了的那一天，你自会晓得怎么办了。"

老船长说完这通后，又拈起棋子跟自己搏杀起来。像老船长这样见多识广、有学识教养的人，都难于回答这个问题，看来，我的苦恼也就在情理之中了。

又一次在跟西安做爱的时候，我却不要她为我脱裤子了。我趁她分神之际，一把将内裤脱下来塞枕头下面，结果还是被她识破了。她吸取了前次的教训，没有当时嘲笑我，等我吭哧吭哧干完那事，她趴在我身上说："狗狗你哟，真不嫌硌你胯裆难受？"

我说："怎么会难受？说明它在，一点不难受，才痛快呢！"

西安说："放哪里都不放心，就把它存银行吧？"

我说："钱存进那里，要用不方便。"

她笑得两只乳房在我鼻子尖上跳，说："我的乖狗狗哟，说你是土老财你还不高兴，人家百万千万都存银行，想用多少取多少。哪像你！"

第二天，西安带我去银行，把钱存了。一直跟我贴身、带着我体温的一摞票子终于离我而去，从一个小窗口交到个陌生人手里，换成薄薄的一张卡。那份失落，说有多重有多重。这小卡片是钱吗？能顶用吗？明知这想法幼稚，但禁不住还是要这么想。望着铁栅栏里我那摞钞票在一台机器上过过一遍后，被那人合着别的许多钱放进了抽屉里，真像丢失它一样难过。走出银行，西安说："卡不要放身上了，放心，就是掉了也没关系，要报密码才能取。

密码是我和她第一次的时间，她说我该记得住那一天。这是西安出的主意。

困　惑

年底了，饮食行业迎来一年中的旺季，花子街人市也比任何时候都热闹，不少建筑工地要抢工期，来雇工和找活儿的把市场挤得满满当当。

进城找活儿的农民，手里的钱本来就少得可怜，在城里吃住一天，钱就少一分，都想尽快找到活干，积攒点钱好回家过年。这一向，是典小松他们找钱的日子。听说经过杜渝生出面调解，典小松跟邵钢铁的矛盾暂时得到缓解，眼下人市又有利可图，他俩就顾不上像疯狗一样互相撕咬了。典小松坐在老茶馆里就是不动，一天经他介绍出去的也不下二三十个。猴儿带着一帮弟兄，在人市上也忙得不可开交，偶尔见他身影在花子街人群里一闪，又消失得无影无踪。

一个月的大半晚上，我是在西安那里度过的，即使回到顺城街住处，因时间不对，也难见到典小松和猴儿。虽说我跟他俩闹过不愉快，但我还是时常想他们。

我的日子过得无忧无虑，每天夹起提包在花子街出入，又是街上一家大餐馆的大堂经理兼采购经理，本街的人几乎都认识我狗狗。不过，跟西安的事，也一样风传开来，四邻街坊都异样看我，有的指我后背嘀咕。我早已习惯这些了，跟没事儿一样，照样在街上行走，照样在农贸市场砍价，照样在餐馆门前迎送食客，照样在西安那里过夜。年轻是我狗狗的资本，有这资本就一切都不在话下。无论是在西安那里，还是在顺城街小屋，我都睡得很香，梦里出现的都是蓝天白云、鸟语花香。我已经忘记自己来自何处，是个什么样的人了。

这天，典小松和猴儿来豆花西施吃晚饭，我们见面还是很亲热。猴儿嘴痒，见面就叫我老板，还发出意味深长的笑声。典小松仍是一副庄重样子，虽不跟着猴儿起哄，但对猴儿说莫笑别个。这话在我听来却有异曲同工之妙。他俩跟街坊们的心态相比，其中少了冷嘲热讽，只是说说而已，于是我泰然安然。

两人要吃泡椒爆鸭肠。中午有几拨人都点这道菜，鸭肠用完了。两人又偏要吃，我只好去农贸市场跑一趟。

跟西安有那层关系后，店堂上的许多事她都放心交我做主，下面的人有事也找我，好像我真成老板了。其实我自己明白只是个跑腿的，真正的老板在楼上房间里睡觉看电视。

买回来鸭肠送进厨房，我过来陪典小松和猴儿喝茶。我想，到时敬他两人几杯，这顿饭由我请，我拿工资后，还没请过他俩。

典小松问："豆花西施呢？"

我说："在楼上睡觉。"

猴儿接过嘴："老板真是好福气……"

他又一阵嬉笑，但典小松没笑，对我说："狗狗，过来和我们干。"

难怪典小松要问西安，他要背着她说。他曾拉过我几次，都被我一口回绝了。

这次，我还是不答应。

典小松感到不可理喻，说："我们一起干哪点不好？难道你认为这里找钱轻松？"

我说："不轻松。"

猴儿坏笑着说："白天黑夜都要干活儿，是不轻松。"

猴儿就是这种人，不管说什么，一开腔总爱把事情往那上面扯。典小松瞪了他一眼，说："说正经的。"

猴儿放规矩一些了。

我说："主要是我不喜欢你们那种找钱方式。"

猴儿问："啥子方式？不是跟你一样？"

我说："不一样。"

典小松问："那你说，哪点不一样？"

有些话我难于启齿，面对的毕竟是朋友，我支吾一句就起身去厨房里催菜，让他们忘掉这话题。聪明人见牛屎绕开走，傻子反倒去挑开闻臭不臭。典小松和猴儿就是这种傻子。我回来后，典小松仍然盯住我问："你说，哪点不一样？"

我只好说："你们找自己人的钱。"

典小松问："谁是自己人？"

我说："跟你我一样进城的农民。"

典小松呵呵笑起来，说："国家还找我们的钱呢，人市又没得外国人呀？"

猴儿也跟着取笑我。

我赌气地说："方式不一样。"

这话我以前说过。典小松说："还是方式？"

我说："还是方式。"

典小松沉默了，一顿饭吃完，再没提起过这话题。

日子一天天在劳碌且平淡中过下去，像小屋窗外平缓流过的江水，缺少起伏波澜。我渐渐在庸碌中学会偷闲，常常趁外出采购物品，跑到清静地方想心事。想心事是我小时候就养成的习惯。那时，我爱跑到屋后的山坡顶，双手枕着头睡在麦秆堆上，嘴里衔着狗尾巴草望着天空奇思妙想。家乡的天是湛蓝湛蓝的，就像山下那个蓝得透明的深潭，可以望进去很深很深。久久地望，会看见里面神奇的宫殿，一群白色的仙鹤从宫殿里展翅飞出来。每当出现这奇妙的景象时，我会陶醉得沉睡过去。我也会时常想起外出的父亲。那时，他还不被我叫为混账王八蛋，在我心中，他像照片上那样英武。只要一想到他，他就会从湛蓝的深处走出来到我身边，把我从沉睡中唤醒，牵着我的手，带我到他所在的地方去。那是个有许多高楼大厦的地方。后来，我知道那就是重庆城。母亲把我这习惯称作鬼迷心窍。每次当她用清亮的喊声将我唤回来时，都是在我鬼迷心窍的当儿。

如今想心事，我却是为苦恼所困。

这天，我又借外出采购东西，来到幽静的滨江公园。公园离花子街不远，穿过一条横街再经过一条小巷，十几分钟就到

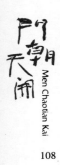
了。临长江边的青砖小径，被掉光叶子的柳枝掩映，我坐在柳枝下的石椅上，透过晃来晃去的柳丝，望着东逝的长江水想事情。

这段时间来，西安成为我心里一件放不下的东西，时刻撞得我胸口痛。叫我搬过去住的话，她再没有对我提及，不是她怕我不愿意，是她对我的热情有减无增。每次做爱，我俩还是倾尽全力全身心投入，连喘息、呻吟都唯恐比对方弱，巴不得把对方一口吞掉才称心。可是，一旦我俩像一堆盐溶化在汗水里的时候，她就会变成另一个人，一个叫我感到陌生的人。我刚从她身上爬下来，呻吟刚在她口边消失她就冷冰冰地对我说："好啦，你走吧，我要睡觉。"

以往她也说过同样的话，那神情像吃饱奶的婴儿，满足得甜甜欲睡，我非但不走，反而把她搂得更紧，让她唇边带着欲念，在我拥抱中安稳入梦。现在，说起的神情就像吃饱的懒猫，连老鼠从面前跑过也讨厌。她需要我只在那一刻。

少来甚至根本不来的杜渝生，开始常带人来豆花西施吃饭了。只要他到来，西安必在一旁陪着，他吃喝多久就陪多久。西安也特别兴奋，每次听说杜渝生来了，从楼上下来都是经过一番打扮的。她身上那股好闻的味道被另一种气味冲淡代替。那是香水的味道。以前她曾想用那气味来迷我，被我拒绝了。我说我喜欢她身上本来的味道，此后她再没有为我往身上喷洒过香水了。现在，我常常从她身上闻到那股叫我恶心的香水气。我知道，对于我喜欢不喜欢，她已再不像从前那么看重了。

我这人也是有时清醒有时糊涂。当西安在我身下时，我的头脑很清醒，尽管我也在狂叫、喘息，脑子却像太阳临窗醒来时那样空灵。我会将此时的西安跟彼时的西安相比较，于是得出更喜欢此时的西安的结论。可是当我从她身上滚下来后，脑子就会犯糊涂了，便分不清到底是喜欢哪个西安，或者是两者都喜欢。现在，我同西安做爱后，离开人群一个人独处的时候也清醒了，知道自己来自何处，是个什么样的人了。

在石椅上多坐一会儿，江里升上来的冷气有些逼人了。正准备离去，一个年轻女子走过来。她长得不太难看，走在我跟前莫名其妙地像服装模特那样转了一个圈。我想，她是在逗我注意。她穿着单薄的衣服让人看见都冷，还嫌身上的曲线暴露不够对我作挺胸收腹状。然后大大咧咧在我身旁坐下来，开口就问为啥子不玩玩。无论她的语气还是身上的气味，都明确无误地告诉我她是来自农村的"妹儿"。把"妹儿"两个字用夸张的声调说出来，是猴儿他们对这种女人的昵称。我听猴儿说过，这一带常有"妹儿"拉客，令我对这一带充满一种幻想，现在真遇到了又叫我恐慌。于是我含糊地咕哝着。她告诉我，她会解除我的寂寞，让我快活。我嘀咕，她怎么就知道我寂寞呢？我不说愿意也不叫她走开，她便更来劲儿了，双手托着高耸的胸脯一阵抖，抖得里面直摇晃，说她的东西包好。

这时，别在皮带上的手机响了。我对她说事情来了，今天不玩了。她见要谈成的生意又化了，立马着急起来，一改刚才的口气，可怜巴巴向我说她今天还没有吃饭，能不能给她一点饭钱，她饿得快不行了。我没时间来弄清她是否说的假话，她现在的一副哭相倒让我可怜。我给了她五元钱便抽身离去，听她在背后连声说谢谢。

是西安打来的电话，埋怨我半个下午跑哪儿去了，叫我快去水产市场买只甲鱼，要三斤以上的，杜渝生晚上要来吃清蒸甲鱼。

花子街上的路灯刚亮一会儿，杜渝生就进了豆花西施。这次是他个人。在我看来，只要杜渝生一出现，在西安眼里，即使有食客也都不见了，她就像发情的母狗就差扑进杜渝生怀里。西安早为杜渝生留了席位，是靠墙的一桌，那儿相对清静，又能避开过往人的干扰。西安陪杜渝生就再没有离开过。杜渝生时常说些话，逗得西安红起脸笑。

清蒸甲鱼端上桌，西安先为杜渝生盛汤，说："这汤补虚。"

我特别听见杜渝生说："我还需要补吗，嗯？"

杜渝生不仅说，还拿眼挑逗西安。西安反倒很快活。我在一旁很不是个滋味，心里老是酸溜溜的，就赌气站近，故意在西安眼前晃，叫她也不好受。但她根本不在意，没我似的。

杜渝生看见我，问西安："这不是毛铁的儿子吗？"

我只好向他点一下头。西安说："就是，看他老汉分上，让他在这儿做事。"

杜渝生嘴里嚼着甲鱼，咕哝道"好，好"。他俩当我面随意谈论我，漫不经意中就把我剥个精光，让我无地自容。曾自以为我在西安眼里很有分量，原来却无足轻重。我站在那里难受，干咳着离去。整个晚上，我失魂落魄地在店堂里晃荡。

西安叫我，当着杜渝生说："没你事了，回去吧。"

杜渝生说："老板关心你，叫你早点回去休息。"

我真的变成条失宠的狗狗，西安一声呵斥就被撵出门去。不久后，我知道了这晚杜渝生跟随西安上了楼。因为在席梦思床上，我闻到了他留下的一身肥肉的腻人气味。

保　姆

许久不见的秦灿灿又来找我了。

这天中午，生意刚闲下来，她就来了。服务员以为她是来吃饭的，她说找我。我没注意她进来。她一说找我，服务员都好奇地打量她。来这里后，还没有哪个女人来找过我，何况是个年轻漂亮的女人。有服务员就故意问她是我什么人，弄得她满脸通红。另有服务员用夸张的语气喊，毛经理，有人找你！

西安也迎上去，要秦灿灿坐，并问秦灿灿现在在干啥。秦灿灿说当保姆。西安就叫我，说没事，你去吧。不知秦灿灿又找我做什么，叫她有话就在堂上说，她不干，要到外面去。

还的五千元，不知怎的，慢慢让我有了内疚和自责，特别是当我搞清楚她还钱那天，猴儿做出的举动是对我表示出的愤懑后，有段时间里我简直不敢正眼看典小松和猴儿。那以后，我经常问自己：钱是谁找的？她为啥用钱？钱到底该不该要她还？我老是不断地想，又老是想不透，想得厉害的时候就跑到江边石梁上将脚浸泡在江水中，让冰凉的水从我脚背上滑过去，仿佛这样能冲掉内心的不安。尽管我内疚和自责，但我确实又舍不得从存折中取出那钱来归还她，我一次又一次重复这套过程，却始终还是停留在起点上。

因钱的缘由，秦灿灿走进我脑海的次数也逐渐多起来。我曾多次设想她为还钱如何克扣自己，想得我自己都相信那些完全是真的，然后我又担心她因此面对各种困难，在困难中备受折磨和煎熬。除那钱外，使我不得不想到的还有另一层说不清道不明的关系，那关系就像一根无形的绳子牢固地拴着我，想摆脱也摆不脱。那就是她跟我父亲的关系。

我不知该带她去何处，同一个年轻漂亮女人站在豆花西施门前交谈叫我难为情。我向她说还是去江边。她点头同意，说："我是趁主人睡午觉出来的。"

"怕耽误久？"

"也没关系，他一睡就是整下午。"

我带她朝滨江公园走去，此时的滨江公园里没有什么游人。落光叶子的柳枝吊满灰尘，像邋遢妇人灰白的头发在寒风中拂曳。四处静寂，听到我们走在小径上的脚步一声重似一声，弄得我心情也沉重起来。我们的关系还没有达到能一边走路一边聊的程度，闷头走路，都没说话。她比上次还钱时显得更疲惫，两眼布满血丝，嘴唇苍白。

等在一张石椅上坐下来后，我才问她找我什么事。她显得很痛苦，说："我不能还你钱了。"

"你不是还了吗！"

"其余的。"

"你上次不是说还不了，我也没要你还。"

"我还是想还，但现在真正不行了。"

她的意思让我感到怪异，不好作答。于是，她告诉我，她不想在现在这家当保姆了，准备离去，到什么地方还没拿定主意，如果没有好去处就可能回老家。辞去了保姆就没有工资，因此就不可能再还我钱了。

111

我说:"你不是说下辈子还吗,今生就不要再提钱的事了。"

她眼睛一红,眼泪就吧嗒吧嗒滴下来。她擦干泪水,破涕为笑,说:"真不好意思,每次都在你面前流泪。我想走之前,跟你把话说到。"

"为啥不想当保姆?"

"主人是个变态狂。"

接着,秦灿灿向我讲起那个变态狂。她那家的主人,一个中年男子,两年前因赌博作弊,被人打伤脊梁骨成了半瘫。在她之前,几个保姆都是没干几天就离去了,她却不知底细,在比一般保姆钱多的诱惑下一头撞进去,还签了合同,必须干满一年,工资每月付一半,另一半合同期满付。那人养成昼伏夜出夜猫子德行,一到晚上精神特别亢奋,个人玩扑克能玩到天亮。他玩牌,也不让秦灿灿睡,要她在一旁陪着。天天如是,她熬不住了,只要闭会儿眼睛,那人就在她身上乱摸,还说他一生就见不得两样,一是牌,二是女人,见了就要伸手……

我问:"难道他家里的人不管?"

她说:"一家人早烦他了,都当没看见,只图他们清静。"

我说:"你该向他家里人讲。"

她长长叹息一声,说:"不管用,他家里的人反骂我大惊小怪,当保姆不尽职,服侍人被摸一下又怎样,掉二两肉啦!"

我问:"这事跟典小松他们讲过没有?"

她说:"不好意思讲。"

原来她相信我,只找我讲。我想,如果父亲在世听见她的遭遇肯定会气得嗷嗷叫,肯定会带起典小松、猴儿打上门去。我很惊异自己竟有这个想法,而且父亲在这想法中不那么使我讨厌。

我说:"那就不干了吧!"

她的眼泪又流出来,说:"不甘心呀,干了半年,工钱只拿了一半。"

是的,干了半年,受了半年的罪,还只拿到一半的工钱,这是个啥子道理,谁遇到也不会甘心。在静寂的滨江公园,在寒冷的冬季里,让我感到寒冷的却是她的遭遇。

她想离开，又舍不得那半年工钱。既然这样，她为啥子来找我呢？仅是想跟我说说，出口心里的闷气吗？在她面前，我也显得无能，她的难，我无法解决。虽然我反感过她，她现实的境遇还是让我同情，我说："你要是离开那里，又没地方去，就暂时到我们这里住。"

她再次哭起来，哭得肆无忌惮。我只好守着她哭，什么忙也帮不上。我们就这样坐了一会儿，她起身对我说耽误我了，就快快离去。

西安还是离不得我，无论她跟谁睡觉，我才是最棒的。她只有在我的身下才叫得痛快淋漓，狂喜得乱扭一气。干那事，她是个贪得无厌的人，恨不得将我那东西咬断，永远留在她身体里。她说，她男人在时，男人吸毒吸空了身子，从他身上从没有得到过满足，男人死后想把损失找回来，但是从她身上过过的都是些外强中干的家伙，直到遇上我，才真正尝到了男人滋味。当然，我也离不得她，主要是我无法拒绝她，谁让她是个又风骚又有钱的年轻寡妇呢？

这天她又叫我上楼去，我想去又有些不情愿，想到她跟杜渝生就恶心。我说过，我无法拒绝她，还是上楼了。我就是在席梦思床上嗅出杜渝生那身肥肉腻人味道的。我以报复和情欲集聚起的力量，猛烈地撞击她，她在我下面大声号叫，像杀她似的。我不担忧西安会放弃我，我知道她看不上杜渝生，她是为了生意，即使他爬上了她的床，我也不担忧，我说过，只有我毛狗狗才是最棒的。我在她的喊叫中得到快愉并原谅了她。她得到了前所未有的快感，光着身子蜷曲在我怀里，用手在我的胸脯上摩挲。这时，我向她摆了秦灿灿的事，要她把秦灿灿招来当服务员。

西安马上不高兴起来，说："以为我真差你们毛家的！"

我说："不差，是要你同情一下。"

她翻身下床，露出一副冷冰冰的样子，说："我开的是饭馆，不是慈善机构，少跟我添麻烦。"

事后，我很后悔跟她提起那事，忙没帮上，反惹一肚子气。一个男人求一个女人去关心同情另一个女人，这是再愚蠢不过

第四章

身份的确认

113

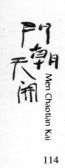

的事了。

　　我去人市找到猴儿，向他讲了秦灿灿的情况。猴儿气得眼睛更小了，对我说："我去找典大哥，这事你就别管了。"

　　"不管？她是找的我。"

　　"好吧，看典大哥拿啥子主意，到时再跟你说。"

　　我嘱咐这事要抓紧，秦灿灿难受得度日如年，说不定哪天又会来找我。猴儿说："不相信我，还不相信典大哥吗？你放心，不会出今明两天。"

　　不知为什么，秦灿灿在我心中竟变得如此重要起来，回到豆花西施我还一直心绪不宁，巴望典小松尽快拿出主意，帮秦灿灿跳出火坑。当晚典小松和猴儿没在豆花西施出现，我也没得到他们的任何信息。馆子打烊，我回到顺城街住处去敲典小松的门，他和猴儿还未回来，不知跑哪里鬼混去了。我只好进小屋睡了。第二天天不亮，我起床就赶去农贸市场进货，豆花西施这天有人包生日宴，要忙一整天，来不及去问秦灿灿的事，再说天不亮敲门会吵瞌睡，他们一天也挺累的。

　　这天是花子街的熊烧腊为父亲办九十大寿生辰酒。熊烧腊自上世纪七十年代末就开始做烧腊生意，主要经营烧腊鸭子，有了名气，分店开到上半城食品商场。今天他请来三亲六戚，还请来烧腊行名气大的同仁，把个豆花西施坐得满满当当。酒席从中午开到晚上，划拳谈笑，声震屋瓦。这样赚头大的生意，豆花西施一年难遇。西安从早就在堂上张罗，各服务员厨师更是不敢怠慢。席间，熊烧腊也借机摆阔，不断给各桌另外添菜。我一会儿跑农贸市场，一会儿去水产市场，为他新添的菜买原料，从上午直到晚上忙个不停，屁股根本没挨过板凳。客人散尽，收拾完店堂才吃晚饭，回到顺城街住处已是深夜十二点了，典小松和猴儿早已入梦乡。秦灿灿的事又没问成。

　　第二天我睡了个懒觉，典小松他们早去人市了。我到豆花西施是快吃午饭的时候，说抽空跑一趟人市找猴儿问问，谁知中午生意一忙就冲了。我想今晚回去一定打听他们商量的结果。谁知，晚上西安说我昨天累了，要奖励我，留我过夜。其实是赚钱刺激了她的欲望，她那么说，是要让我高兴。不过我也有那欲望，于是一拍即合。一个夜晚，我和她沉浸在欢快无比的性爱爱里，秦灿灿的事被忘忘得一干二净。

两　个　女　人

果然，不出我意料，第三天，秦灿灿又来找我了。又是在中午生意过后，她经直进店里来找到我。服务员们都认识了她，加上认识西安熟，没有谁再对她说三道四了。尽管我对有向她许诺帮帮忙，但见到她还是有点歉歉，埋怨典小松他们没尽到心。

那天跟西安讲秦灿灿的事，看出她不喜欢我接触别的女人。店里有两个长得不错的服务员，对我有意思，单个都向我提出过约会，我都一一拒绝了。俗话说，兔子不吃窝边草。只身来到重庆城，能有我狗狗今天，安在得得感激西安，不能做出对不起她的事。听人说，女人在这方面总是自私的。现在，西安在楼上午睡，这叫我心里轻松。

秦灿灿今天心情很好，脚步也显得轻快，穿件红色防寒服，衬得脸上也有了红润。我怕西安突然下楼来，要带她去外面说话，她说只来告诉我，感谢我帮了她大忙，她已经辞了那保姆活，并拿到了全部工钱。她说："现在我只好暂任你那里。"

我被她所说的弄得莫名其妙，半天回不过神来。她又说："我已经把东西搬到你那里去了。"

我还没来得及问她原因，她对我突然一笑就转身出了豆花西施。整个下午我不时会想起这件事，想凭自己的机灵把事情弄明白，但就弄不明白，只隐约感到是典小松猴儿其中出了力。

晚上我回到住处，见秦灿灿在堂屋里和典小松、猴儿说话，我一进来猴儿就向我使眼色，那神态像完成了一件重大使命得意非凡，我更相信下午的猜测是对的，是他们帮了秦灿灿的忙。我不愿此时的去问他们，只给秦灿灿打声招呼。

自从我跟存银行有存折后，房门被我换了新锁，典小松有钥匙也打不开了。床上放着一只装得鼓鼓囊囊的蓝色双肩旅行袋，把我弄糊涂了，又没跟她说清楚。这就是她说的搬来的东西。我以前是说过让她暂住在这里，但那是当时的一句安慰话而已，没料她偏偏就当了真，真的搬进来了。我只好打开房锁，让她提着东西进去。存折放在一个最隐秘的地方，要不是我自己藏的，我也会找不到，因此不用担心她。

秦灿灿对这里比我还熟悉，用不着向她交代什么。她想跟我继续聊下午的话题，我对她说今天很累，留着明天再说吧。既然帮她忙的是典小松他们，我只拿线搭桥，要感谢该感谢他们。

到他们房间后，看来，他和典小松对秦灿灿搬来住，很欢迎。我眼猴儿说与他合铺，他满口答应，连典小松也表示同意。

典小松说："狗狗，明天去买张收折床吧。"

我说："我想睡了。"

我明白，他们乐于这样，完全是为秦灿灿。我问："典哥，你们到底干了些啥子？"

猴儿睡在他被窝那头嘻嘻笑，说："这是秘密。"

典小松说："有些事你没必要弄清楚。"

我说："我想晓得。"

典小松口很紧，坚决不透露，对我说："何必自找麻烦，睡吧。"

不一会儿，屋里响起他两人的鼾声。猴儿没洗脚，被窝里有股热烘烘的脚臭味。我把被角扎紧，但稍一动身，那股股热气就扑鼻而来。这时，我不但讨厌自己的狗鼻子，还特别思念起西安的席梦思床来。今晚我可以留在自己西安那里，在一般情况下，只要我愿意她不会拒绝。她也是个耐不住孤寂的人。在要打样的时候，杜渝生带来三个人喝夜酒：他向西安介绍那三个人，一个是公安局什么处的副处长，一个是某派出所的指导员，还有一个是民警。西安满脸堆笑应酬，还把那两个漂亮的服务员留下来陪酒。我知道这一台夜酒肯定要喝到下半夜，想留下来的念头只好打消，便借个故跟西安说了声就离开了。在这种情形下，西安是不会留我的。这个女人啊，真像我们山区摆尾巴的母山羊，公羊刚要骑上去，又咩咩扭着屁股上坡去了。我对西安又想又气又拿她无可奈何。

　　想到这些，我更难以入眠。江上的夜航船时而驶过，轰鸣声牵动我思绪逐波而下远去，然后溯乌江而上，飞回家乡。

　　当上豆花西施大堂经理后，我踌躇满志地给李黑娃写过一封信，还寄去一张名片。我尽可能在信中向他生动描述了重庆城令人眼花缭乱的生活，但跟西安的事，只字未提，因为拿不准告诉他是否有好处，只谈了我目前惬意的景况。我再三邀请他来重庆城玩，我可以接待他。在信里，我顺带还问了问老屋和母亲坟地。

　　前天，我得到李黑娃寄到豆花西施的回信。信写在学生作业本纸上。黑娃不像我一直读完高中，他在初中一年级就因父亲放火烧村邻的羊圈关进监狱而辍学了，加上他读书一贯不用心，学的一点东西早还给了老师。信的字迹缭乱，错别字不少，一些句子还得让我猜才能明白意思。"重庆城好就好吧，你在那里活吧。"我知道，这是他在用最美好的言辞赞颂重庆城，因为我在信上对他生动描述过重庆城令人眼花缭乱的生活，特别是我目前惬意的景况。他充满向往和羡慕，于是就叫我在那里好好过日子。信上他主要说他在春节要结婚。"我那个是后在（寨）人，他（她）叫冉柳，你和他（她）热（熟），和你在正（镇）完小（小学）读过书，办事定在大年初一，你一定要回来叁（参）加，不回来就不是朋友。"读到这里，我努力想那个镇完小的同学冉柳，但实在无法将名字和某个人对上号，凡是稍长得好看点的我都能记个大概，就是唯独记不起那个冉柳。他还告诉我，"八月份下抱（暴）雨，你母亲的坟山被冲夸（垮）了，你放心吧，我把他（它）重（垒）好了，老屋门外长草了，我出（除）了，屋里看不见"。最后，他是这样写的："大堂经理和采购经理是大官吧，那片子就很好看。"读了他的

信，我心里反倒一阵惆怅，像有什么东西堵在胸里。我后悔离家时把钥匙扔进了深渊，该交给他，让他不时进去帮着收拾一下。老屋子从来没有像今天这样让我愁肠百结。

我在旧货市场买了张收折钢丝床，价钱便宜，但睡在上面就像睡在鸟窝里，一翻身就吱吱吱叫。更叫我恼火的是典小松和猴儿的鼾声，他俩的鼾声大且各具特色，典小松像拉警铃，清脆而延绵不断，声音发颤；猴儿却真像只受到威胁的猴儿在发出惊恐的尖啸。每个晚上，我犹如睡在响着警铃的大自然里，只有挨到困倦得不行了才昏昏入睡。几天下来，我有些吃不消了。

这天我等生意忙过后就上了西安的楼，身体一挨床，浑身就一阵酥软。西安也后脚上楼来，待她脱光衣服钻进被窝时，我已沉睡过去。她啪啪地拍我脸把我弄醒，说："哎哎，来补瞌睡吗？"

我艰难地睁开睡眼，说："太疲倦啦。"

她毫不手软地扒光我的衣裤，一边还恶狠狠地说："你睡，你睡，我要你死在我身上。"

这是我表现得最差劲的一次，为自己都感到汗颜。西安在我身上累得喘息不止，身上出微汗，那股刺激我的气味浓得不得了了，但我就是不行。气得她哇哇叫，几乎把我踹下席梦思床，骂道："背着我去偷嘴了。"

我说："天哪，哪里，是晚上没休息好。"

于是我向她讲了住处的情况，对她说："我干脆住过来。"

她很气愤："以前叫你搬，你不搬，现在这熊样子想搬过来，不行。"

我和她都很难受，但难受的内涵又各自不同。虽说那次没搬是别的原因所致，现在看来不搬却正确无比，她需要的不是我这个人，是我年轻力壮的身体。

秦灿灿不想忙着去找活做，在那家当保姆太累了，要休息一段时间。这些日子，趁我们出门，她一个人将顺城街的住处彻底清洁一番，零乱的屋子被她收拾得人味很足，老船长和我们的被单、脏衣服都被她换洗了，有空时间她还陪老船长聊天。晚上典小松和猴儿回到住处，吃她做的香喷喷的饭菜。听典小松和猴儿两个说起，他俩简直是在过老爷的日子，我就禁不住心里羡慕。一天，我有事回住处，正赶上他们吃晚饭，老船长也坐在上位一起吃。秦灿灿不问我吃过没有，让出凳子要我坐，盛过一碗饭就递我手上。她炒的蒜苗回锅肉、炝炒菠菜、青海椒豆腐干，还有猪腿骨炖萝卜。席间，老船长不停地夸秦灿灿，说她心地善良，是少有的能干人。那顿饭我也吃得很香，很愉快。

第二天晚上十一点多钟下班回来，秦灿灿个人在客厅里看杂志，我问她夜深了还不睡，她却讲起过年的事来。她说："我想跟你到你家乡看看。"

天哪，真不敢相信世上有这样蠢的女人，嫌啐在脸上的唾沫不够，还想投身进满是唾沫的池子。虽然那里没有谁知道她，她就不怕那块土地下长眠的另一个灵魂？她就不怕在心里有人诅咒她？我果断对她说："回你自己家去。"

"不想回自己家。"

她家在哪里，我不知道，也不想打听，就说："那是你的事，跟我无关。"

她把手里杂志放在茶几上，哀怨地望我一眼，默默起身回自己房里去了。

过年的气息越渐浓烈起来，人市却越渐冷清下去，进城找活儿的人像候鸟一样成群结队飞走了，飞回温暖的家。典小松和猴儿决定过年不回家，在这里陪老船长过。老船长欢喜得不得了。秦灿灿买回两个小红灯笼，下面还有一圈黄色的流苏，灯笼上写着"恭贺新禧"，挂在客厅里，给客厅增添不少喜气。老船长像年轻了好多岁，无数次跟典小松他们说好多年没过个闹热年了，言下之意，今年的春节会过得热热闹闹。他们知道我要回老家参加李黑娃婚礼，不能留在这里就有些遗憾。秦灿灿对我回家不说好坏。我知道她心里有怨气。

每年春节，越高档的餐馆越赚钱，结婚的、团年的包席不断，入账的钱像流水一样流进老板口袋，但一般的餐馆却望尘莫及。豆花西施的服务员和厨师都要回家过年。西安也有自知

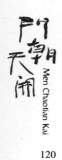

之明，既然比不过上半城的高档餐馆不如关门大吉，少支付工钱不说，自己也得几天清闲。她决定让豆花西施关门二十天，过完大年才开业。

服务员和厨师听要放假都高兴得要死，天天掰着手指算日子，一有空就忙着准备回家的礼品。他们的心早已飞走了，显得个豆花西施风雨飘摇一派萧条。西安当面骂过他们，背地里也抱怨我没管起来。我说怎么管，谁到这时候都要想家的。她生气地说："你就不是跟我一条心！"

我心里也说，你跟我一条心吗？当然，她不理解进城打工的人，抱怨是她的权利。我无法申辩，只好忍气吞声，却又感到宽慰，我毕竟代他们说了话。这以后，西安对他们宽容些了。

这天打烊后，我向她讲了回家喝李黑娃结婚酒的事，她脸上像一阵狂风忽地刮来一片愁云，往日那种颐指气使的神情便荡然无存，近乎哀求地对我说："留下来跟我过年。"

我说："不，那是我一起长大的茅根朋友。"

她说："就不管我了？我害怕过年。"

她说得很可怜，眼圈红了，泪水在眼眶里打转。我胸口像被什么东西撞了一下，心子也发烫了。如果那一刻她再说句什么，我可能就会改变回家的主意，留下来陪她度过她害怕的日子。她说了，不过她说的却是另外的意思。她说："带我一起走。"

我遇到的女人都怎么啦？这的确叫我大感不解。我说："要受累哟！"

她说："不怕，就当旅游。你们那里不是山清水秀，天也是蓝的吗？"

西安说这话的时候眼圈不红了，闪动的泪水像渗到沙地里去了，脸上竟然升起两朵红云。我想，我不能带秦灿灿去，却可以带她去，她会减轻我遥远路途的寂寞，还能给我带来快乐。我说："好，带你去。"

回　家　路　上

　　把在路上的时间除去，要年三十下午拢家，就是顺利的话，也得腊月二十八动身，为保险起见，我和西安二十七乘船离开。

　　出行前一天，西安用了整天来准备，衣物带了一皮箱，高跟鞋三双，仿佛要把自己打扮得一天几个样。我讲，那里穷山恶水，下雨一脚泥，出门尽是崎岖山路，乡亲们还穿补疤衣裳。她随便一身就比乡亲过年穿的还好，我担心她会衬得乡亲更寒酸，把乡亲的亲热隔开。她说她还不是为我。于是，我也就无话可说了。她问我给办喜事的李黑娃买啥子礼品，我说东西对山里人来说多一件少一件无关紧要，送钱吧。她说既然她要去，礼金由她出，我不管。在钱的事情上，我才不会跟她争，这是她炫耀自己的机会，我才不会去剥夺她这机会。不过，我要是像她，话说来绝不会比她差。

　　当晚我回住处取行囊，去西安那里过夜，明早好一起上路。典小松和猴儿说，祝你们春节快乐！所说的你们，是指我和西安。他俩知道我要带西安回家，但真到这时，他俩脸上还是露出一副莫名的神情。我明白，这神情可能是妒忌，也可能是羡慕，具体是什么，我也一时说不清。老船长听说我要回家，也过来跟我话别，拿出一盒汤圆心子作礼物要我带回去。家里已经没有一个亲人了，甜甜的汤圆心子反叫我心里苦涩。我拿着礼品盒很感动，向老船长说了些吉祥的话。老船长高龄了，活一年算一年，这样的好人却孤单过年，想来也使人心酸。好在有典小松和猴儿留下来陪他。秦灿灿的房门关着，在小屋里没出来。她肯定也知道了我要带西安回家，即使典小松他们不说，女人的敏感也会告诉她。我不知她是否回家过年，难免为她伤感。想去向她道别，跟她拜个早年，可她房门紧闭，这个念头

第四章

身份的确认

便随一声轻微的叹息打消了。

头天还是个太阳天，第二天一出门，就飞起毛毛细雨，天气特别阴冷。重庆城的天气真怪，夏天终日红火太阳，想它有个阴天也吝啬；冬季却相反，想它有个太阳也吝啬，跟人赌气似的整天灰蒙蒙阴着脸，简直叫人不明白，天老爷哪时才能遂人心。平时阴雨天倒不觉得怎样，可是今天，纷纷扬扬的雨像渗进我皮肤，洒进心间，再怎么开朗的心胸也变得黯淡了。我望着灰蒙蒙的天，骂了一声鬼天气。西安说，骂它有啥子用，它就不哭了？要是我个人回家，再大的雨我也不会骂，今天是西安跟我一起，就使人感到丧气了。不过，没想到她会用哭来形容天下雨，有点像我们农村人，心就随着亮堂一点了。

我和她打的到朝天门，冒着纷飞细雨登上停靠在嘉陵江码头的客轮。一上船，我就仔细打量这艘客轮，是否是我当初来重庆的那艘。这艘要新些。发觉不是，心里还有些怅然。

开船时，雨下大了，把个重庆城笼罩在白茫茫的雨雾中。船驶出码头，两岸被雨雾遮得严严实实，什么都看不清。回忆自己到重庆城的这些日子，也像两岸的景物朦朦胧胧，一切像在梦中。真奇怪，日子并不很长，离开它竟有了离家远行的感觉。

不久后，我和西安从山区回到重庆城才知道，典小松、猴儿和秦灿灿就是在我们离开的这天出事的。回想起那天天公的变脸，就觉得不是个好兆头，只是没料到会应在他们身上。

近中午时分，船到涪陵港，雨停了，露出朦朦的太阳光。没想到，春节期间航运部门增开了一班去龚滩的小客轮，我们刚好接上，使我们可以提前一天到家。

小客轮溯乌江而上到龚滩已经是下午五点多钟。龚滩是乌江边的一个老码头，重庆市的著名古镇之一，再往上走就进入贵州了。离船上岸，码头上有小面包车拉客去县城，这里距县城还有一个小时的车程。我打主意今晚宿县城，明早转车到黄金镇。西安一上码头，见耸立在悬崖峭壁上的那些吊脚楼房子就兴奋不已，双眼发亮，闹着要歇那里。我对她的兴奋不可理喻，吊脚楼有大重庆的高楼大厦好吗？她态度很坚决，我只好顺她心意。一出门，我就开始一切将就她，说穿了是讨好她。

这种心情想来其实不怪，非常自然，如果我和她是到北京上海，会这样吗？因为这是回我贫穷的家乡。

我和西安住进一家私人小客栈，要了底层一间房，包吃包住，非常便宜。安顿好后，老板叫我们吃饭，饭桌摆在吊脚楼的廊道上，一边吃一边可看风景。吊脚楼伸出崖边，湍急的乌江从下面流过，对面的山岭刀切斧劈般陡峭，杂色的丛林中裸露出大片大片红色的崖壁，像受伤的胸膛流着鲜血。客栈没有别的客人，老板专门为我俩做了几个土家菜，吃得西安赞不绝口，说要把土家农家菜引进她的豆花西施。吃过晚饭，我和西安去石板老街转了转，回到客栈坐在院坝喝苦丁茶。

天色渐渐黑下来，对岸的山色变得更深了，最后隐沉在漆黑的夜色中。乌江在深不可测的黑暗里咆哮，坐在院坝里只可想象峡谷间闯荡、奔突的江水。西安说："这里真清静。"

我说："一到这方，哪里都这样。"

我和她坐在浓厚的夜色中边喝茶边聊天，慢慢被四周的宁静弄得体内躁动起来。我俩都抑制不住那种躁动，猛生起要对方的欲望，便顾不了许多，坐在凳子上就搂抱成一堆，互相搓揉、接吻，恨不能把对方陷进自己体内，弄得都疼痛呻吟。我抱起她奔进房间，像两根树桩轰然倒在床上，互相急迫地解开对方的衣裤，把赤条条的身子剥出来。说来真怪，自从踏上家乡这片土地后，内心的自卑像被奔腾的乌江水冲洗得一干二净，一股神奇的力量通过脚底传到身上，膨胀得浑身筋骨嚓嚓直响。我把受她轻视积存起来的怨气化为十倍的亢奋和凶狠发泄出来，一夜要了她五次还不够。我大展雄风，将她压在身下从来没有过如此的快乐和舒畅。这夜里，我和她对性爱似乎都有了新的认识，她是将性交当作经营餐馆那样来干的，从中体验如同赚钱一样的乐趣；而我呢，恰似个饥不择食的食客。我俩一直浸泡在汗水里，她像只受伤的野兽不住地号叫。幸好号叫声被乌江的涛声所淹没，否则第二天我俩都无颜面对客栈。

第二天睡到上午十点多西安还不醒。我催她好几次，又抱住她一阵抚摸亲吻她才慵懒起床。在客栈吃过荷包鸡蛋和油醪糟，赶到县城，一天一班去黄金镇的客车早开了。在车站转了好一阵，准备包辆跑出租的小面包车，问了价钱，都很高，又怕走二十几里山路，还未拢家天就黑了。反正行程已提前，看着被我折腾得一脸倦容、眼圈发黑的西安，只好在县城住一夜。我们买了明天的车票。这晚，我俩睡的是标间，西安怕又被我的烈火烧毁，要各睡各的床。我硬挤上她的床，她一阵告饶。拥抱她过后，我像得胜的将军回到自己床上很快入了睡，梦一个接一个，至少不下三个，都是愉快的事。

次日，我和西安坐上了开往黄金镇的班车。车里多是外出打工回家过年的人，大包小包行李把车内塞满，有些没买上座号的就站在过道上。我庆幸先买了票。车内喧闹声不断，让我听来十分亲切，看周围的脸，张张好像似曾相识，却又说不出在哪里见过。同车也有不少好奇的打量我和西安。我知道，我们在车里显得特别，主要是西安那副城头人的份。

汽车喘息着，一路冒着黑烟颠簸在崎岖的山路上。我闭着眼，随着车身的摇晃，似睡非睡，让思绪在车外漫游。我想到长眠在地下的母亲，想到在地狱受罪的父亲，想到李黑娃和吴麻子，想到秦灿灿和典小松、猴儿，想得最多的是身边的西安。我给乡亲们带回来个惊喜，让他们目瞪口呆，让他们见识见识怎么样才是重庆城里的女人，让他们赞叹毛狗狗有出息。

沿途有人上下车，汽车不慌不忙地走走停停，像个闲情逸致一路观光的老人。车窗外蓝天白云，远近的山峰和树枝间有积雪在阳光下发出冷凛的白光。阳光斜射进来，照得人暖洋洋舒坦。西安已无力观赏车外景色了，她晕车晕得厉害，吐了两次，脸色苍白地把头靠在我肩上，头发像水草一样垂在我胸前荡漾。我捧起她头发细细把玩，它时而像细沙柔滑地从我指间漏过，时而又像泉水痒痒地舔过我的手掌心……我把脸颊贴着她的头，她头发冰凉光滑，一种怜香惜玉之情，竟在脸颊与头发的摩挲之间产生。在那一瞬间，我觉得自己又长大了一点。

走走停停的"老人"终于咳咳吭吭走进黄金镇，这时已是下午两点多钟。车内的人开始忙乱起来，我也感到有些激动，轻轻拍着西安的脸说到了到了。汽车停在农贸市场坝子上。车站依旧是老样子，一间简陋的平房，屋檐下钉着一块木牌，红油漆写着黄金镇汽车站，窗口上还是贴着那张售票处的纸条，字迹已被风雨侵蚀得模糊了，看到这些仍然十分亲切。

车刚停稳，就看见袖着手、缩着颈子的李黑娃探头往车窗里望。我喊他一声，向他招手。他看见了，高兴得跳起来，用手拍了好几下车厢，就转到车门前去了。西安听我喊李黑娃，一下就来了精神，从挎包取出化妆盒，往苍白的嘴唇上抹口红，然后梳理被弄得像鸡窝的头发。我由她慢慢打扮，先下车取车顶上的皮箱。

我和李黑娃守着行李等西安下车。我问李黑娃怎么到镇上来了，他说："来接你。"

"来接我？"

"是呀。"

我好奇地问："你晓得我今天回来？"

他说："估计就是这几天，前两天我也来接了。"

我逗他说："要是我不回来呢？"

他说："你才不会。"

大冷天，天天跑二十几里山路来接我，换作是我，我也会这样。一起长大的茅根朋友，应该有这份情，我并不为之感动。我拿出香烟给他，为他点燃。他深深吸一口，拿下转着看了牌子又吸一口，慢慢吐出烟来。他捅我一下，下巴朝车厢里一抻，说："带来的？"

"怎样？"

"那当然。"

一句那当然，把我感动了。他为朋友高兴，这种赞扬就是赞扬我。西安最后一个下来，像压轴戏一样精彩，周围不少目光像被什么东西砰地碰了一下，停滞在空中，然后纷纷坠落在地上摔得粉碎。我为自己拥有这个女人而体面。李黑娃也像沾我光似的神气起来，说话的声音也提高几倍。当我向李黑娃介绍西安时，李黑娃却窘得抓耳搔腮，一脸通红。

下车休息一会儿，西安就有了饥饿感，我早在车上就饿得难受了。我知道李黑娃也是空肚子，他是不会在镇上花钱吃东西的。镇上的餐馆这时还没有营业，只有小食店卖面条，我们

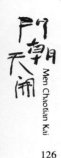

一人要了两碗，西安虽说没有吃完，但迭声说好吃。我说："是你把肚子吐空了。"

出黄金镇就开始爬山，山上的风更大更冷，小路在落光叶子的灌木丛中蜿蜒。李黑娃扛着皮箱走在前面，步态轻快而有力。这种步态是内心的喜悦通过血液流到腿脚上的表现，富有轻松的弹性和明快的节奏感，尤其走在这条路上，对我还具有传染性。我自得其乐地以李黑娃一样的步子走在后面。前几里路，西安还勉强能对付，越走下去，就显得有些拖泥带水了。在她要将第三双高跟鞋装进皮箱时，好在我坚持要她带双旅游鞋，否则余下的路要靠我的背来帮她完成了。西安在大冷天里走得热汗涔涔，坐在路边石头上歇了几次，唉声叹气没见过这么大的山。我和李黑娃在一旁抽烟，说些轻松话替她解乏。

当我们终于走上一道斜坡，西安叫苦连天要再歇一会儿时，我和李黑娃都说就到了。我指着不远处一座竹林掩映的寨子说那就是。李黑娃用手围着嘴"啊啊"几嗓，叫声在山谷间回荡，惊起一对斑鸠扑簌簌从我们面前飞过，吓得西安往我怀里躲，我们都一阵大笑，西安也就忘了歇息。下完斜坡，远远看见李黑娃的父母站在院坝边，朝我们张望。李黑娃的弟弟和邻家的几个小娃儿顺着田坎路朝我们奔来。跑在前面的却是李黑娃家的狗——黑二，一路欢快地狂叫，把整条山冲填得满满当当。那只黑狗一拢我们跟前就汪汪叫着，摇着尾巴，直冲西安，围着她嗅，把她吓得尖叫。我连喊黑二黑二，对她说："不怕，它是在亲热你。"

小娃儿些跑拢了，互相推推搡搡先打量西安一阵，然后围着我和李黑娃转，七嘴八舌向我俩说些莫名其妙的小娃儿话。我把西安推到前面，对他们说："快叫西孃孃。"

小娃儿们又一阵推搡，李黑娃的弟弟只得眼睛闪一边低声叫了声姐姐，其余的才如释重负正常起来。黑娃的弟弟要去抢李黑娃肩上的皮箱抬，李黑娃躲闪着，说："哎，这东西金贵，抢不得。"

我说："没事，给他们。"

他弟弟从树丛里找来根树棍，跟另一个大点的抬着皮箱走了。我们在小娃儿们的簇拥下，朝院落走去。西安问我："跟你乡亲怎么介绍我？"

我反问她："你说？"

她说："这是你的事，别问我。"

我望着她说："就说是我的女朋友。"

西安犹疑片刻，没有再说什么。

在这人欢狗叫的快乐里，连迎面吹来的风都是我熟悉的，我又闻到了田土、竹林和炊烟的味道。从这条路走出去时，我还是个前途未卜的丧家犬，如今回来却令乡亲们另眼相看了。李黑娃的父亲亮开沙嗓门大声说："狗狗回来啦。"

随即，寨子里的人也过来看我，亲热得让我浑身发烧。我拿出香烟和糖果分送给乡亲，他们拿在手里，脸上的笑容久久不消。西安很受感动，在我身边说："他们对你真好。"

我这才想起把西安给忘了。我半拥着她，对乡亲们说："这是我的女朋友西安，重庆城的女人。"

其实，我看出乡亲们早已用眼角的余光将西安罩住了，只是出于山里人的矜持，不好主动问及而已。我一介绍，憋在他们心头的话，终于化为一片杂乱的啧啧声喷发出来。于是，他们便像在牲口市场看一头母羊那样对西安评头论足起来，目光和语言都肆无忌惮，羞得西安无地自容，我却在一旁傻笑，享受着乡亲们顺手送给我的喜悦。

随后，他们又夸奖我。有的说："狗狗，有出息啊。"

有的说："狗狗，你本事真大哟。"

在 家 的 日 子

该进家门了，我却没有了钥匙。乡亲们见我对门上的锈铁锁发愣，都缄默无语。我转身对李黑娃说道："给我找把锤

127

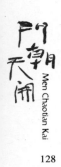
子来。"

李黑娃拿来他父亲当石匠的锤子。我接过锤子，对准铁锁砸去，砰的一声，铁锁和门扣应声断裂，从门框上簌簌掉下灰尘和泥沙。我推开门，一股霉味扑鼻，呛得我赶忙转身，乡亲们见了都笑起来。在这笑声里，我沉重的心情也随之化解。

李黑娃帮着我收拾屋子，西安无从下手，坐在堂屋里看我俩进进出出地忙。西安的神情正常，至少现在还看不出有嫌弃这里的意思，但家具简陋，特别是没有好的卧具和干净被盖，叫我十分忧虑。收拾好屋子，李黑娃从家里抱来大红花缎面的被子和印有鸳鸯戏水的床单，看就知道是他结婚的行头。我不让，要他拿回去。

他说："陪嫁了十床，我能用这么多？"

他瞄一眼西安，又低声对我说："你也过个瘾。"

到吃晚饭的时候，附近的乡亲都来请，我谢了他们，留在了李黑娃家。

山里黑得早，先还能见个人影，眨个眼，人影就沉入不见底的深渊，眼前一片漆黑。寨子里没有电，家家点煤油灯，乡亲们在豆点大的光亮下生活没觉什么不方便。西安一进李家就坐在饭桌前，让那圈光亮罩着不敢挪身，一双眼睛时时警惕圈外的黑暗，仿佛会钻出个怪物来。她拉我手，说："这里怎么没有电灯？"

这话，她问我好几遍了。回不回答不重要，她是在用说话驱走心里的恐惧。我还是说："这里穷。"

这里一入冬就寒风刺骨，霜冻大，每家每户堂屋里都烧着火塘，人们只有烤火驱散严寒。怕我们冷着了，李黑娃家的饭桌下都放有火盆，木炭烧得很旺，双脚踏在盆沿上，一身都暖和了。这种暖和是从心里漫出来的，我清楚，只有在家乡才能有这种暖和。李黑娃和他父亲陪我喝酒，喝的是本地苦荞酿造的酒，苦荞酒被我们称为绿色食品，味道苦中带回甜，醇和，好喝，绝不上头。李黑娃的弟妹一直在用探究的目光审视西安，始终弄不明白这个陌生的女人为什么来到这里，还进了他们家坐在一起吃饭。这个问题对他们来说，比吃饭还香。李黑娃的母亲不停地给西安搛菜，还一个劲地问吃不吃得惯。我不担心西安吃不惯，吃不惯可以少吃或者不吃，我怕她嫌李黑娃母亲的筷子脏。我伸过碗去，说："伯母，光照顾她，把我给忘了。"

李黑娃说："妈，人家会搛菜。"

我们都笑了。

在说笑中吃完饭，一家人烤着火围住煤油灯陪我闲聊。李黑娃父亲问起我在重庆的情况。我说在一家餐馆里做事，跟黑娃在信里说过。他啊了一声，似乎记起有这回事。我没说此刻坐在我身边的西安就是那餐馆的老板。这样说，事先并没有商定，我怕引出别的一些话来。我看一眼西安，她没有因我这样说不高兴。言谈中，李黑娃的父亲几次问起我父亲的事，都被我用话岔开了。看出我不太乐意，再没有问了。我们又从今晚吃的腊肉说起，谈到杀年猪，明天的年饭。李黑娃父亲说，狗狗进了重庆城，像城里人对这些稀奇。他说寨子里一切依旧，男人差不多都出去打工了，但挣钱回来的少。往年他在县城做石匠活儿总能挣回三五千元。他说起这话，让我想起那年他说带黑娃和我去看县城，实则是收工钱。他叹息今年县城石匠活儿少，只干了四个月，回到镇上修公路又干了三个月，修路的工钱至今还欠着。李黑娃父亲总是要把话题引向钱，一谈到挣钱，他的神情马上就变得凝重起来，眼里都发出向往的光泽。乡亲们都是这样的，其实我现在也这样，只不过我现在不爱谈罢了，因为谈了也挣不到。我知道真正能挣钱的人是不屑于谈钱的，而喜欢谈的却是一些穷得叮当响的人。我问黑娃现在干啥子，他说跟他父亲在镇上修公路。他父亲说："他能干啥子？不像你有出息。"

对黑娃父亲的话我不作答，他的话却让我身上暗地里发热，是不是有出息我自己清楚，而且黑娃和我是一起穿衩衩裤长大的朋友，我不愿他父亲拿我来相比，这会无端伤了他的自尊。

黑娃的父亲又唠唠叨叨地向我述说一些发生在他身边的事。要是在一年前，他讲的这些事我会听得津津有味，就像以前多少个寒冷的夜晚，守在火塘边，听大人讲天底下的怪事。可是

现在，他沙哑的声音仿佛是从一个空旷山洞里发出的，听来不那么实在，因为他说的事情，离我那么遥远。我望着他佝偻的背，半明半暗布满皱纹的脸，熟悉的形象再也找不到了，再也不像我记忆中肩扛着黑娃去镇上赶场时那样威武。

我悄声叫西安去把送李黑娃的礼金拿出来。西安说在挎包里，放屋里了，她不敢去，要我去，告诉我是红纸包着的。从她挎包里取出红包，捏有厚厚的一沓。为我的朋友，她能如此大方，我为之高兴。回到李家把红包交西安，她接过放在桌上，对李黑娃母亲说："伯母，这两千块钱，是我和狗狗为黑娃结婚表示的一点心意。"

红包在灯光下显得耀眼，特别是上面那个金灿灿的喜字，映得一个屋仿佛大亮了。一家人看了红包又看我和西安。李黑娃母亲说："哎哟，那怎么敢当，这礼太大了。"

我说："伯母就收下吧，我和黑娃跟亲兄弟一样。"

李黑娃的母亲激动得眼里泪花闪。黑娃低着头不说话，把手搓得沙沙响。小弟弟忍不住用食指像沾糖那样去碰红包，父亲向他手背拍去，声音发颤地对老婆说："就收下吧，狗狗他们的一片心。谢啦，谢啦。"

离开李家，回到屋里，我把西安一把搂在怀里，亲着她说："我也谢你。"

西安捂住我嘴说："一嘴酒臭。为啥子谢我？"

"沾你光呀。"

"沾我光的时候多，又怎么样谢我？"

"那还不好办！"

我把她一把抱上床，解开她的衣服，将一双冰凉的手猛地伸向她丰满的胸脯。她一声尖叫，再不说我酒臭了。

母亲是睡在这张床上去世的，我没敢跟西安说，心里却对母亲说，狗狗给你带回来个重庆城的女人让你看。身上盖着暖和的新被子，床单下是新铺的稻草，睡在上面，身下犹是一望无际的稻田，能闻到稻谷新香。在黑暗中，在暖和的被窝里，西安静静地枕着我臂弯，享受着这里的宁静。冬夜里，连昆虫的一点鸣叫都听不到，只有我俩彼此充满欲念的鼻息声。她附在我耳边说："我的耳朵没了。"

我咬她耳朵，她疼得叫起来。我说："还在。"

她在下面掐我一把，说："真是个农民。"

我一把将她翻过身，让她像狗一样趴着，然后我伏在她背后叫她领教农民的厉害。我感到了一次全新的体验，是我以前所没能享受过的，在她的身上，我发现了自己狂野的一面，近乎野兽，毫无顾忌，随心所欲，一种临驾她之上的大男人气概。她先还大声呻唤，到后来声音越来越小，最终像剔了骨的肉摊在床上，半晌才有气无力地说："我死了一回。"

我相信她这是说的真话，我让她真正体验了一回死的过程。更让我惊异的是自己过后没有丝毫的疲倦，没有睡意，脑子特别清醒。我知道这是自己沾了家乡灵气的原因。外面起风了，呜呜地叫，吹得院坝边黄葛树沙沙响。我用爱抚回答她，她的话叫我踌躇满志。她趴在我胸脯上，用手指拨弄我嘴唇，舒服地叹了口气，又说："我喜欢这个农民。"

我又用那句话，说："嫁给我。"

黑暗中，我看不清她神情，但她呼出的气息让我陶醉，我感到她眨着眼陷入了沉思。她说："不，我俩就这样。"

我说："是你看不起我？"

她用嘴唇封住了我的口，说："不，不是你说的那么简单。"

第二天，我俩赖在被窝里不起来，也懒得看表。山区清晨的闲适和潜在的生机，穿过屋子的各种隙缝流进来，弥漫在空气中，融进我的血液，唤醒我的记忆。这是我生长的地方，有我谙熟的一切，但现在房门又将那些关在我意识外面，好比这光着身子睡在我身边的女人亦近亦远。离开这里，时间并不长，发生在我身上的变化却像是隔辈子的事，自己也捉摸不定。要是父亲不出事，没有他人市的那些关系，要是母亲没有去世，我仍然生活在这里，我会怎样呢？一个人，没有权利择定未来，抓住仅是一瞬间。我狗狗能有这瞬间，是谁给的？是我自己抓住的，还是命中注定该我的？许多时候，无数想法趁我清醒，总会来打扰，叫我不得安生。因此，我也讨厌困扰我的胡思乱想。

被窝里蓄满了西安让我兴奋而又慵懒的体味。我拥着似睡非睡的她，手像一只迷途的鱼儿在她胸脯上漫无目的地游动。这时，门外响起一阵窸窸窣窣声，接着是人在叽叽咕咕地说话。我想该起床了，否则乡亲们是要笑话的。

我打开门，随一股冷凛而又清新的空气扑进来的还有鸡鸣狗叫声。站在门前深呼吸一口，顿觉眼前一亮，太阳光从对面照过来，射在门旁新贴的春联上，春联一片红光。刚才是黑娃和他弟妹在为我家贴春联。春联是"爆竹声声辞旧岁，东风阵阵迎新春"。黑娃的弟弟站在自家门前对我说："狗狗哥，妈叫你们吃早饭。"

吃过早饭，我带西安到坟山，把老船长送的汤圆心子和在重庆城买的点心摆在母亲坟前，烧起纸钱，跪在地上向母亲磕了三个响头，对她说愿她在天之灵得到安息，再说父亲在我拢重庆城前就病死了，没有见着，又说我活得很好不要她担心。当然，这些话我是在心里说的，西安听不到。不过，站一旁的西安一脸的悲戚，可能站在这堆坟土前，她想到了属于她的感怀事。这也是她的秘密，我不得而知。

我陪母亲坐了好一阵，要不是西安在，我还会继续陪坐下去。我只好依依不舍地站起身，心里对母亲说，我还会来看你、陪你。

我带西安来到了山坡顶，这里是我小时候最爱来的地方，睡在麦秆堆上望着天空遐想。现在没有麦秆，地上只有枯死的草，太阳洒在上面显出金黄的色彩。我俩就坐在枯草地上。下面的寨子在阳光下长高长大，小娃儿欢快的叫嚷声像麻雀从东飞到西又从西飞到东，盘旋在寨子上空久久不散。四周连绵的山峦像滔天狂浪向寨子挤压过来，巴掌大的坝子几乎被挤得蜷缩起来。两只白鹤缓缓从天边飞来，飞过我俩眼前，双双落在寨子前的田地里。西安被眼前的景象惊得目瞪口呆，用不可思议的口气对我说："居然你走出去了，到了重庆城。"

是的，回想起来也有让我不可思议的事体，感到有一种不可知的力量在支配我的命运。我笑着说："是你在召唤我。"

她说："你学会了油嘴滑舌。"

我说："我油嘴滑舌，在茫茫人海里为啥唯独认到你?"

她回答不出，深深叹了口气。

这时，寨子里响起一阵嘹亮的唢呐声，像一群斑鸠在上空翻着滚，忽远忽近地飞翔，把一个寨子都搞得欢天喜地。我们望去，见一队人抬着一顶大红花轿出寨子，走上蜿蜒的山路。我说："黑娃送迎亲花轿去了。"

按土家风俗，接新娘的花轿要头一天送到娘家，第二天花轿抬着新娘要趁天不亮上路，这样嫁过去的和娶过来的一辈子才吉祥。随花轿一同送去的还有新娘出嫁的陪夜米酒和牛肉、黄豆。出嫁这天晚上，全寨的青年男女都要聚集在新娘家，姐妹们要陪新娘哭嫁，待凄惨的《哭嫁歌》唱够时辰，陪夜酒便开席了，一直吃喝到花轿抬着新娘离开娘家。

西安问："你会唱《哭嫁歌》?"

我说："当然。"

她要我唱给她听。于是我亮开喉咙唱起来：

我的爹，我的娘，
后园橘子个个黄，
我和爹娘的日子不久长。
板栗球球开了口，
我和爹娘的日子不长久。
后园斑鸠在叫了，
享福日子没有了。

我的爹娘和家人，
狠心将女赶出门，
女儿年轻骨头嫩，
女儿万事不知情，
女儿头发冒（没）长齐，
女儿牙齿冒（没）出根，
怎好离娘出远门……

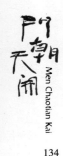
在我的歌声中，刚才还欢快的唢呐声也变凄婉了，顺着山风飘过来，像一个妇人在阳光下哭泣。我的歌声和唢呐竟然合起了节拍，听起来味道就更悲切，竟让西安流下了两行泪水。她说："怎么这样惨哟，是这样还不如不要嫁人。"

我说："才不哩，那叫喜极而泣。"

西安向那抬花轿的方向望去，花轿已隐没在山谷中，只有如丝如缕的唢呐声像炊烟在空中缭绕。我也去望那方向，说："你该嫁给我。"

西安头也不回地问："为啥子？"

我说："会待你好，一辈子不变心。"

西安说："我俩不合适，我比你大。"

我说："女大好，女大三，抱金砖。"

西安望着我眼睛说："你该不是盯住我金砖说这话的吧！"

我的手开始抖了。我摸出放在内衣口袋的存折，递在她面前，说："我不是为钱，这存折上的钱都交给你。"

她笑了，说："这点钱就想买我？收好，别掉了，是跟你说着玩的。"

她话里的意思我明白，话外的意思我也明白。我知道她心里窝着这话一直未说，今天终于说出来了，哪怕是变了个方式，仍然让我感到委屈。这委屈还不好表白，即使是当场把胸膛剖开，也未见得能填平横亘在我俩之间的鸿沟。谁叫我是个穷人，是个农村人呢！那个存折，一向在我手里觉得很沉，此刻竟如此的轻飘。我惭愧地收好存折，暗暗下决心：西安，你就等着吧，等我有了出头之日再抬花轿来娶你。

可是，世上有些话是不能当面说的，即使让它烂在了肚子里，起码生活不会走样。西安的话就让我变得走样了。这天晚上，在她面前，我再不那么自信了，感到跟她做爱都要看她脸色、听她指挥，劲使不出来，韧猛从体内消失了。她心欠欠地问："你是怎么回事？"

我也不知道是怎么回事，自己都为自己汗颜。

李黑娃的新娘子冉柳是个害羞的人，过门这天，她一直低垂着头，连眼睛也不抬一下。黑娃说她是我的同学，我的确记不起这个人，可能是女大十八变，变得没有一点以前的影子了。过门后，同桌吃饭，我才看清她模样，她长得圆眼圆脸，五官清秀，说话细声软语。多看她两眼，多听她说两句，记忆里才慢慢浮显出她以前的样子。她上课总爱迟到，站在教室门口不进来，每次要等老师叫她才敢进来，进来也没有责备她，就自己流眼泪，同学们就给她取个绰号"流尿狗"。在她又一次迟到时，她流着眼泪进教室，同学们都笑她，老师制止我们，说冉柳住家比班上哪个同学都远，三十多里，能来上课就不错了。过后，她再流泪，同学们也不笑她了。

见面的时候，西安选出套衣服送她，拿在她身上一比，正合身，她欢喜得不得了。

当天晚上，全寨子的乡亲都欢聚到我们院坝上，烧起一堆熊熊的篝火，火光把寨子上空映得通亮，像有一轮洗过的月亮挂在上头。乡亲们把李黑娃和他的新娘子围在里层，一遍又一遍地唱起《木叶情歌》，跳起摆手舞。我和李黑娃是穿犭犭裤长大的朋友，到今天还从没见他这么高兴快乐过。他围着他的新娘子，把深沉真挚的爱，融入《木叶情歌》的每一个音符中，再用他高亢亮丽的嗓子唱出来。他的声音成为群唱中的最高音，震得人心尖尖都跟着欢乐得发颤。他的摆手舞，跳得出神入化、活力无限，带引得乡亲们把黑夜都变成了白天。我也歌唱跳舞，从来没有这样尽兴忘情过，像一棵快要蔫萎的树，回到长它的土地上又变得鲜活起来了。这晚，大家跳到深夜才拥着李黑娃抱起新娘子入了洞房。

头一两天，西安很兴奋，处处都让她充满新奇和诱惑。重庆城远了，花子街远了，我又成为了山里的小伙子，乡亲们每天东家请西家请，我带着西安走遍了全寨子人家，吃遍了土家风味饭菜，吃得西安连连叫苦，要长胖，要长胖。那两天，西安也忘记了豆花西施，一天乐颠颠地跟着我跑。每天晚上，我俩完事后，她便没完没了询问我和家人的往事。于是我向她讲家乡的风俗，讲我少年时一些难忘的事，讲我母亲，唯独没向她讲父亲的事。对这点，她没有一点想问的意思。每夜我俩都是在精疲力竭中昏昏睡过去的。

李黑娃婚事办完过了两天，西安就腻味山寨了。这里不能洗澡，带来的一皮箱衣服她只换过一次，高跟鞋穿上没走几步就差点把脚崴了。更叫她难受的是上厕所，厕所是臭烘烘的猪圈，人一进去，几头大肥猪以为是来喂食就一拥而上，拱得木圈咣啷响，她简直无法脱裤子蹲下去，老是觉得那些猪在色眯眯地盯着她。每次她上厕所我得去吆喝猪，还得顾着外面，提防别人闯入。其实，在这里难消除的是她城里人的寂寞。她要回去，我只好依她。李家和别的乡亲都再三相留，她仍坚持要走。

这天，我和西安天不亮就起了床，李黑娃的母亲早把饭煮好等我们。我们必须要九点以前赶到镇上才能坐上班车。黑娃的父母、新媳妇和乡亲们顶着朦朦天色到寨子路口相送，人们叽叽喳喳叫西安几时再来玩。西安嘴上说要来要来，其实她心里肯定在说，一辈子再不会来了。李黑娃见天没有大亮，怕不好走路，特地砸了截竹竿当火把照亮。黑二一会儿前一会后撺着我们跑，像来迎接时一样兴奋。李黑娃的弟妹合着一帮小娃儿嚷嚷着又跟着跑，一直跟着爬上了寨子前的斜坡，听得远处的大人喊，他们才返身回去。黑娃举着火把，扛着皮箱走在前面，走出好远，天才大亮。走在半途，天飞起了毛毛雨，把山路弄得很湿滑。西安走得更苦了，一路抱怨这是个鬼地方，二辈子再不来了。她的抱怨，弄得我心里很难受。不知李黑娃听了这些抱怨作何感想，我想他心里也不会比我好到哪里去。他只管走在前面，当没听见。要不是有李黑娃在，我真跟给她当面过不去。

赶到镇上，买到了班车坐票。西安在一旁不说话，跟我赌气，好像是我把她哄到这穷地方来的，感觉像上了我的当，受了我的骗。我想，是我请你来的吗，还不是你又哭又闹自己跟来的。她不说话，我也不想跟她说，和李黑娃抽烟。我对李黑娃说："要是想出来，就来重庆城找我。"

他抽着烟，对我摇摇头："不会出来，这阵更不会出来了。"

"舍不得新媳妇？"

"家里现在缺不得我。"

他说着，眼睛红了。以我目前情况，不说在全寨子乡亲们眼里怎么样，在他心目中是很了不起的，他何尝不想跟我去重庆城闯一闯，说不定也能闯出个样子来。这一刻，我望着他一阵伤感。我把烟盒里剩的烟都给他，他不要，我硬塞进了他衣包。

开车时间到了，汽车马达启动了，汽车排气管砰的一声响，车子像青蛙一样跳两下，缓缓驶出车站。我和西安伸出手，向车窗外的李黑娃说再见，他跟在下面，手扒着车厢跑，望着我们大声说："哪阵又回来哟……"

坚　守

警察从顺城街住地带走典小松、猴儿、秦灿灿的那天，是刚翻过坎的去年腊月二十七，是我和西安离开重庆城的日子。

回来一进门，就听老船长说起这事，我吃惊不小。我估计他们是为人市的事，对他们收保护费我早有看法，落到这地步是必然。但是我想不通的是，秦灿灿居然也牵扯进去了。问老船长原因，老船长摇头，并迭声长叹不信，他们会干违法事。

仅几天不见，老船长像老了好几岁，精神也显得萎靡。我想是典小松他们出事刺激了他。可以想象，警察涌进他家，厉声直呼那几个的名字，然后推推搡搡带走，那阵势，所带来的惊吓，对一个老人来说是吃不消的。我给老船长带来家乡土特产红苕粉丝、野生菌，顺便问他年过得可好，他又是一阵叹息。我后悔这样问他。年还没有过，典小松他们就被抓走了，事先设想的快乐肯定也一并被带走了，留下个孤老人哪还有愉快可言？又听说警察还来询问过老船长，向他了解典小松他们的言行。我想，老人又能提供些什么，岂不是活活折磨他，让他替他们受罪。

在住处，我的屁股没有挨一下板凳，拔腿就去豆花西施找西安。她惊讶之余，问我："该怎么办呢？"

我说："能不能打听他们关在哪里？"

她便拿起电话，边拨号边对我说："叫杜渝生找公安局的朋友打听一下。"

我知道她拨通杜渝生电话后，肯定先要说些另外的话。我不好待在面前，就借买烟走开了。在街边烟摊买了烟，我吸着烟在街上走，虽说这是迫不得已才求杜渝生，但想到西安会对着话筒媚声媚气说话，心里很不是个滋味。街上有人招呼我，问我过年为啥子不回家。我怎么没有回家，不过回家又来了。但我懒得去细说，嘴上支吾。我想，平时她跟杜渝生通话长，现在这种情况是不会久说的。我还是有意在街上多挨了一阵，也好向她暗示我的情绪。很多时候，我明白这是在作践自己，城里的有钱女人根本不可能跟个农村人结婚，自己就偏跟自己过不去。谁叫我是个不带油星的土包子，一掉进油罐就化开了。

我的想法错了，这次通话还是长，回到豆花西施，西安才刚刚放下电话。进门时，耳朵还捕捉到一句："别光想好事，叫你打听的事要放心上。"

她见我回来，埋怨我："到底是谁的事哟，你倒不忙？"

我板起脸不吭声，又点燃烟一口接一口抽。西安看出我在发醋劲，得意地笑了，过来拥着我，在我脸上掐一把，说："我就喜欢你这样子。"

我说："我不喜欢。"

她亲我一口说："不是你叫我打的吗？"

我无话可说。西安说杜渝生答应了，打听清楚就回话。她要我今晚住她这里，我却少了兴致。就说："老船长身体不舒服，我得回去照应。"

西安瘪一下嘴，用手戳我额头，说："好吧，让你去当好人。有消息我通知你。"

我从来没有过这样恐慌和失落。典小松他们像一块石头压在我胸口上，让我累得慌，想干什么事都打不起精神来。我并不是怕受牵连，他们究竟干了些什么，我一点不清楚。我不会有别的害怕，他们不是干坏事的那种人，加上个秦灿灿就更不可能了，我只是为他们忧虑。同是进城的农民，他们对我还有容纳之情，年前还见他们实实在在的，怎么眨个眼就被抓起来了，能不叫我恐慌和失落？

我不想这时回住处，真要叫我陪老船长，看着他满面愁容也难受。我在街上乱逛。这天是旧历初六下午，天阴起脸，随时要哭的样子。缺少了阳光，再喜的日子也少了亮丽。我看满街的行人，觉得他们脸色都灰暗，许是他们的年过得也不是很称心。天擦黑，我开始找东西吃。大餐馆不敢进，街边的快餐摊又绝迹，走了好几条背街小巷才找到一家小吃店，吃了一碗刀削面。然后我进了解放碑一家电影院，上演的是一部美国科幻片叫啥子骇客，看不多一会儿就睡着了。当有人拍醒我时，前方银幕已一片空白，灯光大亮，观众都走光了。影片到底演了些啥子，对我无关紧要了，起码我补充了睡眠，用电影票钱买回了精力。

走出电影院，街上华灯齐放，行道树也仿佛在燃烧。行人被彩灯映照，脸色少了白天的灰暗。夜晚的城市反倒鲜活了。回到住处，想去陪老船长聊聊，见他房门关着，门缝里透出灯光来，里面有电视响。我站门前迟疑一阵，最终没有敲。我打开了小屋，进去还未开灯就闻到秦灿灿留在空气中的竹子清香味。开灯一看，整个屋子变了个样，经她一摆弄，人气就盖住了以前的寒酸：正面墙上挂着个鲜红的中国结，两边是小红灯笼；打破的相框重新安装了玻璃，依然放在电视机上；木格子窗的透明塑料纸换了，上面贴着胖娃娃抱鲤鱼的年画，窗框上还挂只风铃，是只小兔子，一拨弄就发出悦耳的叮当声；床上枕头边坐着只绒布熊猫，伸着胖爪子像在招呼人。我不愿回到那间充满猴儿脚臭味的屋里，就关了房门，倒在床上。一挨枕头，那股味道便令我心醉神迷。我把绒布熊猫抱在怀里，侧过身去，弓起身，鼻子紧贴住熊猫，将呼吸放缓慢，那味道还是刺激我。我清楚，对发出这气味的身体我不该有任何奇思异想，那是一种犯罪，可是弥漫在空气中的味道是我能拒绝和选择的

吗？何况我喜欢这味道。我感到从相片框里射来两支利箭，胸口顿时像被锥子锥了一下疼痛起来。我顾不上那么多了，长长地呻吟一声，抱着绒布熊猫，翻过身伏在枕头上，贪婪地吸着那让我心扉摇荡的味道。原来，有这味道的人已经一点一点钻进我心里了。

不知过了好久，手机响了，把我惊醒，一接听，是西安要我过去。她说："醋劲消没消，在啥地方躲我？"

我没有吭声。她接着说："杜渝生回话了，你要不过来，我就不说。"

她啪地压了电话，我不得不到她那去。一见面，西安就要抱我，我故意狠抽一口烟，待她上前来抱我的当儿吐出来，让烟雾熏得她连连后退。她说："人不大，装醋的坛子大。"

这是她把我理解错了。我问："关在哪里？"

她说："为你办事还气我，没那么简单，不抱我亲一下，我不说。"

我含着一口烟，过去抱她，把烟灌进她嘴里。她一下跳起来，呛得咳出了眼泪，张开的嘴里像着火似的冒烟。我自以为得计，她这副样子使我哈哈大笑。她真正生气了，指着门："你滚！"

捉弄得罪了她，让她心里难受，她便坐在沙发上哭起来。我还不能滚，只好蹲在她跟前赔不是。我抱着她双腿抚摸，又为她揩去眼泪，然后捧起她脸颊像鸡啄米一样吻她。她反抗，推我、搡我，用双拳捶打我，我不屈不挠。她终于在我的进攻下退却了，服帖地瘫在我身下，喃喃地说："你真坏。"

是的，我也觉得自己一天比一天更坏了。跟西安在一起，除豆花西施正常营业外，其余的绝大部分时间就是跟她昏天黑地地做爱。做爱成为我俩关系的纽带。我俩心照不宣，我当她的大堂经理兼采购，她像扔根骨头一样给我工资，其实是她需要我这狗狗上她身。我明知如此，自甘堕落，从中赚取乐趣，甚至还对她抱以幻想，有朝一日成为夫妻，共同理财，双双经营餐馆。不过，我不懊悔，没有遗憾，能有今天，是命运如此安排。我听从命运安排。

我俩就在沙发上干了一回，她舒服了，先前的怒气已被我撞击得粉碎。她一边将奶子塞进乳罩，一边告诉我，典小松他们关在雀台路看守所。

我看着她很有耐心地收拾自己的乳房，问她："没问他们究竟是为啥子?"

她终于满意了自己的收拾，舒了一口气，又开始慢慢穿衣服。她做得慢条斯理，连说话也不慌不忙。我知道，除了她的生意和跟我做爱以外，别的事好像都与她干系不大，她没必要为别的事把自己搞得那么急，当她讲起典小松时，我只得耐着性子听。

天哪，典小松居然想得出这样的鬼点子!

西安是这样说的，她说典小松和猴儿伙同秦灿灿，带个妓女闯进秦灿灿当保姆的家，持刀抢劫主人钱财。

我不得不急了，岔开她，说："这不可能，他们绝不会干这种事。"

"跟我急有啥子用? 杜渝生就是这样对我讲的。"

"我要去看他们，你再想法通融一下。"

她噘着嘴说："有求我的时候?"

我坐在她身旁，拥着她说： "典小松他们没少照顾你的生意。"

她说："你呀，你那二两心思，别在我面前耍，你为的不是典小松。"

两天后，我去雀台路看守所探视了他们。看守所人员说我是特许，给我十五分钟，无论我看谁都行，就是不准同时一起见面。我先跟典小松见面五分钟，其余时间我要留来看秦灿灿。我只问典小松是不是有像杜渝生说的那事，他摇头。有看守人员在一旁，不便就此事深谈，看守先打了招呼不准谈有关案子的事。再说，了解了此事的每个细节又能怎样? 这不是我来探视的主要目的。随后主要是他说我听。他要我过完年，人市开市的时候，务必到人市去替代他。他说，这点至关重要。他对我说："否则你父亲创下的市场，将会丧失得一干二净。"

我说："这不关我的事。"

他流下了眼泪，痛心地说："你不能这么说，人市上绝大多数是跟你我一样进城的农民。"

我感到胸口突然发紧了。

他又说："一定要去，他们都认识你，会像对你父亲那样对你。"

我只得向他点一点头，说："我不会那些生意。"

他说："没关系，你比我们都精灵，要提醒的是不要信邵钢铁，他是城里人。"

我说："那杜渝生呢？"

他只说："你摸着石头过河就是了。"

最后他说出对自己的忧虑。他感到他们的事可能有点麻烦，别的他不怕，最多判个两三年，过意不去的是牵连了小秦，本来是想帮她却害了她。说到这里，他泪水流下来了。看着他流下泪水，我特别难受，一个一向在我面前逞大哥的人，一个在人市顶天立地的人，居然在我面前毫无遮掩地流泪了。在押走他时，他又语重心长地叮咛："只要你坚守在那里，进城找活儿的就有个落脚的地方。"

在同一个地点我见到秦灿灿。典小松被押走一会儿，一个女看守就押着她进来了。她一见我就开始流泪，直到我离开都没有断过，弄得我心里也流泪。我俩基本没说话，主要是我不知跟她该说啥好。我心里清楚，她不知道，一切都是我惹的祸。此刻说得再多，都无法消除她身陷囹圄的苦难，一切语言在此时，都会显得拙劣，也于事无补。我俩默默相望，她流泪，我难受，隔着铁栅栏，闻她身上已被看守所的铁锈味消融得所剩无几的竹子味道。十分钟里，她只对我说了几句话，向我借五百元给她寄回家去，要我以她的名义给她家去封信，说春节工作忙没有回家。她家在江苏一个县的农村。我有些吃惊，她怎么会是那儿的人。她说原来家在三峡库区，去年才移民去那儿的。探视的时间到了，我离开时，她抓住铁栅栏终于大放悲声，悲声在探视房里空洞回响。

走出看守所，脑子里许久还回响起那个让我胸口疼痛的悲声。

我直奔银行，从存折里取出一千元。然后向街边一个摆烟摊的妇人打听附近可有邮局，她指点我说拐过街口不远就有一家。我给她母亲寄去这笔汇款，在汇款单上留言：工作忙，没有回家。你的女儿。

下 篇

分　手

　　大年十五一过，豆花西施又开业了。

　　在春节期间歇业的日子里，西安老是对我说，某家餐馆没歇业，生意异常火爆，半个月赚的当平时半年，乐得那老板睡觉也笑醒了。她十分气愤那赚了钱的老板，就抱怨我，好像那些日子关门是我的过错。春节不是我毛狗狗定的，是老祖宗的老祖宗一代一代传下来的，跟我说气话有啥子用！看她气得那个样子，我又不好吭声。营业的第一天，西安就打电话约来杜渝生吃清蒸甲鱼，想通过他多拉生意，把歇业期间的损失找回来。

　　甲鱼是我去水产市场买的。想到西安对杜渝生的那股殷勤劲，心里就泛酸，我买了甲鱼就扔在地上，用脚狠踩了几下，甲鱼的尿都被踩出来了，嘴上还骂你这个王八。我拿回去送进厨房，厨师剖开它时，问怎么内脏都坏了，我说它掉地上想跑，被我踩了。

杜渝生依然是晚上来豆花西施的。大家见面谈起典小松他们的事，杜渝生很神气，仿佛天下没有他办不到的事，说话也很冲。叫我感到不解的是，西安居然很佩服他，一对眼睛母山羊似的含情脉脉望着他。他更得意了，说："要不是我，是不准见典小松他们的。"

我说："杜主任，谢你了。"

他说："狗狗，老老实实做人，老老实实做事。你们农民呀，就是爱犯毛病，进城没几天就忘记了本分。"

我不愿听他教训，借故照顾别的客人走开了，留下他跟西安说那些不敢大声说的话。

自从去过看守所以后，典小松要我坚守人市的话，时时在我脑子里回放。他的话像长江浪，一点一点地动摇了我心坎。人市要到正月二十过后开市。我决定照典小松的话去做，但离开豆花西施如何向西安说，尤其是要从西安身边走开，又叫我有些舍不得。

这顿饭，杜渝生吃到很晚，西安放走了所有的服务员和厨师，说明天再收拾。我蹲在厕所里不知道，这一向便秘，一蹲要抽两支烟。我出来时，馆子大门已关，西安正坐在杜渝生怀里面对面地喝交杯酒。西安没想到我还没走，极不好意思地从杜渝生怀里起来，诧异地问我："你还没有走？"

那一刻，我感到自己的目光具有了透视能力，直达西安内脏，看清了她是个那样的女人，顿时令我厌恶起来。我清醒地意识到，是我离开豆花西施，离开西安的时刻了。我对她说："这就走。明天我不来了。"

她问："有啥事？"

我想说炒她鱿鱼，但不好开口，就说："不在你这里做了。"

她这下有点慌了，问："为啥子？"

我说："我要去别的地方做事。"

我说完，开门出了豆花西施。西安追出来，叫住我："狗狗，别走行不行，等我打发走他……我们……"

我说："想到哪去了，不是这意思，我只想换个地方做事。"

西安流下了眼泪，望着我叫道："狗狗……"

我说："你还是我的西姐。"

她边哭边说："狗狗……你这昧良心的……翅膀长硬就飞了……你就狠心丢下我……"

我硬起心，掉头离去。

这只能怪她自己，从不把我当回事，在她眼里，只有我下身那玩意儿，别的什么都不存在。我没有回首看，她此时肯定已不再年轻，像个扶住门框哭泣的弃妇。我终于等来个离开豆花西施、离开西安的时机，当她的哭诉在夜空里嘤嘤响的时候，我感到了身心轻松。我觉得我又长大一些了，再也不是刚闯进重庆城那时没长醒的毛狗狗了，重庆城在我眼里已不再那么可怕了。我真可能像西安说的那样翅膀长硬了，此刻就好似飞翔在万里晴空中，身上所有的毛孔都张开，让阳光透进心脏，内里一片亮堂。我可以听见春风在耳畔歌唱，唱的家乡民歌，陪伴我的还有细长腿的、羽毛洁白的白鹤。这时走路的我，的确轻飘飘的，让那些夜归的路人以为我是酒疯子。我望着他们笑了，便唱起《木叶情歌》来：

> 哥吹木叶无人回，
> 好比干柴搁冷灰，
> 干柴搁在冷灰上，
> 有柴无火枉自吹……

我反复吟唱着这首悲伤的歌谣，唱得自己泪水涟涟，心情却异常愉快。

《木叶情歌》在我们武陵山区有上百种唱法，但我最爱唱的还是这个调调，音调忧郁，一声三叠，舒缓得叫人愁肠百结。

山里人，爱对着苍郁的群山大声吼唱，以排遣心中郁闷。此刻我不郁闷，我是在用凄凉的民歌跟我的昨天道别，跟我身后伤心的女人道别。

街上过年的气息还没完全消失，各店铺门前的彩灯、红灯笼都在发出最后的光彩。一些小火锅的摊子又在街边巷口摆出来了，麻辣牛油香味和食客的喧嚣在冷夜中流淌，搞得整条花子街仿佛都暖和起来。我兴趣来了，在一家小火锅摊坐下来，点了牛毛肚、血旺、海带，喝了两瓶啤酒，然后舒舒服服地回到住处。

小屋里亮起了灯光，我简直不敢相信，秦灿灿从看守所放回来了。我进小屋看她，她脸上还残留着恐惧的痕迹，坐在床前两眼发直，似乎还没有从拘押中回过神来，根本不明白此时身置何处。直到我坐在了她身边，她才有了回来的感觉，哇的一声趴在我肩上痛哭起来。没料到她会悲恸得不顾一切，我不知所措，更不知该如何处置自己的手才好。她却紧紧地抱住我肩头，深恐我又会离开。

老船长披着棉大衣来了，见我俩这样，就站在门口犯一阵迟疑，但还是进来了。他伸手抚着秦灿灿哭得一点一点的头，安慰道："回来就好了，回来就好了。"

秦灿灿这才离开我的肩头，对老船长说："老船长，我们给你添麻烦了。"

老船长说："你这么说就见外了，我活到这把年纪，一生还少遇麻烦吗？"

老船长便坐下来，问一些关于典小松和猴儿的话，秦灿灿都摇头说不知。老船长还想问什么，几次张嘴欲说又将话吞回去了。我估计他迫切想知道他们被抓的原因，可能又觉得会刺激秦灿灿，所以才打消了念头。老船长见秦灿灿的情绪渐渐平静了，就起身说："都早些休息吧。回来就不要再想那些了。"

老船长走了，我也要离开，秦灿灿却拉住我，低着头，表现得很执拗。我只好又留下来陪她。

夜渐渐深了。街上传来卖豆浆、花生浆的吆喝声。这是个瘦个子小男人，来自大巴山区农村，每天从早到深夜一手提只铁壳温水瓶，挎着装有一次性杯子的布包走街串巷吆喝叫卖。他来重庆城已经十年了，就靠这不起眼的小生意安了家，有了一个读一年级的女儿，妻子是城里人，只是是个走路有点跛的残疾人。这些都是老船长告诉我的。老船长每晚要喝豆浆，这个小男人就准时出现在门外吆喝"豆浆花生浆"，有时我兴致来了，也照顾他一回。我终于找到了开口的机会，问秦灿灿："你喝不喝豆浆花生浆？"

秦灿灿说："我啥也不想吃，只想哭。"

我赶紧闭嘴，生怕她又哭起来。屋里又一阵沉默了。我想打破这时难堪的沉寂便去打开窗子，一股凉风吹进来，窗框上那只小兔子风铃就发出叮当声。往常风铃声在我听来都是柔和的，此刻却变得生硬，使我心子在一下一下收缩。我故意抬手去拨弄它，打乱它的节律，让我慌乱的心平静下来。我站在窗前，壮着胆子说："他们究竟干了些啥子，能不能告诉我？"

秦灿灿这回没有哭，想想，便向我讲起那晚上发生在她当保姆家里的事情。她的叙述断断续续，前后错位，但我经过脑子整理，把整个事情串起来了。

典小松和猴儿是晚上七点多钟去找秦灿灿的，同去的还有个二十多岁的女人。他们对秦灿灿当保姆家的楼层房号早已清楚，径直就去敲那家门，开门的是女主人。猴儿上前说自己是秦灿灿的哥哥，从深圳回家过节，路过重庆来看看妹妹。女主人先没敢放他们进屋，叫来秦灿灿说你哥哥来了。秦灿灿没有哥哥，嘴不说心里纳闷，但见是猴儿他们，虽不明就里，迟疑片刻还是喊了猴儿一声哥哥，女主人才放心让他们进了屋。进屋还没有落座，猴儿就向女主人说，妹妹告诉他，在这家当保姆很得主人关照，生活也很好，这次顺路来向主人家致谢。他又说妹妹说男主人腿脚不方便，看遍了全市中西医都不见好，想到主人对妹妹的关照，为表示感谢，他带来会推拿的同乡为男主人看看。他介绍说典小松和那女人是兄妹俩，都是聋哑人，但手艺是独门功夫，经他俩治好的瘫子有好多好多，说得女主人笑逐颜开，承诺如果她男人有好转，哪怕能坐起来都将重金酬谢。猴儿说哪里还敢要主人家酬谢，妹妹在这里好他就感激不尽了。他说同乡的手艺是祖传，他俩进屋为病人治疗，其他人都不能进去。女主人满口答应，还问需要别的什么。猴儿说，治疗时，病人可能有些疼痛，要叫出声来，家里人不要着急，那是因为他瘫痪的部位开始有知觉了，痛过后，身体就会有明显好转。女主人高兴得拿烟倒茶，在茶几上还摆出五香瓜子。猴儿说治病要紧，这正是治疗的好时间，莫要错过了。他又对典小松一阵手势比画，典小松啊啊两声，便跟他所谓的妹妹进了那瘫子的屋，进屋后就随手将门关上了。秦灿灿感到惶惑，几次想说什么，都被猴儿眼色制止了。女主人站在门外想听动静，猴儿也将她叫过来，于是坐在客厅里陪着说话看电视。不一会儿，从瘫子屋里传出呻吟声，女主人听见还是有些担忧，要起身去探看，被猴儿拦住，对她说放心，那两兄妹的医术他清楚，病人现在感到了疼痛，说明有希望了。

大约过了半小时，典小松和那女人出来了，他向猴儿又啊啊一阵叫，然后砰砰地拍着身子，露出一副傻笑。猴儿对女主人说，这下好了，有希望了，现在他舒服得睡了，不要去打扰，让他好好睡一觉。女主人要留他们多坐会儿，猴儿说那两兄妹很忙，还要去给别的病人治病，又说了一大堆恭维主人家的话，就起身告辞了。女主人连声感谢，要秦灿灿送哥哥出门。

出门后，秦灿灿看见典小松在一旁拿出一张百元钞票给那女人，那女人接过钱一闪身就消失在黑夜里。秦灿灿跟在他俩的后面，三个都没有说话，直到走过体育场，典小松才站在路灯照不到的行道树下对她说："你受的那口恶气，帮你出了。"

一听这话，早就憋不住了的秦灿灿终于哇地哭起来，扑上去扭住典小松，气愤地说："谁要你们来帮我出气，要你们来给我添麻烦……"

如果说，刚见猴儿站在门外冒充哥哥的那个时候，她秦灿灿还不清楚他们企图的话，那么当他们进屋后，说是来为瘫子推拿，这个时候秦灿灿心里就明白了大半，他们是来收拾瘫子的，心里既解恨又担心事情闹大不好收场，可想阻止也来不及了，不敢当着女主人面去揭穿那个实为她好的谋划，只好忐忑不安地任由事态发展。在整个过程中，猴儿时常用眼光安稳她，向她暗示放心，仿佛一切都在胜算中。尽管她不得已默许了他们的作法，心里却是不赞成的。至于典小松和那女人进去后会

市场的竞争

怎么干，秦灿灿已经没有勇气琢磨了，当听见瘫子在里面发出痛苦呻吟，她紧张得几乎晕过去。好不容易盼到典小松和那女人出来，听不见瘫子声音，拿不准到底把那人怎么样了，想到还要在这里做下去，心里就慌得想呕吐。她后悔给我说了，知道是我告诉了他们。

典小松扶住秦灿灿，让她平静下来，说："我们没有对他怎样，只是警告了他一下，叫他今后对你尊重点。他答应，只要你哪时想走他哪时放人，工资一分不少。"

秦灿灿还是不放心，问："你们没对他过分？"

典小松说："你想，我们会干出连累你的事吗？不信别人还不信我典小松！"

猴儿也过来说："小秦，你放心回去，这件事就这样了了，不会对你有坏处的。"

秦灿灿一直悬起的心才放下来，擦干泪水，破涕为笑，问："是狗狗跟你们讲的？"

典小松说："他啥子也没有跟我们讲，是我们自己来的。"

秦灿灿问："那你们怎么晓得？"

典小松望了一眼猴儿说："你的事，我们还不晓得吗？对不对！"

猴儿接过话说："对，你的事，我们还不晓得吗！"

秦灿灿第二天就向女主人提出辞职，女主人先不同意，她征得男人的意见后又答应了，并将半年的工资一分不少给了。

事发后，秦灿灿才知道去的那个女人是个妓女，典小松带她进屋后，从身上抽出把雪亮匕首，冰凉地放在瘫子的脖子上，对瘫子一阵威胁，说自己是秦灿灿的哥哥，你不是喜欢女人吗，今天就让你玩个痛快。然后叫妓女扒光瘫子的衣裤，妓女也脱得精光爬上床去，明知瘫子已没有了性功能，还是对他极尽羞辱之能事，践踏得瘫子无地自容，痛哭流涕，连声向典小松告饶。典小松对他定下三条：一、不准报案；二、不准再欺侮他妹妹；三、妹妹随时可以辞职、不准克扣工资。最后典小松警告他，如果有一条违背，下次再来就不是这种待遇了。瘫子哪能不答应。第二天秦灿灿提出要离开，他妻子去征求意见，瘫子以秦灿灿不会伺候为由同意放人，并给足了半年工资。几天后，越想越不是滋味的瘫子，终于忍不住给妻子说了，向派出所报了案，把给的工资说成是持刀抢去的。

派出所经过调查，认为典小松和猴儿有持刀胁迫当事人、雇用妓女诱惑当事人之嫌，并认为秦灿灿事先确实没有参与预谋，只是事发之时未当面制止，并默许其成为事实，于是经过拘留教育释放。另外女疑犯去向不明，待查。

典小松自以为这件事当时过了就过了，好比江水流过就再不会倒流。他以为这样干只当干了件恶作剧而已，当事者骂骂，自认倒霉也就算了，却未料到此事的严重性，这不仅给秦灿灿造成痛苦，更给自己带来灾难。

屋里又寂静了。秦灿灿这才从那场惊吓中回到现实中来。接着，她又流泪了，抽抽搭搭反复说："他们是为我坐牢的，我放了，他们还在里面……"

我说："我不该跟他们说。"

她说："不，是我的错……"

我宽慰她，说："公安机关经过调查，自会有公断的。"

她该休息了，我要离去，她不准我走，起身去关上房门。当我还没有清楚怎么回事，她就向我扑来，那一刻，我不由自主地张开了双臂。她是重重撞进我怀中的，仿佛不这样急速，决心转瞬就会消失。我将她搂在怀里，她的颤抖让我不知所措。我感到我俩都不敢动弹了，更不敢有任何动作，只是默默相拥地站在屋中央。小兔子风铃在叮当作响，响得我胸口突突突跳。该如何处置怀里这个女人？难道我得步父亲的后尘，把那种不伦不类的关系弄得更滑稽可笑？认识的人会怎么看待我？我这是在用自己都无法解答的问题跟自己过不去。这时我才发现，尽管自己有点喜欢这个女人，但真到了节骨眼儿，心理上还是没有作好接纳她的准备。这不是作秀，换个人处我位置，可能还会更糟。答案还没有寻找出来，身体却有些不安分了，渐渐开始想摆脱思想的约束，对紧密接触的另一个肉体产生欲念。我便诅咒那些让我苦恼的念头，好使自己心安理得一些。秦灿灿此刻比我大胆，她似乎没有我那些折磨人的念头，虽然她浑

身一直在颤抖，却扬起了头，将她滚烫的嘴唇急迫地贴在我嘴唇上。刹那间，我嘴唇已不复存在，被她熔化了，只满含一嘴清香的竹子味。

小兔子风铃敲出好听的声音，声音像水滴，滴在平滑的水面上，漾起我心间快乐的波澜无限地扩展。

秦灿灿闭着眼，对我说："有你在身边，才能忘记那些事。"

"不愉快的事是该忘记。"

"要你在身边，我才会忘记。"

"那我就在你身边好啦！"

我说得很认真。她一下睁开了眼，含情脉脉地望着我。以前我还不曾留意，她又黑又亮的眼睛竟能穿透我的胸膛，使我心脏加速跳动。她说："这是你自己说的哟！"

"是我自己说的。"

她真正地笑了。我对她说我决定离开豆花西施，不去当那个大堂经理和采购了。她问我："你真的舍得离开？"

"舍得，已经离开了。"

"我是说，你舍得离开她。"

"哪个她？"

她点着我胸口，说："这里明白。"

我也点着她胸口，说："这里也明白。"

进 入 人 市

人市复市的前两天，猴儿被放回来了。当他奇迹般出现在我们面前时，我们反倒被他的回来惊呆了。

当时，我和灿灿在客厅里看老船长打棋谱，有我俩在一旁，老船长这一盘也下得淡心无肠，有一句无一句跟我俩说话。就是在这时，猴儿推开门进来的。首先看见他的是灿灿，她惊得圆起嘴唇叫了一声"啊"，随后是我起身去拥抱他，像迎接凯旋的英雄。老船长也去跟猴儿握手，握得中规中矩，如同昔日站在甲板上欢迎上船的贵宾，一盘没下完的棋被他站起时弄得乱七八糟，有两个棋子儿掉下茶几，滚进座椅下也顾不上捡。然后我们都向猴儿的身后看，希望典小松这时故意不进来，躲在外面跟我们玩笑。可是典小松一直没有从那门框里披着耀眼的光芒出现，这让我们大失所望。待我们的这番激动平静下来，让猴儿坐下，灿灿给他倒来开水后，又开始向他询问起典小松的情况来。

猴儿说，自从进看守所后就没有见过典小松，今天他得到被释放的通知时，向管理人员问起过典小松和秦灿灿，得到的答复是秦灿灿早放了，典小松触犯法律，罪行较重，要被判刑。他又问为什么放他，他跟典小松一同干的那事。管理人员说典小松一个人背了，没你的事了，难道还想没事找事。

这消息一下子又将我们从高兴的云端踢下来，砸破冰层，掉进了冰凉的窟窿。灿灿又开始掉眼泪了，哭诉着要去看守所替换典小松出来，说该在里面服刑的是她，而且语气之坚决让人担忧。我真怕她去干傻事，典小松没换出来，又进去一只扑火的飞蛾。

老船长说："怎么能由你去换呢？法律那不就成儿戏了！"

猴儿说："就是，我也向看守所的人说过换他，他们都笑我不懂法。"

老船长的话很奏效，断了秦灿灿念头，也打消了我的担忧。说实话，对灿灿和典小松两人，我看重的是灿灿，我有私心这很正常，谁让我喜欢上她了。当然，我也不是不为典小松忧虑，他讲义气，敢为朋友两肋插刀，该敬重他，可是要改变他目前的处境是我们无能为力的。看来，我得厚着脸皮再去求西安，让灿灿去看看典小松，要不，她一直会痛苦的。

这些天来，我觉得自己是在过着有家的日子。我穿脏的衣服刚换下，灿灿就拿去洗了；无论我是疲惫还是无所事事地回到住处，她总是弄好饭菜等我吃，吃腻盒饭和面条，吃她做的就格外香；每天早晨，她都比我起得早，把什么事做好了才叫我。灿灿是个很能干的女人，善解人意，能在我不察之间就把事情干好，而且还被她认为这是理所当然的。在日常生活中，她还有这种本事，把一切开支计划得很合算，例如每餐的菜，她总是能买来市场上最便宜的，质量也并不差。她把她的心完全向着我，有时甚至是宠着我，一切事都由着我，愿为我做一切事。我才真正体会到过大老爷日子的舒心。她时刻都显得极其自然，我却有时感到惭愧。尽管惭愧，但我还是愿意，因为这是居家过日子的舒服。

我和灿灿相好，没有回避老船长。老船长对我们那种关系不但不反对，还表示出某种赞同。那天灿灿做好晚饭，我俩把老船长请来一起吃，他很高兴，拿出一瓶红葡萄酒，大家都喝了一杯。他当面对我和灿灿说，出门在外不容易，在一起互相有个关照好，既然这样，就该珍惜。当时，我和灿灿很感动。灿灿眼里含着泪花，连喊了三声老船长，我也举起杯，祝老船长健康长寿。

对猴儿却不能不暂时回避。他能不能像老船长那样理解我们，我的确拿不定。更主要的是他刚从看守所里出来，典小松将被判刑的阴影还笼罩在他心里，不管是让他知道，还是见到我和灿灿已经在一起都是不合时宜的，这在感情上也说不过去。

今晚我不能与灿灿共枕同眠了。我把这个想法跟灿灿说了，她很同意，说即使猴儿也像老船长这样，今夜我们睡在一起肯定也是索然寡味的。

我又睡回钢丝床上。猴儿的魂，好像还被扣押在看守所里，人回来了，精神却一直恍惚，有时自言自语咕哝两句，大多时候都阴起脸不说话。他整个人都瘦了一圈，小眼睛里的狡黠再找不到了，让人看见的是木呆呆的表情。从他们进去那天算来，半个多月，人被折磨成这个样子，可见那里的确不是人待的地方。对典小松和猴儿的为人我最清楚，平素里天不怕地不怕，在人前像个大英雄，一旦掉进囹圄，良民的心理还是暴露无遗。我陪他坐在各自的床边抽了好几支烟，有一刻，他当我面，毫无顾忌地独自掉泪，用手掌擦几次都擦不干。我简直不知道该向他说啥好。依我和灿灿目前的关系来说，典小松和猴儿遭受的苦都是为了我，他们成了我的替罪羊。整个晚上，我也不能入眠，想狱中的典小松，想另间屋里的灿灿，想如何公开我和她的关系……复杂的心境难以言说。猴儿不停翻身，弄得床板叽嘎响，黑暗中还传来他时不时的长吁短叹声，天要亮时他睡着了，还梦话不断。

第二天，我陪猴儿上街散心，猴儿要去找"妹儿"干那种事，说他憋得慌，要我陪他。我陪他去了一家他熟悉的发廊。我留在外间洗头，他没强拉我，搂个"妹儿"就迫不及待地冲进包间去了。现在充满他内心的是空虚，看守所里的恐惧还像一片吹不去的阴云笼罩在他的胸间，他需要一阵暴风将这片阴云吹散，哪怕只是一会儿，一会儿也好。

我洗完头，坐在椅子上一边看电视，一边跟另两个"妹儿"说笑话。大约等了一个小时，猴儿和那"妹儿"出来了，脸上泛起了一丝生气，人也精神了些。

整个白天，我和猴儿像两条四处嗅鼻子的狗，漫无目的地游荡在街上，互相不说一句话，都在想自己的事。其实，我觉得他心里啥也没想，至少我是这样的，因为需要想的和要办的事太多太多，多得叫我无从下手，于是就啥也不想，反正想也想不进去。我们走进一个街边的广场，广场上有一队穿红着绿的女人在练习打腰鼓，领头的却是个中年男子，也穿着一样的衣裤，站在前面，打出各种花样，让后面的人学，他教得很认真，跟着学的也很认真。四周有不少闲人在观看，我们也抱着双臂站下来观看。"咚咚"的鼓点子在广场上回响，震得人胸口也随着发跳，有的人受不了，看了一阵就走了，我们反倒觉得好受，空落落的胸膛里被它填满了，就在花坛边坐下来，傻子一样看他们。我们一直看到他们收场才离开。

晚上十一点过，我和猴儿醉醺醺地互相搀扶着回到住处。灿灿还未睡，听我们开门，从屋里出来，问要不要吃东西，好去弄。我和猴儿显出醉相，争起说吃饱了，逗得她笑个不停。趁猴儿不注意，我伸手去抱灿灿，她朝猴儿一努嘴，轻轻把我手推开，说早早安睡，明天要去人市，就回到小屋里。望着她消失的背影，我心里又涌起一阵难以抑制的欲念。

第一章

市场的竞争

这夜，猴儿倒床不一会儿就响起鼾声，我云里雾里想一阵灿灿后也很快进入了梦乡。

这些天里，回家过完年的农村人又开始陆续进城了。每天火车站、长途客车站、江边客轮码头，只要各趟车船一到，背包提行李的打工者就如潮水从闸门里涌出来。花子街劳务市场还没有复市，更多找活的人还没有到来，只有一些先回城的在街上游荡。那些放走民工歇业的私营企业早等不及了，特别是做吃食生意的，铺子成天关门赚不到钱，便先来人市找几个农民工救急。这些天，人市是求大于供的，先回城的，运气砸在了头上，刚进花子街就被雇主领走了。我曾去花子街看过这情况，见邵钢铁带着一帮他的人忙得不亦乐乎。典小松和猴儿被抓的消息显然早已传遍人市，典小松的人宛如失去蜂王的蜂子，在人市上慌得晕头转向，帮人介绍活儿的生意都被邵钢铁揽去了。我不知该如何下手，也拿不出把人团拢来的主意。邵钢铁看见我，得意地向我招手，意味是他正忙，顾不上陪我，要我多包涵。当时气得我肺都要炸了，真想站上花坛，振臂一呼，把大旗高高竖起来。

我把这情形跟猴儿讲了，猴儿一点不急，说："今天我们一去，就会扭转局面，放心。"

"你有把握？"

"进城的农民信我们。"

这天是花子街劳务市场新一年第一天开市，在进场的大门处，工作人员用绳子围出小块空地，铁栅栏上挂着热烈庆祝新一年开市的横幅。杜渝生和一些管理人员站在空坝上。我和几个弟兄在人群里观望。一个管理人员用半导体喇叭一阵叫嚷，说在新一年开市的时候，市场管委会举行开市仪式，请管委会主任杜渝生同志讲话。杜渝生对着半导体喇叭像跟人比嗓门似的吼叫，讲一些祝愿新一年兴旺发达的吉祥话。这些吉祥话，被不耐烦的喧嚣淹没了。不过，他最后一句却得到在场人的欢迎——"为庆祝新一年的开市，第一天免费入场"。

仪式还在进行时，猴儿就在人群里东串西串，把该找的人都找到了，通知他们今天暂不进市场，全部到老茶馆碰头。

猴儿从看守所出来了，典小松过两天也要出来，这话很快在市场上风传开来。我知道，这是猴儿散布的，我们的人需要打强心针，把信心找回来。

　　在花子街老茶馆里，在典小松常坐的那张桌子前，猴儿当着七八个弟兄的面，要我坐上位，我不太愿意，跟他推让。

　　人贵有自知之明嘛，在座的年纪都比我大，在人市混的时间也比我长，我坐上去会感到不自在。猴儿就抓住我的膀子使劲捏，暗示那位子非我莫属，硬是将我按在上位坐定才松了一口气。他们都认识我，知道我是毛铁的儿子，又当过豆花西施的大堂经理，在花子街小有名气。我抬眼一扫，个个一副苦瓜脸，蔫不拉儿的。不得不承认，我在这群人之中是最棒的，无论是衣着还是举止，都不是他们可比拟的。尤其因缺少文化显得的愚钝，在他们眉目之间明白无误地表现出来。这样一来，我坐上面就心安理得了，他们也流露出自甘认命的神态。为表示大方和洒脱，我叫茶房拿来两包"恭贺新禧"香烟丢在桌上，让他们随便抽。他们喝着茶、抽着烟，大事夸我父亲。他们对我不大了解，在我面前只能说这些，用这种方式来讨好我。他们并不知晓我和父亲的关系，我不便多说，就由他们。

　　茶房拿来那只典小松用过的大茶杯给我泡茶。这茶杯是典小松从父亲手里接过的，今天又用到了我手上。我捧起茶杯，滚烫的茶水透过杯子暖着我的手，脑子里浮现出父亲捧着它，坐在这儿的情境：可能刚品了一口茶，茶叶的苦涩正让他咂着嘴巴回味；也可能刚谈完一笔业务，得意地目送雇主离开茶馆。茶杯陪父亲度过的时光，居然又延续在我的手上，我也端坐在了他曾坐过的地方，有好半天，我默默无语，心里是说不出的滋味。

　　茶过两开，一支烟抽完，猴儿开始说正经话了。他说典大哥有交代，从今天开市后，人市上的事情都由毛狗狗说了算，毛狗狗今后就是大哥。大家都用尊敬的目光对我，还七嘴八舌表态认我这个大哥。这情景，让我感到怪别扭和滑稽，这种感觉，我不可能向他们说。他们几乎被邵钢铁从人市上排挤掉，他们需要个头儿，带领他们重新回到人市。这时，如果我愿意，

叫他们去跟邵钢铁拼命，他们肯定也不会有半点迟疑。可是我才不会那样做，因为我相信人市早迟会回到我们手里。但该怎么办，我此时心里又没有数。我想到家乡黄金镇那些干部的工作方法，一旦上面布置个事下来，就会先到下面搞调查，他们叫摸情况。于是我说，市场上的事仍然先按以前的办法干，大家听猴儿安排，我要摸一下情况。

信心又回到那些人身上，听猴儿作一番交代后就赶到人市去了。猴儿留下来，我问他："啥时典小松交代过我说了算？"

"他没说过。"

"那你还这样说？万一典小松哪天出来了，你就不怕遭骂？"

"不会，以前我听老船长和典大哥谈起过你，老船长夸你是个有头脑的人，要典大哥多听你的。事后典大哥也对我说，你以后会成为人市大哥的。不过，他说要等你自己醒悟过来。"

我说："为啥子你不站出来？"

他说："我不行，我要有本事，不需要你提醒。"

随后，他向我谈到邵钢铁。他说："任震海被毛大哥打死后，他就顶替当了头儿。听说他近来跟杜渝生勾得很紧。"

我不想听这些，何况这些我早知道了。我对他说："去看守所看典小松，他是跟我说过，要我接替他，尽管当时答应了他，我还是不大情愿。"

猴儿急了，说："狗狗，你可不能丢下我们不管哟，情况你也是清楚的。"

我说："要我干，我就不能像你们以前那样干。"

他的眼睛睁大了，说："你说，要怎么办，我们听你的。"

我又说："还是些想法，不成熟，要再看看。"

他说："那就看吧，看准了就说，就照你说的办。"

我虽然跨进了人市，但人市离我还有一定距离，总是不能像典小松他们这样干啥事都投入，达到近乎疯狂的程度。说心里话，要我像他们这样靠人市过日子我真的没得半点兴趣。目前，我说不出兴趣到底在哪里，心甘情愿让脑子被灿灿占据。可能我是个胸无大志的家伙，只有女人在我心目中重于一切。

在茶馆里，我想对猴儿说灿灿的事，怕闹哄哄的气氛冲淡了圣洁，几次要开口又止住了。

晚上，我在豆花西施请客。弟兄们闹着要为我庆贺，我也想为猴儿压惊，更主要的是想借机会找西安帮忙，让灿灿在典小松判刑前去见一面。

与西安分手后，以为她一直怀恨我，没料到，见面却对我依然亲热，就差点要跟我搂抱亲吻。看来，她是个拿得起放得下的人，再说像她这种既有钱又漂亮的女人是不愁没男人的。我放心了，找她帮忙的事，十有八九不会落空。

吃喝间，西安过来应酬，我把她叫去一旁，给她说了典小松可能被判刑的事，她也被这消息吓倒了。我要她再找关系，让秦灿灿去探视典小松，因为典小松是为她坐牢的。西安很爽快地答应了，还表示这忙她一定尽快帮。末了，她又问我："你该如何谢我？"

我说："我也是帮忙。"

她说："帮谁的忙，我还不明白。"

我被她说得不自在起来，便问她："要我怎样谢？"

她马上显出让我心跳加速的笑，从身上摸出一串钥匙，提着链子在我眼前晃。我熟悉，这是开豆花西施大门和她楼房门的钥匙。我被她搞乱了心绪，那串钥匙就像重锤打击在我胸口上，让我阵阵透不过气来。我又闻到了她身上那股诱人的气味。我一狠心，一把抓过了那串钥匙。她叮嘱我别又喝高了。

从豆花西施出来，我向猴儿说要去找个家乡来的朋友，如果找到了，今晚就不回来，不要等我。跟他说这番话，实际是说给灿灿听的，我预料灿灿没见我同他回去，会转弯抹角向他打听。

走出花子街，我便和猴儿他们分手，拐进另一条街。手揣在裤兜里，玩耍那串钥匙，宛如在玩味西安光滑柔软的身子，让我心中不断涌起强烈占有她的情欲。西安变得含蓄了，不直接叫我留下来，却给我开门的钥匙，这把戏让我感到意味深长。我算着时间在街上闲逛，觉得差不多了才向豆花西施走去。

那扇铝合金的卷帘门我开启过若干回，但从来没有像今天这样给我不同的感受。当我要打开门锁时，偷情带来的兴奋使

市场的竞争

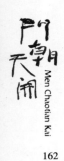

我胸口狂跳不已，连手也颤抖起来，钥匙几次没有对准锁孔。门打开了，我低头从那扇小门钻进去，就觉得像进入了西安的身体，漆黑一片却又温暖异常。楼道口的电灯一下子亮了，西安像只发情的母狗，焦急地蹲在楼道口等待我的到来。

我俩都好似野兽一般猛扑向对方，嘴里发出嗷嗷的狂叫，恨不得一口将对方生吞活剥吃下去。我感到她整个身子被我狠狠捏在了手中，就像捏一个柔软的面团，让滑腻的感觉充满整个手掌。她用牙齿回敬我，在我的胸脯上，肩膀上留下无数红红的齿印。我俩肆无忌惮地痛快号叫。她的声音像在哭泣，和着能撕裂黑夜的尖啸；而我的声音低沉有力，像负重的拖轮在逆水挺进，又像闷雷在浓云里滚来滚去。这是一场近乎疯狂的搏斗，想把对方置于死地而后快。尽管是在寒冷的深夜，我俩身上都散发出一种带腥味的热气，淌着黏腻腻的汗水。随着动作，被窝变成只巨大的皮老虎，发出吧唧吧唧有节律的响声。最后，我俩跟以往一样，像两粒盐溶化在了汗水里。

当疯劲过去后，当两粒溶化的盐又结晶成盐时，我俩还像蛇一样绞在一起，被窝里弥漫着一股浓烈的性交气味。西安从我臂弯里撑起上半身，直勾勾望着我，说从没有任何男人有你给我的快乐多。

她说得很真诚，让我有些激动。但也只是一会儿，心里那股潮水涌动一过，一平静下来就有点惶然了。她又说你后悔不该留在这里。我慵懒地闭上眼，躲开她那叫我发憷的眼光。此刻我真想到了灿灿，有种对不起她的感觉使我胸口隐隐作痛。事前没想到的，此时想到了，脑子特别的灵。

她用手拨开我眼皮，用满不在乎的口吻对我说："放心，我会放你走，想要上这张床的男人多的是。"

探 望 典 小 松

第二天，猴儿和几个弟兄被人市守门的保安堵在大门外，进场要收他们的入场费。

我赶拢时，猴儿还在跟保安论理。我把猴儿叫过来，问是怎么回事，他气得脸色发青，连说这是杜渝生在装怪。据我所知，从父亲那时开始，跟杜渝生就有不成文的规定，凡是我们的弟兄进场都免入场费，给杜渝生私下的好处是自不待言的。这规定一直沿袭下来。是不是典小松和猴儿被抓，邵钢铁又加紧活动，这规定才有变。我说不就一元钱吗？猴儿说这不是一元钱的事，一元钱后面还有许多名堂，是杜渝生眼里已没有了我们，交易让邵钢铁独占了。我叫他们今天就暂时交费入场，猴儿不同意，说有这第一次，就会有明天的第二次，这头不能开，开了，就会跟着来更多意想不到的事。他态度坚决，我不好多说，只叫他适可而止，如有可能就在场外交易，等我今晚去找过杜渝生再作决定。

离开人市，我往花子街老茶馆走去。昨天有两个私营企业的老板约我今天去茶馆谈招农民工的事。老茶馆是个重要阵地，从父亲到典小松，他俩都像蜘蛛似的盘踞在这里，不少要找农民工的私营老板抹不下面子去人市，都习惯来这里接洽。我也得学他俩的样子，成天捧着那只大茶杯坐在方桌后面，虎视眈眈地坚守着。

走到半途，有人叫我，见是胡光明。他一下让我想到那张用水泥包装纸写的借条。他来到我跟前，握起拳头擂我胸口，又拍我肩头，亲热地叫我半个老乡。还没容我说找他，他就先说格老子一直在想法打听找我，担心我在重庆城混不开，吃别人亏。我对他笑笑，嘴上不说，心里却想，其实在重庆城我还

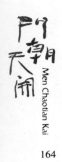

没吃过谁的亏，就只吃过他的亏。听他说了好一阵，就是只字不提还我钱的事。我问他现在在哪里做事。他说他格老子现在可好了，在两江晨报找到个较固定的工作，把老婆也从家乡接来了，儿子在报社附近的一所小学念书。听他口气，日子过得乐和。我不大相信他的话，他这人给我的印象就是夸夸其谈。他问我现在怎样，我说在人市里混。我又说时常从两江晨报路过，有时还站在报社外的贴报栏看一阵报，怎么就一回没碰见过他。他说格老子不凑巧嘛，还说贴报栏每天的报纸都是由他换的。我想问他还钱，但他那个没完没了的亲热劲儿，弄得我直到分手还是未开口。他口头上留给我一个地址，最后说："毛狗狗，你格老子够朋友，有啥子事要找我的就来找我好了。"

他日子不是过得乐和吗？为什么不主动还钱呢！当他的身影消失在了人群里，我后悔没向他要还钱。

晚上，我敲开了杜渝生的宅子门。那女佣人把我带进客厅，杜渝生和家人在守着一台大屏幕液晶电视机看电视。客厅里的空调开着暖气，一进去暖和和的。杜渝生还没作声，家人就主动回避到别的房间去了。杜渝生抬手指着对面的椅子叫我坐下。我从怀里摸出个信封，里面装着从银行取出的两千元，放在他面前的茶几上。他瞟了眼信封，又专心地看电视。我说："杜主任，春节前忙着回家，没来跟你拜年，现在给你拜个晚年。"

他看也不看我，问："是典小松叫你来的吧？"

我说："他现在在监狱里，是我自己要来的。"

他又问："你不是在豆花西施做事吗？"

我说："现在不在了，到人市找钱了。"

他把目光从电视上移过来盯我："唔，我懂了，你接了典小松的班。那我们今后打交道就多了，呵呵呵。"

他把自己的圆脑袋舒服地靠在沙发上，把肥脑门拍得叭叭响。

我说："就是，今后要请杜主任多关照。"

"好说，好说。"

他把脑门拍得更响了，像那不是自己的，是一团发酵的面粉。我想到了西安床上那股腻人的肥肉味。

我说："杜主任，我和弟兄们进人市，是不是还是按以前的办法办？"

他说："以前的办法，你知道那办法吗？"

我不知道，但我回答他："典小松跟我说过。"

他闭上眼，肥得跟红萝卜似的手在肥脑门上一阵摩挲，发出嚓嚓响。半晌睁开眼，问："你的人进场收费了吗？"

我在心里骂他一句装糊涂，说："今天据说要收费了。"

他说："那我问问。"

他又闭上眼。我真想扑上去对准他那肥脑门狠狠两拳，给他留下永久的拳头印。我就难以想象，风风火火的西安居然有这涵养，能跟这个阴不阴阳不阳的怪物相处一处，还容忍他那身肥腻腻的肉，摊在她席梦思床上。

从杜渝生家回来，我进屋见猴儿没在。从看守所出来后，猴儿变得语言少了，大多数晚上是在外面将就吃，然后去影碟馆看影碟，要混到半夜才回来。

在花子街有儿家放影碟的场所，门前挂块牌子，上面写有放映的片名，一面脏兮兮的布帘将里外隔开。两元钱看四部，一部战争、一部警匪、两部成人的。我曾跟猴儿去那些场所看过。里面绝大多数是进城的农民工，有的还带着女的一同看，坐在黑暗的角落里，边看边动手动脚，满场子乌烟瘴气。在那样的影碟馆看一晚上，会看得人心里空落落的，说是空落落的又好像憋满一腔邪劲，出来一见女人就两眼发绿，恨不得扑上去，将她拖入暗处，照影碟上那样干一场。

我去到灿灿的小屋，她在屋里做着什么，边做事边哼一首曲调忧郁的歌。这些时间，她无心出去找活儿，整天像丢了魂似的趴在窗台上对着长江发呆，暗自流泪。她挂念监狱里的典小松，她为自己获得自由而连累了典小松感到内疚。她多次向我表示悔恨自己，顾自己改变现状，却让典小松赔了进去。她的这种悔恨无疑给我也罩上阴影，让我也痛恨自己、抱怨自己。她有时还懒得做饭，我便动手，做出的她又吃得很少。看见她整天忧愁，人打不起精神来，我和猴儿乃至老船长都不胜焦虑，

第一章

市场的竞争

怕她忧出病来。我曾劝她回老家去看看父母，或许会减轻些痛苦。她哪里也不去，就守在这顺城街的小屋里，等典小松的消息。同时我心明白，她也不愿离开我。

我和灿灿好多天没做爱了，一是她忧心过重，惹得我也没有这心情；二是时常有猴儿在身边，没这个机会。这时，我悄悄地走到背后一把将她抱住，把焦渴的嘴唇埋在她长满茸毛的后颈窝上，嘴唇还能感到她皮肤阵阵轻微的战栗。我俩就这样站着，只有她不时发出一两声低吟。猛然，她转过身来，热烈地回应我的吻……我渴望灿灿的身体，但又不仅是她的身体，每当我进入后，更渴望一种深度，直达她心灵，让自己的灵魂与她的灵魂相融合。那时刻，从我透明的身躯里站立起另一个毛狗狗，张开双臂去拥抱宽敞的大马路，拥抱重叠的楼房，拥抱穿城而过的长江、嘉陵江，拥抱江边的南山，拥抱整个重庆城，让行走的人、流动的车挟裹着城市的喧嚣，从我躯体穿过。那时刻，我忘记了仇恨，忘记了嫉妒，忘记了悲哀，忘记了痛苦，忘记了自卑，忘记了自以为是，忘记了让我厌恶的一切和喜欢的一切，而一切也都变得透明发亮。那时刻啊，我犹如天庭开光，在死去中再生，再死去，再再生……

夜深了，听见猴儿的开门声，我拥着灿灿静静地躺在被窝里，真不愿离开她。她爬到我身上，在耳边轻轻地说："该跟他说我们的事啦，免得总要背到他。"

许多次要对猴儿说，话到嘴边又吞回去了。我怕他不理解，这不理解会深深刺伤朋友的心。我说："会找恰当时机说的。"

于是她吻我，吻我的额头，吻我的眼睛，吻我的脸颊，吻我的耳朵……她突然停止了，拉开被盖，让我的肩头露出来。她的手指在我肩上、胸脯上慢慢地移动，像盲人在阅读。顿时，我的心凉了，她看见西安在我身上留下的齿印了。我太粗心大意了，竟忘记了那些叫我羞愧得无地自容的印痕。我浑身发烫，背上冒出汗水。能说啥好呢，我只有合上眼皮，不敢去对视她那双清澈明亮的大眼。我感到她的手指在一处齿印上轻轻抚摸一阵又移向另一处，手指渐渐冰凉。一滴滚烫的泪水打在我胸脯上，接着又一滴，又一滴，向一边滑去，好似一把刀子剖开我的胸膛，让我感到里面疼痛不已。我努力睁开眼皮，紧紧地抱着她，吻着她说："我再不这样了……"

她抽泣着对我说："你要对我好……"

我说："我会对你好的。"

这夜，我没有回到猴儿那间房，由他怎么想，我管不了那么多了。

杜渝生兑现了，猴儿和弟兄们又可以自由进出人市了。

一年里的人市，就算春节后的交易兴旺。这两天，除我在老茶馆里找了好几笔介绍费外，猴儿他们几个，在场内也为几十个人介绍了工作。经我们介绍出去的人，今后每个月都会向我们交一定的管理费，在正常情况下，如果他们被老板炒了，我们便出面帮助调解，省去他们的后顾之忧。这笔费用并不高，他们一般都愿出。

从人市出来，我和猴儿就直接乘公共汽车去南滨路吃炒田螺。路上，猴儿要小秦来一起去。我说："有女人在，喝酒不痛快。"

南滨路在长江南岸江边，是近几年在江边乱石滩上开发出来的餐饮一条街。一入夜，对岸市区高楼的灯光次第开放，到每晚的八九点钟，灯光最为灿烂，映红半边天，映得江水都变成五颜六色。于是，南滨路便成为观夜景的好去处，也是商家赚钱的黄金口岸。一到晚上，南滨路上车水马龙，家家餐饮馆爆满，乐得老板们呵呵笑，戏称是"借光赚钱"。

南滨路上的餐馆消费高，是我们这种人不该去的地方，只因这两天生意好，我和猴儿都很高兴，再说吃两盘炒田螺，钱也多不到哪里去。

炒田螺是陶然居的当家菜，尤其是辣子田螺，闻着就让人清口水直流。这家曾是乡村路边的小店，因炒田螺而名声大震，把一道农家菜推向大城市，近几年还做到了省外。我和猴儿去时，楼上和大堂已被坐满，只得在街边摆的临时支起的小桌找了个座。我们要了炒田螺和别的两样菜，便开始喝啤酒。我向猴儿谈起在人市办职介公司的事，他很兴奋，就是觉得怎么个干法没头绪，不知需要多少资金。我也有这忧虑，但这设想总

167

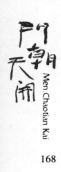

是让我激动不已。我说："这仅是个设想，要办，还得费精力，先要打听打听。"

"像我们这种进城的农民，可以办公司吗？"

"前不久，报上有则消息，说一个进城当'棒棒'的农民，办起个挑夫公司。"

"他能办，我们也能办。"

"我也是这样想的。"

他仰脖子灌下一杯酒，问我："狗狗，要是公司办起来了，我能干点啥子？"

我也灌下一杯酒，说："你能干什么？给我守门。"

他却认真地说："当副总经理，不，典大哥回来当副总经理，我……"

我说："还是只有守门。"

我俩乐得笑起来，互相举杯当地碰一下，又咕嘟咕嘟干完。我为他倒满酒。这下该说约他出来要说的话了。为不使他觉得突然，我把语气放平缓，节奏放慢，说："另外还有件事跟你说，我跟秦灿灿好了。"

他的眯眯眼变大了，举起的筷子也停在空中。他说："你怎么会有这个念头？千万不能这样，你今后还想不想在社会上做事？"

我说："为啥不能，这跟做事有啥子关系？"

他急了，问道："怎么就这样昏哟？这不明摆起的吗，她跟你父亲、毛大哥……唉……还好，这话你是跟我说，要是典大哥在，他又会跟你没个完。这事就当没说，要是外人晓得了，还说我们这帮人是啥子，会被邵钢铁他们在背后戳背脊骨的。"

"我才不怕谁戳背脊骨，这是我和灿灿之间的事，用不着看人脸色，也不需要谁来认可。"我果决地说，"已经跟秦灿灿好了。"

最难启齿的话终于说出来了，我顿感轻松，犹似把一扇一直背负在身上的沉重的磨盘卸掉了，卸掉后又怎样，我管不了那么多，只要卸掉就行了。

这时，猴儿的神色惊恐起来，眉目间郁结一团难以言说的痛苦，仿佛我卸下的磨盘又压在了他身上。他一阵沉默，似乎想从这件事中理出个头绪来，这件事叫他困扰，让他不知所措。他似乎又努力想从这件事的困扰中挣扎出来，于是那眉目间才郁结起一团痛苦。我想，这是我的事，你着急干啥？就在我这样想的时候，他猛地站起身，端起桌上酒杯，把满满一杯酒哗地朝我泼来，然后把杯子撂在桌上，一扭头，扬长而去。我动也不动，仍旧端坐在位子上，任冰凉的啤酒顺着脸流下来，流进颈子，浸得我身子一阵发冷，但心里却无比愉快。

走出几步的猴儿又倒回来，对我吼道："你是个混蛋。"

他气呼呼走了。我望着他背影却笑起来，他的骂倒让我想到我骂的父亲，我也变成了混蛋，大概这就是不可更改的血缘关系吧。

回到住处，我去开猴儿的门，里面闩住了。我笑了，便理直气壮敲开了灿灿的门……

典小松从雀台路看守所转到了九板坡监狱。

关押犯人的监狱，对我来说是个恐怖而又陌生的地方，无论让我发挥多么丰富的想象力，这个空间总是模糊不清的，即使以前听李黑娃的父亲讲起，也不能给我完整清晰的印象。没想到，我走出家乡进入重庆城竟会是与监狱有关，而且还再次跨进监狱门槛。虽说不是自己坐监，但监狱似乎与我的生活已经发生了关系。想到这点，既觉得滑稽又为自己未来担忧。

九板坡监狱就是当初关押我父亲的监狱。在接待室办完探视手续，管理人员带我和灿灿去探视室。我们给典小松带去的香烟和一些日用品被留了下来，要由管理人员转交。我原打算只陪灿灿到监狱门口，让她一个人去跟典小松见面，要想说个什么好讲；但她执意要我同去。

原本就打不开眉头、一脸忧郁的典小松，看来对判罪的心理准备要比猴儿充分得多，他还是以前那副模样，只是稍虚胖了些，除此之外，看不出有多大变化。灿灿一见他就开始落泪，抽抽泣泣搞得人心里发酸。我拿出纸巾给她揩泪，她捏在手里顾不上擦。典小松坐在长条桌后，脸上反而露出一种少有的轻松，对她说："小秦，来看我就是为了哭？"

灿灿这才用纸巾擦了泪水，手还没有放下，泪水又流下来。她说："典大哥，我让你受罪了……"

这下，她哭出声来了。坐在远处的管理人员咳嗽了一声。我碰她一下，示意她克制。典小松说："不用担心我，我在里面很好，有吃有住，同牢的还有两个熟人，他们也照顾我。"

灿灿又重复起那句话："典大哥，我让你受罪了……"

典小松说："你说的话，我不爱听，你不是外人，我才帮你……我后悔的是不该用刀子威逼他，要不，不会落到这地步……没啥子，那阵没细想后果，该我遭报应，拿两三年换个教训。"

那管理员又咳嗽了。典小松说："好，不说这些了，时间并不长，眨个眼就过了。狗狗现在怎样？"

我说："没在豆花西施了，进人市干了。"

典小松的双眸发亮了，说："这我就放心了，猴儿他们成不了大器，我也成不了大器。这下我放心了。"

我说："我还是不大喜欢那地方。等你回来，再交还给你。"

典小松说："到那时，能给我一口饭吃就感激不尽了。"

管理人员在一边催了，时间快到了，要我们抓紧。

秦灿灿又流泪了。女人就这个样子。典小松对我说："狗狗，我作为兄长对你说一句，愿不愿听？"

我说："你说吧。"

典小松也看了眼灿灿，说："让小秦跟你过吧，好好照顾她。"

我点了点头，眼泪一下子就流出来了。

灿灿哇地一声大哭起来，连声喊道："典大哥……典大哥……"

纠　纷

　　老街坊火锅城老板唐火锅，前几个月去港澳旅游，在澳门赌场两天两夜输掉五百多万，拉一屁股烂债，只得把火锅城盘给别人。这几天正跟新老板办移交，三十几个打工的半年没领工钱了，都急了，怕老板一拍屁股走了，工钱泡汤。他们都是进城的农民，做事老实，为人本分，被欠了工钱也无怨言，只是临到火锅城易主才慌了，推出代表跟唐火锅交涉，唐火锅两句话搪塞过去，打工的就没了主张，他们来找猴儿拿主意。那些打工的都是经我父亲和典小松介绍去的，收过他们的介绍费，有责任为他们讨还工钱。

　　我向猴儿说了，我没解决过这类事，更无经验可谈，解决不好会坏名声，就叫他去。猴儿说以前这类事都是毛大哥亲手办，典小松从旁协助，两人合作，许多纠纷都处理得巴巴适适。他说他也没办过，我比他有文化，哪怕说个一二三也比他强，何况现在又是老大，我不去谁去。我想也是，这类事还不能拖，收了人家介绍费，就不能坏规矩。但我心里还是没底。猴儿就说："送你三句话，十二个字，坚持立场，站稳脚跟，不失人心。"

　　他说的是一套经验。这套经验大概是他们从我父亲那儿学来的。

　　我还是坚持猴儿去，不行我再出面，好有个退路。他去了。

　　为灿灿的事，猴儿跟我斗了几天气，一过就好了。我正式住进秦灿灿的小屋，他再没说什么，默默承认了这个事实。那几天，灿灿做好晚饭，我们都等他回来一起吃，他也回来，同桌坐下，胃口还并不比我差。他是个爽快人，我们又算是患难朋友，争过闹过，都不会放在心上。我喜欢他这脾气。

前天，猴儿去过火锅城找了唐火锅，跟他一提起打工仔的工钱，唐火锅倒满口承认，但要等新老板给他后才有。打工的不信，说唐火锅为人不厚道，到时十有八九会溜之大吉。于是猴儿昨天又去了火锅城，要唐火锅兑现。唐火锅还是说要等有了才发，并愿意立字据。打工的仍不同意，说到时老板已换了，拿那白条有个屁用。移交是在私下里办，火锅城照样天天营业，打工的想罢工，要猴儿拿主意，他不敢决定。回来后，猴儿跟我说了，想到以前看见房屋拆迁户为讨说法堵马路的事，我觉得罢工可行，给唐火锅施加点压力。我叫猴儿再次去火锅城给唐火锅丢下句话，要是在易主前不支付打工者工钱，事情闹大不要怪谁没打招呼，如果还不答应，叫打工者马上罢工。我还想到了在报社做事的胡光明，如果通过他，请来记者采访，给唐火锅的压力就更大些。

吃过午饭，猴儿去火锅城，我来到两江晨报报社。在报社大门传达室，我填了找胡光明的会客单，里面的人指着院里一幢三层楼的房子对我说，胡光明在底层后勤处。我在底层找到挂后勤处牌子的办公室，向最靠外一张办公桌前的人问胡光明，那人在电脑上玩扑克斗地主，抬头望我一眼又忙自己的去了，过好一阵才不耐烦地回答，说怎么来这里找胡光明，他属这里管，但不在这里上班，你到后面找找看。

后面啥地方他没说，让我感到很难堪，那人颐指气使的神态把我和胡光明降到了卑微的地位，不由得使我怀疑来这里的意义有多大。

后面又是一些楼房，有一块停车坝子，一去就见胡光明在坝子上忙活儿，用铲子把一堆垃圾装进箩筐里。我喊他，他停住铲子冲我笑。拢他跟前，他先开口对我说，他格老子是负责编辑部办公室清洁，环境卫生是另外的人做，那人老婆生小孩请假，他顶两天。我心里好笑，解释是多余的，一个进城的农民能找到活儿已经不错了，还穷讲究啥子。他胸前挂着有他照片的工作证，我故意将目光长久地落在上面，又环顾一下四周，用羡慕的口气对他说这里很好，能进这里干活儿是福分。他放松下来，又边铲边对我说："格老子有机会跟李处长说说，让你也进来找份事做。"

在谈话中，知道了他所说的李处长就是在电脑上玩扑克斗地主那人，胡光明就是用从我这儿拿去的三百元买礼物送那处长进的报社。经胡光明这一说，刚才在这处长面前遭受的难堪消除了，收三百元的礼就帮人进报社，看来这处长官也不大。

胡光明在前面拉绳子，我弯腰在后面推箩筐。我俩在坝子边的垃圾筒前停下来，他问我有事，那到家里去说吧。我注意到，他把一个家字说得特别响，有种向我炫耀的意味。我说那好，正口渴，到你家喝杯水。

他当我面，抬起袖子认真擦掉工作证上的灰尘，然后提着铲子领我朝他家走去。他家是一座旧礼堂舞台后的一间屋子，开了灯里面仍然阴暗。屋里的一侧堆放着一些看不太真切的废弃物，散发出一股陈年尘埃的霉味，坐下好一阵后，才看清那是些损坏的折叠椅、保温桶、灯笼什么的。他所用的东西上都写有来头，椅子是总编室的，桌子是群工部的，茶杯是工会的，两张床铺是招待所的，连温水瓶上也有副刊部三个字。这些陈旧的东西被新主人收拾得干干净净。我捧起茶杯心想，胡光明对这里的生活是知足的。他取出香烟给我抽，从他兴奋的表情看来，他还想跟我摆谈他的老婆和孩子。我对他的现状却并不感到新奇，只想早点跟他谈正事。

这时，我手机响了，是猴儿打来的，说罢工了，打工的把火锅城大门堵得严严实实。要我快去，人市又新来了人他要回去张罗。我收了手机，胡光明这才问我有啥子事要找他，我就把老街坊火锅城老板欠打工者工钱的事跟他说了。我说光罢工怕力量不够，老板把店子盘给别人，自己一拍屁股走了，罢工对他没啥损失，我想找你介绍个记者去采访，把这件事在社会上曝光，搞臭那火锅城的名声，叫新老板也不敢接，这样才能叫他们感到压力。

胡光明听我说后，也很气愤，说："格老子我跟一个记者很熟，走，去找他。"

胡光明讲，那记者欠他一回情。记者的钱包掉了，他捡到还了，记者取出一百元钱谢他，他没收。胡光明带我又去到办

第
一
章

市场的竞争

公楼，爬上三楼，到了有社会新闻部牌子的办公室。胡光明一进去就把食指放在唇上向我轻轻一嘘，蹑手蹑脚向一个打电话的人走去。胡光明这一做，弄得我不自在了，惶恐地跟在后面。那人看见我们，向胡光明点一下头，跷起脚继续打电话。这人三十来岁，长得很白净，眉宇间漾起一股傲气，他说话很少，只见他对着话筒重复说"你们考虑一下"，有种盛气凌人的味道。听出他买了一台音响，用一段时间后，感到不满意，正跟商家要求退货。我和胡光明在一旁站了足有好几分钟，好像是商家答应了退货，他才收回脚，放下电话。

胡光明把我往前推，向记者介绍，上去毕恭毕敬喊崔记者，说有件事想麻烦你。我注意到，在崔记者面前，胡光明没带一句格老子，言语干净得很。看来他是内外有别的。

崔记者叫我和胡光明把椅子挪过来坐。于是我坐下后，向崔记者讲起老街坊火锅城老板拖欠打工者工钱的事。崔记者听得很认真，没有了刚才打电话时的傲气。最后他问："开始罢工了？"

我说："开始了。"

崔记者搓着双手，眼里放出兴奋的光，又问我："这事没跟别的媒体说？"

我说："没有。"

崔记者说："那好，我们快去。"

崔记者从抽屉里取出相机往挎包里一塞，径自先冲出了办公室。没想到请记者如此轻松。胡光明对我说："幸好你没把这事告诉别的媒体，格老子现在抢新闻抢得厉害，崔记者想抢独家新闻。"

我说："胡哥再多沾点报社的气，也成记者啦。"

在报社门口，崔记者拦住一辆的士，叫我和他上车。车开动前，我向胡光明道谢，胡光明嗨了一声，说格老子你我弟兄还说谢。

火锅城在下半城南门口，临靠长江，门面按巴渝民居风格装修，翘角瓦檐，穿斗木挑梁，店堂两百多平方米，另有十个包间，大理石桌面的火锅桌一溜溜排开。白天，临江的木格玻窗打开，江中和对岸的风光尽收食客眼底；夜晚，灯火通明，有歌舞为食客助兴，生意很好。我跟典小松去那里吃过几次，跟老板唐火锅有一面之交。唐火锅在外面跟任何人说话都很冲，开口闭口老子是正宗老重庆，但在店堂里却是另一副模样，穿一身笔挺西装，系着鲜艳领带，倒背双手在店堂里向食客点头哈腰踱方步，像个马戏团的丑角在表演。经典小松介绍，那些打工的也知道了我的背景，每次都对我很热情。

火锅城的三十几个打工仔，一字排开坐在长木凳上将门挡住，其中有人在向看热闹的揭露老板拖欠工资。旁观的听了，都替打工仔打抱不平，责备老板黑良心。来吃火锅的，见情况都转身离去，生意一下子垮了。

打工仔见我来了，要向我诉说。我叫他们不要对我说，去向崔记者说。

崔记者在照相。听说照相的是报社记者，打工仔都围过去，你一言我一语，控诉起唐火锅来，其中少不了有人说起唐火锅去澳门豪赌的情形，说得绘声绘色，把唐火锅在赌场汗流浃背的狼狈相尽显在人们面前，好像这些情景是他们亲眼所见。我想这些，多半都是唐火锅自己讲的。

唐火锅听说来了记者，忙不迭地从店堂里跑出来，挤进人群，要把崔记者往里拉，并喊大家有话进去说。崔记者叫唐火锅自己进去，他现在要采访打工仔，过后再跟老板谈。

这时刻，我又一次感到了进城农民的艰难。艰难，不仅是日子过得清苦，主要还是处于困境中而孤立无援。我想起去见父亲从监狱出来那天，背靠黑色高墙悲痛之时，眼前的一切是模糊的，心是空的，上天无门，下地无路，仿佛整个人都被悲哀溶化了，连一点支撑肉体的骨骼也销蚀得干干净净。此刻，这些打工的就被悲哀所笼罩，悲哀犹如镪水，快将他们溶化了。他们只有靠互相支撑生出仅有的一点希望去与悲哀抗衡。

打工仔中，有个叫小巫的，其实他不姓巫，是因为他来自三峡库区巫山县大山里，那里的人被称为巫人，所以店里的人都叫他小巫。他们家乡有条河，叫大宁河，河上也有三峡，叫小三峡，景色很美。他在河上划木船，接旅游的客人看沿河风景，一个月也能找些钱。但他还是来到重庆城，不仅想在这里

第一章

市场的竞争

找更多的钱，更渴望这里的繁华生活。他说城里人能这样生活，为什么他就不可以这样。这些情况是在上次我和典小松、猴儿来吃火锅时听他说的。小巫说他十七岁，看他最多十五岁。他专门为客人上菜，托起装有牛毛肚、鸭肠、鳝鱼、泥鳅、血旺、蔬菜的大盘子在堂上跑。人矮小，简直就是一朵大头蘑菇在店堂上移动，跑起来又像只小耗子，先还在这桌，眨个眼又到了那桌。他话不多，一般是问一句答一句。这种问一句答一句的方式，往往害得人不知再问他啥好。他喜欢找食客要香烟，烟瘾还不小。他的模样和勤快，受到食客喜欢，总会得到香烟，好烟留自己，抽不赢就夹在耳朵上，差一点的就给别的打工仔。于是，他耳朵上就时常夹起香烟。小巫说话满嘴乡音，尤其是一些字的发音更奇，例如说钱是"情"，说线是"性"，说盐是"淫"，如果这些字，连在某句话中说出来，就会出现意想不到的带色的效果。唐火锅最爱当着食客的面，讥讽某个打工仔的土话。小巫就是受他嘲笑的对象之一。此刻，小巫也站在崔记者身边，带有恐惧的眼神，求助地望着崔记者。这种眼神我很熟悉，自己也曾有过，进城的农民工多半都这样。

崔记者采访了几个打工仔，又进去采访唐火锅去了。我留在外面跟打工的说事。我对打工仔说，我来帮你们协调，你们信不信我？他们都说，我们还有不信毛大哥的。我脸上一阵发烫，我被他们喊为毛大哥了，这不由得又让我想到父亲。我要他们选出两个代表，跟我去同唐火锅谈。我说："如今找活儿艰难，要是老板今天答应补发工资，我看这事就没必要闹大，拿到钱为目的。"

他们都说，这也是大家的意思，也不想把事情闹大，今后还要在这里做事，生意要是不好了，也断了财路。

我和两个代表进了唐火锅办公室，崔记者正在进行采访。唐火锅没想到事情会到这一步，有些慌张，对崔记者总是支支吾吾，但承认拖欠了工钱，只是目前没有钱，等有了一定补发。崔记者问他："听说你准备把火锅城盘给别人？"

唐火锅不正面回答，说："现在生意不好做，我一直在亏。"

崔记者说："唐老板的意思，是因为生意做亏了才把火锅城盘出去的?"

唐火锅小心翼翼地说:"是这样的。"

崔记者紧接着问他:"店里的人说,你是在澳门输了钱,为了还债?"

唐火锅半天不说话了。

崔记者说:"谁都有理由这样认为,你有钱去输,却不愿给打工仔发工资,何况工资这点钱又不多。"

唐火锅被说恼怒了,红起脸争执,说:"是他们乱说,没有这回事。"

从窗里望去,见一辆黑色奔驰轿车驶来停在火锅城门前,一位身子矮胖的中年男子下车就冲进火锅城。唐火锅紧张起来,脸色也发青了。他说:"遭了,你们坏了我大事!"

他丢下我们就出办公室向来人迎上去。来人火气很大,一见唐火锅就骂,说:"你个龟儿子的,挖好坑坑让我跳么?"

唐火锅怕他进办公室,忙把他往一边拉。一个打工的对我们说,那人姓向,就是要接这火锅城的新老板。向老板一直在朝天门小百货市场做服装批发生意,想改弦更张,在火锅上来发展。

唐火锅还拉住向老板在说什么,我们见向老板不耐烦了,推开唐火锅说:"要是这件事曝了光,这火锅城的招牌就砸了,我接过来不是倒霉吗?"

崔记者迎出去,给向老板介绍自己是报社的记者,专门来采访唐老板拖欠打工仔工资的事。向老板说:"那不关我的事,我只担心的是接过来的店子生意好不好。"

崔记者说:"现在社会上正抓老板拖欠打工仔工资的事,要是这件事在报上报道了,你还接不接?"

向老板像挨打了一样痛苦,说:"龟儿子唐火锅,把老子害惨了,为接他这个摊子,我已经投入十几万了,骑在虎背上了,不接又有哪个来赔我损失?"

我对向老板说:"你能不能先借点钱给唐老板,让他把拖欠的工钱发了,你跟他慢慢去了结。只要把工钱补发了,至于登报的事,我们再跟崔记者商量。"

向老板瞪起大眼，问："你是哪个？"

我说："我是来帮打工的说话的。"

向老板白我一眼，说："你有资格？"

一个打工的说："毛大哥是我们请来的。"

唐火锅上前在向老板耳边说了一句，向老板鼻子里哼一声，再没说了，就跟唐火锅去到一旁商量。

这时，外面又一阵骚动起来，电视台两个记者不知从哪儿得到消息也赶来了。我暗中高兴，这一来，够这两个老板难受了。崔记者问我："他们是怎么知道的？"

我说："我不晓得。"

崔记者有些不悦，好像是我背着他把这事透出去的。电视台的没歇口气，扛摄像机的叉开双腿就开始对火锅城的招牌、堵在门前的打工仔一阵猛拍。另一个在采访打工仔。正在跟向老板议事的唐火锅见了，又痛苦得叫一声，便扑出来，伸手遮住摄像机，哀求道："请不要拍，有话好说，有话好说……"

另一个马上将话筒递上来，问："你是火锅城的老板？"

唐火锅说："还啥子老板哟，我只好关门，去打工算啦。"

向老板大声把唐火锅喊到一边，头挨头说话，然后就进了唐火锅办公室。我为自己请记者这一招很得意，无意之中竟把两个老板捆在了一起，想到神气的老板，此刻却威风扫地，仅这点就叫我兴奋不已。过了好一阵子，两个老板才出来，电视台的还想采访唐火锅，唐火锅此时像换个人似的，精神抖擞起来。他对记者说："你们喝茶休息一会儿，我现在先跟打工的谈。向老板答应借钱给我，拖欠的工钱，我一律补发。"

见事情有好转，我和打工的代表都松了一口气。唐火锅叫人为记者泡茶，他又从办公室拿出三包中华香烟放在桌上。然后对我说："毛大哥，是不是叫他们进来，不要再堵门了，那样让人看起来不雅观。"

崔记者和电视台的熟，在店堂里一边喝茶抽烟一边闲聊。我来到外面，把唐火锅的意思向打工仔说了，他们都赞同，撤了板凳进店堂，但还是不放心，便关了火锅城大门。向老板叮嘱唐火锅要好好解决此事，说自己先走一步去银行取款就告辞离去。

我和代表进了唐火锅办公室，崔记者和电视台的也跟进来，要一起参加谈判。唐火锅不同意。崔记者说："这件事具有典型性，现在很多农民工做了事拿不到工资，有的老板是故意拖欠，甚至溜之大吉，害得农民工欲哭无泪。我准备写一篇通讯，再配发一篇短评。"

崔记者又问电视台记者，电视台是怎么样安排的？

电视台的记者说："台领导很重视这件事，要我们做十分钟的专题报道。"

那扛摄像机的将镜头对准唐火锅，唐火锅慌得举起双手遮住镜头直摇，像被人戳住痛处了，呻唤一声，说："哎呀，老子真是倒八辈子大霉了，成菜板上的肉，任你们宰割。"

崔记者说："是你拖欠农民工的工资，怎么说任我们宰割？好像是我们在制造新闻。"

拿话筒的记者说："这话是你说的？我给你录了。"

唐火锅不吭声了。

借记者这把火，烧得已够火候了，要补发工钱才是目的。我跟崔记者交涉，请他先去外面休息，等我们谈判过后再采访。他们也希望这事有个结果，好做报道。他们出了办公室，唐火锅松了口大气，端起茶杯牛饮一口。然后，他要两个代表先提条件。代表的条件很统一，就是无条件补发拖欠的工资。

唐火锅说："现在资金周转不过来，三十几个人半年的工资，一下子的确拿不出来。我答应今天先补发三个月的，这点钱都是跟向老板借的，另三个月的，等向老板给了再补。"

唐火锅竟已穷到这地步。两个代表也拿不定主意，就看我。我对唐火锅说："给你表明，我是坚决站在打工仔一边的。谈得不好，你开不成业不说，就是盘给向老板他也不好接，到那时，记者肯定要报道，要是弄成这样子，我看你火锅城才真垮了。"

唐火锅说："当然不愿弄成这样子，我背一屁股的债，还得靠这火锅城还呢。"

来之前，我跟猴儿仔细打听过父亲处理这类事的办法，又跟他一起分析了此事解决有多大的可能，看来能得到这样一个

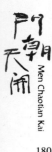

结果已算不错了。我对两个代表说："你们拿主意，要是同意的话，给唐老板提一点，余下的工钱由向老板代扣给你们。"

两个代表马上同意。

唐火锅愁眉愁眼思忖了好一阵，最后也拍胸口同意了。我叫代表去征求大家意见。代表出去后，唐火锅问我记者怎么办，要是文章上报、电视播放，火锅城的名声就坏了，向老板就不会接了。我说："你这是偷鸡不成倒蚀一把米，我看，还得破费一笔，你要是答应，我去通融。"

他问要多少。我说像他们那些人，一个少了一千是消不了灾的。他像被人抬上杀猪凳一样号叫起来，说："有这样宰人的吗，安心要老子的命，妈的，比老子还狠，不行不行。"

我说："不愿意就算了，我也不管这闲事。"

他一下又软了，捶着胸口，说："那就蚀财免灾吧。"

我说："当你小赌，输的零头都不止。"

两个代表回来说大家都同意，但要向老板当面同意留字据。唐火锅显得莫可奈何。我说："这叫手敬你不吃，脚夹起你吃了。"

出来后，员工都向我道谢，要出钱请我和记者吃火锅。这时，唐火锅说他脑壳都被套进去了，还可惜耳朵吗，这顿火锅算他的。于是店门重新打开，营业的牌子挂出去，打工的都忙碌开来。一会儿向老板来了，两个代表跟他和唐火锅又进了办公室。

我把崔记者喊去一边，说了老板意思，他说既然事情得到解决，再写文章就没多大意思了，那就照你说的办吧。他说电视台的我不管，你自己去交涉。我又把电视台扛摄像机的那位记者叫到一旁，跟他说了，他也很快答应了。

这时，一锅鲜红的火锅卤水已经烧开。吃的时候，向老板和唐火锅办完事出来一同陪我和记者。尽管这事让唐火锅心上被戳一刀，但毕竟搁平了，在他入座时我给他点一下头，意思是记者的事也搞定了。我看出他是忍着痛，频频举杯，强颜敬酒。吃到一半时，他叫我去办公室，给我三个信封。我进了趟厕所，从每个信封里抽出两百元。

这顿火锅，吃了两个小时。临走前，我跟崔记者去了趟厕所，把信封给他，他看也没看就放进了衣袋，拍拍我肩，笑笑，就撒起尿来。随后我又跟扛摄像机的进厕所，把两个信封一齐交给他。他当我面清点，清点后，对我一笑，摸出钱夹，把钱装进去。他那一笑，让我感到有些诡异，心里有点虚，怕跟唐火锅核对钱的数目。还好，回到桌前，他没说此事，全心全意投入到吃喝中。

离开火锅城时，员工都来送我和记者出门。向老板和唐火锅都盯着记者。我知道他俩心里不踏实，就把那扛摄像机的记者拉到他俩面前，指着摄像机说老板不放心。那记者说放心，片子不编就是了。崔记者也说，稿子不写就是了。两个老板脸上终于露出笑意，说以后欢迎来吃火锅。崔记者说："不打不相识，以后是朋友了，有个事，只管打招呼。"

我打着响亮的饱嗝，走出老街坊火锅城。

猴　儿　挨　打

接连几个太阳一出，天就变暖和了。江边每天放风筝的人多起来了，有时小屋的窗框一下就会框住好几只拖起尾巴、五颜六色的风筝在晴空里摇曳。看着那些飘忽不定的风筝，仿佛还能听见放风筝人的欢叫声。

这天我见灿灿在窗前发傻，就过去，正见一只风筝断线了，从高空摇摇晃晃坠落下来。这情景，叫她流泪了。我当没看见，赶快从她身边离开，害怕一句不当的话，更引她伤心。她想出去找活儿做，我没同意，怕她在外受累受欺侮，不如就在家给我和猴儿做饭做家务，我们在外，手头紧点，这钱就回来了。没想到，她会这么不顺心。后来，我去搂她，对她说："无聊，就出去走走。"

"走，到哪去走？"

"解放碑，逛商场，城里姑娘也这样！"

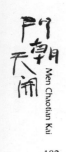
"那是城里姑娘。"

我心里有些发酸，对她说："还是给你找个事做吧。"

她犹豫一阵，轻轻地说："不，还是服侍你。"

我抱住她，心里漫过一阵难言的感情。

这天晚上，吃过晚饭，陪老船长在堂屋里闲聊。我想到下午在茶馆里听人说南山公园的茶花正开放，于是就对他们说，南山的茶花开了，问他们明天有没有兴趣去南山看花。第一个赞同的竟是老船长，他说在电视里也看到这消息，要我们明天就去。我很为提议得到老船长支持而高兴。我说灿灿成天待在屋里，人都发霉了，我和猴儿人市有事，就她陪老船长去吧。猴儿说你们都去陪，人市有我就行了。

第二天，灿灿起了个早，做好饭叫老船长一起吃，要到南山看茶花，她很兴奋。吃饭时，我们商定赶公交车去，出门后，灿灿却说没坐过过江索道，想去坐坐。我担心老船长受不住高空摇晃，坚持还是坐公交车。老船长说小看人了，几十年风浪颠簸过来的人，还怕那些，尊重女士意见，坐索道。他又说，先把话说前头，今天一切费用由我出。我说不行，尊重老人，应由我们年轻人出。他说不用争了，你们愿意来陪我这个老人就感激不尽了。我说，那我们来个 AA 制。老船长呵呵笑起来，说毛狗狗洋气了，玩起了城里年轻人的名堂。最后，他把话说绝，不由他出钱就不上南山。

过江索道在新华路，从顺城街去有好几站远。来到大街，老船长扬手拦住出租车。我想到西安说过，坐前面是农民，就上前打开后车门，让老船长坐进去。他却主动去打开前门，说后面让你两个坐。见惯了街上跑的出租车，坐与不坐，无所谓，当然我沾过西安的光，灿灿是头一回，我和灿灿一起坐，更是头一回。车子开动了，她紧靠着我，抓住我手，看窗外掠过的街景，显得激动又愉快。老船长让我俩坐一起，虽是件小事，但可见他心细，对我俩理解，这叫我对他感激不尽。

空中飘着一层薄雾，苍白的太阳还在雾里挣扎，时而露脸时而又钻进雾气。两条粗壮的过江钢缆伸向不可知的地方，拉着吊在空中的车厢从神秘中来，又往神秘中去。过江的不多，灿灿扶起老船长进了车厢，里面有座位，我请老船长坐，他不坐，站在窗前。车厢缓缓离开站台，一头扎进空中，雾气从窗隙里灌进来，在车厢里缠绕，让人产生腾云驾雾的感觉。老船长兴致很高，指点下面看不真切的地方，向我们讲他当年驾船经过的情形。灿灿听得两眼放光，跟我一样对老船长充满崇敬。我和灿灿都为老船长感到骄傲。在这人心难测的社会上，能遇到老船长这样的好人，我们都为自己庆幸。

灿灿要坐过江索道，是想在空中看街道、房屋、长江和江上的船只。她守在窗前望下面。我问她好不好看？她头也不回说好看。其实，下面雾蒙蒙的，什么都看不清楚。我想，她认为好看，大概是在影影绰绰中加进了自己的想象，于是一切变得美好起来。

过了江，转乘公交车，到南山公园时，太阳终于从雾的包围中钻出来，把山头、树梢、屋顶，连空中掠过的鸟儿都镀上了一层金。去茶花园的山路上，灿灿一直搀扶着老船长，老船长很高兴，说话响亮，一路笑声不断。他向我们说南山是座名山，抗战时期，好几个国家的大使馆就设在这里，重庆的夏天是座火炉，蒋介石和宋美龄在这里避过暑。老船长指着一座青砖楼房对我们说，那就是当年的苏联大使馆。我们从那大使馆前经过，青石板小径上长起一层浅浅苔藓，路边花草上，有亮晶晶的露珠。在经过这里时，老船长缄口了，一下清静下来，我们的脚步声却变大了，还听见鸟儿在树丛间啁啾。当年的大使馆，如今成为接待游客的宾馆。今天不是周末，宾馆没有客人，面对空旷的楼道，老船长停下来好一阵。我听见他一声轻轻叹息。

茶花园里游人稀少，我们在茶花树前走走停停。茶花在我们武陵山区随处可见，崖畔路边荒草丛中，像烧起的一蓬火焰，我们把它叫山茶花，并不觉得它有什么特别。可是今天，红得竟别样鲜艳，像铺天盖地浇下来的红色暴雨，将我浑身淋得红彤彤，满腔涌起暖暖快意。不时有游人从我们身边走过，都要向我们打量，流露出羡慕之情。他们很可能把我们当成了一家两代人在游园赏花。这种感觉让我感觉十分温馨。我渴望这种

市场的竞争

温馨的家庭生活。世上又有谁不渴望呢？可是，一想到凄苦中去世的母亲和死得不光彩的父亲，暖意刹那间像被巨大的黑洞吸去，一阵冰冷又传遍全身。有一阵，我掉在后面，老船长和灿灿的谈话声也离我远去。

灿灿停下来喊我："狗狗，走快点。"

我从悲凉中惊醒过来，便加快步子赶上去。老船长说："狗狗从山里来，这些对他不新鲜。"

我还是说："新鲜，山里不像这里成片成片的。"

老船长说："还是不能跟山里比，那是自然生长的，这里却是栽植的，自然美和人工美，有天壤之别，不一样哟！"

灿灿说："都是一样的花，管它天然还是人工，我就觉得好看。"

我明白，灿灿是怕扫老船长的游兴，尽拣好的说。

有一条石梯坎路，通向南山最高峰。峰顶有一块巨石状如鹰头，此峰故而名叫金鹰岭。如今，峰顶巨石上塑起一只飞鹰，全身塑金，太阳照射下金鹰熠熠生辉，仿佛真要迎太阳展翅飞去。在金鹰脚下，我们席地而坐，远处的长江失去了流动，像出炉的铁水刚凝固下来，还在迸溅起点点耀眼火花。城区像在阳光下不住地拔高，满城的繁忙，仿佛能耳闻目睹。在这样的晴空下，在这样的地方，带着这样的闲情逸致，看着自己蜗居的城市感觉它就像个骚娘们在向我散发出巨大的诱惑。在诱惑前，我会忘记我那僻远而贫困的家乡，我会忘记我从哪里来，我会忘记我要到哪里去，一种浑浑噩噩的缠绵将我裹住。

灿灿靠拢我，挽起我手臂，问在想啥子？我说没想啥子，在找我们住的地方。灿灿也向对岸寻找，好一阵也没成功，说太难找了，找不到。

老船长站在一边，手搭凉棚在望长江和嘉陵江汇合处。我估计，他又听见了长江流动的声音，使他又想起驾驶过的轮船。尽管我没有也不可能见到他驾船的情景，但我愿意想象他站在驾驶台指挥的英武姿态。他曾用夸耀的口气，向我们多次谈起从重庆驾船到上海他跑过好多好多趟，两岸的每一块岩石、每一条溪流、每一棵树都被他记在心间背得烂熟。这时，他听见我们说在找住家的地方，也过来看一阵，然后指着一个地方说，先要找准方向，顺我指的方向看过去，那就是顺城街……

终于，在老船长的指示下，灿灿找到我们顺城街的住处，高兴得拍起手来，说找到了，找到了，家就在那里。

此刻，我没有她这种高兴心情。其实，那并不是我们的家，那只不过是我和她像葛藤那样攀附的一棵树。老船长见我坐在一边，就说："狗狗，你们土家民歌很出名，听说你又会唱，在这山上，吼两声来听听。"

灿灿也跟着老船长凑热闹说："狗狗会唱的民歌多得很，给我唱过好多。"

老船长难得今天这样高兴，我的确不愿让他失望，便说："那好吧，我就给你们唱首《茶花开在高山坡》。"

我站起身，对着长江，对着重庆城区，亮开嗓子唱起来：

> 茶花开在高山坡，
> 山前大河起风波，
> 过河我有打鱼船，
> 采花我有登山脚。

我们武陵山区唱民歌有两种曲调，一种叫坡头调，另一种叫沿河调。坡头调，歌声带颤音，缠绵委婉；沿河调，高声大嗓，粗犷豪放，尾音飘逸。我唱这首时，用的是沿河调，特别是在末句，我有意亮起了假嗓，把音韵高高扬起来，又一婉转，让最后个音，像鹞子在空中打着鸣，翻了三个滚，然后又冲向云端，渐渐地隐去。

四周一片宁静，连附近树林也了无声息。阳光打在金鹰上，仿佛能听见铮铮响，金鹰就要从那水泥底座上呼啸而去。

老船长情不自禁地为我鼓起掌来。灿灿脉脉含情地望着我。老船长清清嗓子，抬起右手护着右耳，大声喊起了船工号子：

哟哟……嘿啰嗬，哟哟……嘿啰嗬……
哟哟……嘿啰嗬，哟哟……嘿啰嗬……

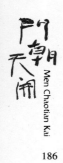

老船长把这首无字的船工号子喊得韵味十足，透出苍凉和悲壮。他苍老浑厚的嗓音，在山间起伏回旋，像江鸟追逐着一浪又一浪的波涛向远方飞去。我满腔热血沸腾了，几次想张口加入，但又无所适从，试着去应和，还是加进不和谐音，只好洗耳恭听。灿灿完全被镇住了，两眼一眨不眨地望着老船长，并随节奏和韵律摇晃起身子，好似驾船行驶在激流的江上，把她带回到了家乡。

收住声的老船长连连地说："老啦，老啦。"

我说："驾轮船的船长还能唱船工号子，真不简单！"

老船长说："有啥不简单哟，常年在江上跑，不会也听会了。小秦，我和狗狗都唱了，该你来一个。"

她害羞地说："我不会唱你们那些。"

老船长说："会唱啥就唱啥。"

我对灿灿说："听你唱过《青藏高原》，就唱它吧。"

老船长说："这个歌，我在电视上听过，好听。"

灿灿说："我记不全唱词。"

我说："记得多少唱多少。"

灿灿没有多忸怩，带着颤音就唱起来：

> 呀啦索……呃嘿……
> 是谁带来远古的呼唤，
> 是谁留下千年的祈盼，
> 难道说还有无言的歌，
> 还是那久久不能忘怀的眷恋，
> 啊啊啊……

灿灿只唱了一段就没有再唱下去，有种戛然而止的味道。她脸上又挂起了晶莹的泪水。我们都沉默了。这时起风了，树林发出哗哗的声响，一只不知名的鸟儿从我们头顶掠过，发出清脆的叫声。老船长双手叉腰，凝望远处长江，白发在阳光下发亮。我心中也被一种难言的落寞填满，有说不出的惆怅。过好一阵，老船长转过身来，眼里也闪动泪光。他对灿灿说："就当我干女儿吧，愿不愿意认我这个干爹？"

灿灿眼泪，霎时流得更凶了，让人看了感到难受。她向老船长点一下头，轻轻地喊道："干爹。"

老船长哈哈大笑起来，说："我有女儿了，我有女儿了。"

兴奋使老船长一下子变得年轻了，惹得灿灿破涕为笑，我心中郁闷也随之消除。

我们从南山公园出来，去半山腰的泉水鸡一条街吃泉水鸡。老船长说今天认了个干女儿，要庆贺一下。他要了瓶南山特产桂花酒。这酒用本地桂花酿造，装在土陶罐子里，一启开，香气四溢。灿灿起身先给老船长斟上，又给自己斟满，双手捧起杯，说祝干爹健康长寿！

老船长痛快地喝了。我也起身给老船长斟满，祝他健康长寿。两杯下肚，老船长红光满面，又向我们讲起他驾船的那些难忘经历。我多次听他讲过，一些情节跟某人的对话，都能替他背出来了，但我从没嫌过他人老话多。我喜欢听他讲过去的事，这些荣耀也让我从中获得极大满足，即使这些成就我不可能企及，它也给了我幻想的空间。

泉水鸡又辣又麻，吃得我们个个额头冒汗，时时张嘴哈气，感到嘴唇变厚了。桂花酒是加了冰糖的，喝起来又香又甜，无半点烈性酒的燥辣，老船长开怀畅饮，连连举杯跟我和灿灿干。见老船长如此豪情，想他年轻时也是好酒量，便跟他多喝了两杯。一瓶一斤装的桂花酒被我们三个喝个精光，老船长似乎还没有过瘾，想再要一瓶，被灿灿制止了，说干爹上了年纪，不能再喝了。

老船长听了不但没感到扫兴，反而舒心地说："这些年当孤老头没人关心，现在有个干女儿管了，好，不喝了，不喝了。"

他又对灿灿说："干爹年纪大了，身边又没有个人，啥事都得自己动手，你就不要再到外面找事做了，帮我料理家务，每个月我给你开工资。"

灿灿说："怕做不好，会遭干爹嫌。"

老船长说："我不太讲究，往日你怎么做的还怎么做。"

灿灿说："只要干爹不嫌，我倒巴望不得。"

187

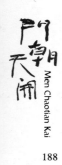

出餐馆时，老船长脚下就有些晃，灿灿忙去搀扶，怪我劝老人多喝了两杯。

阳光暖洋洋照得人发软，酒足饭饱后就更使人发困。回家路上，老船长一上公交车就在座椅上睡着了，扯起轻微鼾声。灿灿怕他着凉，便把车窗关上。汽车过了长江大桥，老船长才醒来，伸个懒腰，连说舒服舒服。

回到家里，老船长却说还犯困，回房里休息去了。我跟灿灿一进屋，便迫不及待地温存了一阵，然后我才去了人市。

到人市时是下午三点多钟，我准备先进市场看看，再去花子街老茶馆。在市场门口，一位兄弟叫住我，说猴儿被邵钢铁的人打了，现在送市人民医院去了。

我脑袋嗡地一响，双腿有些发软，没想到跟邵钢铁的竞争发展到了这一步，他的人竟然动手了。我问："伤得厉不厉害？"

他说："被砖头打破了头，鲜血直流。猴儿要跟那人拼命，结果被保安赶来拉开了。"

我叫那兄弟赶快陪我去医院，那医院并不远，公交车三站路。车上，我问这事的原委，那兄弟事发时并不在现场，不大清楚。

到了医院，直奔门诊急诊室，猴儿没在那里，一位护士说伤得厉害，送住院部医治去了。我感到问题严重，不由得担忧起来。在住院部，找到猴儿，他头上包着纱带，正躺在治疗室手术床上。几个兄弟愁眉苦脸地坐在过道长条椅上，一见我都站起来围住，七嘴八舌讲述猴儿被打的经过。闹喳喳的，我也听不出个名堂。我有些气愤，要他们不要再说了，现在治疗重要，别的等过了再说。一个戴眼镜的医师出来，问我们哪个是伤员亲属，递过来一张处方，叫去住院部缴费处办入院手续。我犯难了，身上没钱。我要大家凑，掏光了才七百多元，肯定不够。这时猴儿在里面大声叫，是在叫我。一个护士将爬起来的猴儿又按倒在床上，要他不要动。我走到他身边，见纱布上又浸出血痕。他对我说："我不住院。"

那护士说："还不住院，不要命了！"

我问护士，伤得怎样。她瞪我一眼，说："缝了八针，你说厉不厉害！得住院观察，并且难保不感染。"

不得不躺在床上的猴儿又在嚷。我对他说："别叫了，听医师的话，喊住院就住院。"

"好好的住院？我没住院的钱。"

"谁要你出钱。"

"谁出钱，我也不愿在这里受罪。"

"我会去找邵钢铁。"

"这事不要你管，我自会去找。"

"你可别乱来哟。"

"我晓得。"

我问他："你觉得伤得不厉害？"

猴儿从床上猛地撑起来，像拨浪鼓似的摇头，说："看，好好的。"

他边说边就翻身下床，拉着我就要往外走。那护士阻止已来不及，便说："你也不能就这样走哇，还得缴费，每天来换药。"

我对护士说："我们马上去缴。"

从治疗室出来，有人要扶猴儿，猴儿掀开，不要扶。又对我说："咱们跑吧，缴屁的个费。"

我说："何必呢，不住院又要不了多少钱，再说你还得每天来换药。"

猴儿没哼声了，牙关咬得紧紧，脸色铁青。

我叫别的兄弟各自回去，叮嘱要忍，切莫再挑起事端，我会去找邵钢铁的。回到住处，灿灿见猴儿头上缠着纱布，身上血迹斑斑，一时间被吓得不知所措，手忙脚乱又帮不上忙。老船长听见灿灿叫嚷，也出来了，问是怎么回事。我正愁得不知如何回答，猴儿却开口说："不小心碰破了头，硬是倒霉。"

他说得轻松自然，倒像确是这么回事。灿灿问："不严重吧？"

猴儿的头又摇得跟拨浪鼓似的说："离吃饭的地方还远得很。"

灿灿和老船长都松口气。灿灿说："这么大个人了，也不小

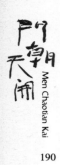

心点。来，把衣服脱下来给你洗了。"

吃过晚饭，我陪猴儿进了屋，问究竟怎么回事。猴儿抽着烟，还在生闷气。随后他说，下午有几个老板来找他要民工，他介绍了。邵钢铁手下一个叫酒糟的，要他到场外空坝去，他以为是有事就去了，到了那里，见酒糟外还有几个邵钢铁的人。酒糟说猴儿骂过他娘，猴儿被说糊涂了，说几时骂过他娘。猴儿刚一申辩，酒糟就捡起地上的砖头砸了他脑袋。

我问："他就这么砸啦？"

"你以为还怎么样？"

我又问："你骂过他娘？"

猴儿叫起来，说："我何时骂过他娘？跟他从来不搭腔，骂啥子，还不就是因为我们多介绍了几个人。"

我说："不是有言在先，我们管进城的农民。"

猴儿说："这有屁的个用，要不毛大哥怎么会走上这条路。"

这话叫我心里一颤。我明白，自己已走上父亲曾走过的这条道路了。这条道路叫我畏惧，凶险难料，暗藏杀机。我后悔自己答应了典小松，更不该辞去西安那儿旱涝保收而又平安的工作，贸然闯进这危机四伏的人市场。事到如今，这些忧烦还不能当猴儿的面表露出来，得拿出大哥的气概，不能乱阵脚，否则整个市场就会在我的动摇中被邵钢铁夺去。

我对猴儿说："这几天你不要去市场了，让灿灿陪你去医院换药。"

猴儿没吭声。

我又说："过两天我去找邵钢铁。"

猴儿仍没吭声。

老 船 长 住 院

我找人跟邵钢铁带话，约他上午在花子街老茶馆喝茶。

上午十点过，我就到了老茶馆。约邵钢铁喝茶的意思是不言而喻的，他的人打伤猴儿，这该有个说法。弟兄们要跟我来，以壮声威，怕邵钢铁带人，有个三长两短，再叫人也来不及。我说我跟他是谈话，不是打架，喝退了他们。

我坐的是老位置，老茶客都认识我，知道我这习惯。茶房提着长嘴壶过来给我泡茶，我问茶房可有人找过我，茶房说没有。来茶馆前，有两个餐食老板打来电话要几个农民工，我答应在老茶馆等他们。

老茶馆生意兴隆，茶客高朋满座，器声像一群麻雀在屋顶

下飞旋，震得人耳朵里嗡嗡响。坐在里面，我并不感到嘈杂，我已习惯这种气氛，想事情，谈事情，脑子反而比在清静地方时还灵光。坐茶馆的不都是闲人，也有不少约人来谈事的，在喧闹中各说各的，互不干扰，不用担心外人把话听去。

等了好一阵子，不见要农民工的老板来，也不见邵钢铁的影子。快到吃午饭的时候，几个弟兄来了，问我是不是邵钢铁没有来。我说是没有来。他们说，他不会来了，现在他在麻将馆里打麻将，要我不要再等了。我说还得等两个老板，他们问是谁，我说了，他们就叫起来，有人看见邵钢铁把两个老板在来茶馆的半路上拦截了，两起生意被夺了。

我有些气愤，气愤生意被抢没有多少道理，那是老板自愿的事，可是猴儿被打伤，约他来喝茶，商量解决办法，他不来，却心安理得在麻将馆里打麻将，这就使我脸上挂不住了，火气直往脑门顶冲。我对自己的幼稚感到可笑，带信叫邵钢铁来他就会来吗？其实，我应该清楚，邵钢铁从认识的第一天起，就没有把我放在眼里，城里人的高傲一直就挂在他那斜起看人的眼睛里。大概以他城里人的眼光看来，打一个乡下人又有好大的事，就像踢一只狗一样，转个背，离开就可以忘记，哪里还值得放下麻将来协商解决。

有弟兄说，去麻将馆找他，向他讨猴儿的医疗费和营养费。尽管我很气，但还是有些犹豫，要是双方争执起来，一旦动武，我带人到的麻将馆，理亏的就是我了。我说再约他，我和他谈。

这时，我的手机响了，是灿灿打的，电话是家对门油腊铺的公用电话。她说："陪猴儿换药回来，猴儿从厨房拿了把剔肉的尖刀出门去了。"

我问："他要干什么？"

她说："我问他，他不回答，黑起张脸，拦也拦不住。"

灿灿在电话里带着哭腔，充满可怕的焦急。

我问："他走多久了？"

她说："刚走。"

一波未平一波又起，我心又高高悬起来。我问几个弟兄，看没看见打猴儿的酒糟，一个弟兄说，酒糟跟邵钢铁都在麻将馆。我说快去两个到人市找猴儿，找到了千万看住他，别让他走，然后赶快来告诉我。其余的跟我去麻将馆。他们问我怎么了，我来不及解释，只说猴儿要去找酒糟拼命。

在去麻将馆路上，我对弟兄们说，不要进麻将馆，只在外面拦住猴儿，绝不能让他进去。我带他们忙天慌地赶到麻将馆，还好，麻将馆里响起杂乱的麻将声，一切显得风平浪静。我叫人进去看酒糟跟邵钢铁是否还在，那人出来说，两人都在，搓得正欢。我悬起的心这才放下来。过不多久，一个弟兄从人市跑来，说猴儿被几个弟兄死活留在了人市，要我快去。

猴儿头上缠着纱布，被几个弟兄团团围住蹲在地上。他板起脸正在气急中，见到我，扭过头去不理睬。我在他身边蹲下来，在他耳边对他说："要认我这个大哥，就跟我回去，要不，大路朝天，各走半边，你再要怎样，是你的事，我不管。"

他犟起的脖子软下来，但眼里的仇恨还未消退。我又对他说："起来跟我走，收起你这副凶相，别人都在盯我们。"

我站起来好一阵了，他才慢吞吞起来，低头跟在我后面出了人市。

回到住处，灿灿一见他就哭出声，说："求你不要干傻事了，我受不住了。"

猴儿这才流露出懊悔，像个知错的小孩，侧身绕过灿灿，溜进房间。我随他进去，从他腰带上抽出那把剔肉尖刀，放回厨房，又回房里陪他抽烟。我说："典小松还没判，你又想赔进去？"

"这口气，我咽不下。"

"你把酒糟杀了，又能怎样？人市的事就解决啦？"

"我顾不得那么多了。"

我火了，说："你当时干啥子去了，砸破了你的头，为啥子不也砸破他的头，却让他跑了？过后再去充英雄，叫别人小看了你。"

他抽闷烟，不吱声了。

我又说："大丈夫能屈能伸，挨了打不还手，还装出笑脸，这比你拿刀子去杀他还叫他可怕。"

　　猴儿丢掉烟屁股，倒在床上，面向墙壁睡了。我担心别的些弟兄，又回到人市。我分头找到他们，各自按平常那样干，不要为猴儿的事再去节外生枝。他们都答应我。我还是不放心，下午没敢去老茶馆，和他们一起待在人市。

　　人市收市后，我闷闷不乐回到顺城街，要到住处时，我突然不想这时回去了，便去到江边石梁上。只要遇到不愉快，我就喜欢到这里，这里安静又有流动的水，能让我空落的心间充满活气。

　　太阳的余晖从上游处的楼房空隙斜斜地洒下来，在江面和江滩上留下若干明暗的线条。江水在跟前絮絮叨叨，好像在跟我辩白某件烦人的事。我捡起身边一块薄薄鹅卵石，侧身将它向水中飞去，鹅卵石在水面上轻轻一碰，随即向前跳了五下，最后无力地划出个问号，沉没了。

　　我在石梁上坐下来，双手抱膝，下巴搁上面，望着将问号吞噬的江水在我面前无事一样流过。这让我想到了在麻将馆打麻将的邵钢铁。我难以想象城里人和乡里人究竟是不是同一种人。我们是带着卑怯心理进城的，在城里人面前低三下四，一切都为得到他们的认可，甚至不惜丧失自己的尊严，可是得到的却还是冷漠和白眼。我们宁可忘记自己，事事模仿他们——说话，穿衣，走路姿势，吃东西的口味，生活习惯。即使这样，他们为啥还是不能宽容我们呢？到头来，还是跟我们格格不入，像油和水，总想在上面压住我们一头？难道是他们在经年累月中养起来的优越感，觉得被我们威胁了吗？觉得他们的优越感因我们而一点一点消失了吗？他们就是想用武力再把优越感找回来吗？走到今天，似乎对父亲有了进一步认识，我也似乎理解他为何将任震海打死。猴儿那双愤怒的眼神，也直通通蹦进我脑海中，逼视着我。我仿佛听见麻将馆里搓麻将的哗哗声，其中有邵钢铁和牌的笑声。已消失的问号，仿佛也从江水中再次跳跃出来，水滴滴地呈现在我眼前，愈变愈大，那只锋利铁钩刷地将我钩起，吊在太阳已经落山露出昏暗的空旷江滩上。

　　天黑尽的时候我回到住处，灿灿在厨房忙晚饭，她说干爹的饭早弄好了，菜也怕凉了，要我去叫老船长。

我在老船长房门外叫了两声，没听他回答，就进去。打开灯，见老船长还睡在床上。我到床前再叫他，他睁开眼，说不想吃。我问是不是病了。他微微点一下头，又闭上眼。我去摸他额头，像摸在一块烧烫的石头上，把我吓了一跳。我赶快退出去，给灿灿说："干爹病了。"

灿灿从厨房出来，说："中午干爹就说有点不舒服，我就担心。你叫猴儿吃饭，我去看。"

从南山回来的第二天，灿灿就开始给老船长做家务了。早晨出门买菜，煮一天三顿饭，收拾屋子，洗衣，像亲女儿一样伺候老船长，老船长高兴得不得了。老船长饭食要软和，菜要清淡，她做得很合他口味。每天晚上，灿灿还得为我和猴儿做饭。

我去把猴儿从床上拉起来，他很顺从地起来了，好似这一觉，让他忘记了被打。看来，是我那番话在他心里起了作用。

灿灿出来说："干爹病得厉害，要送医院。"

我要她赶快吃饭，吃完去。她说："不行，烧得烫手了，要马上去。"

我和猴儿都紧张起来，两口扒完碗里的饭，都随灿灿挤进老船长的房间。先还没大注意，现在能听见老船长急促的鼻息声。他双颊通红，喉咙里像咯着一口痰，不上不下，呼噜呼噜发响。我去扶起老船长，感到他浑身发抖。灿灿拿过他床头衣服为他穿上，又蹲下去给他穿袜子和鞋子。老船长想自己挣扎下床，结果又瘫软在床上。他说他冷得很。天气很暖和了，他却冷得牙齿打战。这是发高烧所致。灿灿又给老船长穿上件外衣。我叫猴儿过来在一边搀扶，老船长双脚无力，根本挪不开步子。我蹲下身，背起老船长就往外面跑，跑出顺城街，灿灿拦住辆出租车，开车前，她还没忘叫司机摇上前车窗。

在急诊室，测老船长体温是三十九摄氏度，医生说是感冒引起的，还责备我们不负责任，为什么不早送来，这样厉害的高烧对老人是非常危险的。我想这大概是前天去南山观花，劳累了，又多喝了几杯，回来在车上瞌睡着了凉。老船长躺在急诊室病床上打点滴。灿灿要我和猴儿回去，她一个人守候在这里。猴儿头上还缠着绷带，我也担心他，叫灿灿和他回去。灿灿不愿意，要尽干女的义务，我只好留下来陪她，让猴儿一个人走了。医师对我们说，如果打完点滴还不见退烧就要住院，又说老人现在体子很虚，一两天是难好转的，要我们为老船长作好住院准备。

点滴要输两大瓶，还没输到半瓶，老船长开始显得不安起来，想要做什么又无力实现，几次看我又打消了念头。我担忧是药性反应，找来值班护士，她翻开老船长的眼皮查看，又看点滴的快慢和扎针地方，都没看出什么，就问老船长是不是要解小便，老船长点头。我准备去背老船长，但的确不方便，灿灿就找来便盆，我为老船长解开裤子，抱起他，灿灿把便盆垫在老船长身下，服侍他尿完，然后又端便盆去厕所。灿灿做这一切毫不因害羞而畏缩，像待自己老人那样自如。有一刻，她的行动竟让我感到羞愧，羞愧的是对我自己，我敢跟任何人夸耀，我对母亲百般孝顺，为服侍她什么事都做过，但对一个外人，一个仅与自己一般关系的外人却不能跟她相比。

上半夜，急诊室里很忙，来就诊的几乎没断过，其中有个年轻女子便秘灌肠叫得最凶，直到她问题解决，杀猪似的闹了两个多小时。到下半夜，急诊室里静下来了。老船长断断续续对我们说，要我们回去，他自己能对付了。我们怎么能丢下他回去呢，说什么也得守护在这里。

灿灿趴在床边睡着了。我坐在硬板凳上，背靠墙，漫无天地地遐想。在日光灯光照下，老船长满头的白发仿佛在一丝一缕地融化进枕头，那片白色凹地上长出张嶙峋的脸来，坑坑洼洼，沟壑密布，让我感到陌生而恐怖。这是我熟悉的老船长吗？往日那种谈笑风生、手指夹起棋子与个人对弈时的神采到哪里去了？人一老就经不住病痛折磨啊！短短一天，老船长就在我眼里变老了，简直叫我还来不及忘记他昨天的模样。对老船长身世，我不甚了解，猴儿认识他早我十几年，知道的比我多，听猴儿讲，老船长有个儿子在上海工作，据说父子俩关系不好，从没回过重庆来看望老人。作为一个晚辈，我又不好向老人东问西问，对他的了解，从没超出过他堂屋四壁墙上的那些照片的提示。但现在，老人沉睡在病床上，守候他的却是两个萍水相逢的异乡人，墙上那些照片所能提供的信息似乎已不重要了，一切已离他很远了。由此我感到人生的悲凉。

灿灿很疲倦，趴在床边睡得很沉，半边脸在灯光下显得光鲜而润泽，叫我看到一幅奇异的图景，病床幻化成一块荒地，上面正长着两株不知名的花，一株正在枯萎，一株正盛开。我为自己此刻的幻觉感到惊奇，赶紧摇摇头，清醒过来。灿灿可能睡麻了手臂，动了动，发出轻轻两句听不清的梦呓，转过脸又睡过去了。灿灿有说梦话的习惯，那也只是轻轻两句，犹如一个人在呢喃，跟她睡在一起，听她呢喃就像在听她耳语，反倒觉得她更可爱。她不喜欢谈她的家和她的过去。这些我都不想打听。我们的过去，并不都是值得炫耀的，家庭也一样。由于她跟我父亲有那段经历，认识以后，往事便成为我们都不去触摸的痛区，我们都极力小心回避。直到有一天，我向她谈到自己母亲，才引发她谈起自己家事。她家在长江边的云阳县城郊区，父亲每天批发蔬菜卖，母亲在街边摆香烟摊，一家人过得虽说清贫，但小日子却遂心。仿佛就是在一个晚上，灿灿就是这样对我讲的，她父亲学会了打麻将，从此一发而不可收，从一元、五元、十元、五十元赌到一百元一手，运气又从来没有好过，输掉做生意攒下的积蓄，还拉了一屁股烂账。母亲曾两次以死来威胁。父亲不为所动，依然在麻将桌上赌得两眼发红。三峡库区蓄水，老家要随整个县城搬迁，她家属外迁户，迁到江苏。外迁费刚发放到手，一半就被父亲拿去抵账，剩下的一半，又有一些输在牌桌上，害得一家外迁都困难了。这次母亲终于带着怨恨跳进滚滚长江，幸好被人救起。接着，说媒的上门了，有人要娶灿灿，答应为她家外迁补足所需费用，也就两万多元。灿灿本想认命算了，可一打听，未婚夫是个半傻不傻的人，三十了还成天流口水。在办手续的前一天，她离家来到了重庆城。后来她父母托人来找她，要她回去，她不干，直到父母外迁也没见过面。她向我讲时，显得很平静，我以为她已经把那个沉入水底的古老县城忘了，随同忘掉的还有她那嗜赌成性的父亲。其实我错了。就在跟我讲完后，跟我做完爱，她在我耳边絮絮叨叨说什么，说着说着，眼泪刷地就流出来了，越流越凶，一发而不可收。随即，她讲如何思念苦命的母亲，又如何痛恨父亲。我才知道她心里埋藏着极大的痛楚。泪水流过，她又担忧父母不知现在如何生活。我劝她去新家看看，她也答应，但就是始终没有成行。

望着她，望着老船长，也想到自己，心里升起一阵难言的酸痛。一个人活在世上真不容易，不遇到这样的磨难就遇到那样的磨难，谁也休想活得顺顺当当的。不过，世上也有人喜欢放大痛苦，认为自己才是最不幸的人。其实，这类人是把不幸当成资本，除想赚得人们廉价同情外，还想赚取一点利益。真正不幸的人，是不会大喊大叫的，总是用沉默来承受重压。老船长算不算后一种人呢？他一直过着孤独的日子，把孤独融进平淡的生活里，每天平静地过着，如今重病卧床，还是我和灿灿守护在病床前，他也在平静对待。灿灿也算不算后一种人呢？我有些拿不准。女人嘛，总会有脆弱的时候，我不喜欢那类大喊大叫的人，但她却从来没有大喊大叫过。那么我呢，又算不算后一种人？但愿是吧，因为我很看得起后一种人。

药水通过胶管滴在玻璃管里，我仿佛能听见一滴一滴的响声。我没有一点睡意，反倒很亢奋，和灿灿一样，都情愿为老船长做事，守在这里，是件有意义的事，心里很充实。我感到老船长并没有睡着，但他却动也不动，我知道，是怕一动会惊醒灿灿。我也迷迷糊糊瞌睡一阵。天快亮的时候，吊针打完了，护士拔出针头，不闻不问去了。

上班了，值班医师又来看，老船长高烧还没有退去，就开了住院单。还告诉我们，老人病情很重，可能高烧影响了肺部，要作透视。

灿灿焦急起来，又忧虑没钱预交住院费。我说我有，去银行取。老船长轻声叫灿灿，我们去到床边，他对她说，衣袋里有钥匙，家中衣柜里有只小木箱，里面有个存折，叫她拿去银行取。我说我有，先用着，等病好后再还。老船长很坚决，说："不……这次花的钱……会不少……听话。"

老船长的话让人心里有些发冷，灿灿眼里湿润了。她去老船长的衣袋里摸出钥匙，老船长对她说："密码……"

灿灿俯下身，耳朵凑近他嘴边，我去推开窗子，听见老船长说："记住啊……不要忘了……取五千……"

几十分钟后，灿灿回来了，没进来，在门口招手。老船长现在好像睡着了。我出去，她把我拉到无人的地方，拿出存折，说："看，吓死我了，我不敢去取，揣在身上都吓人。"

我接过一看，也惊了，总额是五十八万多元。我说："我也没见过这么多钱。"

"是呀，你去取吧。"

"是叫你，我怎么好去，密码是告诉你的。"

"干爹不会想那么多，我把密码告诉你就是。"

我还是有些犹豫，说："还是你去吧，要不，我陪你去。"

她说："不能都走，他身边要留人。"

她又把钥匙交给我，要我取了钱先回去把存折放回原处，那样安全。我拿着存折和钥匙不知所措，她在我耳边说出密码，推我说："放好，去吧，多加小心，干爹不是多心的人。"

我走了，灿灿再次叮嘱我要多加小心，快去快回。

去银行取钱的整个过程，让我兴奋而又胆战心惊。我见过这么多钱吗？我怀里有过这么多钱吗？恐怕我连想也没想过这么多钱。昔日来重庆城，母亲给我八百元，我觉得这就是一大笔钱；后来灿灿还我五千元，我觉得这更是一大笔钱；西安带我去银行存钱，我觉得存折上的那一大笔钱，能买下任何我想要的东西。可是比起老船长存折上的，那点钱，简直是个叫花子所有的。到此时，我才知道啥叫钱的多与少。尽管我明白这不是我的，还只是存折上的一个数字而已，但暂时的拥有，仍然让我浑身热血沸腾，走在街上，觉得阳光更明亮，世界一派通明，胸脯也挺高起来。一忘形，撞上迎面的人，听见那人气愤得咕哝。走过后，我突然想到衣袋里的存折，一摸，还在里面。这时，警惕性又回到我身上，再看往来的人，个个都像知道我衣袋里的秘密似的，都在用异诡的眼神窥探我。一阵胆寒袭来，使我浑身骤然变冷，要是这存折掉了，即使别人不知道密码不能取钱，肯定也会把我吓个半死。我高挺的胸脯顿时低

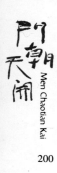

下来，连脖子也缩进衣领里，巴不得满街人都看不见我才好。

　　我回到医院已是半上午。老船长又在打吊针，灿灿在床边给他念报纸。他见我回来了，跟我点点头。我去银行取钱，灿灿显然已跟他说了。我告诉他，存折放回了原处。我把钥匙和钱交给他，他说："就给……小秦吧……由她……以后钱不够……就取……再不用问我。"

　　我把取款存根给老船长看，老船长闭上眼，摇摇头，表示他懒得看。

　　预交了四千元，办好住院手续，把老船长从急诊室转到住院部安顿好以后，已是吃午饭的时候。老船长还在打吊针，也没有半点食欲，我叫灿灿先去外面找家快餐摊吃，再换我，下午我想去人市看看，猴儿的事还没有得到解决，心里老放不下。灿灿刚走，负责老船长的主治医师就来了，他对老船长作例行检查，随后把我叫一边，问我是不是病人亲属，我说是。他说："下午去照胸片，老人病得厉害，可能十天半月好不了。"

　　等灿灿回来，我把医师的话对她讲了，决定暂时就不去人市，怕她一个人无法搀扶老船长。她叫我尽管走，即使不行还有护士。她说："我们不能一起熬，得分班。"

　　我说："我守晚上，你守白天吧。"

　　她说："不行，你还要顾人市，身体不要拖垮了。"

　　我说："把猴儿他们发动起来轮流守。"

　　我把取款存根和预交的住院费收据都交给灿灿，要她好好收好，今后一切开支记个账。离开医院时，灿灿说："要是人市没啥事，就回去补个瞌睡。"

江　边

　　猴儿头上的伤痛痊愈了，但心头的伤痛却时不时还发作，几次要去找酒糟都被我阻止了。我肯定，他去讨不回说法，只会把事搞深沉。我给几个弟兄都打招呼，随时把他看紧点。我的确怕他干出傻事来。

老船长一病，分去我不少精力，我也隔天把猴儿弄去守夜，好分他复仇的心，消磨他怒气。这几天，也算规矩，没有再去找酒糟的意思。

终于，邵钢铁答应跟我对话了。

约他去老茶馆，他不干，说不喜欢那里嘈杂，要我去江边，并叮嘱双方都不准带人。对他的叮嘱我嗤之以鼻，提出不准带人，这说明他虚我，还可看出他是个鸡肠小肚之人。

去江边会邵钢铁，我没跟猴儿他们说，人多容易节外生枝，并且我相信自己，无论讲文讲武，都能对付得了邵钢铁。

这是个阴沉沉的下午，天像要下雨，远近的景物都失去了明丽，显得暗淡而刻板，连江水也失去了往日的生气，变得黏稠，像一川糯糊。虽说我希望跟邵钢铁会面，解决好猴儿的事，但一想到他斜起眼睛看人、阴阳怪气说话，心里还是不痛快。为了猴儿，更为了人市，我又不得不去。

按照约定时间，我来到江边，邵钢铁已先到一步。我很欣赏他这点，敢答应，敢来。

我俩谈话没有客套，直奔主题。我对他说："事情发生后，猴儿要找酒糟拼命，被我制止了，他们要去派出所报案，也被我制止了，我想，这事情该由我们商量解决。"

他斜起眼睛，不正眼看我，拖声拖气地说："说这些，我晓得。为啥子要来找我？是我打了猴儿吗？"

事情发生也有好几天了，居然他会这样说，噎得我半天吭不出声。我瞪眼，吐出两口粗气，说："酒糟是你的人，该来找你。"

他还是说："为啥子来找我？我打了猴儿吗？"

我说："凡事都有个道理，我们仁至义尽，不要以为是好欺负的。"

他说："谁欺负你们了？我欺负了吗？"

我被他盛气凌人的口气堵得心慌，血往脑顶冲。我还是按

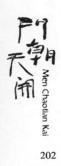

住性子，说："邵钢铁，你换种口气跟我说话好不好？"

他冷笑了，说："天生是这样，还能叫我怎么说？"

我也冷笑说："那你就这样说吧。猴儿平白无故被酒糟打，他一直吞不下这口气，几次想去找酒糟，都被我劝住了。这件事该和平解决，猴儿也没别的要求，医药费和营养费要酒糟出。"

他说："这不能由你们说了算，我晓得，是他背后骂了酒糟，酒糟找他讲理，他不承认，酒糟才动的手。"

我说："犯没犯言语的事，已无法说清，动手打伤人就不对。"

他说："不对又怎样？"

他又把话说得拖声拖气，头朝一边昂，目光从我的头顶射过，把我看低了一截。他整个一副安心跟我过不去的样子。我说："邵钢铁，我是来跟你讲道理的哟！"

他说："我晓得，否则又怎么样？"

他口气越发尖酸、刺人。我说："不怎么样，要是你不愿出面解决，猴儿要怎么样，我也不管了，不要等事情闹大收不了场，再出面就晚了。"

他又冷笑一下，又用让我恶心得想呕吐的语气说："我晓得，量你们也屙不出三尺高的尿。你要搞清楚，农村人装鬼，能把城里人吓到了？"

我顿时觉得，约他对话就是又一次错误，猴儿被打，他对这事不闻不问，前次约他他不来，今天又这副嘴脸，这一切都是他故意的。我真是个十足的傻子，对邵钢铁这样的人居然抱以幻想，其实我应该明白，邵钢铁有意要挑起事端，祸根在邵钢铁这里。

我还是强压住胸中怒火，对他说："我们屙不出三尺高的尿，我们也不会装鬼，只是你别用三尺高的尿来淋我们，你们也别装鬼吓我们就是了。跟你说，不要以为这样就能把我们挤出人市。跟你说，人市不是你邵钢铁的！"

他问："你说是哪个的？"

我不想回答他这个莫名其妙的问题，瞪起眼睛睖他。

他又问我："这人市在哪里，在你们农村吗？又问你，你们是哪里人？我们又是哪里人？"

他一连串的问，真问得我莫名其妙起来，弄得我在他面前突然变得傻乎乎的了。他接着说："我晓得，我来回答你，这人市在城里，不是在你们农村，我们是哪里人，我们是土生土长的城里人。你明白了吗？"

啊，我明白了，我们是外来人，按他逻辑，哪里来就回到哪里去，人市，他要独霸。

我也横蛮了，对他说："要是我们不走呢？"

他变得得意起来，说："我晓得，你们就会越来越不好过。"

血又一次冲上我脑门顶，两眼发烫起来，感觉眼前灰蒙蒙的一切都变得发红了。在红色中，我看见一条路正在我前面铺展开去，从这条路的深处慢慢走来一个我熟悉的身影，尽管影像模糊不清，但轮廓却告诉我，他就是照片上我母亲身后那人，他来到我身旁，对我耳语：随手捡块鹅卵石对准邵钢铁脑门顶使劲砸去，然后一切烦恼都解决了。那耳语非常清晰，字字铮铮有声。父亲为啥这个时候向我走来，并对我耳语？是给我提示，照他说的去解决问题，还是向我表明，他就是这样干的？然后，他站在这条路上，一直望着我，似乎在等我办完他交代的事，好与我一同前往……我脑子里却一团糟了，是按父亲说的办吗，还是怎么样，一下难以理出个头绪，只有愤怒像一阵狂风在胸中刮过来又刮过去，撞得胸口砰砰响，要冲出去把邵钢铁刮翻在地，把他刮得无影无踪。我猜想，此刻我表情一定狰狞无比，任何人在面前也会被吓得要命，大概一只龇牙咧嘴的恶狗也不会比我此刻更可怕。

邵钢铁还是傲慢地站在我面前，他没有被我吓倒，也可能他并不觉得我可怕。他吱的一声吸满一嘴口水，呸地吐在我脚跟前，似笑非笑地说："你怕不会打我吧？我晓得，你没得这么凶。"

邵钢铁的话，再次激怒了我，我根本没有想啥子就扑了上去，伸出双手抓住他胸口，用力往外推的同时脚下使绊子，他像一根木头轰地倒在地上。我骑在他身上，随手捡起一块拳头大的鹅卵石，高高举起来。这一切发生得太突然，以至于我和他两个都还没明白究竟是怎么回事。我觉得，此刻压住他的是

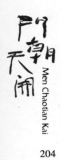

另一个毛狗狗，真正的毛狗狗还站在一旁冷眼看着。当我高高举起的鹅卵石悬在邵钢铁的脑门上时，他脸刷地惨白了，眼皮急速跳动了几下。他没有反抗，顺从地躺在我胯下，两只手像投降一样无力地平放着。我非常有把握，无论他如何反抗都不是对手，还不如做出一副束手就擒的可怜样子，来博得我同情。不管他是不是有意采取这种策略，我都认为这就是城里人的狡猾，令我反感，甚至鄙夷。我倒犹豫不决了，喘起粗气，举起鹅卵石的手愤怒得颤抖，就是没有向他脑袋砸下去。

我没有砸下去还另有个原因，不知几时，两个小孩就像我刚才觉得的另一个毛狗狗，站在一旁冷眼看着。小孩手里各擎着只五彩蝴蝶风筝，翅膀在风中均匀地微微扇动，长长的环形尾巴在风中簌簌响。我蓦地清醒过来，从邵钢铁身上站起来，扔掉鹅卵石，像闹玩似的露出笑容，顺手把邵钢铁拉起来。我和邵钢铁两人都不动声色地看着小孩，一切显得平静，就像什么也没发生。两个小孩咕哝了句什么，又举着风筝，叫嚷着向别处跑去。

邵钢铁说："我晓得，你没得这么凶。"

他爬起来后会说出这句话，有些让我意外，因为他语气依然傲慢，被我压在地上时的惨白脸色又恢复了正常。我说："刚才你不傲？"

他说："那随我的便。"

我也吱地吸满一嘴口水，呸地吐在他跟前，说："你该一直傲下去才像你。"

我丢下他，拂袖而去。这时，江边特别的空旷，江水的流动声又充盈了整个空间。我没回头，肯定邵钢铁此时站在原处，该他傻乎乎地望着我了。

典 小 松 判 刑

晚上，猴儿在医院里守候老船长，我把他叫出病房给了他两百元，对他说："我找了邵钢铁，这两百块是他赔的，包括营养费。"

猴儿接过钱，没有一点表示。

我又说："这事了了，再不要去找酒糟了。"

老船长烧成了肺炎，一直不见半点好转，每天一过中午十二点就发低烧，准时得很。医生说，这种现象非常可怕，要是过几天还这样就危险了。我们劝老船长通知儿子回来，他坚决不同意，说他没这个儿子，语气冰冷得令我们胆寒。为啥会这样，我们也不好过问。我守晚上，白天灿灿一人守。老船长吃不下东西，仅靠输液过日子，只偶尔要灿灿回去熬点粥来。粥熬来后，由灿灿喂他，他也只吃几小勺。老船长的身体已很虚弱了。

生活规律因老船长住院被打乱了。以前每天从人市回来，热菜热饭就等着我们，穿脏的衣服堆在那里不管，第二天又是干净的。现在不行了，灿灿陷在医院里没有分身术，一天三顿自己在那里买饭吃，一点顾不上我和猴儿了。早晨中午，我和猴儿在外面吃盒饭或面条，晚饭自己动手，要是哪天我和猴儿都懒，就依然在外面吃盒饭或面条。

老船长虚弱得不能下床了，大小便都在床上，灿灿得用便盆为他接，端去厕所倒掉，把便盆冲洗干净，拿回病房放在床下的铁架上，用报纸盖好。一天里，她要这样做好几次。每天她还要用热水为老船长擦一次身。这是件很麻烦的事，有时我在就帮她，不在就得靠她一个人。擦身的时候，她先把老船长侧翻过来，撩起他衣服，用温热湿帕子擦后背，然后又擦前胸，

从上到下，身体每个部分都要擦到。同病房的人都把她当成是老船长女儿，夸她对父亲有孝心。有个得支气管炎的老头，儿女不愿来守护，请来个保姆，但那保姆又不尽心，时常跑去跟别的病房的保姆聊天，害得老头要人时找不到，灿灿便去帮帮忙，那老头更是夸她不得了，说老船长有这个女儿是前辈子修的福。老船长对病友的夸奖是听见的，特别是病友把灿灿当他女儿，灿灿不声明，他也不吭声，虽不说，眼里透出对灿灿的感激。有时白天我也到医院替换一下灿灿，我怕她累坏了。猴儿除隔两三天来换我一夜外，一般他是不来的。我跟他的心情不同，他纯粹是出于对老船长的一种敬意，以及由此而产生出的同情。他能做到这样已算不错了。我不同，除了前者之外，还要担心灿灿，她既然已是老船长干女，我得沾点关系。她能一泡屎一泡尿地服侍老船长，没得一点怨言，把每件事做到位，毫不吝惜力气和精力，让我为她感动。我非常清楚，她敬重老船长，还融入了对自己父亲那种说不清的感情。

灿灿是我的人了，我以能拥有这个待人善良、热情的女人而自豪。遗憾的是我母亲不能见到她了。我敢肯定，如果母亲还能活过来，哪怕跟灿灿只生活一天，她也会原谅她的，也会喜欢上她的。

这段时间，人市风平浪静，就像身边日子一样平淡无奇。邵钢铁从江边回来后，他的人在市场上行为有所收敛，跟我们井水不犯河水，按以前划分的范围找钱。

杜渝生知道了酒糟打伤猴儿的事，在我教训邵钢铁的几天后，他在人市碰见我，一本正经地对我说："我不希望你们在我的人市闹事。"

我对他的口气不以为然。是不是邵钢铁他们是城里人，占的利益就该比我们多，就该袒护他们，就该在我面前说这话？我也只是嘴上不说但心想，被打伤的是猴儿，而不是邵钢铁的人，为啥反来训我们！我心里很不服气，说："是邵钢铁的人动手打伤了猴儿。"

杜渝生不耐烦地一挥手，说："我不管哪个打伤哪个，也不想听你解释，我只要求你把自己的人招呼好。"

他不由我分说，鼻孔哼出一股气，一甩手走了。我气得两眼冒金星，即使把地跺个洞都不解气。杜渝生明显是站在邵钢铁一边说话，对我们抱有成见，就像足球队在主场，观众都一边倒。但这气还是得受，真还得招呼好自己的人，谁叫我们是进城的乡下人呢？

这天，西安打电话找到我，开口第一句就骂我是条不通人性的狗，说："求人你就来找我，平时连个照面也不打。"

我没想到她来电话就为说这事，说："各人有各人忙的事嘛。"

她顿了一下，似乎还想说点啥又打住了，就说："算了，和你说正事。典小松的案子判下来了，持刀报复残疾人，判有期徒刑三年。他通过看守所里的人带话给我，他要转到别的地方去了，临走前要你们去看他。"

西安能把这个消息带给我，我还是对她一阵感激。我马上把这消息告诉了猴儿。当天下午，我和猴儿去医院，一到病房，见老船长的病情加重了，呼吸发生困难，脸色憋得像猪肝。灿灿帮护士推来氧气瓶和吸痰机，护士忙往老船长鼻孔和嘴巴插管，病房里一阵忙乱。本来要给灿灿说典小松的事就只好搁下。医师也跑来了，叫赶快送手术室切开气管，否则有生命危险。我和猴儿也加入帮忙的行列，猴儿去推来移动床，我把老船长抱上去。老船长入院还不到半个月，体重一下变轻了，在我手里像个小人。

移动床推进了手术室，灿灿一下瘫倒在我怀里。我扶她在手术室外的长凳上坐下来，她浑身发抖，头上冒冷汗。这是她一段时间没好好得到休息，见老船长病情加重又一急，出现的虚脱现象。我跟猴儿交换了眼色，心里都清楚，典小松判刑的事就更不敢对她说了。

个把小时后，老船长被送出手术室。医师把我当成了老船长的亲人，叫我在一旁，说老人已转成肺气肿，暂无生命危险，但要好转是不可能的了，要我们为他准备后事。

我心情极其郁闷，世间事仿佛都一齐来凑热闹，使我感到有种无力招架的疲惫。老船长的生命即将走到尽头，我觉得跟我是不无关系的，要是那天我不提议去南山看花，去了不喝酒，更不要让他多喝两杯，他肯定是不会落下这场要命的大病的。老船长一向身体硬朗、精神旺健、心态健康、无疾无病，就是因那句我在闲聊中带出的话，而且还是想解灿灿的愁绪，结果却让他这个大好人致病，陷入生命垂危的地步。我越想越深沉，老船长病危的责任完全在我身上，我恨不能以命换命，否则无法消除内疚和痛苦。

灿灿不愿再离开老船长了，可怜巴巴地守候在床前。我不知她的内心，是否跟我也有同样的感受。她已经远超出干女所尽的义务了，其实亲生女也未必能像她这样尽心。

这晚，我和猴儿都没有回住处，也守护在病房。到夜上十二点，老船长的病情终于平稳下来。我叫猴儿回去休息，送他出病房时对他说，典小松的事由我告诉灿灿，他就当不知道。

夜深了，病房里一片宁静，偶尔从某病房传来病人一声痛苦呻吟，还有过道上不时响起的轻微脚步声。老船长这时似乎睡着了。我想抽支烟，便叫灿灿陪我到外面走走。

出病房，经过一道短短的天桥，是座小花园。今夜月色如水，泼洒在树间花丛小径上，小径像被冲洗过一样，光鲜而干净。站在花坛边，我和灿灿都能互相看清对方。在月光下，她显得单薄，透出让人怜爱的寒意，忧郁化为一道阴影挂在她长长的眼睫毛下，仿佛稍不留意就会像眼泪那样滴落下来。一支烟被我抽掉了大半，还不知该如何向她提起典小松的事。我终于还是说："典小松要转移到别的地方去了。"

她睁大双眼，问："是判了吗?"

我抽口烟，顺着吐出的烟雾，点一下头，说："三年。"

挂在她睫毛下的忧郁，和着晶亮的泪珠终于籁地掉下来了。我丢掉烟头，把她拥进怀里，手在她后背轻轻抚拍，想减轻她的痛苦。她先还在抽抽搭搭，随后靠在我肩上痛哭出声来。我拥着她让她哭，哭后她才会好过一些。这段时期以来，她虽然在病房里忙碌，却一直也记挂着典小松，典小松的事不了，她一天不会得安心，但真到了这天，她又难以接受这事实的严酷。

她哭过一阵后，从我肩上抬起头说："我要去看他。"

我说："你别去，我和猴儿去就行了。"

她很坚决地说："无论如何我都得去。"

我说："你去了又会难过。老船长这时候也不能离人。"

她又开始哭起来，说："我不去，对不起他……"

我只好答应她。

第二天上午，我留在医院，叫猴儿和灿灿去探望典小松。他们走时，我特意叮嘱给典小松买点吃的去。我听说，关牢房的人，别的不大需要，最想的就是填肚子的东西。我毕竟跟典小松的关系没有猴儿他们深，再说我去看见灿灿伤心也难过。

不到半天，灿灿就回来了，猴儿没来医院，去了人市。灿灿脸上还残留着悲戚，一回来就在病房里忙这忙那。其实都是些可做可不做的事，例如把毛巾或者喝水的杯子拿去洗一下，把刚收拾过的床头柜上的东西又挪开再抹一遍。在做这些时，没跟我说一句话，她在用悔恨折磨自己。我不会主动去问她，她探监时的表现不说我也能想到个大概，肯定又是一次死去活来。至于典小松的情况，我不问，猴儿也会告诉我。我知道，现在不能跟她提及监牢，否则我就是个傻瓜蛋把堤坝挖开个口子，使她悔疚的泪水冲决而出，一发而不可收，到那时，怕又要开一张病床。我只好随她做这做那，通过做事，平息她胸中的悲痛。我相信，时间会治愈她的心病，随着典小松离去，久而久之，她会渐渐淡忘的。

老船长病情暂时得到控制，还是按以前那样，灿灿守白天，我守晚上，隔个两三天，猴儿过来顶一晚。白天，我就去人市，多时候是在老茶馆里喝茶谈业务，实在困倦了就趴在茶桌上睡一阵。日子就这样不冷不热地过了下去。

新　闻

老船长单位的人来看他，问老船长要不要通知儿子，老船

长坚决拒绝了。听他们交谈，父子俩也没多大矛盾，开初是沟通少，理解上出了偏差，当儿子的又只顾自家，不主动搞好，老船长上了年纪，人也固执了，久而久之，双方积成了怨恨。单位的人见灿灿在服侍老船长，表示考虑将她作为临时工，适当发点工资，又被老船长拒绝了，其理由是不愿给单位添负担。我听灿灿给我说了这些后，心里也抱怨老船长的确固执。

从老船长存折上取钱两次了。这天医师来说又用完了，又叫交钱，否则就停药。我多次听病员议论，现在医生为亲朋好友开药把账记在住院病人身上。我就担心老船长吃这样的亏。钱是老船长大半辈子一分一厘积蓄起来的，就像针尖挑土，现在好，医生花起他的钱却像潮水冲沙。灿灿也有些担忧，问我："医院会不会赚干爹的黑心钱？"

我说："难说，该得有人来给医院医病了。"

老船长听见议论住院费的事，就对我说："单位可以报个百分之多少，帮我去跑一趟吧。"

我曾听老船长讲过他们单位，说能进出于这个门的人，脸上都带着自豪，连过路人都会对其羡慕。在上世纪五六七十年代，每逢国庆、"五一"举行庆典游行，穿起海员制服的方队出现在街上是最引人注目的，方队前面的海员乐队，更是风光无比。用老船长的话来说，那时海员找老婆是个挑个选，社会上流传这样一句民谚："川江跑船，不愁吃穿。"当老船长向我们重念这句民谚时，引得我们一阵神往，他脸上即刻也泛起得意之色。

今天，我找到老船长的单位却费了不少力，这个门的风光已不复存在了，问好几个人才找到。灰扑扑的门边还挂有单位牌子，门两边都是卖小百货的铺子，门面上挂满各种花花绿绿的货物，不仔细看，根本发现不了在这些小百货铺子之间还存在一个航运单位。在里面，也没有老船长所讲述的自豪了，不少办公室不是没人就是关着门，碰见的几个都显得没精打采，连去问个话，回答也少热情，好不容易才问到报医药费的财会处。我向里面的人说明来意，一个年轻姑娘说："这些票据自己收好，后年再来报，现在才报前年的。"

我问为啥。她回答："单位年年亏损，工资都只发百分之七十，哪来钱报医药费。回去吧，报哪年的药账，我们会发通知的。"

我说："人在住院，没钱怎么办？"

她说："有钱先垫着，没钱就出院。"

我回到医院，老船长又沉入昏迷中了，无法跟他谈起单位无钱报销医药费的事。我把票据交给灿灿，跟她谈了。她说："那只好又取存折的钱了。"

"老船长应该晓得这情况，为啥子还要我跑一趟？"

"干爹已经病得脑子不清醒了。"

从医院出来，我没到人市，直接去了两江晨报。心中的愿望一直没有消失，每次到人市看到那么多渴望的眼神，特别是猴儿被打后，心里的打算更是变得沉重起来，硌得心子发疼。

到报社我仍是先找胡光明，这次我没去后勤处，直接去他住处，他正在住处前的花坛里拔杂草。我对他说："胡哥，又来找你了。"

他抬起头望我笑，说："格老子是请喝酒吧？"

我说："你真会猜。"

他跨出花坛，拍掉手上泥土，去到水龙头前洗手，歪起头对我说："格老子听说那次事情解决得好，崔记者帮了你们的忙。"

"就是，今天来感谢他，请他吃饭。"

"格老子有我作陪？"

"当然少不了你哟。他不会拒绝吧？"

他说："格老子不要把他们看高了，他们成天还不是像红头苍蝇一样到处飞，跟三教九流的人打交道。不过专门请他吃饭，可能会不答应，他不愁没地方吃一顿，再说你又能请他到哪家高级餐馆！要是你有啥子新闻给他，格老子他不仅会去，说不定还倒请你吃一顿。你有没有说给他听的新闻？"

我很有把握地说："有。"

"那就好办了，他会答应的。现在还早，他们回办公室写稿一般是在下班前，格老子先到屋里坐坐。"

在他住处刚捧起茶杯，一位肥壮的女人挎着擦皮鞋的木箱子就跨进门来。木箱子在她肩上晃荡，显得轻飘、小巧，跟她肥壮的身材极不相衬。胡光明问："怎么回来啦？"

我估计是他老婆，便向她点头打招呼，她也向我一笑。她将木箱放在墙角，说："城管在撵，今天下午没着了。"

胡光明指她，对我说："是我堂客，林月秀。他就是我说过的毛狗狗。"

林月秀望着我抿嘴笑了。这是每遇有人介绍我名字时都会出现的情景，我已习以为常。她笑我，其实她的名字也够土的，一听就是农村人的名字。林月秀笑起来，眉毛弯成半圆，眼睛也眯成一条缝。她对她男人说："幺儿放学了，在坝子上跟报社的娃儿要，我去叫他回来做作业。"

胡光明赶紧说："格老子莫喊莫喊，让他要，就要他跟他们打拢堆。"

他俩是在说自己的娃儿。胡光明的这句话让我想到邵钢铁嘴里的城里人和乡下人，口气就像在说水与火。听见此刻胡光明的话，便不由得为他娃儿能跟城里小孩打拢堆高兴。

林月秀还是出去了。那只放在墙角的木箱子总是吸引我，我并不是看不起擦皮鞋这行当，但不知为啥，就是要往那里望。说实话，要是进城找不到别的活儿，说不定我也会挎起擦皮鞋的木箱子走街串巷、四处转悠。擦皮鞋的行当在我心目中并不低贱，是一种靠劳动找钱的正当职业，跟其他进城农民当帮工、打临工、当保姆没本质区别。胡光明看我这样，就有些不好意思了，跟我说起他老婆来。他老婆从四川北部山区来，在这里办了暂住证，平时要做家务、照管娃儿，根本不可能去找别的事做，就在报社大门外擦皮鞋。这是一种无执照的营生，有碍观瞻，时常被城管人员撵得鸡飞狗跳，四处逃窜。即使在给人擦鞋也得眼观六路、耳听八方，稍不留意，被城管人员逮住，木箱子就会被收缴甚至砸烂。

这些不需要胡光明跟我讲，我亲眼见识过那种场面，那是一个年纪稍大的女人，被城管人员逮住了，城管要没收她木箱子，她却死死抓住木箱子上的绳索不放，嘴里不停地告饶。最后绳索拉断，那女人跌倒在地，头被碰破，血流不止。四周围观的人都为那女人打抱不平，怪城管人员太凶，他却不理不睬，还是拖起木箱子走了。

我把话题引开，谈到在人市找活儿的农民，谈了猴儿被打伤的事。胡光明这才显得轻松了，赧色从他脸上褪去，语言也多起来。他说他对人市也并不陌生，曾去那里找过活儿。不过，他认为他的命跟人市无缘，以后就没再去过那里了。于是，我向他表露自己早有的打算：想办个公司，专门给进城农民介绍活儿的公司，在老板和打工者之间架起一座桥梁，打工者进了我的门就不会感到茫然和惶恐，就像进自家门，找到自己喜爱的工作，从中去获取该属于自己的那份金钱。但有些话，我埋藏在心里没说出来，那就是老早我就说过的，我不喜欢父亲那套近乎于黑社会的找钱方式，我要在社会上堂堂正正地立足，堂而皇之地找钱。

没料到，我的打算竟引起胡光明极大兴趣，他变得兴奋起来，对我说："真要是这样，你就给进城的农民做了件好事。"

我说："这还仅是个想法，办公司要哪些手续都还不清楚。"

他比我还性急，说："现在社会上有个说法，'不怕做不到，就怕想不到'，你敢想就对了。走，格老子去找崔记者，向他请教。"

我说："不，等请他吃饭时再说。"

我不愿去办公室里当着别的记者谈这事。一个进城的农民想办公司，这本身就让人觉得是幻想，而且在那里谈，太正经，肯定我会羞于启齿，无法跟他进行平等交流。我想在觥筹交错中不经意间进行，成与不成都不会受人讥笑。

他又看表，说按说他在办公室了。走出他住处不远，碰见他老婆搀起娃儿回来。他喊住他们，拉过他儿子，说么儿，这是你毛狗狗叔叔，喊毛叔叔。小孩似笑非笑地望着我，怯生生喊了我一声毛叔叔。我摸摸他的头说乖。看着离去的母子俩，我对胡光明说："你么儿不像是个农村娃儿了。"

他眼里绽放出欣喜的光，说："格老子真的？"

他很高兴我的说法，又特地回头去看。我没有要讨好他的

意思，这只是我无意间说出的一句心里话，但没想到竟会给他带来如此大的欣喜。不过，同是进城农民，我理解他，哪怕自己融入不了城里人的生活圈子，下一代能够做到，也是件值得庆幸的事。

来到编辑部里，崔记者在电脑上打字。胡光明上前同他打招呼，嘴快，说我找他有事。崔记者"啊"了一声。即使这里只他个人，我还是不想这时跟他说那个打算，就说："崔记者你帮过我们大忙，一直没感谢你，今天想请你吃顿饭。"

崔记者无声地笑了，笑容还没来得及扩散到整个面部就消失了，随即又把目光落在键盘上，似乎有些为难。我的心一下子凉了，觉得此时来找他说这话，真不是时候。

胡光明说："崔记者，毛狗狗有新闻向你提供。"

崔记者一听来了精神，说："好呀。"

胡光明望了眼那边打电话的女记者，又说："他不想在这里说。"

崔记者也望了眼那女记者，说："那我们去找个地方。"

他把我们带到一个叫雅园的茶楼，刚坐下就迫不及待地问我有啥新闻。我原想跟他讲猴儿被打伤的事，但话到嘴边又突然觉得这事太无聊，不能算是新闻，就改口向他谈起想办公司的事。话才开头，还没把打算描绘出来，他就打断我，说跟我就是想说这个？我说是的。他喝口茶水，有些失望，说这事你该去找工商的人问。他起身去了洗手间。我很狼狈，好像在欺骗他。胡光明也为我感到难为情，便对我说，格老子给他摆猴儿的事嘛。

过了一会儿，崔记者用手机打着电话回来了，好像又有人在约他，叫他到一个地方去，他有些犹豫，没有果断回绝就收了手机。一时，大家觉得有些沉闷，不知说啥好，都端起杯子喝水。胡光明便想话跟崔记者说，都是东拉西扯的，崔记者也有一声没一声地回答着。胡光明上面在说，下面用脚踢我，要我开口说话。我鼓起勇气，说："崔记者，我们有个人被人打伤了，不晓得这是不是新闻？"

他说："你说来听听。"

他的兴趣并不高，但我还是讲了。我先简单介绍我们和邵钢铁那拨城里人的情况，对猴儿被酒糟打伤以及他多次要去找酒糟拼命的那些情节，我就讲得详细一些。和邵钢铁在江边演出的那一幕，我没有讲，我想，邵钢铁也不会跟任何人讲，从过后的各方面情况反映看，他是把这当作件不光彩的事永远埋藏在心里了。

崔记者被我的讲述渐渐吸引了，不时还插问一两句。我的信心大增，甚至把人市的一些情况，尽我所知，不夸张也不隐瞒，慢慢抖落出来。听到后来，崔记者连问也不提了，两只眼珠子都挂在我嘴上，大气也没出，生怕我一住口就会掉下去。胡光明像终于完成一项光荣任务，心满自得地抽烟、喝水，尽管他对人市的事毫无半点新鲜感，但为给崔记者凑兴，还是装出一副聆听的样子。我从来没有这样完整地跟人讲过人市，话语这么多，我甚至被自己的讲述所陶醉。我明白了，这事对崔记者来说是特大新闻，否则他不会这样用心。

我刚讲完，崔记者就问我："你所说的猴儿叫什么名字？"

我说："他姓侯，我们都叫他猴儿，名字都不习惯叫。"

崔记者说："我想找他谈谈。"

我说："行，这就叫他来。"

我想用手机找他，见柜台上有电话，就起身去。崔记者叫住我，说："现在不找他，你跟他讲，叫他明天跟我约。"

他递给我一张名片。随后，崔记者又问了我一些别的事，如人市属哪里管，负责人叫啥，每天到人市来找活儿的人大致有多少，城里人多少，进城的农民有多少，有多少人能找到活儿。我回答他的这些提问，他把答案记在一个本子上。有那么一刻，我感到有些后悔了，还带一点顾虑：我会不会一时欠虑，说得过多？有些事还是不说为好，担心崔记者干出可怕的事来。至于崔记者，抓了新闻，写了文章，他当然求之不得，但承受不利的还是我。这样一想，真后怕了，于是对崔记者再提的问题，我就有所保留了。

末了，我还是对崔记者说："我们都是靠人市吃饭……"

他说："放心，我会掌握分寸的，这种事，我有经验。"

我还是坚持要请崔记者吃饭，他推辞了，说改天再说。今天找他的目的是向他打听办公司的事，结果令我失望了。分手时，崔记者叫住我，对我说："办公司的事，不是我不愿帮忙，的确是我不清楚。不过，我采访过一个人，他兴许知道，哪天你来找我，我带你去他那里问问。"

我很高兴，连声感谢他。

我请胡光明吃的小火锅。饭后，我去医院接灿灿，今晚是猴儿守夜。

猴儿已到了医院，灿灿在向他交代注意的事。完后，我把猴儿叫出病房，说报社崔记者想采访他。他一口拒绝，说："挨打是件丢人的事，哪还值得记者采访，我不要别人同情。"

"他是想帮进城农民说话。"

"莫非他不是城里人？"

"他是记者。"

"记者又怎样？好不到哪里去。"

"我觉得他这个记者还可以，你明天跟他联系，去见一面吧。"

我把崔记者的名片给他，他收下了。我又对他说："名片用了还我，我还有事要找他。"

猴儿跟崔记者见面后的第三天一早，胡光明就给我打来电话，说崔记者采访我们的事见报了，叫我去报社，他给我找了几份报纸。

在报社，胡光明把报纸给我，他很兴奋，好像那文章是他写的，说："你们人市这下出名了，格老子，这回又该请我啦。"

我接过报纸一看，心就凉了，在六版上崔记者写了半个版，题目叫《进城农民在劳务市场的遭遇》，虽说他给我们说了话，但捅了人市这个马蜂窝。我敢肯定，杜渝生会气得半死，后头会有好戏看，有我难受的。我粗略看了一遍，还好，里面没用真名。我卷好报纸，向胡光明道谢，并叮嘱他，崔记者采访我们的事绝不能跟任何人说。离开报社，我直接去老茶馆。途中，我在街边烟摊买香烟时，自己留下一份报纸，把另几份全送了烟摊老板。

我在老茶馆打电话叫来猴儿，把报纸给他看，他看了，半天没说话。我问他怎样，他说不怎样。他对这篇文章并不感激。从他表情看，我感到他也有了担心。我问他："崔记者采访你，没跟别的人说？"

"你以为我是傻子？"

"这事就你知我知，千万不能漏嘴说出去，有谁问起就说不晓得。"

他有些埋怨地说："不该听你的话。"

我说："又没写你的名字，怕啥子怕，烧一下杜渝生对我们也有好处。"

猴儿走了，我把与第六版连带的那页折好放进衣袋，其他的版就丢在桌上，任别的茶客们看。

我没跟任何人说这篇文章，就像报上从没刊登过这篇文章，连灿灿我也没说。

第二天，杜渝生找我了，把我叫去办公室。从我一进门，他那双眼睛就冷漠地盯住我，想要从我身上看出点他找的东西。我早有准备，知道他会找我的，否则他就不是劳务市场杜主任了。

崔记者的文章，旗帜鲜明站在进城农民一边。他揭露劳务市场管理许多不规范，农民在这里遭歧视，一个叫王亮（化名）的农民在这里被人打伤。文章还呼吁有关部门，特别是劳务市场的管理者，应该站在社会改革和发展的高度，以热诚胸怀，接纳农民进城务工。那文章犹如一记耳光，打在杜渝生脸上。说实话，我还感到有些不过瘾，因为文章没有点出杜渝生来，他像只臭虫叮在我们身上吸血，该将他曝光，晒死他才更好。

我吐起烟圈，大大咧咧地一副轻松样子。杜渝生脸色很难看，连鼻孔喷出的气息划根火柴也能点燃。他坐在转椅上问我："看了昨天晨报？"

我说："我从来不看报。怎么啦？"

对我惊讶的反问，他没回答，而是直接问我："人市的事是哪个捅出去的？"

我露出大惑不解的神情说："捅了啥子事，捅给谁了？"

他目光在我脸上扫来扫去，像雷达，想抓住我。我不知道崔记者是如何采访猴儿的，也不知道猴儿到底向崔记者说了些啥。猴儿那天见崔记者回来，我没有问他，他有自己的心思，在人市这么多年，酸甜苦辣应有尽有，见识和经历都比我多得多，有些是我想都想不到的，他要怎么说是他的自由，我去问他反倒感到别扭。直到我看了文章后，才知道猴儿也是豁出去了，把人市上见不得人的肮脏事通通抖落出来。杜渝生的目光像锥子一样尖利，直直地刺向我。一个有丰富社会经验的中年人，目光有时比一副拳头还厉害。我筑起的心理防线几乎快要崩溃时，他目光终于从我脸上移开，也露出一丝假意的笑容，丢我一支烟，他也点燃，说："报社的记者来暗访了人市。我想你也不会去乱说，还得靠它吃饭，是不是？"

我连连点头附和。

他说："我跟邵钢铁说了，他以后要招呼好自己的人。"

我还是不接话，保持沉默。

他又说："报上说的王亮，该不是指你那个被打伤的……叫猴儿的人吧？"

我说："不晓得，报纸我没看。"

他说："去把他医药费票据拿给我，我喊邵钢铁解决。"

我说："听说他洗衣服把票据洗了。"

他摸出钱夹，在里面选了选，抽出张五十元票子，随手丢在桌上，说道："拿去给他，就说是我给的。"

我说："哪能要杜主任的钱呢？猴儿的伤早好了，不能叫杜主任破费。"

他说："在我的市场出的事嘛，我应该有责任。你代我转交他。"

他从桌上拿起钱，递到我面前。我推开钱，连连摆手说："不能要，不能要。我代猴儿谢杜主任了。"

他就不再坚持，把钱收回去，说："难呵，你们和邵钢铁，就是我手心手背的肉，真不晓得该如何将就你们才好！"

我说："是呀，难为杜主任了。"

穿马甲的挑夫

今年年初，街上就出现了一些穿黄马甲的"棒棒"，黄马甲后背上印有"诚信挑夫"的字样。有好一段时间，这些"棒棒"，一直是我们茶余饭后的谈资。其实谈他们，是谈他们的老板，因为老板是个和我们一样的进城农民，他用当"棒棒"十五年的积蓄，又向人借款，办起了挑夫公司，现在手下员工有一百多人。他的这些情况都被登在了报纸上。素未谋面的陌生人，成了我们崇拜的对象，是我们学习的楷模。

万万没料到，崔记者要带我去找的人就是诚信挑夫公司的老板。

诚信挑夫公司在下半城龙家湾一条小巷子里，离人市还有点远，公司是租用的民房，在进门的砖柱上挂着诚信挑夫公司的木牌子。崔记者说和老板联系过，老板正等我们。我们直接去到办公室，办公室里就一个人，崔记者进门就叫那人周老板。周老板迎上来，握住他的手直摇，说："稀客，稀客。"

我一眼就认出，周老板就是带我去人市的周棒棒。这让我喜出望外，先还拘谨的心情放松下来。崔记者也想少费一些口舌，就说："既然你们早已认识，那你们谈，我还有别的事。"

周棒棒送崔记者出门去了。我怀着激动，打量起周棒棒的办公室来。所谓公司，其实就是两间相通的房间，外间是办公室，里间是卧室。办公室的摆设极其简陋，一张办公桌，一部电话，几只木凳。墙角堆着一捆竹棒和绳索，我想那就是公司员工干活儿用的工具。办公桌上，码着一摞崭新的黄马甲，但其中有一些明显有穿过的痕迹。对这里的简陋，我并不奇怪，一个进城农民能办起属于自己的公司，这本身就是个奇迹，何必还在乎这些呢。

周棒棒回来了，高兴地说："没想到崔记者带来的是你。"

"早慕名你的挑夫公司了，没想到老板是你。"

"啥子老板哟，还不是个'棒棒'。"

"到处能见到你的员工，还不是老板？"

"你就不要讥讽我啦。"

"弟兄间还会说假话？"

他从里间提出温水瓶，拿出杯子给我倒水，下巴朝那摞黄马甲一扬，说："有些人都不干了，脱掉给我退回来了。咯，还有墙角的那堆棒棒。"

我问："怎么会呢？"

他叹息了一声，说："一言难尽哟。"

我觉得他是在耍滑，如今在社会上混的人，对谁都会提防一手的。我向他理解地一笑，没顺他的话接下去，如果这样就显得太无聊了。但是我还是从周棒棒看那些黄马甲、竹棒、绳索的眼中窥出了他的疲惫，而且这疲惫是从他骨子里往外冒出来的。或许他说的是真的，但我不愿就这问题探讨下去，就说："周大哥见多识广，我是来向你请教的。"

他说："有啥值得来请教，我都是个快淹死的人了。"

我直接向他问起开公司该做些什么。

他问我："是你办？"

我点头称是。他一下子就露出了惊奇，说："想去年，我带你到人市找活儿，才多久，就要办公司了，不简单哟！你是攀上了哪棵大树发的财？"

我没有和他说那些闲话，便谈我想成立个什么样的公司。他说："不就是个职介公司吗，这样的公司在重庆城多如牛毛，你还要办？"

我说："和那些有本质不同，那些是以赚钱为目的的，它们跟进城的农民隔一层。我要办个农友之家，进城找活儿的农民进我的家就像回到自己的家，我给他们提供食宿，只收成本。我会跟那些需要农民工的老板建立长久联系，他们招工都会来找我。对刚进城的农友，我办班培训他们，通过短期培训，让他们掌握一些本事，然后走向社会，干活儿找钱。"

我完全被自己的打算迷住了，这是个美好的蓝图，经过我努力，蓝图一定会变为现实。周棒棒瞪大双眼看我，我觉得他也被我的打算吸引了。我甚至觉得，我的打算并不比他已经着手干的逊色。肯定他在筹办诚信挑夫公司的初期，也一样有过这样的兴奋和激动，当穿起黄马甲的棒棒出现在重庆城大街小巷时，他拥有的喜悦是可想而知的。我想我也会有这一天的。

　　他打断我，问："你那农友之家靠啥子生存？喝西北风吗？"

　　这问题我考虑过，心里有本账。我说："我会收他们微薄管理费，不存在赚钱，只要够公司正常运转就行。我把它办成公益性质的，一旦到有了社会声誉，各种捐助也会有的。"

　　我终于看见周棒棒的眼里射出一丝光亮，但只闪了一下，瞬间又熄灭了。他用痛苦的口气说："你的这套行不通，至少现在行不通。"

　　他直摇头，眼睛又落在那堆黄马甲上。可能我的打算与人欲横流的观念是有些格格不入，有我梦想的成分，但是他，一个扛起竹棒满街找活儿的人不也办起了公司吗？我们不也在闹市见过他的人招摇过市吗？为啥他现在竟对我说泄气话？我真怀疑他是不是诚信挑夫的策划者和组织者，因为此刻，在他身上已经看不出策划者和组织者的胆魄了。

　　周棒棒坐在他办公桌后面，按说一个公司老板该坐皮转椅，但他坐的是木方凳，这的确有点寒酸。他说："那时还不是跟你一样做梦，把公司办起来，进城当棒棒的就有自己的家了，大家有难同当、有福同享，穿上黄马甲就感到心里有了依靠。现在看来，才不呢！诚信挑夫有了声誉，给顾客带来亲近感和信任感，生意好做了，一些部门就上门来了，各种规费要你交。挑夫们也跟我要起了心眼。这行当各自为政，人员分散，根本管理不过来，好的每天还交一点管理费，有的干脆就一分钱不交，照样穿起黄马甲当挑夫。你发现了，他说他不干了，脱下黄马甲还你。我是不该办这倒霉的啥子挑夫公司，把我十几年的积蓄花个精光，还拉了一勾子（屁股）烂债。"

　　随后他就向我诉起苦来，好像我是个能救他脱离苦海的贵人。公司办起后，他把老婆从家里接来帮忙。开初，对这新鲜事，媒体也大事宣传，公司确也热闹过一阵子。但好景不长，到现在公司已名存实亡，由于无力支付工资，两个管理人员也离去了，最后为减少生活开支，把老婆又送回农村。他说他就等年底租房期满，然后就摘牌子走人。

对他目前的艰难处境除了同情，陪他叹息之外，我别无他法能安慰他。在这之前，我也曾听过一些关于进城的农民花钱办公司、搞餐饮业的事，但大多都没有好结局，不是亏空、关门大吉，就是在竞争中遭城里人排挤、搞垮。那些都与我隔得老远，当稀奇事听罢就算了，今天听周棒棒现身说法，却叫我不寒而栗。看着周棒棒一张苦瓜脸，我想，脚下这块不长庄稼的水泥地，就不适合农民生存吗？又要把我们赶回能长庄稼的土地上去吗？难道进城的农民就只有打工、当"棒棒"、擦皮鞋、在街边摆快餐摊的命吗？我陷入深深困惑之中。

周棒棒的苦水一倒就是三个多小时，其间他接过一次电话，某个要搬家的要他明天派人去搬家，他答应了，详细问了地址、距离、家具多少。我想，他是在考虑配备人员。然后，把这些都记在一个本子上。这是他在几个小时里承接的一笔业务。我后悔来找他，经没取到，反遭泼一身冷水。不过，他还是向我介绍了筹办公司的一些常识，一个是要有注册资金，一个是要有专业人员，再一个就是要场地。他所说这三样正是我奇缺的。这的确有点让我闻风丧胆、望而生畏的感觉。我问起他是怎么解决这三样难事的，他神秘地一笑，说这还不好办，有钱能使鬼推磨，说等你下决心了，再来找我。

离开办公室已是傍晚，周棒棒觉得不会再有人来联系生意了，说要请我吃饭，把我带到一家川菜小餐馆。我们要了两个凉菜、两个热菜，慢慢喝啤酒。我想起第一次认识他时的情景，特别是他当时的一身穿着、扛起竹棒、快步行走的样子让我忍不住想笑。两瓶下肚后，他又开始向我倾诉，说着说着还哭起来，哭得很伤心。他哭着说，他并不是心痛十几年的积蓄如今打了水漂，而主要是心痛那么艰难从农村走出来，真是枉费一番心机，这社会险恶、人心不古，让他好好一场美梦破灭，巨大的失落感整天都压迫他，叫他痛不欲生。我问他今后怎么办，他抽抽搭搭地说："又去当棒棒，不干出点名堂来，哪怕死在这重庆城也不甘。"

我努力去体味他的感受，可能并不到位，但让一个男人当着别人如此痛哭，可见心痛得是很深的。看见他哭，我心里也阵阵发酸，眼眶也潮湿了。这只是我对他的遭遇表示的同情，一种旁边人良心上的同情，受损失和伤害的还是他自己。因此，他所说的一切，还谈不上对我有切肤之痛。吃喝间，多半是他在唠叨，我少去打断他。他现在需要倾诉，需要减压。

到最后，他醉了，直到趴在桌子上还不歇气地念："不干出点……名堂来……死在……重庆城……"

其实，他这句话表现出的不认命的精神，已盖过他的伤心话对我的冲击。他瘦小的身子，在我眼里还是高大的。

这顿饭是我给的钱，钱并不多，花得值。我把他扶回公司，从他身上摸钥匙费我不少力，他像一摊肉挂在我脖子上，我只好把他放在地上。开门后，我拖他进屋，他又吐得一塌糊涂。收拾干净，安顿好他，我离开诚信挑夫公司已经是深夜了。

我忙赶去医院换灿灿。猴儿已经在病房。他见我和灿灿没一个回住处，怕是老船长病情又加重，就主动来医院帮忙了。

我把他俩都叫到外面，说起周棒棒的事。猴儿跟我和大多数进城农民一样，虽说对周棒棒并不认识，但对他都怀有崇拜之情。现在听我说出他的惨景，也很替他惋惜。灿灿不知道周棒棒是谁，有何事迹，见我们都这样为他可惜，也在一旁愁眉苦脸。

遗　嘱

老船长的病情恶化是在灿灿和猴儿走后两小时。我疲倦地靠着墙壁睡着了，突然被同病房一个病人的陪伴摇醒，说我的病人快不行了。老船长痛苦地瞪起眼，嘴唇乌紫，一张一合地翕动，脸被憋成了茄子色。我赶紧叫来值班医师，其实那只是个值班护士，等她通知来睡眼惺忪的医师，老船长翕动的嘴唇也停止了。在一阵手忙脚乱中，老船长被送进手术室。

我给猴儿打了手机，把他从睡梦中唤醒。几十分钟后，灿灿和猴儿都赶来了。灿灿说她走时老船长都好好的，怎么现在就不行了，焦急之情溢于言表。我想，这段时期她照护老船长竟照护出了感情，真成他女儿了。

我们又坐在手术室外的长椅子上等待。灿灿说："一个下午，他的精神比往天都好，他要我给他念报，又叫我给他找来纸笔，说给他上海的儿子写信。"

这事早该通知他儿子了。我问："他写了？"

她说："好像他写了。当时我被医生叫去帮别的病人做点小事，没有太注意。事后他没说，我也忘了问。"

不时有医护人员进出手术室，个个脚步匆匆，脸色凝重。我们都但愿老船长依然像上次渡过这一关。

天快亮了，做清洁的女工开始在过道里拖地，拖把碰到墙壁或椅子脚，发出砰砰声响。我是个从小就失去父爱的人，父亲在心目中的地位无足轻重，但并不是说我就不渴望父爱，反而还十分强烈。特别是小时候，看见李黑娃骑在他父亲肩上，那种感受叫我痛苦又羡慕。就是在这种感受中，对父亲的爱和恨像两只鸟儿同时飞进我胸中筑了窝，也就是在这种时候，混账王八蛋成为父亲的代名词。这段时期在医院照护老船长，我对老船长产生出不浓也不淡的依恋之情，和灿灿一样，在自己父亲身上没得到的爱，不自觉地移到他身上。猴儿靠墙在瞌睡，灿灿依偎着我似睡非睡，时不时在我耳畔咕哝两句。此刻，我有种奇怪的体验，人真是五味俱全，自己的父亲不去爱，却去爱别人的。老船长远在上海的儿子此刻在干啥？说不定正搂着老婆酣睡，大概做梦也不会做到父亲正在手术台上与死神抗争。天底下的父亲和儿女们，都有属于独自的悲凉啊。

清晨的凉爽使我头脑里杂乱的思绪渐渐远去，我也沉入无边的睡梦中。一个声音把我们三个几乎同时叫醒，一个穿白大褂、耳上挂着口罩的护士站在我们跟前，问我们是不是俞大川的亲属。

灿灿像是坐在弹簧上被一下弹起来去答应，护士说病人没抢救过来。她递给灿灿一张纸，叫去办理死亡证明。护士转身又进了手术室。那一刻，我感到过道里特别静，我们都没有任何言语和举动，好像都还在睡梦里，没有弄清究竟发生了什么，脑子里一片空白。的确是很短暂的一刻，灿灿瞬间就醒悟过来，开始无声地流泪。我无言地拥着她，猴儿勾起头坐在长椅上。好一阵，缓过气的灿灿才哭出声："他一个上午都好好的嘛……"

那是老船长的生命走向尽头表现出的回光返照。我开始安慰灿灿，轻轻拍她的背，让她冷静下来。我理解她此时心情，在对老船长的怀念中还夹带有对自己父母的思念成分。想到这，我的眼睛也有些湿润了。

手术室的门打开又关上，医护人员陆续从里面出来，无任何表情地从我们面前经过。一个我们熟悉的生命刚从他们的手底滑走了，但他们却无动于衷，好似一群从另一个世界来的生物。

我和灿灿再次跟老船长见面是在医院的停尸间。停尸间是一间地下室，当穿蓝长褂的工友为我们打开铁皮门时，铁皮门的咣当声在停尸间回响许久，好像里面有无数人在吼叫。停尸间的四壁是冰冷青色的水泥墙，没有一扇窗子，散发出强烈的来苏水气味，天气大了，里面开着冷气，一进去让我打个寒噤。里面已经停放了几具尸体。工友把我们带到靠外的一具跟前，我把灿灿拉后一步，上去打开盖布看一眼又蒙上，因为老船长的脸极其恐怖，完全想象不出会是这个模样。灿灿要上前看，我抱住她，她大致知道这情形，便又流泪连喊两声干爹。我打电话通知老船长的单位，单位上来了两个人，说是退协和工会的干部。他俩问了我们同老船长的关系，向我们说了几句热情的感谢话，叫我们以后的事就不用管了，单位出面办丧事，说办丧事就在离我们住处不远的滨江路上的安乐堂。

从太平间出来，在病房收拾老船长遗物的猴儿把我们拉到无人的地方，拿出一张纸，神情兴奋而又严肃地对我说："你看看。"

我一看也愣住了，是老船长留下的亲笔遗嘱：

我身患重病，经日治疗不愈，时日不在，弥留之际，自立遗嘱如下：

我几十年劳作于川江之上，平生无多财产，只房屋一套，存款五十余万元。老伴已先我而去，膝下一子远在上海，况长时与我无联系，亲情淡漠。我死后，愿将全部财物，赠予干女秦灿灿。以此为据

俞大川亲笔

二×××年×月×日

我问猴儿："是在哪里找到的？"

他说："枕头下。"

我说："他不是给儿子写信，是在写这遗嘱。"

灿灿接过遗嘱就大哭起来。我说："你像亲女一样待他，也算问得过良心了。把遗嘱收好，这是法律依据。"

猴儿说："小秦的好日子来了，不枉当他干女一场。今后我们也沾小秦的光。"

回到住处，大家都感到有些恍惚，坐在堂屋里半天无语。我环视墙上的相框，里面的照片似乎还在讲述昨天的故事，但主人公已离我们去了另一个世界，灵魂已经从照片里飞走了，生动的故事也变得乏味了。

晚上，灿灿睡着后，我起床从她衣袋里拿出遗嘱又看了几遍，真不相信这会是真的。跟老船长并没有血缘关系，得到这一纸遗嘱、一份不菲的家产，难道就因为给他当了一段日子干女？在我看来，灿灿获得这笔财产，实属有些意外。此刻，我都为她兴奋不已，无法入睡，搞不懂，她却睡得这么平静，这么香？

抬头望去，窗框衔住半块灰蓝的夜空。一阵凉悠悠的江风吹进来，还送来远处轮船沉闷的笛声。此时，我的想象异常活跃起来。这套房屋属于灿灿了，属于她就是属于我了。漂泊者意外地得到居处，还有什么比这更值得惊喜的？漂浮的脚根终于可以站踏实了。猴儿可以永远住在他那房间里，再不用交房

租了。他平时少于讲自己的身世，我也不想去探问，大致知道他家在大巴山深处，父母年事已高，老婆带着两个十来岁的孩子，每隔半年他寄一千元钱回家。我想，要是他愿意，可以把老婆接来，我们都住在一起。到时，那才会有个大家庭的味道。更诱惑我的是那银行的存折，除去老船长住院和别的一些开支花销了三万多元，存折上还有五十五万元。办公司需要注册资金，这笔钱正好派作用场，只是不知灿灿愿不愿意。我得找机会跟她谈谈。

第二天起床，我对她说，遗嘱不能随便放在衣袋里，弄丢了怎么办，交我收捡好。她说就放她那儿，那么重要的东西怎么会掉呢。后来我叫她把遗嘱和存折放在一个地方。

老船长的儿子俞楚宏一家三口从上海赶来是在他父亲出殡的前一天。他长得跟老船长一样高大、英俊，戴着眼镜，大热天也穿着长袖衬衫、打着领带，跟人说话开口闭口阿啦侬，没一点重庆腔。他老婆长得并不漂亮，但一副江浙人的精明相，见人还未开口先露笑脸，说话软软的，让听的人的性子也跟着变慢。他们十余岁的儿子总是跟在母亲的身后，看人的眼光也是怯怯的。一拢重庆，俞楚宏带着家人就来到顺城街家里，来得太突然，我们彼此都不知说啥才好。他知道我们是佃房户后，目光也没有多在我们身上停留，什么也没说就带家人走了。晚上，他们没回来住，住在离家不远的一家星级酒店里。

晚上我把猴儿也叫来小屋，当着灿灿的面，商量如何对俞楚宏说他父亲留遗嘱的事。本来不该叫猴儿的，原因是灿灿不愿接受老船长赠送的财产，我已经劝说很久她都不听，才把猴儿叫来一起劝。猴儿一听就跳起来，对她说："你是不是见他儿子回来就怕了？这又不是你偷的抢的，是老船长自愿送给你的。"

我也对她说："其实也不关我的事，是送给你的，你如何处理是你的权利，别人无权干涉。但是你也该想想自己。"

猴儿说："你亏什么心？他亲儿子还没你对他好。"

我说："你不好说，我说，我把遗嘱给他看。"

灿灿说："说也没用了，我把遗嘱已经撕了，扔了。"

　　我脑袋猛地胀大了，忙去翻找放存折和遗嘱的地方，果然遗嘱不在了。我背心一阵冷汗直冒，这算是哪回事哟，你说即使是捡的不要，这可是别人心甘情愿送的啊，并亲笔立下了字据，在法律上都具有效力的。她怎么就不想想在这重庆城无立锥之地，身无分文，这白纸黑字可算是她今后一辈子都找不到的巨大财产啊，她怎么就一下子撕了，扔了？天下到哪里去找她这种傻子？

　　灿灿说："这笔遗产我不能要，它本来就不是我的。"

　　猴儿急了，说："是，不是你的，老船长把你当女儿，给你了。"

　　灿灿说："我只是他认的干女儿。"

　　我也急了，说："这又怎样，他亲儿子对他又怎样？他愿意留给你。"

　　她又说："这笔遗产我不能要，它本来就不是我的。"

　　她怎么就生成这么个笨脑筋，我气得想上去给她一耳光，我克制住了，还是一抬脚踢飞了凳子，凳子撞上天花板，又跌落在我面前。霎时，一股钻心的疼痛从脚背生起，又踢到旧伤上了，痛得我一屁股坐在地上。

　　灿灿流泪来扶我，我推开她。她说："你不要急，我解释你听……"

　　猴儿把凳子放好，坐在一旁不说话了。

　　她又过来扶我，扶我到床边坐好。她也坐在床边，对我说："老船长跟他儿子关系不好是事实，但毕竟是他亲儿子呀。我算啥子？这笔家产是老船长一生的积蓄，他不留给亲儿子，拿来送我这个认的干女儿，这会叫外人怎么看，就是官司打到法院，我又能说得清吗？说的别人肯信吗？弄不好，还说我贪财，脸都不要了。"

　　我说："老船长亲笔立有遗嘱。"

　　她说："那一张纸真有这么大的法力？别人可以找出很多理由说是我们趁老船长神志不清的时候，骗他写的。再说老船长当时立这遗嘱的想法究竟怎样，谁也说不清，说不定只是想气气他儿子而已。我们又何必当真？"

我渐渐感到理穷了，硬话说不起了，但有种到嘴的肥肉又被别人抢走的惋惜，就说："总该让他儿子晓得这遗嘱的事。"

　　她说："好让他怜悯我们？施舍点给我们？"

　　猴儿也说："真便宜了他这种不孝的人。"

　　我还是没完全甘心，说道："那存折不要说。"

　　她叹了口气说："我们不能那样做。"

　　我现在才明白，从她接过老船长的遗嘱那一刻起，就已经打定主意了，难怪我叫她把遗嘱给我，她不干。

遗　产

　　出殡这天，我们一大早就起来了，以为老船长的单位会通知我们，结果半天没音讯，等我们赶到安乐堂，出殡的队伍正要出发了。好得那工会干部还记得我们，让我们上了最后的一辆面包车。我把老船长平时下的象棋带来了，向工会干部说这是老船长最爱的东西，能否跟他放在一起，让他带走，在阴间也好有个玩物。工会干部想想，说好吧。

　　车上都是单位上的人，一律诧异地打量我们。这种目光，同俞楚宏刚看我们时差不了好多，不仅在探究我们是干啥的，还对死去的老船长诘问：生前都结交些啥子人哟？在老船长孤独的时候，单位的关怀在哪里？当他住院后，这些此刻显得悲伤的同事又在哪里？他的亲生儿子又在哪里？在老船长生前孤独的时候，是我们在一旁陪伴，他生病的时期是我们在医院里没日没夜地看护。我当时的脸色肯定不好，灿灿看出我心情，抓住我手，使劲捏，生怕我会说出不得体的话来。那工会干部细声向他们作了番解释，这些目光才不情愿地从我们身上移开了。

　　在火葬场的悼念厅，送葬的人为老船长举行了简单的告别仪式。老船长穿着白色海员服，躺在透明的有机玻璃罩子里，大盖帽放在他的头边。这套海员服是老船长的宝贝，我想他退休后就再没穿过。我曾进过他房间，见那套海员服就一直挂在他床头，怕沾灰，用布罩着。现在老船长终于又穿上它了，但已没有了照片上的英武和生气。虽说他经过火葬场的专业化妆师化过妆，脸色不那么可怖了，但他的嘴还是没闭上，好似一直要跟人说什么。他儿子一家人站在遗体旁，悼念的人都做出悲痛的表情和他一家人握手，连那小孩也握。那小孩时常露出胆怯，望着伸向他的手，退到母亲身后，于是伸出的手就在他头顶摸摸。从我见到俞楚宏那一刻起，他和他的妻子的眼里连一丝泪光也没有闪现过，而现在，又对这长时间的仪式表现出厌倦。灿灿和我走在一起，她虽然没有流泪，但她的脚步却有些虚晃，我扶住她，怕她在遗体前跌倒。我理解她的心情，猴儿也理解，在场的其他人却不理解：一个并不沾亲带故的人怎么会这么悲伤？

告别仪式结束后，老船长的遗体被火葬场的工友移在一辆推车上，送往火化车间。工会干部没有忘记象棋，从我手上接过去把它放在了老船长身边。对这，我很感激工会干部。

宽敞的火化车间让人感到肃穆，说话也细声。老船长的遗体被放上传送机缓缓送往火化炉。火化炉有四个炉膛，同时像这样的还有另外三台传送机在运行。那三台机器旁，都有人在哭天喊地悲恸，我们这里却异常平静。来作最后陪伴的只有那工会干部和我们三个，俞楚宏站在圈子外，他老婆和小孩连车间也没进。当炉门"咣当"关上的那一刻，灿灿又流泪了。

从火化车间出来，我站在空坝上，感到一阵悲凉，心里突然堵得慌：见车间后面的高烟囱正冒起淡淡青烟，青烟向上缭绕，一丝一缕地融进了灰蒙蒙天空；我想起老船长在南山上喊川江船工号子——那景象历历在目，浑厚的嗓音犹在耳畔飘荡，如今怎么就不在了，怎么就化为了一缕青烟？一个生命从生到化为青烟，过程是多么短暂啊！

第二天一早，俞楚宏带一个人来到顺城街家，把我们叫去堂屋里说话。我们到堂屋时，俞楚宏在摘堂屋墙上的相框，摞在茶几上，准备打成捆带走或者作别的处理，我们不得而知。相框上蒙了灰尘，他一边拍掉手上沾的灰，一边斜眼看我们。他带来的那人背起手在四处查看。我和猴儿上去帮俞楚宏，他没拒绝。灿灿拿来抹帕，把相框上的灰揩净，然后按大小摞好。干完后，俞楚宏彬彬有礼地对我们说："听父亲单位的人说，父亲生病住院期间，全靠你们照顾，我向你们表示感谢了。另外有件事跟你们商量，房子不再出租了，要收回，你们另找住处吧。"

猴儿说："我们是在你父亲手里租的，在这里住好多年了，不能说喊我们搬就搬。"

俞楚宏说："给你们一个星期的时间。房产我要变卖。"

俞楚宏把那人叫过来，说道："这位是我同学张昆，现在是律师，房产处理由他全权负责。你们现在的租金是不是预交的？"

猴儿说："许多年来我们都是年初预交一年的，现在才八月，我们住满才搬。"

俞楚宏说："你们跟我父亲签合同没有？"

猴儿说："我们和老船长互相很信任，从来不签啥子合同不合同的。"

俞楚宏说："怎么让我相信你们呢？"

猴儿说："那是你的事。"

不容我和灿灿插话，猴儿大包小揽都接过去。俞楚宏犯难了，不知怎么办好。张律师把他叫去一边，两人细声交谈一阵，俞楚宏过来说："这样吧，我把后四个月的租金退你们。每月的租金多少？"

猴儿说："大间是两百，小间一百五。不过我们不要你退的钱，要住满。"

俞楚宏说："那怎么好，我不能因你们的两间屋，影响整套房子的出售。"

猴儿说："另外的房间也可以出租。"

俞楚宏说："笑话，我远在上海，每月来收这点租金。"

猴儿也做出爱理不理的神情，说："我们不搬。"

俞楚宏一下气得脸色发白，先前的风度荡然无存，上海话里的重庆口音也明显重了，竟指着猴儿叫道："你……讲不讲理……"

猴儿也指着他，说："是我不讲理还是你不讲理？"

我在一旁像沐浴春风一样舒畅，难为情的只有灿灿，在一旁如坐针毡。其实她没必要这样，像这种对老人生前不孝敬、老人死后又来计较财产的人，还应该修理得更凶才好。

这时，张律师过来插话，说："都不要动气好不好，容我跟你们再商量。楚宏你只管回上海，这里的事由我来办，好吗？"

俞楚宏已气得张嘴喘粗气，也借势下台，说："好吧，好吧。"

俞楚宏和张律师正要离去，灿灿喊住俞楚宏，要他等一会儿。她进小屋，拿出存折递给他，说："俞老师，这是你父亲留下的。"

她又打开一个纸包，把里面的东西摊在茶几上，说："你父亲住院的所有票据，和剩下的钱都在这面。"

俞楚宏接过存折打开，从里面飞下一张小纸条，灿灿拾起对他说："这是密码，你要收好。"

俞楚宏看着存折，禁不住惊讶了，说："这么多钱，怎么在你手上？"

灿灿说："你父亲住院就给我的，让我取钱交费用。这些票据你可以拿到他单位去报销一部分。"

俞楚宏的态度立即一百八十度好转，连声说谢谢。他将存折小心地放进手提包里，先随意放的提包就再没离过身了。他夹起提包又将茶几上的票据包起来，手还在微微颤抖。

灿灿说："俞老师，你核对一下这些票据。"

俞楚宏说："没必要，没必要。"

灿灿说："不，还是当面核对一下好，我们的交代也好有个清白。"

张律师也说："楚宏，是该这样。"

于是，俞楚宏在茶几旁坐下，打开那包票据，从提包里拿出只计算器来，和张律师一起一笔笔核算。俞楚宏从提包里拿出计算器，这让我们三个是所料不及的，都彼此交换一下难言的眼色。我望着那摞相框，真想念老船长。

账算了十几分钟，俞楚宏最后一次按下计算器后，抬起头来说："一分不差。"

他又开始一边包收据，一边对我们说："父亲生病期间，你们照顾他好长段时间，我不知怎样感谢好，这剩的钱给你们，表示我心意。"

我知道这钱有九百多元。他把钱放在茶几上推向我们。灿灿把钱又给他放进纸包，说："这钱你还是带走吧。照顾老船长是我们心甘情愿的，你不清楚我们和你父亲的情谊，要是拿钱来衡量，就脏了那份情。"

俞楚宏脸红了，不自在起来。灿灿像没事儿一般，主动为他将纸包包好。

三天后的晚上，张律师来到我们住处。他告诉我们，俞楚宏和家人回上海了，昨晚来电话，要他再来和我们商量，能否把房子尽早退出来，俞楚宏愿在退款上加一千元作为补偿。

我们明确地拒绝了，理由很简单，交了一年的租金就要住满。

张律师临走时，给了我名片，要我们再想想，想通了找他。

座　谈　会

人市里传言，崔记者的文章引起了有关部门关注，管理劳务市场的上级部门派人来调查，想找到那个被打伤的王亮。显然这没有成功。

市场上挂出了标语，整顿劳务市场，确保进城农民工的合法权益。这些天里，大家都觉得杜渝生像棵被太阳晒蔫了的狗尾巴草，任何时候都勾着头，不愿见人。听说他还挨了批，做了检查，甚至有话传出，要是市场不整顿出个效果，他将被撤职。我很为这些传言所鼓舞，但愿是真的。

这天，我为想一些事，行走在解放碑大街上。我有这个习惯，爱在行走中想事。猴儿打来手机找我，说市场管委会要开个进城农民工座谈会，叫我去参加。我问是哪些人，猴儿说杜渝生叫你找几个就行了。我追问，是杜渝生叫的吗？他说是杜渝生亲口这样对他说的。我就觉得事情还并不像传闻的那样对杜渝生不利，还能叫人开会，就说明传言有不少水分。我说："是他叫我们去开会，就是要我们不开口，开口也只拣好的说。"

猴儿说："我们不去参加他那个狗屁座谈会。"

我说："不这么简单，点名要我们去就是这个意思，你不去就说明对他有看法。我们还不能跟他把关系搞僵了，他还没有倒。"

猴儿问："那我们怎么办？"

我说："都按我的意思说，哪怕重复我的话也不要说别的，一定要跟大家打招呼。"

随后我点了几个人的名字，叫他去通知。

座谈会是在管委会的一间办公室里开的，我和猴儿几个弟兄随意地坐在中央，除杜渝生和两个管委会的人外，还有一个我们不熟的人在场。

这种场合让我和弟兄们都感到新奇。我们是进城的农民，在家乡都曾开过会，但那心情不同，是在自家门口，无论谈什么事，心里都有个底，村干部都是熟人，没有陌生感，并且感到屁股下的板凳也稳固。此时却是另一回事，有寄人篱下的感觉，面对的是城里干部，不知他们想要从我们嘴里掏出点什么来，也拿不定我们所说的就能让他们称心如意，更不清楚这会给我们今后带来好处还是坏处，因此局促而又恐慌。他们待我们像客，为我们泡茶，把烟放在桌上，让我们随便抽，这使我们受宠若惊，捧起茶杯不知放哪儿好。杜渝生的开场白介绍了那人是段主任，上级某部门的一个办公室副主任，专门来整顿市场的。段主任面前摊开记录本，旁边放着笔，一脸的严肃。我们进去时，他依次打量我们，目光冰冷。当杜渝生介绍他时，他朝我们善意地一笑，说大家喝茶、抽烟。我们这才感到放松了，开始喝茶，拿桌上的烟抽。

杜渝生的开场白主题很明确，强调了劳务市场是改革开放的产物，自成立以来，在上级部门正确领导下作出了骄人成绩。

心中的蓝图

这些话他变着方式说了三次，才提到报上发表的文章，说经过他们多次找人调查，报上叫王亮的人在市场被人打伤纯属子虚乌有。他说到这里时，我们几个都禁不住互相看了看，猴儿还偷偷瘪了一下嘴。杜渝生说现在请你们几个来，以自己的亲身感受谈谈，市场给进城找工的农民带来些什么，特别要我们说说还有哪些不尽如人意的地方，帮管委会搞好整顿。杜渝生说完后，扭头在段主任耳边轻声说了几句，然后段主任点点头，从那样子看，两人关系很不一般。

我不开腔，猴儿几个是不会开口的。杜渝生已经把话点明到这个地步，我还能怎样？但我也不能太便宜他，这样我们就成他砧板上的肉，任他宰割了。我就用沉默来收拾他。猴儿几个似乎明白了我用意，故意把喝水的声音放大，一支接一支地抽不花钱的烟。于是杜渝生就启发我们发言，启发一次又启发一次，段主任还把笑脸送给我们，也希望我们谈谈。在这不动声色的对抗中，我感到了乐趣，并由此想到书本上的沉默是金这句话。

杜渝生递给我好几次眼色，我都当没看见。我们露出怯场的样子，让他们相信我们胆小，不敢发言，也不会说话。段主任大概相信了这点，要我们不要怕，不会说不要紧，哪怕三言两语也行。我还是不说话，猴儿几个也沉得住气，照样喝茶抽烟两不误。首先不安起来的不是我们，而是管委会的那两个人，他俩勾起脑壳，不敢拿眼看杜渝生和段主任，好像座谈会的冷场是被他们弄成的，他们有责任。接着是杜渝生感到不安了，他脸上挂不住了，这让他在段主任面前不好交差。他过来为我们敬烟，趁替我点烟，低声要我先说两句。然后他回到位置上，一直看我，平常的霸气不见了，只有野狗儿乞食的目光。我敢肯定，这时只要我发言，让他给我当儿子他也是不会不答应的。我还是把烟抽了一半，觉得也差不多了，才做得怯声怯气地发言。我刚开口，段主任就打断我，问我是哪里人，叫什么名字。我回答了他。我拉拉杂杂、翻来覆去说了一通市场管理部门如何为我们进城找活儿的农民着想，关心我们，特别说了杜渝生的名字，说杜主任平易近人、和蔼可亲，待我们像亲兄弟一样。

这一通话都是言不由衷的，我把认为是最不近情理的事都反起说，说得像确有其事一样。杜渝生脸上露出了阳光，我说一句他点一下头，我的每一句，都得到他赞扬。我心想，他明知道我所说的一切都不是真实的，还做出听得认真的神情，要是我真说真的呢，他又会怎么样呢？

我说完了，段主任又要猴儿他们说。猴儿他们也拣我的话重复。他们每个发言，段主任都要问是哪里人、叫什么。

座谈会真正发言的时间并不长，时间是在我们的磨蹭中耗费过去的，桌上的两包烟被我们抽得精光，杯子里的茶水也喝成像白开水一样清亮。段主任最后合上本子，站起来说："谢谢你们，你们对人市的支持，就是对我们工作的支持。"

我们说的那些，连自己听来都感到发麻，尽是一些吹捧话，但段主任却感到很满意，都记在本子上了。这跟我开初估计的一点不差，他们想要的就是这些。

杜渝生送我们出办公室，出门时拍我一下肩头，说："晚上我请你吃饭，豆花西施。"

杜渝生请吃，我没有赴约，跟猴儿几个弟兄在街边烫小火锅。正吃着，我的手机响了，是西安打来的，还是那叫人心发软的声音，说："杜主任在这里等你，你怎么还不来？"

自从那次求她打听典小松关押的地方，跟她睡过后就再没往来过了，后来就通过一次电话说典小松的事，她已在我脑子里淡漠了。但一听见她那发嗲的声音，仿佛就闻到她身上那股气味，便又勾起我一阵躁动，想到她在床上的浪劲。我还是说："我有事，不能来。"

她在电话里把声调拖得更长了，说："你是不是被人管严了，不自由了？你大概不会忘了我吧？不愿见杜主任，也不愿见我吗？来吧。"

她一连串问得我晕头转向。我禁不住她的勾引，她的声音带有钩。我答应了她。

杜渝生请的不是我一个，还有邵钢铁。邵钢铁见了我，脸上就不自然起来，我也不悦。

杜渝生说："冤家宜解不宜结。今天我请你们喝个和气酒，

你们两个好了，人好了，人市好了，我才能得到安生。钢铁，跟狗狗握个手，从此就是一家人了。"

邵钢铁站起身，隔桌子向我伸出手，我没动，就像第一次那样，盯着停在空中的手冷笑，在场人的眼睛也落在那只手上，场面显得尴尬了。西安走过来，把我的右手拉起来，要我去握住那只手。她说："真不是个男子汉，还跟女人家一样赌气！"

我被西安拉起手去握住邵钢铁的手，他们紧张的神色才松弛下来，都松了一口气。

西安又找了大堂经理，是个来自川西农村的小伙子，高个，英俊，一副奶声奶气的成都腔，说起话来，脸上还有两个酒窝不住地在闪动，能把你的眼珠子吸进去。我一来就注意到了这个人，就明白他是她的大堂经理。从他身上，我看到了以前的自己，不知怎的，心里还是酸酸的。西安也好像故意气我似的，大声铺派他做这做那，他倒很乐意，跑进跑出的。

在酒桌上，杜渝生告诉我们，这次段主任来不是为搞整顿，是来收集材料，要写一篇稿子，反击《两江晨报》。市场上风传整顿的那些话看来是假的，杜渝生并没有因此受到影响，我却暗暗为崔记者担心起来，怕给他造成麻烦。

杜渝生对我在座谈会上的表现赞不绝口，说路遥知马力，日久见人心，在关键时刻给他争了气，我那帮弟兄义气、顾大局。他要邵钢铁好好向我学，并要我跟邵钢铁喝三杯。邵钢铁做出一副认命的样子，对我一口一个狗狗兄弟，很像我第一次见他对典小松那样，亲热得不得了。我也做出无所谓的样子，声声应和着，好像跟他俩一直就是好朋友，在跟邵钢铁喝酒时，我特意把杯子跟他碰得叮当响，仿佛不碰破杯子不见诚心。

一直陪杜渝生的西安过来坐我旁边，无话找话跟我谈，端起杯子向我碰杯，下面的腿也亲热地碰我，双眼含情脉脉。在电话里，我禁不住她引诱，便想到她的温存。距离使我产生出美好感觉，但一跨进她餐馆，见她紧偎在杜渝生身旁，尤其知道她又有了大堂经理后，来之前的那些美好，瞬刻就在酸溜溜中消失殆尽。接下来的应酬对我来说就变得无足轻重了，我知道大家都在演戏，于是我也把自己当成一个角色加入进去，将一切感受融入酒中喝下去。

我在离开豆花西施前的那一刻，对自己在这儿与他们还能够一唱一和，真是反感到了极点，但我又不能马上离去，仿佛我变成一块烂铁，被这儿巨大的磁力所吸住，连起个身都不能实现。西安满面春风，流光溢彩的眼波在杜渝生、我和大堂经理之间荡漾。我觉得，她把我们三个当成她顺手获取的玩具，而她自己则因有这玩具兴奋得忘乎所以。看她在酒桌间周旋，我就想到此刻正盼我回去的灿灿。灿灿一出现在我心中，这儿的磁力场就遭到干扰，重压我的一股力量就消失了，全身心就活泛起来了。

我起身告辞，杜渝生没有要挽留的意思，西安就送我出餐馆，在门口对我说："狗狗，有空来玩。"

我暗骂自己是个没骨气的人。杜渝生要我来，是想把我和邵钢铁更牢固地抓在手里；西安要我来，是为向我炫耀她的大堂经理。一种上当受骗的感觉使我一阵痛楚。我啥也没说，转身就走了。我走出好远，还老觉得西安在冲我得意地笑。

回到住处，我好久不想说话。灿灿问我是不是遇到什么不愉快的事，我说："没有，就是不想说话。"

直到我上床睡觉，灿灿也没找我说一句话。她总是事事将就我，凡是在我不愉快的时候，就像个姐姐一样关照我，口渴时，为我倒水；吃饭时，为我把筷子递进手里；出汗时，为我送上毛巾……只要我愿意，她肯为我做一切事。

小屋里很热，从窗外吹来的江风也热烘烘的。重庆城的夏天在屋外能把人烤熟，在屋里能把人蒸熟。灿灿在屋里的时间多，我担心她，去旧货市场看过窗式空调，想买一台，这想法跟她一说就被她否了，她说那东西既贵又费电，不划算。晚上，我俩轮换摇蒲扇，总是在似睡非睡中度过，实在热得睡不着了，她就起来去到窗前，探出上半身，去迎接夜风；我便去到江边，把整个身子泡在冰冷的江水里，直冷到牙齿打战、浑身起鸡皮疙瘩才回来。在最热的日子里，她见我难以忍受了，同意我去旧货市场花三十元钱买回台落地电扇，立在床前，吱吱嘎嘎对着我们吹。她让我睡外边，把风让给我，我在凉风里入睡，她

却热得汗水直冒。我不忍心了，要跟她换位置，她不干，闹得两人都不高兴了，她还坚持睡里边。早上起床，篾席上留下她汗水渍成的人印。看她又是一夜没睡好，我要她这晚睡里边，可一到晚上，她依旧那样，真是拿她没办法。

今晚我上床就占了里边，我生气的样子使她不敢跟我争执，她第一次睡外边。我真想她好好睡一夜。她在医院照顾老船长被拖瘦了一圈。她穿着内裤、无袖短衫，露出纤细的脖子、凸出的锁骨，手臂上能看见青色的血管，好像体内的丰腴和滋润都被一阵风吹跑了。见她这模样，心里就难过。她睡在外边，尽量团起身，把挡风面积缩小，好让风吹进来。

她不知道，我不愉快，更多还是为西安，西安并没有彻底从我心间消失，她的风骚像烟瘾一样迷惑我，撩拨着我的欲念。我时常甘愿接受这些欲念的诱惑，甚至为不能实现而苦恼。所以今晚她一来电话我就屁颠屁颠地去了，结果又惹得自己不愉快。我在她眼里，只是个玩物而已。

电风扇吹来灿灿身上竹子清香味，吸进鼻腔，我感到胸中郁结的闷热随即散去，一股清凉从心底生起并扩散全身。我为自己的不愉快内疚起来。我把灿灿扳过身来，拥入怀中，将头抵着她胸口。她不说话，用手像梳子一样，一下又一下梳理我头发。这一夜，尽管我睡里边，还是感到了凉爽。我和她睡得都很香，一觉睡到天亮。

这天，《两江晨报》第二版刊登了一篇署名醪伟的文章，题目叫《这里就是我们的家——进城农民谈劳务市场》。听杜渝生炫耀说，醪伟是段主任的化名，是劳动力管委会简称的谐音。这天的报纸，被人市的工作人员张贴在告示栏上。告示栏上从来没贴过报纸，都是一些通知公告之类的东西。报纸一贴出来，告示栏前就挤满了人。我和猴儿几个都上了报，而且有名有姓，连来自哪个地方都写得一清二楚。我们说的那些话，被一句不漏写上了，甚至有的地方还加油添醋，例如我只说过市场管理部门为我们进城农民着想，关心我们，并没有说人市就是我们的家，并且还被当作题目登出来。我挤在人群里看报纸，只感到浑身阵阵发热，这是因为难受、羞愧，以为说几句好话敷衍他们，没想到被他们利用，当了枪使。崔记者的文章是我和猴儿提供的，句句真实，我们的名字是化名；这篇文章是我们提供的，句句假话，我们却是真名实姓。没想到，他们把我们当子弹，重重射向了崔记者。以后如何面对崔记者，这不是将口水吐在自己脸上，打自己耳光吗？

下午，胡光明来老茶馆找我，还没坐下就对我一阵埋怨，格老子给我摆祸事了。说崔记者去找过他，骂他交的是些狐朋狗友，连最起码的做人原则都不遵守，说我们可以保持沉默，怎么能另说一套，推人下崖。原来，主管劳务市场的上级部门给报社去函，反映崔记者的报道失实，造成劳务市场不安定，崔记者在写检查了。我说："我去向崔记者赔不是。"

胡光明怨气未消地说："算啦，算啦，格老子还去，不把他气得更惨！"

我说："那就以后再去给他道歉。"

胡光明说："你们伤他太重了，他是为你们呼吁哟！你们没感谢，还在背后放冷箭……你想没想，格老子也不好做人。"

我被自己的小聪明误了，结果严重伤害了朋友，自己也落得个不好名声。我只得听任胡光明训斥，真是有口难辩。

我想请胡光明吃晚饭消他怒气，他却不赏脸，气呼呼走了。

搬　家

张律师又一次来到我们住处，说我们要是及时退出住房，俞楚宏愿意把补偿金加到两千元。

当时，我和猴儿在场，灿灿还没回来。我俩有些不知所措，一边是两千元的诱惑，一边是离开老船长的房子，我们靠向哪边都有些感到失落，真像被滚滚的车流夹在马路中间，进退两难。

灿灿现在出去干活儿了。我先是希望她像胡光明的老婆那样干擦皮鞋的事，因为干这行，不需要好多成本，钉个木箱子，添置几把刷子、几块绒布，再有鞋油就行了。虽说干这行有时要遭城管人员撵，但多数时间还是自由的，一天下来二三十元不成问题。更主要的是我不想她再去当保姆，或去别的地方干什么，这社会复杂、险恶、受人欺侮。擦皮鞋这营生是在光天化日之下，又是单干，只要活儿干好，是不会跟人发生纠纷的，人身相对安全，我也放心。灿灿不同意，说那也要技术，她不会。我说擦皮鞋有啥技术，即使要学，去找胡光明的老婆教。她还是不愿意，说哪有年纪轻轻的擦皮鞋。后来，一家叫白雪家居保洁服务公司的来人市招员工，她乐意去了。

张律师给我们三天的考虑时间，劝我们现实一点，就是搬到比这里还好点的住处，那两千元也足够支付余下几个月的房租了。虽然张律师带来俞楚宏态度软弱的一面，但他却表示如果这件事再拖下去，俞楚宏可能要用打官司来解决了。一听这话就知道是他的主意。他是律师，专门吃打官司这碗饭，巴不得天下人都打官司。

晚上，灿灿回来后，我们在堂屋里商量退不退房的事。自从张律师这次来过后，我和猴儿都偏向退，打官司的确不是件愉快事。灿灿则表示听我们的。猴儿说他打听到一处住房，离花子街不远，还去看过，可以租两间，厨房和厕所是公用，租金划算，要是我和灿灿答应，他明天就去定下来。我同意。灿灿却说，只租一间，要我和猴儿住，她住公司。

灿灿去保洁公司上班，每天都是早出晚归，回来已是疲惫不堪了。公司把保洁人员分为两人一组，提起塑料水桶，带着抹布和洗洁剂，去用户家做清洁，一般每天做四家，忙的时候还要多做一两家。有的用户包月，有的零做，按房屋平方收费，清洁门窗、桌椅、地板、厨房及卫生间，一天的基本工钱十五块，加班另加工钱，公司管三顿饭，还提供住处。她第一天回来就向我说起过这些事，说她每天两头跑，累得很，想去公司住，我没同意，现在她更有了理由。

猴儿对她的提议不置可否，望我，要我拿主意。我很犹豫，晚上我需要她在身旁。有她在身旁并不就是要干那事，有时我是很想，但见她一副倦容，也就克制了。说穿了，我这人也有弱点，害怕孤独。我不知道别的农村人在这里是不是也这样。我对她有了依赖，她在，我才踏实。我试探她，说还是回来住吧。她说一间房的租金不是小数，能省的，为啥不省呢！

我和猴儿第二天去看住处，是一幢三十年前修建的两楼一底青砖房，在一个叫菜市口的地方，一条小巷子里面，离花子街劳务市场步行不到十分钟。我们看的是在一楼，一个大间。接待我们的是一位妇人，四十来岁，是房子的主人。据她说，她夫妻俩是一家机器厂的下岗技工，现分别在私人企业里打工，分居住公司，这房一直空闲，听说我们要来看房子，趁中午吃饭时间赶回来商谈。她急迫想把房子租出去，我们双方都不费劲，很快就敲定了价钱，月租两百元，水电气每月与这幢房的住户平摊结算。以这点钱租这样规模的房子，在重庆城是不容易的。我们怕房东变卦，便与她立下字据，并预付了半年租金。

我给张律师去电话，没说别的，只约他今夜来顺城街住处。

吃过晚饭，我们三个在堂屋等张律师，他是七点多来的。我对他说我们决定搬走。他说："到底是聪明人。"

猴儿说："我们明天就搬，补偿的钱呢？"

张律师说："当然会给你们，尽管放心，只是还得等我通知俞楚宏寄来。"

我们以为答应的补偿金立马就可以到手，没想到还得等张律师通知他寄来。不知道他们对任何人都是这么办事，还是仅对我们这些进城的农民？

猴儿说："那我们等拿到再搬。"

张律师此时显得倒不急了，说："随你们便，早迟几天而已。"

我对张律师说："你能不能代他出个欠条给我们？我们明天就搬。"

他说："这欠条我不代他出。不放心就在这里多住几天吧。"

我们被他这态度弄得哭笑不得，早先催我们如催命，并拿打官司来吓唬，如今我们决定搬了，他替俞楚宏许的愿又不能

心中的蓝图

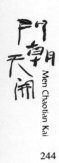

兑现。那边的租金是从明日起算，不搬过去，租金当白缴，若是搬过去，又怕补偿的钱落空。搬与不搬，这的确又叫我们犯难。

我们一时没有话说，像在赌自己的气，责怪自己不小心办了错事。

张律师说："叫我来就是谈这些吗？没别的我就走了，你们决定哪天搬也给我来个电话，我好来一趟。"

他起身就走，走到门口又转过身来，像记起什么似的，说："其实那个存折，你们完全可以不交出来。"

他说完，对我们又淡淡地一笑。他突然来的这句话把我们说懵了。他为什么要说，又是什么意思，让我们百思不得其解。这一夜，我被这句话又搅得心绪不宁了，我这样，不知灿灿和猴儿是不是也这样。那存折和那六位数字交替地不断在我脑子里闪现，伴随着一种巨大的悔痛，弄得浑身燥热，阵阵冒汗，直到下半夜了，还睡不着。灿灿一动没动地睡在里边，我怕把她弄醒，便起来坐在窗前，静静抽烟。我不能不想那存折，我非常明白，即使张律师不提起，那存折也根本没一天在我脑子里丢失过。我曾多少次悔恨过自己，恨自己在灿灿交它出去前没有狠心强行留下来，在那一刻心软了，听任了灿灿支配，带来终生遗憾。我们不交出去，没有错，老船长立有遗嘱，何况那不像房屋，摆在光天化日之下，他当儿子的原本就知道。存折是老船长个人的秘密，他不说谁也不知道……

灿灿也起来了，过来依偎着我，轻轻地说："还在想那存折？"

她说得很清晰，看来也没睡着。我说："你也在想？"

她点了一下头，说："那么大笔钱，怎能不想它！"

我说："不该交出去。"

她说："以为我愿交出去？你不想一下，那钱我们能悄悄用完？就会用得心安理得？怕一辈子会为那钱背包袱。原本就不是我们的，给了他，图个一辈子轻松。"

她说得也有道理。不过，真是不交出那存折，我也不会这么傻，还待在这个城市里，可以到别的城市去生活。这话我没说出口，反正事情已不可逆转，都是些空想，只不过一提起，还是困扰人。

五天后的晚上，张律师主动上门来了，在堂屋里将两千元交给我们，他又拿出张打印好的协议，叫我们签字。我看了协议，写的是经我们与房东俞楚宏协商，与其父亲租赁房屋一年的口头合同即日起中止，并退出住房，房东俞楚宏愿为住户补偿人民币两千元正。张律师把事情办得很认真，这反倒让我们不踏实，好像他挖好陷阱在设计我们。协议在我们三人手上转一圈后，还是感到有什么不放心的地方。张律师就说："放心，这相当于是收条。"

我又拿过协议看一遍，从张律师手里接过笔，才慎重地写上毛狗狗三个字。张律师看了我的签名，笑着说："好名字。"

第二天，灿灿一早去公司了，我去胡光明那儿借来辆架子车，和猴儿将两间屋的东西收拾好，堆放在车上。做完这些，猴儿又回到堂屋里抽烟，神色有些惆怅。我过去坐他旁边，他给我一支烟，替我打火点燃。他吐烟时，还在大口出气。我知道他正想些什么，当年一同住进来的人，如今只他一个走出去，这难受是可想而知的。虽说我住的时间并不长，却是我走进重庆城的第一站。从这里，我开始走上一条无法预测的路，前途未卜，好在住这里的人，都在前方引导我，使我身不由己向前，这就叫我对这里产生了新奇和神秘，也有了依恋。在这里，我得到了灿灿，她带我体味着新的人生，留下无数永久的回味。还让我想念的有老船长，他是我认识的最好的城里人。这里的一切，让我熟悉，已习惯把它当成自己的家，离开这里，叫我牵肠挂肚。

张律师也来了，是我通知他来查看和收钥匙的。

猴儿是最后出门的，有种一步一回头的味道，使人感慨不尽。我把门轻轻地碰上，好像里面还有谁，会惊扰他。

我把钥匙交给张律师的那一刻，像是把在这里经过的一切都交出去了。

这是半上午时分，街上很清静，只有几个匆匆走过的行人，另有两个面熟的街邻站在自家门前朝这边张望。猴儿埋头驾车，

我在旁边推。架子车辗过石板路发出霍霍声。张律师没有跟我们一起离开，腋下夹着皮包站在门前注视我们。此时，我心中泛起酸楚，虽说这只是一次搬家，却有种被人撵走的感觉。

周 棒 棒 的 电 话

　　自从我们搬到新住处这天开始，灿灿就住公司宿舍了。公司在长江南岸，公交车有半个多小时路程。虽说不是很远，要去见她，还得鼓个劲。

　　一旦太想她了，我就吃过晚饭去看她。她住的是间大屋，七八张双人铁床挤一屋，床沿挂满女人贴身衣物。我侧起身子进去，像穿行在门帘飘飘的巷道。同屋住的听说灿灿来了朋友，都挤到床边来看我，完全不把我当成个见过世面的男人，有句无句拿话逗我。我像个回门的傻女婿儿。灿灿不但不制止，反而在一边笑。我暗自气恼，后悔来这里，想跟她干点什么也不可能，反倒成消遣的对象。每次灿灿送我出来时，我都对她说："今后再不来这里了。"

　　她乐得直往我身上靠，说："她们没存半点坏心。"

　　有时晚上，灿灿也会突然回来，如果猴儿正在屋里做什么事，或者睡了，我就陪她到外面走走，听她谈近来的一些情况，我也向她说自己的事，然后送她回公司，再坐公交车回来。要是遇上猴儿没在屋，或者没事也没睡，灿灿一来，他知趣，找个借口离去，把狭小的空间让给我们。像这种时候不多，我俩也会抓紧时间利用。这天，我俩干完那事后，她向我说起一件事，同她一起的那个女工，下午在客户家擦客厅玻璃门时不小心从扶梯上摔下来，摔断了左胳膊，骨头血淋淋地戳出肉皮外，女工疼得死去活来，她也吓得要死。她送那女工去医院医治，将事告诉了老板，老板反而很气愤，怪那女工做事不注意安全，给他添麻烦，要那女工自己出一半医药费。像这类的事，在人市我经常听说，并不足以为奇。我叮嘱她："以后做事，自己多加小心就是了。"

人市每天正常开市闭市，这段时期以来，对我们而言是风平浪静的，邵钢铁和我们各找各的钱。时令进入酷暑，重庆城更是热得像个大蒸笼，各行各业的生意也受到影响，人市每天被招走的人，有的天只十几个。像这样，我们找的介绍费就只够我和猴儿几个弟兄日常开支，没有一点结余。我们也无奢望，日子能这样平平安安过下去就不错了。用猴儿的话说，这总比在农村修地球强。

那次跟周棒棒谈过话后，我被他的遭遇吓到了，要是把农友之家办起来，跟他命运相同的话，还不如不办。于是，办农友之家的兴趣就渐渐被畏惧消磨掉。但是又没能忘干净，像家乡寨子上空袅袅的炊烟，烟雾消散了，味儿总还在飘荡。有时夜晚，还会突然冒出这想法，搞得我难以入眠。

一次，灿灿轮休，猴儿出去找地方借宿，把屋子让给我们。那是一个甜蜜的夜晚。完事后，我又想到农友之家，便向她说了。她把我抱得更紧了，兴奋得像只咯咯叫的母鸡，不停地朝我脸上啄，啄一下说一声好主意。那时我也激动起来，曾有的胆怯顿时化为乌有，仿佛农友之家已在我眼前打开大门，抬足就可跨进去。可是一觉醒来，随着天色的亮开，现实就像一场大雨，把我前夜的梦想冲刷得一干二净，让一切又变得模糊而遥远了。我像以前一样，心安理得地打发日子，每天在人市待一阵就去老茶馆，坐等生意找上门来。

久见我没有行动，这天，灿灿回来问我进展如何。我拿不出话回答她。我又能回答她啥呢？她多问我两次，我不耐烦了，像踩到我痛脚，向她发火，要她别管我的事。她说："你居然是个胸无大志的人。"

"看不惯我了。"

"看不惯你懒。"

"你勤快？"

"那你何必从山里出来？"

"也没见你发财!"

她被气得脸发白,说:"想不到,你……你会说没志气的话。"

她掉头做自己的事去了,半天没理我。我和灿灿好后,互相从没说过重话,更不用说拌嘴了。这次拌嘴,让我好几天不愉快,尽管这样,我还是承认她是对的。俗话说,嫁鸡随鸡,嫁狗随狗。她虽然没嫁给我狗狗,但离嫁也没多远,我狗狗就得养她。一个女人,希望自己的男人有出息,让光芒也折射到自己身上,这没有好大的错。我明白她心思,意思是不要说超过能干的城里人,起码要在进城的农民中间出人头地。可是,这难度又该有多高,她知道吗?

这天,我接到周棒棒电话,问我还想不想办公司,要是还想就到他公司去一趟。周棒棒的电话又点燃了我心中希望之火。

我是在半下午时分去到周棒棒公司的。公司依然还是那个样子,没得一点起色。我落座后,和周棒棒寒暄几句,他就正经八百地对我说:"我们交往就两三次,回数不多,我却觉得我们两个很有缘分。"

我点头同意:"是这么回事,我第一次问路问的就是你,是有缘分。"

他说:"有些人跟他打交道无数回,就看不透他的心,我们才几次,我就看出你是个办事有能力、为人厚道的人。"

我说:"周大哥夸奖我了。"

他说:"我说的是心里话。"

他这两句话让我有点飘飘然起来。我也这样认为,一个人让人看得起,的确是件值得自豪的事。

我也夸他:"周大哥你也是个有魄力的人,受这样大的挫折也没趴下。我佩服你。"

他说:"你比我小,就叫你毛小弟吧。既然我们互相看得起,你也有心办公司,我今天就把话说透,你自己斟酌,也可以多跟人咨询一下,如果你觉得可以,我们再往下说。"

我说:"先说来听听。"

他说:"办这个公司我算是失败了,主要怪我没经验,能力不够。我拖了几个亲戚的债，是一拖再拖，如今是非还不可了。我跟你打商量，你要是有心，就把这公司盘过去。你要办成你那农友之家也可以，去更个名，增添一些经营项目，办这些手续并不难，我可以帮你跑，这能省去你不少的开办费和精力。你要晓得，开办个公司不是件简单的事，花费的金钱和精力就够你受，好多想办公司的就是在办的过程中打的退堂鼓。真要是细算，肯定比你新办个公司要划算得多。再说，我现在这场地，虽说破旧一点，毕竟还算是个窝，租金缴到了年底，也省你一笔租房费。"

我问："这要多少钱？"

他说："给你说实话，办这公司共花了九万多块，我经营了大半年，吃了多少苦就不给你说了，我不赚你，就当给我辛苦费，十万块钱你就把这公司盘过去。"

我望着他，心里一阵狂跳。

他说："我是把你当弟兄，这个价，相当于白送，你可以去请搞会计的人来估个价，看值不值。"

从目前情况看，他这公司已经是个空壳了，说穿了，我是买个名。尽管他开出的是天价，对我有高不可及的感觉，但我仍觉得他没向我说假话，开价是合理的，对我也充满诱惑。一个扛起棒棒满街揽力气活的人能当经理，我就不能当吗？钱，此时在我心中已经退到个看不见的角落，看见的只有人生价值的体现。

我说："让我想想，你等我回音。"

他说："时间不能太长，早拿主意，否则我只好另找人了。"

我爽快地回答他："行。"

这时，是重庆城盛夏里一天中最美好的时刻，太阳偏西，酷热消退了，炽白的阳光变成柔和的橘黄，大地上的一切都从蔫头耷脑里复苏了，变得鲜活起来。我走在大街上，从一条巷道里吹出来一阵凉风，让我浑身凉爽。我胁下像长出双翅膀，在轻轻地扇动，只要我愿意，脚尖一点，就能飞起来。一辆洒水车响起走调的乐曲从我身后驶来，我来不及退让，溅起地面的污水打湿我裤脚，把我从甜蜜意境里惊醒过来，一旁还有人

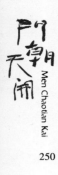

幸灾乐祸冲我笑，我简直成个傻子了。我望着洒水车又若无其事地驶去，除骂它一句外，还能把它怎么样？

我回到现实中来了，从哪里去找这笔钱？我又想到那个有六位数的存折。如果不把它交出去，周棒棒开出的就不是个大价钱了。我不由得一阵悔恨，悔恨秦灿灿，悔恨自己，悔恨一切与此有关的人。

这件事在我胸中闷了一整天，我还不想同任何人谈，因为谈了也不可能得到解决。

借　钱

我养成个习惯，遇到解不开心事的时候，就像个迷路的傻子去到处乱串。拖起脚步，走在大路上，边走边想心事。在行走中，脑子才灵活，仿佛能一步一个点子，一步一个办法。街上的行人无论多少，都不影响我思考，穿行的车辆也不影响。有时，想得太痴迷，撞到了行人，脑子里不解的问题，霎时像电光石火一闪就解决了。于是，遇到难解的事，我就有意去撞行人，但这样一来，又不是次次都准了，几次还遭被撞的行人怒目谩骂。以后，就不敢去撞行人了。

刚到这座城市时，我喜欢走闹市区繁华街道，怯生生的目光投向哪里，哪里都会给我带来莫大的惊喜。在充满惊喜的行走中，我总能找到解决问题的答案。可是那次在解放碑行走，却叫我办了傻事，座谈会就是例证。于是，我开始喜欢行走在僻静的小街小巷了。原因是这些街巷大多还保存着上个世纪初或者更远些年代的风貌，倒不一定房屋都历时久远，是整个街巷弥漫起陈年老酒般的气息，还能从生活在那里的人们身上闻到经年跨月的味道。繁华街道让我显得寒酸，我无法融入那些把高傲写在脸上的人流中去，在到处人为的夸张中，我的影子也杂乱无章，看不真切。而在小街小巷行走，我无须畏缩身子、缩着肩，而是大步地迈进，阳光下的影子也硬朗清晰。小街小巷给我实在的感觉，无论是我对它还是它对我，都缩短了交流的距离，想的事就更靠谱。

今天我走过一条小街，又拐进另一条岔巷，有些街巷我从未来过，也不知道它又是伸向哪里，与哪条大街相连，但我心里没有丝毫负担，管它将我引向何方，我只是一直走下去，只要在走，我脑子就灵。

我见路牌，这条叫洪崖洞河街的是修建在古城墙上的小街，面临嘉陵江，靠江一侧的有些地段还可见青条石的城垛子，只是在垛与垛之间加上条石，把它变成了护栏。我双腿感到了疲软，便骑坐在石护栏上，抽起烟来。三峡大坝建成后，长江流得缓慢了，支流嘉陵江也流缓慢了，江水清澈了许多。我朝江对岸望去，那是江北老城，正在动工兴建成北部新城，甚至能看见无数老楼房人去楼空的迹象，有的旧建筑已被拆除，空出一大片地方。此时，我的脑子里也一片空旷，找不到明确回答周棒棒的答案。周棒棒的开价与我目前境况的差距太大，我的思维像只蜗牛，根本无法去缩短那遥远的距离，但我又不愿死心，才搞得我现在六神无主，不知所措。我坐在石护栏上抽烟，脑子里还是一片空白，看啥都像没见一样，简直成个木头人了。脑子从没这么笨过，想不到点子上。我双手捧脑壳，恨不得将它掰开，看看今天是怎么啦。我将烟蒂懒懒地往空中弹去，它在空中翻着筋斗，被风吹得歪歪扭扭掉进草丛里。我抬腿跨下石护栏，拍拍屁股，又往前走去。

又在一条僻静的小街，见三个"棒棒"在一棵黄葛树下"斗地主"，棒棒就放在身边。他们一炸一块钱，打得严肃认真，眼睛不是盯住手里的牌，就是猜疑地在对手脸上扫射，除了甩牌的声音，还有被炸的人偶尔发出一声惊叹，始终没听见一个人说一句话。我站在一旁看他们打了几盘，一时还看不出有去找活路的意思，好像这样斗下去就是他们的生意。我突然感到了无聊一直就隐藏在时光中，只是你愿不愿去面对它。我面对了吗？我又是如何打发它的呢？

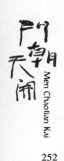

这天，我走了一整天也没走出个办法来。这是我行走记录中不光彩的一笔。

我想灿灿了，就更惆怅起来。估计她今晚不会回来，我在路边快餐摊吃过晚饭，便乘公交车去了南岸。

到他们公司，天已擦黑。灿灿刚洗过头，身上散发出竹子清香。她几次靠拢我，挽我胳膊，我都避开了，说一身脏。她仍要坚持，说不怕我脏。其实我还是想伸手揽住她腰，把她搂进怀里，给她往天一样的热情，可我今天就是做不到，不是怕街上有人，是打不起精神来。

我们来到宏声文化广场，在一棵黄葛树下坐下来。她问我是不是想她了，我点头。她扑哧笑了，顺势靠在我身上，说她也想我了。

我们说的是一回事，我想她，她也想我。以前每天睁开眼，不是见她像只小猫蜷缩在我的身旁，就是见她哼着曲子在屋里做这做那。白天从人市回来，她以笑脸迎我，有再大的烦恼也会消解一半；晚上，我拥她入怀，悄悄话暖着我的心……自从她去了保洁公司，她为客户擦亮了居室，却落寞了我。特别是晚上她不回来，我更是觉得像掉进不见天光的枯井里。现在我才知道，灿灿不在，我的魂也不在了。

她迅速地在我脸上亲一下，过来蹲在我面前，双手扶住我的腿，凑近脸问："你不高兴?"

我沉默了。

她又问："是为啥子事?"

于是我给她讲周棒棒想把公司盘给我，当讲到需要钱时，她一身的兴奋倏地消失了，像个讨了没趣的小娃儿，默默地坐回原地，双手撑着下巴出神。我说："要一大笔钱啊。"

我俩谁也没有再把话接下去，都撑起下巴望着广场出神。广场上放起音乐，人们在跳坝坝舞，呈现出的欢乐，衬得我俩更忧愁。好一会儿，她似乎下了决心，对我说："找人借。"

我说："哪个有钱愿借给我?"

她又过来蹲在我面前，扶住我的腿，说："去找她。"

我心里怦地一跳，明白她说的是西安。在我所认识的人里就西安有钱。她知道我和西安有过那种关系，还让我去找西安借，可见她对这事下了多大决心。我有些难为情，说："我不去。"

她仰起脸问我："你爱不爱我？"

这个问题她曾无数次问过我，我都是以轻松愉快的心情回答她，即使不想直接回答，也用别的方式来回答。但这次却让我感到一种责任，一种沉甸甸的分量，我说："爱你。"

她说："只要你爱我，我就放心你去。狗狗，是我让你去找她的，去吧，明天就去找她。"

第二天，我坐在老茶馆里还是心神不定，想起昨天灿灿的话，又想到周棒棒叮嘱我不要让他久等，心里就像有猫爪子在抓。我抽烟抽得满嘴发苦，哈出的气，自己都能闻到烟味。吃中午饭时，我鼓起勇气来到豆花西施，想趁进去吃饭找西安，但走到门口又退回来了。我不担心借不借得到钱，只担心自己控制不住，又做出对不起灿灿的事，因为我了解西安，要从她手里拿走钱不是那么容易的。我脑子麻木了，气息闷在胸口，沉不下去，整个人感到轻飘飘的，走起路来脚步不栽根。我在街边吃了兰州拉面，又回到老茶馆像傻子一样坐起，坐起又像板凳上长出刺来，使我不得安生。茶水也失去往日的清香，喝在口里发涩，不肯吞。以前习惯的喧闹，竟让我心子阵阵发紧。坐不住了，我又离开老茶馆，在花子街走了两个来回，还是下不了跨进豆花西施大门的决心。来回中碰见一些熟人，他们都感到纳闷，说一向风风火火的毛狗狗，今天怎么变得忧心忡忡了？快到吃晚饭的时候了，还没拿定主意，感到梦寐以求的事业距我只一步之遥，这一步为啥不敢跨出去呢，我都为自己着急起来。难道就这样在街上走下去？明知没别的办法，只有西安是救星，不去找她还能去找谁？灿灿已经默许了，还犹豫个啥子，我会失掉哪样吗？我横下一条心，从走过豆花西施馆子门前的路上又折回来，闷头闷脑就闯进去。

馆子里还没有顾客，那大堂经理在招呼服务员作准备，软绵绵的川西口音却像鞭子一样驱赶得几个服务员忙东忙西，那神态，让人感到他在这里干得挺顺当，很有权威。我突然觉得

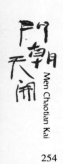

自己一下变矮小了。那大堂经理见我，怔了一下，说："稀客，稀客，多久也不见你来照顾我们。"

他口气，就像自己是老板。我说："我有事来找西安。"

他的笑像被一阵风吹跑了，说："她还在休息。"

他把我晾在一边，又去驱赶服务员去了。好在还有认识我的服务员，一个过来和我寒暄两句，另一个为我送来茶水，让我坐一旁等。昔日我是昂头进出这里大门的，跟西安断绝关系后，她求过我回到她身边，我断然拒绝了，可今天我怯生生主动上门来求她了，她又会不会拒绝我呢？我拿不准是不是该径直上楼去找她。进门的当时我有这想法，但大堂经理把我丢一旁晾起，这一丢，就把这一点想法也从我脑子里抠出去丢了。人不求人一般高，求人矮三分。我不时拿眼角觑楼梯，巴望西安的身影出现在那里。

太阳光已经爬过对面的房顶，花子街上的最后一缕光线消失在屋脊背后，街道突然暗了许多。无事坐等，我为大堂经理该干什么设计起来，店堂的准备工作就绪，服务员站在各自的岗位上，他仍在四下里查看，一举一动我都那么熟悉，所到之处恰是我此时所想之处，这使我既感到好笑，又有一种说不出的滋味。

一阵让我心跳加快的脚步声从楼道上传来，一双从裙摆下露出的性感的长腿首先映入我眼帘。那双我曾抚摸过无数次的长腿，此刻却叫我目光不敢久恋，好似内心的卑微会为此倾倒。我呼吸急促起来，快要克制不住起身逃走的念头了。这是一段折磨人的难挨时间。就在我快要逃走的时候，她声调长长地喊住我："毛狗狗，你来啦，是不是在人市发财了，把我忘了？"

她说得我面红筋涨，嘴里咕哝，就是没有一句明白话说出口去。我骂自己真不是个男子汉，还说在城里干大事。她没继续为难我，说："又是有啥子事，说吧？"

我当着旁的人不好开口。她见我碍口，就说到楼上说。

她房间，还是我熟悉那样，一进门，那股气味就向我袭来，让我又回到以前。她坐在沙发上，脸上发出我不敢对视的笑容。我把目光落在茶几上的磨花玻璃花瓶上。这只花瓶是她二十八岁生日时我送的，从送她那天起就空着，我没见插过花。她说：

"该不是跟那女的扯皮了，跑到我这里来想寻求安慰?"

她发出一阵让我脸红的大笑。

我说:"想找你借钱。"

虽然我说得轻，她又在笑，但还是听清了。她拍拍身边的沙发，说:"离那么远，怕我吃你? 坐过来。"

我已没有了以前对付她的自信，于是惴惴不安过去坐在她旁边。她马上就靠在我身上，把我身子扳过去对着她，嘴里嘘出的气让我兴奋起来。她说:"平时怎么不来，借钱就找我来了?"

"我去找哪个? 只有找你。"

"借多少?"

"十万。"

她手一下就从我身上移开，仿佛我是块烧红的铁，烫得她猛地站起来。她好像没听清我说的，再次问我:"借多少?"

"十万。"

她惊呼起来，说:"以为我是开银行的，找我贷款了!"

此刻我平静下来，说:"我要开公司。"

她说:"开公司? 十万元能开啥子公司?"

我向她讲起周棒棒的挑夫公司，讲那公司目前的困难处境，讲我办农友之家的想法。她沉默了，站起来去到桌前整理东西。其实，桌上只有一个装着四只玻璃杯的茶盘，她只是把茶盘移动一下又挪回原处。我知道，她是在考虑，该如何回答我。她这神情燃起我的希望，既然她在思考就说明有借的可能。我勇气上来了，站起来从后面去抱住她，两手自然就放在她丰满的乳房上，嘴唇贴在她后颈窝上。我感到她皮肤传来一阵轻微的战栗，于是我手上加力，嘴唇迅速地在她裸露的肌肤上移动。我想，她又一次在我攻击下败退了。

她从我搂抱中转过身来，冷静地把我轻轻推开，把我推坐在沙发上。她却坐在我先前坐的椅子上，毫无表情地望着我。她问我:"你的农友之家倒很新鲜，它又靠啥子赚钱?"

我说:"赚钱不是我最初的目的，我要让每个进城的农民都晓得农友之家。你想想看，每天、每月、每年有多少进城的农民，这个影响又是多大? 要是一个公司有了影响，还有啥子

255

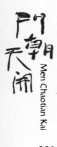

愁的?"

她的兴趣被我说得高涨起来，但我看出她又压制了这高涨的兴趣，陷入沉思默想中，似乎在计算什么。然后她说："借十万，你怎么还清?"

我说："定个时间。"

她说："多久还清?"

我感到一种令我窒息的困难，说："我想……不会太久。"

她接着问："不会多久?"

我的确难于回答她，这笔钱可能长时间都难还清。我再次慌乱起来，暗自责怪事前没想周详就贸然行动，说不定能成的事就此坏了。她把椅子朝我跟前挪了挪，一本正经地说："不要以为跟我上过床就好找我借钱，开口就十万。我还是那句话，我不是开银行的，屋里没得印钞票的机器。你要晓得，十万块对我意味着啥子? 有多少辛苦在里面，你晓得吗? 我是生意人，从不愿做蚀本生意，我把话挑明，有个办法，你同意就干，不同意就当我没说。"

我问："啥子办法?"

她说："跟我订个契约，十年期限，你得听我的，随叫随到，不论白天夜晚。这十年间，你作为我的代理人，出任农友之家经理，每月给你发工资，十年后，那农友之家就是你的了。"

她说得异常冷静，每个字在我听来都是一个声调，不带丝毫感情色彩。我再是个傻子也能听出她话中的意思，她不仅要我的身体，还要我为她挣名挣利，就说："那大堂经理，你怎么办?"

她说："那不关你的事，他是他，你是你。"

我问："你真这样干?"

她反问我："你干不干?"

她那正儿八经的神情，正明白无误地告诉我，她是在跟我进行一场买身交易，十万元买我十年。她多次在我面前显示过富有，让我体味金钱的能量和没有它的痛苦。她曾多次向我说过，钱，生不带来，死不带去，要用在刀口子上。于是我就多次成了她刀口子下的肉，任她宰割，她便从中玩味其带来的乐趣。一些时候，我也心甘情愿成为她刀口子下的肉，去促成她的乐趣，仿佛我也从锋利的刀口子下得到疼痛刺激。

楼下传来进餐客人的喧闹声。这是一个信号，是给她带来财源的信号，只要喧闹不断，她财源就不断。喧闹声让她此刻更为神气了。她望着我，等待再次从我的疼痛中玩味带给她的乐趣。我顿然觉得，从自己体内走出来另一个毛狗狗，一个挣脱了委顿、自卑，深爱着灿灿的毛狗狗，这个毛狗狗一下又与我重合，使我浑身一热，双目也瞪大了，随即眼前的一切没发生变化，也让我对这一切厌恶起来：厌恶她那一身肉，厌恶她那股体味，厌恶她发软带钩的声音，厌恶那张散发出多个男人汗臭的席梦思。

我感到我的双眼像要喷出火来，我把发烫的目光射向她，不说一句话。她的目光跳动一下，败下阵去，躲闪开了。她好像又在问我干不干，我已起身，拂袖而去。她冲我背后大喊大叫一通，我一句也没听清，是我不想去听清，因为我内心已被胜利的喜悦填得满满当当，别的话再也装不进去了。我走下楼梯口，只感到她被我的态度气得浑身发抖。我从大堂经理身边经过时，他用惊诧的目光注视我，我也盯他一眼，觉得自己比他高大多了。

集　资

当晚回到菜市口住处，猴儿给我说人市的事，我听得淡心无肠的。他说的不外乎是今天从哪地方新来了多少人，介绍了多少人出去，邵钢铁的人今天怎样了，等等。对这些情况，我不像以往那么感兴趣了，整个心思都被如何弄钱和办农友之家所占据。而且这一向人市我交给猴儿在管理，我没必要去过问。

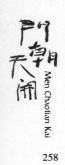

猴儿说一阵见我没回应，就问："你没听？"

我懒洋洋地说："在听。"

他说："你是大哥，不能啥事不管就丢给我。"

我说："不是在给我说吗？"

他说："这几天你总像有事瞒我，整天神秘兮兮的？"

我给他一支烟，让他点上，便把挑夫公司的事对他说了。他听了连说这是好事嘛，不该瞒他。他说这件事我以前给他说过，他一直还记在心头。

我说："但是这笔钱哪儿去找？"

他说："要是在街上捡到个钱包，里面有十万就好了。"

我谈正事，他还开玩笑。我说："那你就去捡吧。"

他跟灿灿一样，最初高兴得站上云端，随即就被一棒打翻下来，灰头土脸地找不到话说。

这时，灿灿满头大汗地回来了。她舍不得花一元钱坐公共汽车，是从公司走回来的。我一边埋怨她不顾身体，一边为她拧来湿毛巾擦汗，又将电风扇搬过来吹。我为她忙碌时，猴儿陪她说话，等我回来坐定，他说要出门买烟。我对他的懂事很感激，向他点点头。他诡秘地一笑就出门去了。

我好久没和灿灿亲热了，越是在焦虑的日子里越是想她，就像我处在黑暗的屋子里，只有她才是一缕射进来的阳光能照亮我。我关上门就抱住她一阵狂吻，想从她身上驱走焦虑，得到愉快。我把她抱上床，她却对我说："不行，大姨妈来了。"

这是我和她的约定，指月例来了。我一下子泄了气，放开她，让她坐在床边，问她："那你还回来？"

她说："回来问你，去找她了？"

在这时候，本来就窝一肚子气，还和我说这恼人的事。我不耐烦地说："她不借。"

她说："再去找她好好说，答应给她利息。"

我一直认为，灿灿是个单纯的女人，单纯得就像一根竹子上几片翠绿的叶子。我不知道她把我和西安的关系想得怎样，无论她想到什么程度，有些话我仍不想对她说，否则她会失望，还不如让她永远留下一片洁净。我说："她打定主意不借，任随你再去说也没用。"

她说："没办法了，这是你的机会啊？"

我理解她，她巴望我能出人头地。我说："以为那是一笔小数目？"

她说："倒是，数目太大了。真没办法了？"

我不愿再说了，一想到西安当时的模样，就不自在，就岔开问："那个摔断胳膊的现在怎样？"

她说："出院了，还不能出工，只在公司里接电话。"

我又问："医药费如何解决？"

她说："老板要从她工钱里扣一半。"

我说："她该找老板评理。"

她说："老板管吃住，还给一半医药费，感激还来不及哩。"

我说："她不懂法，可以向老板索赔，告他准得行。"

她说："只是无人给她出主意。"

我说："算啦，不要去多嘴，这不关你的事。"

要在平时，我和她有说不完的话，现在说到此都感到无话可说了。一没话说，屋里就特别闷热，电风扇吹也不管用。我又想到那六位数的存折，想到它就忍不住想埋怨她，真不该让她把存折交出去。但我还是忍住了，因为毕竟是过去的事了。我说："我这里有一万三千多块，找谁借也借不齐十万。"

她于是从挎包里取出个存折，说："这里有三千五百元，你拿去吧。"

我迟疑地望着她，有些不解，怎么没听她说过有这笔钱。她把存折放在我手里，说："是我存的，加上干爹给的工钱。我原本想凑齐五千块，还你那笔钱。"

我生气地把存折还她，说："我们都是啥子关系了，还说这话！这钱我不要。"

这段往事，无论从哪方面讲都是我不愿回忆的，不说她当面提起，就是我闪念中想到，也会让自己无地自容。为什么？因为它所包含的内容太复杂、太折磨人了。我起身去坐一旁抽烟，不理她。她过来从背后抱住我一阵摇，说："我再不提那钱的事了，这算是我们两个的钱，好吗？"

第三章

心中的蓝图

她改用这种方式向我说，我接受了，气才消了。她问我另外的钱怎么办。我说："和猴儿他们谈谈，看他有没有法子。"

她说："这倒也好。"

她身子单薄，大热天的东跑西颠地干活，还走回来看我，想到自己不能分担她负重，反而让她为我的事忧虑，心里就难过。

我建议到外面去走走。我们慢慢走上长江大桥，一路上都不说话。我知道，我们都在为钱的事受煎熬。走到桥心，我们伏在栏杆上，俯瞰幽暗处发出蓝光的江水，心里更生起久留不去的忧郁。

江风很大，吹得她长发在我胸前飘，我用手拂也拂不开。我觉得桥上往来的车辆也没盖过喧哗的江水声，这喧哗似在对我发出嘲笑，嘲笑我的无能。

灿灿靠拢来紧紧偎着我，我搂住她的肩，她双肩在微微地颤动。我转头看她，在远处灯光的映照下，两行晶莹泪水挂在她脸上。我心里又是一阵难过。她是不是已经看出我的无奈和无能？平时在她心目中英武高大的毛狗狗是不是显出了软弱？我叹一口气，对她说："我们只有这个命。"

她偎我更紧了，哽咽地说："不要说丧气话。"

我仿佛触到她体内坚强的心，就像桃子坚硬的核。不过，她的泪还是使我惶怵，感到不安。

我们在桥上站了很久。把她送回公司我回到住处已是深夜两点多钟了。

第二天我跟猴儿几个弟兄长谈，向他们描绘了一番农民之家的美好蓝图，个个无不受到鼓舞。他们相信农友之家成立起来后，将成为人市里最具影响力的一个中介机构，接纳进城打工的农友，让进城的农友结束现在浮萍一样的漂泊生活，有了立足点，有了自己的家，有了依靠，有了归宿。这几天，《两江晨报》正连篇累牍地报道东水门湖广会馆复修的事，我看过那些报道，便向他们讲起会馆，说农友之家就相当于会馆性质。他们被我打动了，便七嘴八舌地设想农友之家成立以后的兴隆景象，谁个与谁个在里面做什么事，负责哪方面工作。他们谈得很热烈，我反被感染，也加入到他们的摆谈中。这时，农友之家在他们心中已变得真实可信了，简直就像一座大楼已从地平线上升起，耸立在了面前，甚至连里面的喧闹声仿佛也清晰可闻。大家很快达成意向性协议，每人以集资的形式参股，都成股东，每年按集资的比例分红。大家越说兴致越高，还你一言我一语对集资办法发表看法，甚至对一些细节也作了补充完善。

我很高兴，请大家吃饭，在街边快餐摊吃小炒。席间，大家越谈越兴奋，决定今天晚上，各自把钱带来，纷纷表示有多少就带多少，这是干自己的大事，要毫不保留。我深受感动，认识到弟兄间真诚和情谊的可贵。我给他们的许诺，也是真诚的，没半点虚假。

让我和灿灿万分苦恼的事，没想到如此轻松就解决了，真是踏破铁鞋无觅处，得来全不费功夫。我暗自嘲笑自己忽视弟兄们的能耐，在他们中间竟然潜藏着如此巨大的能量。

我又去找到周棒棒，向他落实一些事情。他对我的决心表示钦佩，并说只要钱哪天到位，他就立马去跑手续，不会拖延半天。我这次去找他，让他看到了从困境里解脱出来的希望。他对我异常热情，连跟我说话的口气也变得恭顺，好像我已是他公司的新老板了。这种感觉是我从没体验过的，让我有说不出的舒服和陶醉。

这天晚上，我和猴儿在家里等弟兄们带钱来。按说这事不用这样急，与周棒棒签约、办手续还有个过程，但我也多了个心眼，趁弟兄们在兴头上，先把钱凑拢再说，怕到时弟兄们变卦。

桌子正中央摆着一本硬壳记事本、一本信笺纸、一盒印泥、一支笔，这是我根据大家的要求下午新买的。

最先进屋的是灿灿，她说一直放心不下这事，上班心里也在想。我向她讲弟兄们愿意集资，她听了，激动得当着猴儿的面就抱着我亲。猴儿就说："哎哎，还有外人哟。"

她胸里的疙瘩解开了，能不高兴？她高兴，我也高兴。我给她快乐太少，能见到她的笑容，比自己遇到高兴事还愉快。

我们挑选轻松话题说着，让好心情长留心间，不破坏小屋里已营造起的融洽氛围。

等好一阵，弟兄们才陆陆续续到来。他们一进屋，就带来一股不大对劲的感觉，个个都少了白天的热情，观望神情从一张脸上又传到另一张脸上，他们说话少，怕一开口就会把内心秘密泄露出来，神情凝重地坐着抽烟、喝水，偶尔谁跟谁说话也是交头接耳，没有哪个先掏出钱来，都把口袋捂得很紧。

我猜测其中一定有蹊跷，灿灿和猴儿也看出来了，他俩就有些着急。猴儿说："大家说好不是来交钱吗？"

谁也不回话，话都在他们喉咙里打转。猴儿又说："我开始，我先来。"

猴儿拿出个报纸包的东西，打开是一摞钱。他拿起钱啪地摞在桌上，钱一下撒开，有五十元和百元的。他说："五千块，你点一下。"

我没去管它。我顿时明白了大家的顾虑，都是血汗钱，要拿出去，嘴上说说倒痛快，真临到交钱出来，就心痛和不踏实。谁能预料这拿去办农友之家会不会成为打狗的肉包子？我想到被西安带去银行存钱的那天，钱从柜台递进去，交到营业员手里的那一刻，不也是心痛和不踏实吗？那是存银行，钱只不过被换成了存折捏在手里，随时可以取。现在这钱却交给我，我又交给周棒棒，换来个吃不得、穿不得的农友之家，弟兄们的心能踏实吗？说实话，连我自己也看不透前方的路，探不清脚下的水深水浅，他们能不顾虑吗？

我把我和灿灿存折上的钱都取了，现在拿出来，向大家说："这是我和秦灿灿两个的，一共是一万六千八。"

我叫猴儿坐在桌旁，清点我交的钱。他用拇指在唇边蘸了口水，便认真点起来，数一阵又在唇边蘸口水。大家目光都集中在他一双手上，点票子的哗哗声响在耳边。灿灿用碗装来半碗清水，轻轻放在桌上，数钱的猴儿迅速地抬头，感激地望她一眼，拇指在清水里蘸了一下又点。最后他说："不错，一万六千八。"

我翻开记事本，郑重写下自己和灿灿的名字，在每人名字后面写八千四百元。又拿过信笺纸，写收据，写收到毛狗狗和秦灿灿开办农友之家集资款共一万六千八百元整，又写收款人，在收款人后面落下自己的名字。我在两种借据上面都写了见证人，由猴儿开始在上面签名，他签了，把笔交给另一个弟兄，弟兄们这才个个像猴儿那样在上面歪歪扭扭地签上名字。我打开印泥盒，伸出拇指蘸上鲜红的印泥，盖在名字上。那一刻，我有把自己卖出去的感觉，是卖给自己，抑或是卖给大家，辛酸中又含着某种庄严。然后他们也依次同我一样，在自己名字上盖上手印。

我撕下收据交给灿灿，她有些不知所措。我说："这是我们两个的，你收好。"

她接过，笑了。

弟兄们开始依次交钱，欢声笑语又回到屋里，仿佛吹来一股凉风，屋子里先前的闷热被一扫而光。

猴儿在一旁负责清钱，我记账和开收据，每完成一个人的，大家都要在上面签名按手印，神情庄重而严肃。钱多半是一百和五十的，还有十元的，十元的都是十张一叠，用张横条卡住。无论是谁的钱，都理得很整齐，连票面上的褶皱也熨得平平的，没有一张有卷角。我接过这些带有体温的钞票，都会感到它们的分量。我知道，这一张张钞票是弟兄们一点一点省出来的，从上面能看出时间暂停的痕迹。弟兄们相信我，把它们放心交到我手上，都希望能从我手上生出崽，又再回到他们身上。我努力把他们每个人的名字写得工整，一笔一画丝毫不含糊，然后在名字后记下钱数，做完这些后，再把本子推到他们面前，让他们自己一一核对，再叫他们签上名字。他们签名时的神情都是专注的，跟我写他们的名字时一样，生怕写上的不是自己的。

中途我叫灿灿先回公司，她说明天轮休。有人说是今天了，大家这才发现已是深夜一点过了。办完最后一个人也没有谁先离去，都被这里的气氛所吸引，每个人都在尽自己的想象丰富着农友之家的前景，谈兴益然，话声不断，一根接一根地抽烟，把一个屋子搞得激动不已又烟雾腾腾。

在我和猴儿最后做统计的时候，他数钱报数，我按计算器，屋子里一下子静下来，大家眼里流出一种让人必须要正视的东西，这东西会让你干事不得丝毫马虎。这让我想到在家里，村里一遇到决算或者发放啥的时候，乡亲们就是这样望着坐在桌后的干部的，让平时做事大套的干部也不得不认真起来。猴儿他数了一夜的票子，大概他至今也没有一次连着数过这么多的钱。他一直处在认真和激奋之中。他甩甩数钱数酸的手，先是伸个懒腰，又点燃烟狠狠吸一口，仰头长长吐出一炷白烟。我没有催他，大家也不催他。他见大家都等他，他笑了，把烟夹在指间，开始了报数。他报一笔数，我复述着一下一下按键。当他报完最后一笔数，我复述着按了最后一次键，对大家说："一共是四万七千三百元。"

大家都没有接话。我说："还差五万二千七。"

我没想到钱会差这么多，以为个个弟兄在人市混了这些年都会有一些积蓄。是我把他们高看了，没去想他们在城里的艰难，用进城农民的微薄收入照城里的生活水平开支，还得顾家，又能拿出多少钱来呢？望到桌上被猴儿理得整齐的票子，心里有说不出的苦楚。我肯定，弟兄们都是当自己的事一样来办的，他们为农友之家倾其所有，毫无保留，他们尽了最大能力，已榨干了身上的油，说不定还是扣下了寄回家里急用的钱。我还能说啥呢？我对弟兄们的信任已是感激不尽了。大家这时都流露出歉疚不安的神色，猴儿更是像认错地说："弟兄们只有这些了。"

我赶忙说："谢谢弟兄们了，已解决了大头，差的我另想办法。"

弟兄们给我说起鼓劲和安慰的话来。夜已深了，猴儿知道了灿灿这天是轮休日，就催大家快离去，他也跟他们走，对我说："我没瞌睡，想去跟弟兄们摆龙门阵。"

大家走了，我和灿灿望到那叠钱又在桌旁坐了很久，都没有睡的意思。先有的兴奋消失了，反倒生出另一层担忧，弟兄们鼓那么大的劲，钱又不够，若是其余的钱一时难以凑足，周棒棒又不能久等，当这一切成泡影后，那岂不伤了弟兄们的心？

我和灿灿又说些装不进心里的无聊话，后来上了床，躺在一块也都找不到想亲热的欲望。灿灿睡着没有，我不知道，反正我是一脑壳里的钱，直到天亮也是迷迷糊糊的。

出　事

　　吃过早饭，我和灿灿去银行，把钱存在我原有的折子上，这让人放心。

　　出银行，我要去周棒棒的挑夫公司，灿灿今天无事，要我带她一道去，我同意了。

　　大概周棒棒知道我们要来，特地把办公室收拾了一番，虽说还是那样简陋，但比前两次整洁，让人眼睛能睁大些了。我向他介绍秦灿灿后，就把话题转到他的公司上。我不说已筹集到钱，跟他像前次那样对一些技术细节进行探讨，诸如公司更名需要多长时间，公司业务范围能不能增添职业介绍、住宿等内容，他有没有能耐在一定时间内搞定，甚至对场地搬迁问题也咨询了。我虚心请教，他一一回答。当然他言辞中不乏对自己能力的夸大成分。对他的夸大，我听到就是了，不去戳穿，觉得这是情理之中，因为他太急于要把公司脱手，沉重包袱已拖得他筋疲力尽了。

当我谈到钱这个实质性问题时，一直滔滔不绝的周棒棒，语言便开始变得吝啬起来，一板一眼绝不多说一个字。我答应先给一半，而且还要等一切手续办完交到我手上才给，另一半作为分期付款，定出时间付清。哪知，他坚决不同意。为说明这必要，他向我举出社会上若干欠账不还的事例，特别说起他认识的一对亲兄弟，弟弟做小百货生意开铺子，开张时从哥哥那里借钱，说好一年还，到期后哥哥去催债，弟弟说生意亏本无钱还，哥哥一催再催，弟弟仍当耳边风，哥哥便把弟弟告上法庭，结果闹得亲兄弟反目成仇。我相信他举例的真实性，不用他说，我也能说出几个。借钱成仇似乎成为人们社会生活中一条定义。周棒棒说："不是我这当哥的不讲情面，我也是个穷怕了的人。"

周棒棒把话已说到这个份上，我还能说什么呢？隔着一层窗户纸已看见曙光了，却让我仍困守在黑暗中，心里这份失落和痛切简直难以言说。灿灿虽说坐一旁没出声，但我觉得她为我付出的心力并不比我轻。

周棒棒一直对我寄予希望，现在见我根本拿不出这笔钱，于是表现出几分冷淡和厌倦，觉得我是在有意跟他戏玩，耽误他宝贵时间。我看再待下去已无话可说了，在钱字面前，都感到了尴尬。

我起身告辞，灿灿郁郁不欢地跟在后面。照以往，周棒棒会送出大门，这次只送到办公室门前。他一脸不高兴，我让他白等了这些日子，辜负了他一番诚意。我也有些内疚，转身去向他赔不是。他露出莫名的恼怒，但又不好发作，就说："毛小弟啊，为你我回绝了别人，我太相信你了，你哟！"

他挥挥手，表示我走吧。看来跟周棒棒的缘分也就到此为止了。

这时，灿灿却开口了，对他说："周大哥，你能不能再等两天，就两天。"

他说："我再也等不起了。"

她又说："就两天，两天不见回音，你再找别人。"

他目光在我和灿灿脸上扫了个来回，说："好吧，就再等两天，说好，只两天。"

一背过周棒棒，我就埋怨灿灿："怎么要他再等两天？"

她走在前面，头也不回，说："再想想办法。"

我说："哪去想？我是没法想了。"

她没再说，闷头走自己的，走了一段停下来，对我说："不回家了，我回公司。"

"干吗现在回公司，不是轮休吗？"

"回去办点事。"

"也等我们找个地方吃了午饭再走。"

"不。"

她转身走了。先说好我们要去吃一回馆子。她不止一次向我抱怨在公司吃得不好，一天工作又累，营养跟不上，浑身没劲。平时她不在，每天我是在街边吃快餐或者面条，也早想跟她一同进馆子，叫两个荤菜，美美吃一顿。现在，临到吃饭她却说有事，我有说不出的恼火。

太阳当顶了，直直地照射下来把她影子压缩成了一团。她向周棒棒说再等两天，该不是句宽他心的话吧？她能去啥地方想法，又能想啥法？看着她单薄的背影，心事重重的步态，真猜不透她心中究竟装了些什么。

强烈的阳光下，行人熙攘，车水马龙。这一切，大概不会注意到一个进城的农民，怎样在为自己的事奔波？阳光照得我看东西都要眯缝起眼，一切都变得迷离起来。农友之家是否也是这样？难道它本来就不真实，是我手搭凉棚，在遮檐下被美化了，让我以为伸手可触，才如此诱惑人？莫非是我对生活抱以太多奢望，超出一个进城的农民所能企及的范围，在做不切合实际的美梦？要是从进城那天起，命运就安排了我只有人市这条路，个人又何必去另寻烦恼呢？

吃馆子的欲望被灿灿带走了，我只好又在街边吃盒饭。回到住处，将存折收藏好，我认为这件事就到此为止了，存折上的钱从哪儿来仍旧回到哪儿去。我的确感到困倦，是从未经历过的困倦，它从脑子深处往外一点一点漫溢出来，腐蚀我全部精力，使整个体内空荡荡的。

我倒在床上就沉睡过去了。

不知睡了多久，手机铃声将我从沉睡中唤醒过来。是西安在里面呼叫："你在干啥，打了两次都不接？"

她怎么给我来电话？我并不高兴地问："啥子事？"

她说："小秦来找过我。"

我睁开眼，一个鲤鱼打挺坐起来，说："她去找你？找你干啥子？"

"为你的事，居然来求我，真是个贤惠的女人哟！她不会不晓得我两个的关系吧？"

她讥讽的笑声从那头传了过来，一股热血一下子冲上脑门。我说："你没必要说这些。"

"她不像你狮子大开口，一开口十万，只要我借你五万。要我在这关键时候拉你一把，说这是你的一次机遇。她对你真好。"

"你怎么对她说的？"

"还能对她说啥子？不要以为你叫她来我就会松口。"

我明白告诉她："我没叫她去，是她自己要去。"

"不管是不是你叫的，我对她说，答应借钱的条件给你说过了。她问啥子条件。"

我急了，说："你不该对她乱说。你说了？"

她有些得意，说："我当然给她说了。你猜，她怎么样，居然同意了，还马上要跟我签合同。"

我大声地打断她，说："她代表不了我。"

她说："毛狗狗，她来找我，我为啥子不说？这点我还是清醒的，她代签不行，要你亲自来签。如果只借五万，那就五年，你来不来？"

我气得周身发冷，大声说："你那钱，留着去买别人的青春吧！"

我叭地收了机。恼怒灿灿不该自作主张去找西安，她受气

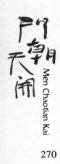

不说，害得我脸上也无光彩。我拨通了灿灿他们公司的电话，接电话的是个女子，她告诉我，公司新接了一笔业务，灿灿出工去了。

我一肚子火气无处发，便去了猴儿去过的那家发廊。一进发廊，我做得大大咧咧，说话很冲，里面的人认为我是个老手。发廊生意清淡，没别的顾客，四个"妹儿"见我，都向我抛媚眼，揽生意。我选了个比较顺眼、皮肤白净的，像猴儿那样拥着她就往包间钻。进了包间，"妹儿"一关门，我就慌神了，手脚无处放。我说就按摩吧。"妹儿"说不会按摩，就会做那业务。我不知如何是好——不做退出去——刚才装得又那么老练，做又心里发虚。而且灿灿总在眼前晃，叫我一点感觉也没有，那东西像突然变成鸟儿飞走了。我以为来这种地方干那事很简单，没想还得要勇气。我佩服猴儿，能在这地方应对自如、得心应手。

我是如何给钱，又是如何逃离，事后都记不真切了，只有印象中那四个"妹儿"挤在发廊门口戳我背脊骨。

头上的太阳很毒，心里的火气很大，我仿佛是个烧红的炭团在街上滚来滚去，想烧毁一切。我又像一条挨了打的狗，喘着气、红起眼四处乱串，总想咬人又不知向谁下口。

我来到朝天门码头，码头石梯坎上坐满玩水纳凉的人，脱下的鞋子放在身后，双脚伸进冰凉的江水里，边看江景边享受清凉。听说一到盛夏，城区的人就爱来这里，他们把这活动叫看水和耍水。我找空闲处坐下，当双脚浸进江水时，一股凉爽惬意瞬刻传遍全身，胸中和体表的热气哧地一声消退大半。

我正好坐在长江和嘉陵江汇合处，那是一长溜石梯坎，沿着江岸呈弧形弯过去，正面是浩荡宽阔的江面，左右是一艘挨一艘的趸船，一艘客轮刚进港，响起汽笛声靠近左边一艘趸船，穿起救生衣的工作人员在为接船忙碌。我一脚浸进清澈的嘉陵江，一脚浸进浑黄的长江，清黄两种江水在腿间荡漾。常听老船长说，重庆人称长江叫大河，嘉陵江叫小河，每年夏季汛期，都有一段时间大河浑黄小河清亮，两江江水急切切地碰撞在汇合处，中间宛如隔着一层玻璃，半江浊黄半江清绿，一直要这样流很远很远。我伸长脖子向远处望去，想看清两江水流到什么地方才融为一色，可是我无法看透，叫我有些无奈。

太阳已经西斜，码头埋在广场堡坎投下来的阴影里，橘红的光线从上面广场建筑物顶上斜射过来，照在江对面江北老城那些高低错落的房屋上，显得一片红晕，叫破败陈旧也披上辉煌。自然界真让人不可思议，明明是陈旧破败，晚霞一涂染，它就又有了沧桑美。人世间为什么就缺少这样的转换？农村人与城里人，像那黄绿的江水，到底要流到什么地方才融为一色？

左右坐的都是城里人，嘻哈说笑盖过江水声。旁边有两个年龄同我差不多的在喝罐装啤酒啃卤鹅翅膀，边吃喝边说笑。尽管都是赤腿浸在江水里看水、耍水，却一下子就比出城里人的优越来。我两边观望，希望有像我这样的，结果令我大失所望，他们都是城里人。

我拿出手机又拨通灿灿他们的电话，通了无人接听，拨两次都这样。我的手机却响了，是猴儿打来的，不想接就关了。我赖得动，想用江水的沁凉，把烦恼化掉，就这样一直坐下去。

天边最后一抹橘红，在我不知不觉中消褪了，夜色把天幕悄悄拉上。看水耍水的人走了一拨又一拨，身边的人都换几茬了。停靠趸船的旅游观光船，一艘比一艘漂亮，一艘比一艘光彩夺目，船上喇叭在不厌其烦地喊叫招揽乘客，白天相对宁静的码头，此时被游船搞得热闹起来。我想，这就是当今社会无时不存在的竞争，我毛狗狗，能投身到竞争中去吗？我又有竞争的能力吗？我无法回答，眼前只是一片模糊。

我感到饥饿了，开机给猴儿打去，约他在菜市口划得来串串香门前等我。

我走拢又是一身臭汗。重庆城热天就这样叫人狼狈。猴儿等得不厌烦了，抱怨整天不见我影子，打电话不接，跑哪儿鬼混去了。又说邵钢铁的人又跟我们发生了摩擦，只是互相吼叫了一阵，没有动手。他说："看这样子，事情哪天还是要发生的。"

他所说的事情，无非又是一场打斗，又得有人流血。我对

这些并不很担忧，也无所畏惧。比蛮劲和心狠，我毛狗狗不向人学。我烦的是这事老是绵长地困扰人，不能来个一了百了、一次性了断。我没好气地说："他能屙多高的尿？怕他个屁。"

在吃喝中，我讲我和灿灿去了挑夫公司，周棒棒要求款子一次性付清，态度很坚决，少一分都不干。猴儿听了，一脸遗憾，无话可说。我说："弟兄们集的钱，看来只好退给他们了。想给大家办点事，还是难哟。"

猴儿说："再找哪个想点法？"

"灿灿也这样说，又有啥子法想，和我们打堆的都是穷人。"

"去找西安。"

"现在才想起？我找过了，灿灿也去找过了，她不借。"

"那去找那个记者。"

"亏你想得出？别人还正为文章的事冒火哩，算啦，不要做梦了，就这样过吧，明天我把钱退给弟兄们。"

我估计，灿灿该下班了。她背着我去找西安，我一直想训斥她。为省手机费，我借店子的电话又拨通了他们公司，还是那女人接的。我问灿灿下班没有，她回答得吞吞吐吐。我没听清，再问她，她竟在电话里哭起来，说："灿灿出事了，在医院里。"

我问："出啥事啦？"

她呜咽说："老板不准说。"

我又问："在哪个医院？"

她说："……好像说是……急救中心……不要说我说的哟……"

我放下电话愣了，脑壳里面的脑髓被人突然挖空了，留下一片空响。我对猴儿说："快，灿灿出事了，到医院去。"

赶到医院，才知道灿灿送来已是五个小时前的事了，推算时间，正是我在朝天门码头脚踩两江水、享受清凉、羡慕别人喝啤酒啃鹅翅膀的时候。老板封锁了消息，不准向外透露。我要进病房看灿灿，医生不让，说她从高楼摔下来，颅内出血，经过手术刚送回病房，仍在深度昏迷中。那是两个床位的小病房，从病房门玻璃望进去，靠门那张床空着，灿灿在另一张床上输液，满脑壳缠起绷带，只露出两只紧闭的眼睛。从她身上牵出的几根电线连着一台仪器，表盘上一个光点在跳着高低不平的曲线。床边有个我面熟的女子，是跟灿灿住一屋的同事。我跟医生说好话，放我进去。这是个中年女医生，面容慈善心肠却硬，不耐烦地说："你这不就看了，她又不能说话，进去有啥子用。"

我说："让那陪伴出来，我问问。"

女医生同意了。在过道上，女子一见我，眼圈就红了，还没问话，竟抽泣出声。在她断断续续的诉说中，我了解了真相。

中午，公司临时接了一单业务，老板正愁人手不够，正巧灿灿从西安那儿回去，她就和另两个女子被派上，其中有一个就是现在的陪伴。灿灿满头大汗刚拢公司，还没有吃饭，老板说吃饭来不及了，用户催得紧，灿灿只好饿着肚子去了。用户新搞了家装，住六楼，三室两厅一厨两卫，一百四十多平方米。家装后的第一次清洁活儿被称为"开荒"，从上到下，旮旮旯旯都得做到，活儿比平时要累得多。灿灿被派擦拭门窗，窗是铝合金活动窗，每扇都要取下来用水冲洗，然后再爬上窗台去安装。在安装时，她端着窗扇从窗框跌了下去。

"她怎么会呢？"

"窗子重，又饿……"

"为啥你们不帮一下？"

"大家都在忙自己的。"

我又问："你们老板没来？"

"来过，他刚走。"

我愤怒了，用手机拨通公司，仍是那女人。我要她叫老板，她说老板不在就挂了电话。后来又打过去，电话一直是忙音。我问陪伴，老板留下什么话，她说老板缴了五千元，叫她守，有什么情况再通知他。

我找那女医生问情况，她说要是这两三天不醒过来就再不可能醒过来了。

张 律 师

　　保洁公司老板一直躲我，电话不接，我和猴儿去找，他不在，问员工都不知道他行踪。他在我面前玩土遁，躲得无影无踪。我非常焦急，一焦急，就犯糊涂，几次猴儿跟我说话听不进，过后又问他。他没去人市，一直在医院陪我。一天下来，我只吃了一碗面条，猴儿也焦急，买来盒饭劝我，我没一点食欲，人感到恍惚，虚脱冒冷汗。

　　傍晚时分，仪表上的亮点突然不跳了，只一条平线划过。我吓慌了。经医生一番抢救，亮点才渐渐又恢复了正常。医生告诉我，要是再次出现这情况就没治了，同意我进了病房。

　　来这里，第一眼见灿灿睡的是个什么姿势，现在还是个什么姿势。她不是爱说梦话吗？为什么现在把嘴闭得紧紧，就不会说两句吗？日光灯光从头顶照射下来，把我影子映在她身上，更让我感到跟她挨得这样近，贴得这样紧。心里难受极了。仪表的亮点，成为我唯一跟她联系的方式，我把一切都维系在了这个跳跃的亮点上，它照亮的不仅是她的生命，也是我的生命。我幻想着自己将生命化为这个亮点，像一粒种子，通过电线播进灿灿体内，在新一天阳光照临病床的时候，这粒种子就会给她开出生命的新芽，她会睁开迷人的大眼，重新投入我怀抱，那时，我会永远抱住她一刻也不松。

　　一些幻影和声音也来折磨我：她爬上窗台，吃力地安装窗子……她摔出窗外，在空中飞过……她摔在地面上发出一声闷响……我眼泪不断线地流下来，趴在她身边，无声痛泣。我不知道她能否感知我的存在？能否感知我对她的思念？从和她认识到相好，我还没来得及好好爱她，让她像城里女子那样过好日子。我在心里无数遍念道——只要她能活过来，我会重新安排我俩的生活，时刻用爱去紧拥她。

一个护士进来查看仪表，把我从遐思中惊醒过来，见我泪流满面，她欲言又止，轻微地摇头叹息。无论是医生还是护士，每次进病房来，都给我带来极大安慰，因为他们的到来，我感触到灿灿心脏还在跳动，生命还没有离她而去。但他们一离去，痛苦和担心又回到我心上。我巴望他们像查别的病人那样，随意来，随意去，只是不要凝重地站在灿灿病床前。如果是这样，灿灿就有希望，我就有希望。时常，泪眼朦胧中，我仿佛见灿灿艰难地扭动了一下。随即，又明知这是幻觉，但我心里还是漫过一阵欣喜。时间停止了，我一直处在漫漫黑夜中，我相信，只要白天一降临，灿灿就会睡足醒过来。

这天的夜晚，的确特别长，白天终于降临，但灿灿开始怎么样睡在病床上，现在还怎样睡在病床上。

女医生上班了，带领护士来查房。她捧起铝皮病历夹翻看病历，向护士询问，我可怜巴巴望着她，巨大的希望在我心中油然而生，灿灿在她呵护下立马就会苏醒转来。我几乎就要在她面前跪下，把一肚子对灿灿的思念向她倒出来，叫她理解我对灿灿深沉的爱，好将灿灿救活。女医生连看也没看我一眼，转身带领护士又到别的病房去了。这一刻，我又流下了泪水。陪伴的女子见我这样子，也流下了泪水。

猴儿来了，一进病房就傻呆呆站在病床前，不知问灿灿的病情还是安慰我好。从他眼神看出，才过一夜的我，变得憔悴、老相了，要不他会惊愕？他终于问我吃早饭没有，我摇摇头。我已经没有了肠胃，没有了饥饿感。我叫他到人市去，那里不能少他，他没动，要留在这里陪我。过一阵，他对我说："该不该找一下张律师？"

我霎地醒悟过来，一急一糊涂，把这个人给忘了。当脑子显出张律师腋下夹着皮包的样子，胸中顿然生起找保洁公司老板泄愤的欲望，恨不得马上泄出来。

名片不在身上。叫猴儿留这里，我赶回去找出，立马给张律师去了电话。他问我是谁，我说我是毛狗狗，为楚老船长房子的事我们打过交道。他笑了连说记得记得。问我有什么事，

城市与梦

我向他大概说了灿灿的情况。他问是不是那个交出存折的女子，我说是，是我女朋友。他马上问在哪个医院，答应下午过来。

张律师来到病房，一见灿灿那副惨状，眉毛都皱在了一块，牙巴骨不住地咬动。他来不及多问就从手提包里取出个小巧的照相机，从不同角度给灿灿拍照，然后说找医生就出去了。过半个多小时，张律师回到病房，知道那女子是老板留下来作陪伴的，灿灿出事时又在一起工作，就找她问当时的情况。过后，张律师拍我肩头，要我跟他出去。我们坐在过道长椅上，他问我："你女朋友昨天休息，怎么又回公司去了？"

我说："她说回公司有事。"

"没说是啥子事？"

"没有。"

他紧紧地盯着我，说："是不是你俩闹了架？你得对我说实话。"

"没有，没有闹架。"

"难得一天休息，她不会主动回公司的，你肯定有啥在瞒着我？你不说实话，我就无法帮你们。"

"的确我不晓得她为啥回公司，我没有值得隐瞒的。我估计她是为帮我借钱受了气，是不是气得她回公司的。"

于是我讲了她去找西安借钱，讲了西安给我的电话，讲了我和西安对话的内容。张律师听得很认真，不时插话问一两句。最后，他反复问我灿灿对周棒棒说再等两天这话的意思。他的这一问让我很恼火，仿佛灿灿出事跟这有关系。

我说："她可能想设法借钱。"

他说："她说得那样肯定，有把握借到？"

我摇摇头，觉得她的确也没有把握，说："她以为自己行。"

他叹息一声，站起身，说："我们今天就谈到这里，你要我怎么帮你？"

我气愤地说："找老板讨说法，他对这件事要负责任。"

他说："这是打官司，打官司要钱，你得要有这个准备。"

我眼里又关起泪水，说："我听你的。"

他说："好，我尽我的能力。这件事会牵涉到索赔，得把话说前头，今后我得按比例提成，你看是今天还是明天，到事务所来一趟，签个委托书。”

我答应明天去。思绪还根本转不到索赔上，钱与灿灿生命相比，那是微不足道的，我只想要灿灿活过来。

第二天凌晨四点多钟，仪表上的亮点失去了活力，无精打采地在一条水平线上划过。女医生和个男医生在灿灿身上忙碌了好一阵，最后摘下口罩，向我无奈地摇摇头，走出病房。

灿灿终于没醒过来。我傻呆呆坐在长凳上，好像在等待早已预知的宣判，这么冷漠，这么无动于衷。最先哭出声的是那名女子。是她的哭声把我从傻呆中惊醒过来，热辣辣的泪水决堤似的从我眼眶奔涌而出，我随即像一头被利器刺中的野兽，发出一声吼叫。吼声在过道上轰轰轰从这头滚到那头，又从那头滚回这头，久久不散。这阵势，吓坏了猴儿，他猛扑过来把我死死抱住。我挣脱他，疯狂冲进病房，扑在灿灿身上，刚把她名字叫出口就失去了知觉……

醒转来，我已躺在病床上，猴儿坐在床边，身后还站起几个弟兄。我想撑起来，撑了两次都没成功。灿灿那张床已经空了。从她进医院到走，没留下一句话，也没睁开眼看我一眼，就悄悄丢下我走了。揪心的疼痛撕裂我五脏六腑。无声的眼泪不断涌出，猴儿也陪我流泪，几个弟兄也不住叹息。猴儿说：“她在太平间。”

我要下床，要去看灿灿，猴儿按住我，说：“已经安顿好了，现在不去。我给张律师打了电话，他马上就到。”

没过多久，张律师腋下夹着皮包来了，一进病房，首先朝灿灿那张病床看，现在是人去床空，留下一床的惆怅，他也一阵摇头。张律师的到来，又引起我对灿灿的思念，不由得再次痛哭出声来。谁也不劝我，让我好一阵痛哭。等我稍稍平静，张律师对我说：“委托书我带来了。”

他从皮包取出来念一遍，说：“要是同意，就在上面签个字。”

我接过委托书和笔，用他皮包垫着，在委托书上签了自己的名字。

我在病床上躺了两个多小时后，起来和猴儿去医院办好各种手续。我捧着灿灿的死亡通知书又是一阵伤心。我要去太平间，猴儿和弟兄们都一阵劝阻，但我执意要去。

灿灿躺在一口有机玻璃冰棺里，从头到脚盖着白被单。冰棺的制冷压缩机发出嗡嗡响，像在哼着一首悲伤的挽歌。我想打开棺罩揭开被单看她，工作人员不同意，说天气太大，这对尸体不好。我趴在冰棺上，泪眼朦胧地往里望，想穿透那层被单看她。我双手在冰棺上不停地摩挲，想抚摸她的脸庞。我嘴唇对着她的头部，印在上面久久不离去，想再闻她身上的青竹叶味道，感觉她嘴唇的湿润。但这一切，都被冷冰冰的棺罩、薄薄的被单隔开。阴阳相隔，原来就是这么一层吗？为啥我就无力去穿透？我张开双臂搂抱冰棺，要再次把她搂抱在怀中。那一刻，我感到压缩机的震动就像是她的心跳，她还活着。我巴望时间就此凝固下来，把我和她凝固在一起。我发不出哭喊的声音了，全身血液都化成泪水，不尽地流出来。无声的悲痛比哭泣更揪心，身子像蛀空的一段木头，魂魄也被抓出了窍，整个人轻飘飘悬在空中，找不到方向，找不到落脚的地方。

我是被猴儿拖出太平间的。

回到住处，我迷迷糊糊整整睡了两天。虽说搬来菜市口后，灿灿少于回来，但从屋里特别是床上，仍能闻到她的气息，总觉得她就在身边，一闭眼就见她在面前，一睁眼又消失了。电风扇摇头旋转，想到灿灿把风让给我，扇来的风也有了她的柔情。猴儿和弟兄们轮流来陪伴，我一点东西也吃不下，只喝一点水。在第三天，我缓过神来，有了饥饿感。猴儿熬来稀饭，我刚喝了半碗，想到灿灿，全部又吐出来了。

张律师要我去他事务所，猴儿陪我同去。到后，他叫猴儿去外面等，留我个人在办公室。他对我说："人已死了，目前要的是索赔，要让死者得到个合理赔偿。从现在开始，你不要跟对方任何当事人接蹱，一切由我代你出面。尸体就让它停在那里，你去干自己的事，有事我会告知你。"

从事务所出来，我们去了人市。去了才知道，邵钢铁已经把整个市场都抢过去了。猴儿见我一直悲痛，不好向我说。我抱怨猴儿，猴儿也感到委屈。其实，这不该怪猴儿，是我去忙农友之家，后来灿灿又出事，疏于过问。

人市里，邵钢铁和他的人左右逢源，忙得不可开交，我的弟兄却遭到冷落，没一笔生意上门。我气愤不过，要去找邵钢铁，被猴儿死死拉住，说："灿灿的事还没忙完，心情又不好，不要受他影响，改个时间吧。"

我被猴儿和弟兄们又拉又劝，离开人市时，我见邵钢铁在望着我笑。

第二天，张律师来电话，说跟公司老板谈判已进入索赔阶段了，老板很顽固，又很狡猾，只答应安葬费，最多象征性给点补助。我问他："赔，又该赔多少？"

他没有正面回答，说："反正数目不该老板说的这么少。"

我想不出这个数目该是多少，也懒得去想。我爱的是什么？爱的是灿灿。

他问我："听你说，认识报社记者？"

"认识，打过交道。"

"那好，能不能叫他帮你一把，将死者的事捅给他，让他去采访那老板。"

"有这个必要？"

"当然有，旁敲侧击，说不定正中要害。"

我答应他："我去试试。"

崔记者是个富有同情心的人，并没有因座谈会的事拒绝我，听完我的话，说："这是新闻，我们正需要，既然你亲自来了，又是你女朋友，我肯定去，今天就去。"

这天下午，张律师来电话，说公司老板松口了，答应赔偿。他在电话里兴奋地说："你请的那个记者，真有本事。"

我想，他对崔记者的评价是对的。进一步问道："他们能赔多少？"

他说："建议你，要求赔偿二十万。"

我没有回话。他说："是嫌少吗？这个数是个姿态，经过努力达到三分之一就不错了，你不能要求太高。"

我说："怎么是建议我？"

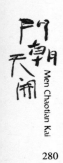

他说:"当然是死者亲属提出,我只是代言。"

我说:"我有那权利?"

他说:"那怎么办,难道再通知她家里人来?现在来不及了,这些事你不管,一切听我的,先把赔偿拿下来再说。"

天天我都要去医院太平间看灿灿,怕她孤独,站在她跟前用心与她倾谈。每次都是管理员催几次才和她分开。

又经过张律师两天谈判,灿灿终于获得了八万元赔偿。

得到消息,我跑到长江边,在和灿灿第一次见面的石梁上,痛痛快快又哭一场。我无法将这笔钱与灿灿联系在一起,哪怕是一闪念,也玷污她高贵的生命。再多的钱与她的生命相比,又有什么价值?可是实际上,我叫钱跟她的生命调了个位置,我变得可鄙可耻了。这时正是云层遮住太阳大半的时候,那云层也被染得鲜红,像浸润的一片鲜血。江水在我脚前哗哗流过,翻得我心浪更汹涌滔天。

律师委托书上签下的代理费是百分之二十。在收取时,张律师说:"这是命换来的,我不多要,只收百分之五吧。"

我说:"不行,这太亏你了。"

他说:"说什么亏,我只跑点路,费点口舌而已。"

办 丧 事

我要把灿灿的丧事办得隆重些,把滨江路上的安乐堂租了三天。

我们是外来人,又搬到菜市口不久,人生地不熟,要在住地搭灵堂、办丧事,当地人有看法,说不定还会遭反对。我想到了老船长办丧事的安乐堂,这是个只要有钱,人人都可租用的地方,于是租了三天。

要把灿灿从医院太平间移走,我请抬她的人去外面抽支烟,让我个人跟她再待一会儿。他们转身离开，我一见她，眼泪又从脸上滚落下来。在这之前，我送去了她最喜欢的一套衣裙，鹅黄色绒线衣，墨绿白花长裙。请来的整容师为灿灿整了容，化了妆，穿起那套衣裙躺在冰棺里，从被单下露出脸来。自那天分手，我们还没有这样面对面过。她脸上没有残留事故的惊骇，一副安详和恬静。她因开颅手术剃光了飘飘长发，现在白布罩着，像戴睡帽在瞌睡一样。多少次在她睡熟后我俯身看过她，她脸上的每个细部我都了如指掌，闭眼也能准确地描绘出熟知的一切。但现在，还是感到没有看够，我要把她深深烙印在脑子里，一辈子也忘不掉。她显得消瘦了，眼珠子深陷进眼窝。我想到她像只猫蜷缩在我臂弯下的情景，好似就听见她喃喃梦呓，听见她甜蜜的鼻息，总觉得她随时就会醒来……

　　猴儿进来劝我，说抬灿灿的人在外面等得不耐烦了。我同意了他们进来，在泪眼下看着他们将灿灿移走。

　　灵堂是安乐堂的人根据我的要求布置的，除花圈上的红花绿叶外，堂上一律用素色，就像她身上竹子的气味一样清新而典雅。正中是灿灿放大的照片。这张照片是我陪她去相馆照的，那时她住过来为办暂住证。记得是个初春的日子，她穿起鹅黄色绒线衣，端坐在照相机前，漂亮得光彩照人，看得我双目发直，看得她不自在起来。摄影师叫她注意，她老是羞羞答答摆不好姿势，摄影师只好过去调整，一旦离开她又乱了位置。她就怪我，是我看得她慌乱的，要我背过身去才照。此刻，遗体摆放在照片下，若是照片有灵，她注视着自己离去了生命的躯体，那心情该是何等凄婉。

　　三天三夜我没有合眼，昏沉沉一直守在灿灿跟前。在她与阳世离别的最后时刻，我要陪伴她，让她灵魂感受到我的温情，不叫她觉得是孤独在路上。

　　夜深的时候，我坐在她旁边，轻轻地一首接一首唱她喜欢的土家民歌：

变水我俩流一沟，
变竹我俩成一苑，

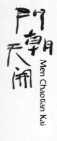

变花我俩长一树，
生不丢来死不丢……

姐要丢郎丢不得，
要等松柏树落叶，
要等黄牯来下崽，
要等六月落大雪……

可是河水砍不断，
妹是芭茅烧不完，
哥妹都做芭蕉树，
年年叶换心不换……

老天无眼它拆桥，
鸳鸯失伴飞云霄，
泪似长江东流水，
孤舟失舵随水飘……

今日同妹把话别，
眼里流出相思血，
虽然不是同母生，
恩恩爱爱舍不得……

　　唱出的凄惨来自我内心，在场的人都陪同我一起悲伤。
　　猴儿和弟兄们几次把我从昏死中救醒过来，我的人中都被他们掐青了。任他们怎样劝，我还是不离开。到后来，谁来劝我，跟谁火，弄得他们只好提防着守护我。
　　灿灿在这里没有多的朋友，更没有亲戚，来看她的是她保洁服务公司的一些姐妹。来不及通知她父母，我也不想跟他们以这种悲痛的方式、在这种场合见面。我想过后再说。跟我们关系好的都来了。朋友的朋友，一传十十传百，素不相识的也来了，少数是觉得一个打工妹在城里办丧事稀奇，来看热闹；

更多的是来表示同情，都是离乡背井的人，哪怕是在灵前站一站也寄托一丝哀思。三天里，特别是白天，来灵堂的川流不息。任何人一进来就收敛了野性，显得稳重和严肃，有的到灵前三鞠躬，有的打工妹在灵前流一通泪。他们来时不惊动我，去时也随意，叫安乐堂的工作人员惊异，说一个打工妹会有这么好的人缘。胡光明一家人也来了，还带来崔记者。崔记者为灵堂照了不少照片，并当场采访一些打工者，这架势，可能又要给报纸写点报道。没想到的是，西安抬起个花圈来了。我并不希望她来，她到来只会给我增添另一层悲痛。她还送来一千元钱，我坚决不收，这不同别的人送的，她的钱让我厌恶。她见我态度强硬，把钱收回了，对我说："没想到她会这样。"

我问："会怎样？"

她没接下去，改口说："我该答应借。"

我说："莫说她不干，我也不会干，还是那句话，你的钱留着买别人的青春吧。"

猴儿和弟兄们都不理睬西安，他们看不惯她有钱玩派的臭样子。她挨了一阵，借口生意忙走了，走时也没人送她。我把她送的花圈摆在别人的后面，摆在灿灿灵前，灿灿会不高兴。

出殡这天一大早，胡光明拿着报纸来了。崔记者在报纸社会新闻版上发表了一篇通讯，题目叫《凄婉动人的丧礼——打工者互爱情结》。胡光明见灵柩还未出行，就放心了，说："生怕出报晚了，崔记者说这是他的一点心意，给灿灿送行。"

拿着报纸，我又扑在冰棺上哭得死去活来，把个渐渐趋于平静的灵堂又搞得气氛肃杀，任谁也拉不开我，抬棺的人站一旁干着急。最后我拿一份报纸在灿灿灵前焚烧了，让她看看进城的兄弟姐妹是如何对她的，让她灵魂得一份安慰。

天气很闷热，云层很厚很低，天气预报今天有雷阵雨。猴儿忧虑再耽搁下去会在半途遇上，和另一个弟兄把我架出灵堂，塞进灵车驾驶室。我要看他们是怎样将灿灿装车的，担心他们手脚重，弄痛灿灿，但猴儿不准我下去，怕我又会打乱秩序，影响出殡。他紧紧抱住我，说："放心，弟兄们晓得。"

到了火葬场，我情绪又波动起来，猴儿和几个弟兄把我围

住，生怕又出事。悼念厅里传出阵阵哀乐，又是哪里的生者与死者在作最后话别。从火化车间架出好几起男女，呼天抢地的悲声把生离死别的凄凉铺洒得无处不在。我的心一阵紧似一阵，仿佛看见灿灿从灵柩里走出来，凄婉地望着我，伸出绝望的双手，呼叫着不愿离我而去。我想上去帮她，但又无法穿透包裹她的那层黑雾，近在咫尺却又远在天边。

几天我没好好吃过东西了，整个人虚脱得轻飘飘的，经不住这样打击，双脚一软，跌坐在地上。猴儿就干脆让我这样坐着，不让我进火化车间。我想起身去，但周身无力，站也站不起来。猴儿说我去了还要人照顾，他去操办，留下两个人守护我。在与灿灿离别的最后时刻，我却不能去送行，痛苦和折磨犹如钢鞭抽打，肉体撕裂，五脏六腑爆裂。我跪在地上，任泪水洗面，仰望着火化车间高高的烟囱。

一道闪电划过天空，随即一声炸雷从头顶滚过，霎时瓢泼大雨劈头盖脸浇下来。弟兄要拉我躲雨，我掀开他们，我愿意让大雨淋，雷电劈，要在这凄风苦雨中守望那烟囱，守望那缕由灿灿化成的青烟。我知道，灿灿会在空中等待我追寻的目光。我不能离开，这是我们在阳世间互望的最后一眼。我在雷雨中号啕，呼喊灿灿名字，叫声伴着雷雨在火葬场上空回旋……

猴儿和弟兄们把我送回菜市口住地，我要猴儿这三天去跟弟兄们住，想一个人待在家里，跟灿灿在一起。猴儿先不同意，要留下来陪。我决意不干。我狗狗没那么脆弱，只想独处三天，再陪灿灿三天，不要打扰，哪怕身边有个人影晃，也会给我带来不安。猴儿把我没办法，临走时还是不放心，说每顿饭由他送来，我说不要送，想吃有方便面。

哪还有食欲啊，身体里还有的一丝丝空隙，早已都被悲伤填满了。

我把灿灿的骨灰盒放在枕边。骨灰盒是猴儿选的，那时我陷入昏沉中，一些该做的事都靠猴儿拿主意。骨灰盒是天然大理石的，灰黑的纹路显出幽深的山和平静的水，还有一角飘着云朵的天空，一只飞鸟在上面盘旋。靠着骨灰盒睡在床上，就感到灿灿睡在旁边，我时而向她哭泣，时而向她喃喃细语，从昏睡醒过来又如是重复。我把认识她后的每一天从记忆深处里一点一点地搜寻出来，再又一点一点地回放，与她再生活一遍。我从里锁了门，关了手机，不愿有人来打扰，哪怕瞬间的打断，都会让我懊悔不迭。因为我知道今后再也拿不出这样大的心力来思念她了，这是真正的诀别。

头一天，猴儿有两次来敲门，说给我送饭，被我一声怒吼，抓起鞋子砸在门上，吓跑了。我自己也被这吼声惊讶，少吃少喝居然还有这声音。大概猴儿相信能这样吼的人是不会出事的，过后两天，他没再来敲门了。

猴　儿　外　逃

三天后，我打开房门，一个弟兄像早就等候在外面，一下子扑进来，忙不迭地说："毛大哥，猴儿出事了。"

我问："是怎么回事？"

弟兄说："昨天在人市外空坝上，猴儿碰见邵钢铁，邵钢铁喊住猴儿，说你们大哥喜欢的女人死了，不去哭丧还跑来干啥子？猴儿还他一句，你妈才死了。邵钢铁说你嘴巴不要跟我凶，人市没你们的戏唱了。猴儿没再说，走上去抓住邵钢铁胸衣，脚下一个绊子，把邵钢铁像面粉口袋一样撂倒在地，然后骑在身上，用砖头狠狠连砸两下脑袋，邵钢铁脑袋顿时就开了花。猴儿扔掉砖头，爬起来，拍了拍手，若无其事地走了。这一走就再没见他了。"

我问："他没说走哪儿去？"

弟兄说："整个过程就眨个眼的工夫，根本来不及问，猴儿也没对我们说，现在公安局正四下差人抓他。"

我说："为啥子昨天不来找我？"

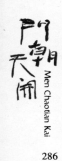

弟兄说："你都这样了，给你说，不就雪上加霜了。"

我问："邵钢铁现在怎样了？"

弟兄说："看来有点严重，当时流了很多血，被人抬上救护车时还没苏醒。"

我心里又一阵发紧。那天我要去找邵钢铁，猴儿把我拉住了，我就知道他会去的。我只以为等忙完丧事，解决邵钢铁是分分秒秒的事，没想到让猴儿抢了先。本该我的事，却帮我出手了，猴儿够朋友。但我恼火的是他不该逃跑，应当去自首，这才是个好汉。

我和那弟兄立刻赶到人市。人市里，钢梁架上吊的几把电风扇在呼呼旋转，搅得满场烟味汗味四溢。找活儿的农民如往常一样拿起纸片，或成群站立或散开四处游走，眼睛搜寻来招工的人。人市并没有因猴儿砸破邵钢铁脑袋而受影响，这件事就如一颗石子砸进水里，一阵浪子一过又恢复了平静。真正找活儿的，才不管谁是人市的主宰，才不管主顾是姓张姓李还是姓王，只巴望自己即刻被雇主招走。人市只是他们进城后的中转站，或者长路中歇脚的地方，养足脚力好走更远的路。我就遇到不少这种人，你昨天才给他介绍了工作，明天就将你忘个一干二净。也有一些心比天高、命比纸薄的人，把人市当作这山跳到那山的跳板，隔个十天半月就来人市打个转。这种人也会巴结我们，生怕你不给他介绍工作。这种人是油子，把自己当牲口卖出去，找个买主，吃个十天半月，长了一身膘又回到市场。

邵钢铁的脑壳一砸破，他的人就规矩多了，少了往日的张狂。而我的弟兄变得活跃了，仿佛满市场都是，在包揽生意。我禁不住想起上次教训邵钢铁，这就像家里大人教育小孩，不打不成器，打一回见好一回。弟兄们带我去看打架现场，地上的血迹干涸了，那块砸脑壳的砖头据说被公安局拿走了，要作为抓猴儿的证据。我很佩服猴儿的义气，要不是那天他拉我，逃跑或者去自首的就该是我了。我担心邵钢铁被打死了，叫人去探究情况。

晚上，弟兄们来告诉我，邵钢铁没死，只是伤得严重，恐怕出院也是个脑震荡后遗症。我要弟兄们不准去打听猴儿的去处，他自有办法躲，只要邵钢铁没死，他就没事。我把手机一直开着，深夜也不关，料定猴儿会跟我联系。果然第二天晚上十二点多钟，猴儿打来电话。我问他："现在在哪里？"

他说："在成都。"

我不问他具体地点，只问他："身上还有钱没有？"

他说："还够用几天。有人给我介绍了工作，在这里干一段时间。"

我说："行，近段时期再不要来电话。"

他问："邵钢铁怎样？"

我没向他说多的，只说："他命还在，没大的问题。"

他却在电话里哭了，哭的声音叫我浑身发麻。他说："我是把他往死里砸的啊……砸的时候我也想到死了，为啥子他的命就那么大，真是我们搞不赢他？"

我说："不要再想这事了，自己多保重。"

他说："狗狗，对不起你哟，灿灿的丧事刚办完又给你添麻烦了。"

泪水一下子又涌上我眼眶，说："猴儿，你说哪去啦，该我说对不起你。"

他说："我先是打好主意去自首的，从他身上爬起来又改变了主意，想往外一逃把祸事带走。"

我说："这事该我干，现在我一个人没牵挂。"

他说："我又有啥子牵挂，还不是屌丝一个。"

我说："这下苦你啦。"

他说："我们哪时没苦，苦的是看不到成立农友之家了。"

他一说到农友之家，我心就一阵狂跳，就说："办农友之家的兴趣我现在没了，也没去找周棒棒。"

他沉默一会儿，又哭出声来，说："这一躲，又不晓得要哪天才能见面。"

我的眼泪也流下来，说："要不了多久，在外多保重哟！"

我俩再没说话，都舍不得收线，都明白，这一收线，又不知道哪时候才能听见对方的声音了。他在那头喘粗气，其中有

抽泣的声音。最后，是他先挂了，我耳朵贴手机还又过了好久。

猴儿，这个来自川北大巴山里的汉子，至今我还不知道他具体身世，他从不在人前谈；问及，也说不上两句，更不见他回过一次家乡。于是人们对他有不少猜测，其中一说是他在家乡犯科后逃出来的。我不管他犯科不犯科，我只看重他的为人。他为人忠厚，吃得亏，就凭这两点，我确信他是好人，而且是个难得的好人。我宁可相信是他家太穷了，羞于在人前说起。像他这种人，在进城的农民中何止一个？他比我大十几岁，我把他当亲哥哥对待。以他的为人和社会阅历，人市的大哥该由他来接替，他却推让给了我，并处处维护我，事事支持我。说个实话，人市可以没我却不能一日无他，名义上许多事是我做的，实际都是他，我只是个挂名大哥。现在身边缺了他，我心里不由得发虚。

公安局的终于找上门来，两个警察坐在杜渝生的办公室等我，我一进去，杜渝生就冷起脸出去了。一个警察问话，一个警察记录，一开腔就要我谈谋划殴打邵钢铁的过程。我知道他们这是在骇诈。我说邵钢铁被打不存在谋划，打个架不需要谋划，我是事后听说的。问我当时在哪里，干什么，我说在报社找记者为死人跑事情，我的女朋友死了。他们说我是人市的头，打人是我主使的。我不承认是什么头，农民进城不容易，总想互相有个关照，大家愿意跟我打交道而已。我还说人市里竞争激烈，免不了会发生纠葛，都是几十岁的人了，脑壳长在自己身上，我不会去教谁打谁，别人也不会那么听话。警察以为我什么都知道，其实我真的一点都不知道，这不是装得出来的。最后问我猴儿现在藏在哪里，这我知道大方向，但我没说。他们给我一个电话，说猴儿跟我联系就通知他们。他们一离开，我转过背就把电话条撕毁扔了。

杜渝生又把我叫进了办公室，说："你们成了人市不受欢迎的人。"

我说："不是我们，是邵钢铁他们。"

他说："这回事情闹大了，要是人死了，你们没一个跑得掉。"

我有些火了，没必要怕任何人了，就说："那次猴儿挨打，没见你这样？"

他被噎得一时说不出话，脸色憋得铁青，腮帮子在微微发颤，过半天才说："大家都靠人市吃饭，不能再斗了，闹垮了都没得好处。"

我说："好处不是我们的，是城里人的。"

他说："好啦，不说怄气话了，我和稀泥该好！"

我说："那是你的事。"

说罢，我一扭脖子走出了他办公室。

这天，我还是给周棒棒的公司打去电话，接电话的是个气势汹汹的声音，拿起电话就问我是他啥子人，我说是他朋友，对方说你找他，我们还在找他哩，说完就挂断了电话。接着我又打他的手机，手机关机，就感到他一定出事了。

我到周棒棒公司，办公室里坐着三个我不认识的人，一进去就对我一阵盘问。后来我才弄清楚，周棒棒找过一些人，谁也不愿接手，接他公司等于把钱往水里丢。他拉了十几万元的账，债权人多次找他，他无力偿还，害得债权人天天上门，他只得逃之夭夭。接我电话和坐办公室里的人就是债权人，现在他们守着这空空如也的公司一脸愁容。

这情形我知道后，反倒叫我后怕，惊出一身冷汗来。要是我把那几万元双手送出去，现在是个啥子情形？我想，他周棒棒当时为啥就不收呢，那可是白白送到他面前的钱呀。莫非是他良心发现，不忍心整一个和他一样进城的农民？或者是他以为我已经咬上钩了，还想款子的另一半？我真想不透，冥冥之中是谁保佑了我，让我有了这笔钱，又让我守住了这笔钱，就像出门要遭天祸，结果发现忘锁门返身回去锁，躲过了这一劫。

这段时间，生活给我太多痛苦和磨难，一切都像暴雨来得那么突然，根本不给一点去承受的准备，叫我弄不清自己是会在其中长大还是会从此一蹶不振。我只是个进城的农民，离开了土地，来到个陌生的地方，啥都不会，且展现在我面前的生活又像万花筒，令我头晕目眩，使我措手不及。

回到住处，看见灿灿的骨灰盒，我眼前更是一片茫然。我坐在床前，抱起骨灰盒，思绪飞回土家山寨，妈妈坟头的杂草

长长了，怕该是李黑娃又去铲除的时候了。我泪水无声滚落下来，摇晃起身子，轻轻唱起来：

> 弄弄没有哩，
> 补色没有哩，
> 弄也也屋也没有哩，
> 和你要借哩，
> 借了就退哩。
>
> 弄弄哩，
> 补色哩，
> 弄也也屋哩，
> 是祖先留给我的，
> 怎么借给你们哩。
>
> 冷板凳坐不热哩，
> 冷言语受不得哩，
> 两手空空出门了，
> 两手空空转去了，
> 人家眼巴巴地望着哩，
> 拿什么话对人哩，
> 用什么脸见人哩……

　　弄弄、补色、弄也也屋是我们土家摆手祭祀的祭品。我唱得愁肠百结，难道我真把它们遗失了，再也找寻不回来了？我沉入到天要坠、地要陷的极大悲哀中……

　　第二天，我把弟兄们都叫来，他们见我失魂落魄的样子，都禁不住心酸。这一向，他们像树倒后的猢狲，连人市也不大敢去了。邵钢铁的人在当天蔫过一阵后，又像一场雨后的鱼，活过来了。市场上风传，猴儿已被公安局抓住，我作为打人事件的主使者也被公安局传讯，现在吓得躲了。市场全被邵钢铁的人占去，我们的弟兄一出现就遭到他们的围攻、驱赶、推搡，有的甚至挨冷拳冷腿。

现在，他们见我这样，说如此下去，今后怎么办，还在不在人市立足？他们要我再鼓起劲来，带领他们重夺回市场。血气足的说，要散也得散出个英雄气概来，带他们去跟邵钢铁的人拼个你死我活后再散。

我听着他们的诉说、叫嚷，全然一点不动心，就像听一个已离我很远、跟我已无关的故事，脸上也不露一丝表情。在他们眼里，可能我已没有了血性，跟死人一样。他们对我的信心完全丧失了，我已不是以前的毛狗狗了，再不是他们的大哥了。其中一个性子狂躁的，竟跳起来指着我，说："早先你就不该答应当大哥，这阵把我们丢下不管。"

我不为所动，好像他说的是别人而不是我。他干脆骂起我来，说："你原来是条蔫狗儿，莫说咬人，连叫也不会。"

他喷出的口水星子溅我一脸，我也不揩，他又干号起来，说："你不是毛铁的儿子，是冒牌货，毛铁才不会有你这种软骨头儿子。"

于是在他的带领下，弟兄们开始对我叫着、骂着，但没有一个先离去，巴不得我会在某一瞬间回心转意，又伸伸直直站立在他们面前。我没有这样做，我做不来了，我的心力已经丧失殆尽了。

最后，他们也累了，也厌倦了对我的规劝，都沉默着、垂头丧气。我拿出从银行取的钱，对他们说："这是集资办农友之家的钱，你们把自己的拿了，猴儿的交给我。"

我又说："过两天我就回老家了。你们要怎样随你们，各自保重。"

弟兄们个个唉声叹气，但没有谁再向我说别的了。

在收拾灿灿遗留下来的东西时，从她收叠的衣物中，我发现了老船长的亲笔遗嘱，看着这遗嘱，目光又模糊了。我把遗嘱折好，放进灿灿的骨灰盒。那夜又是彻夜未眠。

回　家

　　这天我又去到殡仪馆，在摆放各式各样骨灰盒的门市里，我挑选了很久，看上一只与灿灿那只大小相同的，也是天然大理石的。隔柜台望去，盒面的纹路像林立的高楼大厦，一幢紧接一幢，高低错落，连一些楼房的窗户也清晰可见。我就买了这只。

　　这是我为父亲买的。我想，他喜欢城市。

　　是的，他也该回去了，他离家太久了。趁乡亲们还没有忘记他；趁家乡的山水还没有忘记他；趁家乡的水田，水田间的石板路还没有忘记他；我要把他带回老家去，让他和灿灿都长眠在母亲身旁。这个让他丢了命的城市不是他的归宿地，在这里他的魂得不到安息，没有他生根的地方，超不了生。我会跪在母亲坟前，告诉她，这是我自作的主张，没征求她老人家同意就把他们带回来了。我相信，母亲会原谅我，也会原谅他两个，因为母亲是个非常善良的人。

　　从人市空坝上的花坛里，我捧回一捧黄土装进骨灰盒，装的时候，感到黄土发热了，变得沉重起来。是不是父亲的魂附在上面，知道要把他带回家乡，在哭泣呢？人市是他进城后唯一立足的地方。二十年来，在这里从未挪过窝，承受着城市的冷暖。据李黑娃父亲说，父亲离家时，对乡亲们丢下这样一句话：不肯信，天底下哪块土不长苞谷？他以为，像在家乡种庄稼那样，只要肯抛洒汗水，水泥地上也能获取收成。他究竟获取过没有？获取过多少？是否像乡亲们在晒谷场上那样满足过？我不得而知，但我只知道，他把命都丢在了这块水泥地上，身后却不见长出庄稼来。是父亲太固执了，他太相信是土地就能长庄稼。是的，这里的确也曾长过庄稼，但那是很久很久以前的事了，自从这里用水泥浇筑起了城市后，再也长不出庄稼了。

一个祖辈都靠握锄头种地，用镰刀收割的农村人，来到这里能指望收获到什么呢？

也可能父亲的魂根本就没有哭泣，还在留恋这块他赔了性命却啥也没有给他长的水泥地。他是在向我叫喊，骂我又将他带回到鬼都不生蛋的穷地方去干啥子，他不甘心走开，要自己的魂继续守望人市，就像在家守望巴掌宽土地上的庄稼。大概他认为，只要自己心诚，铁树就能开花，马就能长角，水泥地上终会给他长出庄稼来。其实我该理解他，二十来年他守着人市，连市区哪里也没去看过、没去玩过，只知道人市才是他的目的，而那些看的、玩的都不是他的。结果他还是未守住，像个守山的老人，戴起斗笠，披起蓑衣，常年在林子里转，还是遭人偷伐了树木。

我去找张律师，问他能不能代我去向灿灿的父母说清灿灿的事。我不愿跟她的父母打交道，我无法把其中错综复杂的关系交代清楚，想起都叫人难堪。张律师说这好办，只要给一定费用。我和他谈妥了价钱。

嗣后，我把灿灿的遗物、死亡证明书和保洁服务公司的赔偿协议交给张律师。我对他说："能不能不要向她父母谈到我，不要提我们的事……"

张律师说："为啥子？"

于是，我把灿灿跟我和父亲的关系讲给他听了。他沉默了好半天，问我："你们相好，她家里人不晓得？"

我说："不晓得。"

我把赔偿所剩的七万多元全部交给他，要他转交给两位老人。他接过去在手里掂了掂，说："这笔钱全部给她父母，你不留点去干别的？"

我说："一分钱不留，啥子也不干。"

他问："你不是要搞农友之家吗？"

我说："不搞了，准备回老家。"

他为我的回答感到吃惊，眼也大了，显出一副不可理喻的神态，说："那太可惜了……"

他似乎还想说下去，欲言又止，用摇头结束了和我的对话。

知道我不再在城里待了，要回家，朋友和弟兄们背着我在

豆花西施包了一桌，临到头才通知我。我一听就不高兴，说不去那地方。弟兄们说那地方熟，喝个酒、闹个啥子的随便，还说请了胡光明，临时改地方通知怕来不及。大家的好意，我不便再推。

席间，大家轮流向我敬酒，都回避让人伤感的话题。他们已经统一了思想，尽拣让我愉快之类的话同我说。可是他们说得又不自然。他们不习惯这种表达方式，硬做起来反而别扭。我不去戳穿他们的好心，时常冒起鸡皮疙瘩承受他们的祝福。我实在受不住了，举杯站起来，说："我有负弟兄们厚望，对不住啦！我只能向大家说这句，说再多都是空话，没得意思了。我喝三杯酒，当给大家赔罪。"

我三杯下肚，又把气氛搞得凝重起来。这不是我故意的，其实他们胸中的愁云比我还厚重，不如把这层窗户纸捅破，让他们把怨气发泄出来落得轻松。果然，一个弟兄就说："我们怎么办哟！"

于是，他们七嘴八舌叫嚷开来：

"人市是邵家的天下啦！"

"毛铁大哥不在了，典小松也不在了，你……"

"这样艰难，我们也回乡算啦。"

对我还算有理智，他们出言温和，不像头天在屋里骂我，想必是想在饯行酒席上给我留点面子吧。

他们从各自的农村来到重庆城，这段路并不好走，其中的酸甜苦辣，没经过的是不能体谅的。别看他们向我抱怨，说泄气话，我觉得个个比起我胆量和肚量都大得多，其实他们才是我的大哥。我对他们说："你们比我更有办法。猴儿哪阵回来找你们，就说我回家了，叫他想法跟我联系。"

这时，西安过来了。我们一进餐馆，她一直用笑脸向我打招呼，我当没看见。真的，我现在对她反感到极点，想到以前还跟她泡在汗水里死去活来的样子就禁不住恶心。她端起酒杯过来向我敬酒，轻轻在我耳畔说："留下来。"

我把大堂经理喊过来，大声对他说："你老板要炒你鱿鱼啦！"

我一阵开心大笑，笑得西安脸一阵红、一阵白。大堂经理尴尬地咕哝。西安气得把酒泼在地上转身离去，直到我们走也未见她露面。

离开重庆城之前的两天，我手机整天都开着，总巴望猴儿哪时打进来。这时间里，我非常想念他，感到有许多话要给他说。但偶尔响的，都不是他，使我十分懊恼。

这天清晨，胡光明和弟兄们送我刚走上码头，突然下起了大雨，岸边无遮无盖，我们都被淋得一身精湿。胡光明从身上摸出一个纸包，递进我手里，说："这是借你的三百元钱，格老子把你拖久了，真不好意思。"

我坚决不收，说："你在城里过日子艰难，还要拖娃儿。"

他说："弟兄亲，钱财清。"

这句话让我心里一阵发热，倒不是因为它没带格老子，我不在乎这，是我觉得他的语气中原来很富有感情，只是我以前没感到。纸包已被雨水淋湿，不断滴水。我收了。他又说："格老子等你，哪时又回来哟！"

我想起了他第一次见面时问我的话，"就不怕它吃你"。这座城市没有吃掉我，但吓走了我。我的确没有胡光明他们胆子大，尽管他们的生活过得紧巴巴，但他们还是过得有盐有味。这个城市有着太多的诱惑，这个城市的人曾让我欣喜万分，我曾打定主意这辈子好好在这里过，但一切却让我失望了，起码现在让我失望了。它不属于我，就像水泼在了玻璃上，只能从它表面上滑过。父亲的愿望不也在这里破灭了吗？水泥地上长不出庄稼。我不知道自己还会不会回来。对胡光明的问话，我没答应。

雨越下越大了，雨雾蒙蒙，罩得江面像升腾起一层白雾。别的许多在码头送行的人都离去了，只有我们几个还顶着雨站在岸边。我叫他们快转回去，但他们谁都没动脚，看着我背起两只沉重的大理石骨灰盒踏上通向趸船的跳板。

走到跳板一半，我忍不住回头，望见他们像落汤鸡似的还站在岸边，眼睛一酸，两行热泪混合着雨水如注流下脸庞，他们身影模糊了，他们身后的重庆城模糊了……